戲劇館

金士傑 劇本

荷珠新配 懸絲人 今生今世 家家酒
明天我們空中再見 螢火 永遠的微笑

定場詩 —— 為戲劇館揭幕

戲劇閱讀的時代來臨了。

人類的想像力透過文字，成為呼風喚雨的語言，成為激盪心靈的場景，成為情緒綿延、思質起伏、不易言喻的，感性上的認知。

觀劇的即時性、臨場感，相對於私密閱讀的無遠弗屆、不限時空。與眾同歡共泣的集體行為，相對於在一己的當下，就形成最小單位之劇場的恣意與精準，不僅在今日的都市生活中互補並存，而且造成分享熱鬧與探索門道之間更為雋永的循環。

戲劇既是一個高度發展的現代社會中最成熟的表達方式，戲劇亦被視為學習行為中最自然有效的摹擬、感染與散播。台灣戲劇活動頻繁，成為不可忽視的文化動力，各年齡、各階層對舞台演出有無盡的興趣與嚮往，許多人透過劇場這樣的藝術與紀律，凝聚了集體的心靈，展現了個體獨特的才華，迸發了性情深層的創造力，在舊有制度和觀念的重重障礙下，台灣劇場的創作，仍然有令人亮眼心動的表現。這樣的創作人才和創作影響值得鼓勵和累積，而未來人文藝術永續發展中對於戲劇

資源與教材的渴求，更使遠流責無旁貸地負起開設戲劇館的使命。

目前以出版台灣各劇種的創作為主，外來作品為輔。戲劇文學，演出圖譜、記實，劇場各項設計及聲光圖、文錄，表、導演思維與實踐的闡述探討，劇場相關藝術與製作的原理、方法及科技種種，都是館裡的戲碼。

戲劇觀眾及讀者將在劇場及網路內外滋生、互動，戲劇藝術家和劇場工作者，在戲劇館內外也有更大的空間和不同的表達機會，透過不斷的搬演與閱讀，甚至殊途另類的再製作、再發揮，屬於大眾的戲劇館，提供藝術經驗多元的流通與薪傳的未來。

戲劇開館，精采可期。作為出版者，在此為您提綱挈領、暗示劇情，一如傳統戲曲的演員粉墨登場之時，先吟唱一曲定場詩詞，與觀眾一同期待所推出連台好戲的無限興味。

王榮文

目次

〈推薦一〉

書生金士傑的多元創作

吳靜吉

　　千呼萬喚終於等到金士傑醞釀已久的劇本出版，在台灣他的《荷珠新配》可能是被大學生搬演最多的劇本，如果是歐美日，他光是靠「智財」即可無後顧之憂地過日子，過去二十年台灣尚無此習慣，若真有此習慣，收集在這三冊裡的其他六個劇本，很可能因《荷珠新配》的豐收而沒機會與更多人分享。

　　這一切似乎都要從蘭陵劇坊的時代談起，其實除了《永遠的微笑》是表坊的製作，其他全部都在蘭陵期間創作演出的。

　　如果1978年金士傑沒有接下耕莘實驗劇團的團長，他大概也不會認識吳靜吉，而我們也可能不會一起從挫折中成長。他在蘭陵的第一個作品是《包袱》的動作劇，背著包袱的掙扎歷程，其實是在反映他和其他的團員上我課的心路歷程，我敢保證，最後留下來的核心團員主要的是來自他的說服，如果他不是團長，他們可能早就跑掉了。醞釀創意、體驗創作、建構意義其實不需要那麼辛苦，至少應該苦中作樂。我的課正好挑戰了他們習慣的「話」劇思考模式，因此才會苦，可是金士傑「多元智慧」的潛能也從此一一覺醒。

　　《包袱》驗證了金士傑運用肢體語言創作的才華，但他同時

也擅長用語文創作劇本，《荷珠新配》的改編，其實是二度創作，語言的靈活運用，幽默對白的轉換，使舊戲重生。金士傑在改編再創和執導《荷珠新配》的時候，從小在家庭裡耳濡目染的京劇戲胞便不自覺的活躍起來，那時候我對他的期待是：「能夠融合京劇的身段和默劇的技巧，進而創造出一種新型的劇種。」

他需要學習默劇的技巧，他需要珍惜並善用被動吸收的京劇經驗，他的運氣真好，「新象」邀請箱島安來台演出，箱島安需要一位助手，許博允和我異口同聲地說「金士傑」。箱島安回國去了，卻在金士傑的身上留下許多默劇的技巧。

許博允又邀請法國馬歇默叟來台演出，他們也見了面。在飯局中，馬歇默叟對我說：「金士傑是個默劇的天才，但要學馬派則太晚了，應該要發展屬於自己的金派默劇，這個金派默劇當然也要注入京劇的身段。」

許多留學生到了外國之後，在相互對照經驗的思考中，常常喚醒自己成長過程中曾經被忽視或抗拒的在地文化之興趣，所以我預測他從紐約回來後，必然成為新型默劇的一派宗師。非常非常意外地，他從紐約回台後的第一個作品，竟然是中規中矩，有

點去動作化的話劇《今生今世》。

　　我終於了解，原來金士傑是個書生，既然是書生，當然要把他語文創作的作品出版才是，我催促過他幾次，他就是慢工出細貨，等到有機會展現《永遠的微笑》才肯出版。在這三冊劇本當中，除了《荷珠新配》、《懸絲人》、《今生今世》、《螢火》和《永遠的微笑》以外，其他二個劇本《家家酒》和《明天我們空中再見》都是金士傑在文建會委託蘭陵劇坊辦理的舞台表演人才研習營中，為學員的公演所創作的劇本。

　　這七個劇本只是金士傑多元創作的局部分享，我們期待未來能有其他創作的平面或多媒體出版。

〈推薦二〉

如金寶之寶

台灣劇場之所以有今天，有一個很重要的因素，那是金士
傑。

民國六○年代末期，台灣劇場正在尋找新生命力的時候，蘭
陵劇坊成為推動台灣新劇場的最大力量，而金寶為蘭陵劇坊的核
心創作者，從他的《荷珠新配》1980年爆炸性的轟動台灣開始，
他的編、導、演作品一直跟觀眾之間有一個刺激的對話，探討著
生命、探討著劇場、探討著肢體。一代台灣劇場演員及編導都在
金寶的作品中茁壯，一代台灣劇場觀眾也隨著金寶的作品成長。

而身為台灣現代劇場的開拓者及代表人物，金寶二十多年來
不遺餘力，不斷在演出及創作的前線奮鬥，同時他的藝術在這段
時間中也不斷前進、成熟，持續在舞台上展現他特殊的氣質、能
量、智慧。金寶的喜怒哀樂曾經詮釋過多少重要的角色，又有多
少重要的作品因為他的存在而亮麗起來，分量加重起來。這是不
爭的事實：台灣劇場因為金士傑，是有重量與格調的。

以我自己作品為例，從表坊時代之前，從《摘星》中的智能
不足兒童，到《暗戀桃花源》中的江濱柳、到《這一夜，誰來說
相聲？》中的白壇、《紅色的天空》中的老金、《新世紀，天使

隱藏人間》中的柯律師、《我和我和他和他》中的「另一個男人」、《千禧夜，我們說相聲》中的皮不笑和沈京炳，以及最近《在那遙遠的星球，一粒沙》中的老錢，金士傑一直是陪伴著我在創作上的好夥伴。就算我作品中沒有他，他也一定是最好的諮詢顧問，認真的來看排戲，給意見。

在台灣做劇場這接近二十年以來，其中一件令我印象最深刻的事情是：十幾年前，金寶答應表演工作坊編導一齣新戲，暫定劇名是《綁架》。我很喜歡那個故事，非常期待那一齣戲的演出。但是到了快要賣票的時候，金寶突然通知我們，他不幹了！理由非常簡單：他覺得不夠好！

這一件事有什麼特別？或許你會這麼認為。但是我倒認為，在這個年頭，有這麼純粹的創作良心的藝術家並不多。反過來說，台灣劇場也曾經目睹過太多不成熟到不該上台的演出，但是當事者要不然沒有像金寶一樣的勇氣，要不然就是沒有他的判斷力。那一件事，雖然當時讓劇團抓狂，但是也讓我真正看到金寶他的為人，他的堅持。他不但沒有「背信」，反而在我心目中變得更有信用。這種信用，是藝術家的信用。

很多人可能「職業」是「藝術」，但「藝術」跟他們其他行為並沒有太大關係，賺錢反而是他們的主要目的。但是這麼多年下來的觀察不會假：金寶是一個真正的藝術家，從骨子裡，從生活中，在舞台上，在導演椅中，在編劇的專注中。在瀟灑豪爽的外表背後，他細膩的要求，對細節的塑造與苛求，處處表現他的完美主義性格。金寶活著就是為了藝術。這一點，在我所認識的金士傑身上，是永遠不會打折扣的。

時間過得很快。許多劇場新生代的觀眾並沒有看過金寶編導的作品。這個遲來出版的劇本集，可以稍微彌補這一份遺憾，為過往的珍貴時間留下見證。

〈自序〉

我醞釀已久的舞台世界

金士傑

　　這次出書因為時間倉促，其實還漏了1978年自己的處女作《演出》，另外還有幾個小品未列入。這次發表是五十二歲，下次更老一點再一起付印吧。可以不提它的，說這個事是因為自己的第一次，當時的一些感受對今天發表劇本的我別具意義。

　　那年我二十七歲。屏東農專畜牧科畢業，當完兵，牧場養豬一年半，來台北找苦力活兒幹，一心想搞從小的志業：「說個故事或者寫個故事」。悶熱的倉庫裡搬貨點貨，晚上睡在還有其他人等的宿舍裡，下班時間他們拌嘴、打牌、喝酒、看電視，我不理人不管事，白紙攤開埋頭寫我的。一輩子沒上過一堂編劇課，又自視甚高，我下筆很慢，小宿舍裡折騰前後整整十個月，生下第一個孩子《演出》。當中有一天，一位室友從外面回來衝著我大叫：「金！我出去三個鐘頭，你竟然連姿勢都沒有變！」這句話的印象很深，到今天我都還在想我現在姿勢到底變了沒有？

　　有幾個搞藝文的朋友私下共組了一個讀書會，我不慎說溜了嘴，他們就促使我把「那個私藏的劇本」帶來給大夥兒把一下。我第一次面對這一行所謂的學院派對話，給我影響很大，但當時只是頭暈──「為什麼劇名叫《演出》？」「為什麼角色性格要設

定成這樣？」「為什麼他要跪下？」「為什麼他要笑？」「為什麼你現在不肯回答？為什麼⋯⋯」我沒辜負他們的好意，我後來也這樣問我教的學生。我一直清楚：優秀的提問，造就優秀的思考。我頭暈之外，也一輩子謹記那些提問，那個可愛又可怕的午後。會後我悄悄問：「到底你們喜不喜歡這劇本啊？」朋友答：「我有個朋友辦雜誌，你何不寄給他發表！」就此，我跨出我在編劇這條道路的第一步。

　　雜誌叫《中外文學》，那個編輯叫楊澤，他後來很高興的打電話問我：「還有沒有其他的劇本？」第二年我寄了《荷珠新配》給他。

　　《荷珠新配》是從平劇一個玩笑戲《荷珠配》改寫的，當年吳靜吉、卓明等人慫恿我下筆。

　　從小父親騎單車載我，我坐前座，耳邊總聽他哼唱《鎖麟囊》，也沒什麼特別感覺。他們兄弟幾個都愛戲也票戲，我毫無傳承。待長大以後，讀書思考也多是西方那一套。

　　因為要看原版《荷珠配》，有一天被友人拉進國軍文藝中

心。我呆望著那個久違的老戲台，感覺自己完全像個陌生人。只聞鑼鼓聲輕響，幕啟，文武場齊奏，角色上場，臉上畫的粧身上穿的衣腳上邁的步嘴上唱的辭，全是「亮相自白」。見他上山下海騎馬行船，台上空無一物。檢場人忙著搬上桌椅又匆匆下場。這麼個虛構不實荒涼冷清的台子，卻是鑼鼓喧天，沸沸揚揚，熱熱鬧鬧。我起了一身雞皮疙瘩，眼也濕了。我恍然想起父親哼唱著小曲這件事。

我醞釀已久的舞台世界被眼前這副景象給說盡了，它看似不起眼，卻有穿透人心的劇場聲音，所謂大象無形，我編不出來，我多想編出來，我忌妒，但那個發明它的人是誰？敵手不知名，「他」彷彿曾在父親隨意哼唱的曲調中悄悄露面，而我一直錯失交臂，從沒正眼認識「他」。

後來，我喜歡上默劇大概也是同一個理由。

這樣以假說真、以虛說實的舞台，它深深觸碰了我對生命許多無以言表的情懷，成了我心裡揮之不去的主要場景。之後，它一再地出現在我繼續寫作的劇本裡。

可以這麼說，從我會思考，「真與假」、「虛與實」的辯證就一直繞著我轉，轉得我腦袋瓜嗡嗡作響，有時變成句子，就記錄在隨身的紙條上，紙條就擱進我的抽屜裡。前面提到「我醞釀已久的舞台世界」說的就是這個抽屜。抽屜裡盡是嗡嗡作響的辯證之聲，這聲音多年來一直糾纏我，它似敵似友，好像一個天使化身為妖魔，在我成長的一路上，這妖魔時不時的就撲向我，一場廝殺肉搏「說！說！什麼叫真的？什麼叫假的？我是天使還是妖魔？」這聲音逼使我做為一個人必須認真而警覺的對待生命，但也曾差點沒讓我「不正常」。有時，這聲音不見了。也有時，它躲在我寫劇本的桌旁「喂，你到底想寫什麼？」

（1980年）《荷珠新配》寫一群騙子以假面互相作弄耍詐。

（1982年）《懸絲人》的木偶們與身上懸掛的那根繩線糾纏不清。

（1985年）《今生今世》的檢場人與劇中人似友似敵。

（1986年）《家家酒》，一個鬼屋裡，已然世故的同學們想擁抱昔日的童年美夢。

（1988年）《明天我們空中再見》，記憶與失憶手拉著手難堪的跳舞。

（1989年）《螢火》的傻子走進老人的故事，迷了路。

（2002年）《永遠的微笑》的暗房裡，有另一個遙遠的躲藏著的
　　　　　暗房。

這算不算賣瓜說瓜？及此打住。

想想，自己真是個懶人，上個世紀種的瓜這個世紀才端上
桌，瓜已經快出酒味兒了。

瓜上桌之前，謹誌──

感謝汪其楣老師多年來的催促「快把劇本整理好！我幫你找
人發表」，終於她讓這件事落實了。

感謝「蘭陵劇坊」的指導老師吳靜吉和老戰友賴聲川為這本
書寫序。

感謝張華芝在一開始就一手肩挑行政事宜，然後謝明昌二話
不說也趕來支援助陣。

感謝邱瓊瑤和方淥芸為我打字，她們花了很長的時間默默的
幫我完成這個苦差事。

　　這是我第一次出書，用感謝二字也不足以道盡的，是我的父母親。最早對他們說：「我要離開家去台北，我要先去做苦力小工，再去做自己覺得很重要的事。」我根本說不清楚，因為「劇場」這兩個字那時沒人聽過，老人家當時掉了淚，他們眼前的「孤臣孽子」到底在說什麼？要做什麼？他們是很優的父母親，我運氣夠好，他們就是信任我。這麼多年下來一直如此，那使我覺得無以為報。事實上在這些劇本當中，我多次以他們做為我的主題，許多的鄉愁不期然的就跑出來，怎麼說呢？那是一個心虛自責的孩子，他正悄悄的遞上難以明說的情話。

〈再版序〉

2012年再版的時候

　　上回出版時，序言裡一開頭就說到「忙碌」，這次再版，真不好意思更忙了。因為初為人父，因為雙胞胎，ㄍㄜˇㄍㄜˊ、ㄇㄟˇㄇㄟˊ，已經一歲半了。我怎麼覺得這一年多，我一直在打呵欠，最近演出《最後14堂星期二的課》，我演個漸凍症的老人，劇中要打幾個呵欠，朋友說：「這呵欠打得真自然。」

　　說到再版，又是合集，我第一秒的反應有點猶豫，初版的印刷集數並不多，但敝帚自珍吧，覺得見好就收，點到為止，緣淺反倒意深。但第二秒我認真地點了頭，想到的是「傳後」——當然，指兩個孩子。這念頭一上來，我有點愕然，我這樣的人大半輩子以個人主義自居，不以生命延續為己任。挖開來說，對生命承先啟後的責任問題，我常糾結於心，而且小心地和它保持距離。我的問題是我一直太浪漫而且太悲觀了，總覺得今日風風火火地活完了就成，死亡隨時奪走一切。

　　ㄍㄜˇㄍㄜˊ和ㄇㄟˇㄇㄟˊ的到來逼使我來不及思考就已腳踏人間，抱著他們，我承受到一種重量，當他們望著我，我多想扮個鬼臉、翻個跟斗、出個怪聲，或者，說個笑話、講個故事、唱一首歌都好，這樣的心情，也就是我所謂的「傳後」——

仍舊浪漫。

　　至於我傳了什麼給後？別再問下去了，我會臉紅。

　　臉紅只因自己作品未臻成熟，面對自己的人生，我只抒寫了前言，不及後語，只見上文，不見收尾。

　　我如今比較知道還「欠」了什麼，不是別的──ㄍㄜˇㄍㄜˊ和ㄇㄟˇㄇㄟˊ。人生無法彌補之缺憾，正好也可以用來形容，縱情於那些稿紙背後的心情。

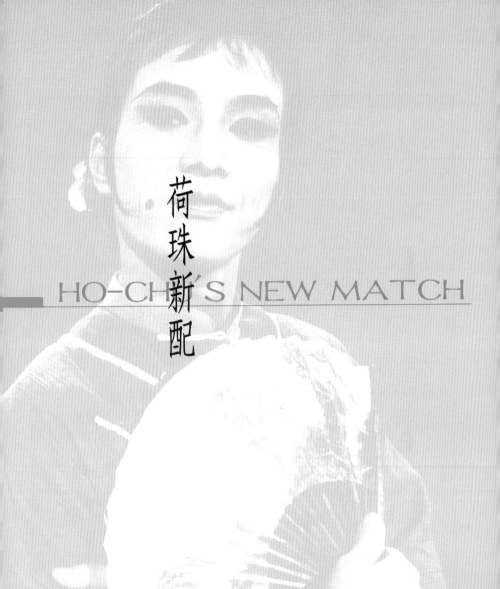

HO-CHU'S NEW MATCH

荷珠新配

人物

荷　珠

趙　旺

老　鴇　（此角色由男性反串）

齊子孝

齊　妻

劉志傑

酒　客

　　此劇由京劇《荷珠配》改編而成，時間拉到了現代，但舞台仍沿用傳統戲中「一桌二椅」的形式，從而服裝、音樂、道具、化妝等皆可朝此方向考慮。古今交錯，時空交雜，正好幫助了這個「玩笑戲」的效果。

　　基本上此戲屬小丑戲，丑戲中的插科打諢擅用時事笑話，故而劇中凡涉及時事人物地點之話題，皆可斟酌演出當時之社會狀況予以變動潤飾。

第一場

（舞台中擺著兩張椅子，一個小茶几。老鴇與荷珠各坐一椅。）

老　鴇　（在一個呵欠之後開口）——常言道，有福之人人服侍。

荷　珠　（自怨自艾）無福之人服侍人。

老　鴇　店名叫夜來香，我是這兒當家的，這兒當家的——是我。

荷　珠　我叫荷珠，在這兒執壺賣笑，賣笑——執壺。

老　鴇　幹了二十年的買賣，生意還挺好的，最近聽說政府要我們這一帶幹我們這種買賣的把大門給關掉——唉，我這是心裡發愁口還不能開，說穿了，下面人誰還安得下心替我招呼上門的？這真是——做上面人有上面人的煩惱唷！

荷　珠　打從進了這夜來香大門，我可受了她（悄指老鴇）不少氣，想換個行業嘛？自己不爭氣，從小沒學過什麼本事，肩又不能挑，手又不能提的，唉，每天難過每天都過，每頓難吃每頓都得吃！這真是——做底下人究竟是底下人的命。

老　鴇　唧！我心裡煩，我都還沒作聲，這丫頭在那兒先唉聲嘆氣了！——荷珠，妳哪根筋不對啊？

荷　珠　　我沒有一根筋是對了的。

老　鴇　　那敢情好，媽媽我來替妳把那根壞筋抽掉，妳就舒坦
　　　　　了。（起身撐荷珠，荷珠疼痛閃避）聽著！這會兒可是上
　　　　　班時間喔！

荷　珠　　我們這算是哪一家公司哪一個部門啊？

老　鴇　　（一怔，反應）大眾傳播公司，公共關係部門。（勝利地）
　　　　　妳給我——坐下。

荷　珠　　（坐下）我就才嘆了口氣又惹了誰啦。

老　鴇　　惹了誰？我還要問誰惹了妳啦?！

　　　　　（兩人俱拉長了臉坐著，內室一醉客跟蹌而出，兩女立刻換
　　　　　上笑臉相迎。）

老　鴇　　錢老闆啊，您要回去啦，酒還喝得滿意嗎？

客　人　　……酒好……阿紅更好……

老　鴇　　那下回您還……

客　人　　真是酒逢……千杯知……知己少……

荷　珠　　這是什麼句子？

老　鴇　　（討好地）可不是嗎！話不半句——投機多啊！

客　人　　（不悅）這是什麼句子？

荷　珠　　錢老闆，下回也要找我陪您喝幾杯喲，您不能只找阿紅
　　　　　一個人！我的酒拳可玩得好喔！（說著划起拳來）

客　人　　行了行了！妳給我把阿紅看好，少了一根汗毛我……我
　　　　　……我走了。（東倒西歪）

| 老　鴇 | 大門在這兒哪！（客下）再來啊，再來啊！（轉對荷珠）我這夜來香要是個個都像阿紅或是阿香阿惠阿珠阿桃阿……（一大串名字一口氣說完了）我啊，可就什麼也不愁嘍。 |

老　鴇　　大門在這兒哪！（客下）再來啊，再來啊！（轉對荷珠）我這夜來香要是個個都像阿紅或是阿香阿惠阿珠阿桃阿……（一大串名字一口氣說完了）我啊，可就什麼也不愁嘍。

荷　珠　　（故作酸狀）好裡好幫做好鞋嘛，誰叫她們爹娘給她們生得好，我那敢和她們比喲！

老　鴇　　搞清楚啊，丫頭！妳們可都是我一手調教出來的啊，自己沒生意怨誰？她們漂亮妳少了眼睛缺了牙？看妳臉拉得尺把長，客人誰願意找妳啊？

（趙旺東張西望地由門外走來，對酒家這個環境顯得又害怕又興奮。）

老　鴇　　正說呢，又來了一個！看起來挺像個人樣兒的，嗯，一看就知道自命風流的那一號兒，荷珠啊，交給妳了。快！笑啊！（荷珠強笑）

趙　旺　　（身上的西裝不太合身，行止怪異）勞累終日不得閒，偷得片刻好逍遙。平日裡聽慣了主人的使喚，聽別人說，來這兒可以讓人聽聽我的使喚，這正是——身心平衡之道。我，趙旺，「趙旺」這兩字平時的意思就是「過來！」有的時候是「出去！」察言觀色是我看家本事，體貼入微是我專業精神，喲！我得小心別弄髒了，（拍拍衣服）這可是租來的，咦，門在哪兒啊？

鴇/荷　　（二人起身，笑臉合聲）喲，大爺進來玩玩吧！我老遠就

　　　　　　從門縫裡瞧見您哪！

趙　旺　啊？我這還沒進門，就被人給看扁了?!

老　鴇　大爺！我們這兒有最好的酒菜，還有——最美麗的小
　　　　　姐！

　　　　　（老鴇逼上前諂媚，趙旺恐懼後退。）

趙　旺　（望著老鴇，兩眼發直）跟想像的完全不一樣啊！

　　　　　（老鴇拉趙旺進門，趙旺死命往後退，正拉扯時，荷珠趨前。）

荷　珠　大爺您別害臊成這樣，我陪您喝點，沒關係的。

　　　　　（荷珠拉趙旺，趙旺沒魂了似的呆望著荷珠，隨荷珠入內。）

老　鴇　這小子真現實，變得也太快了吧！

荷　珠　（待趙旺坐定）老大爺真是守信用的君子人，您說再來果
　　　　　然就來了，現在有錢人真難得看到像你這樣重感情的。

趙　旺　（一團霧水，強自鎮定）是啊是啊，人嘛，錢賺了就是要
　　　　　花的，話說出口就要兌現的。

荷　珠　他還當真呢，沒哪個以前見過這人的，不過看他長得不
　　　　　怎麼樣，衣服倒挺闊氣的。

趙　旺　穿上好衣服，果然有不同的待遇。

老　鴇　大爺，這可是我們這兒小姐中最漂亮、最溫柔的一個
　　　　　了，我看你們還怪有情分的，（怪聲怪氣）來來，（拉
　　　　　趙旺湊近荷珠）坐近一點嘛！（趙旺不好意思地轉頭，不
　　　　　巧迎面的又是老鴇的臉，幾乎親在老鴇臉頰上，急忙縮回
　　　　　身子，老鴇一臉笑意）這……這樣你們就多喝點，我進

　　　去給你們叫點吃的好下酒。（對趙旺擠眼，趙旺亦還

　　　之，老鴇見荷珠仍臭著臉，暗地擰她）妳給我笑啊！

　　　（荷珠吃痛，哎喲一聲，緊接著擠出一串笑聲，趙旺不解，

　　　也陪上一串笑。老鴇下。）

荷　珠　　大爺您喝……哦，您的口味還是和以前一樣？

趙　旺　　（想想，用力點頭）當然！和以前一樣……不要放糖。

荷　珠　　（怔住，注酒）大爺酒量一定不差。

趙　旺　　（故作神秘）妳看到我這個沒有？（齜牙咧嘴，手指臉頰）

荷　珠　　（湊前觀察）你是說……那一嘴爛牙？

趙　旺　　哎！不是，是這個！（手指更強調）

荷　珠　　（再湊前觀察）噢！你是說……那一臉青春痘啊？

趙　旺　　哎！看清楚，是這個這個這個！（手指快把臉頰戳破了）

荷　珠　　到底是什麼？

趙　旺　　（神氣）酒渦！（連灌好幾口酒下肚）表示酒量好啊！

荷　珠　　別急著喝啊大爺，待會兒菜上來再加油嘛。

趙　旺　　嗨，這叫開胃。（又猛灌幾口）——我坐了好一會兒，

　　　盡喝酒，倒忘了我還沒吃喝呢，這個機會不過過癮還等

　　　到下輩子不成，看我的——嗯，啊……（努力清嗓子）

荷　珠　　大爺您嗓子疼？

趙　旺　　有一點，沒關係。

荷　珠　　（雙手舉向趙旺的脖子）我替您揉揉。

趙　旺　　（嚇壞了）哇！不必，它自己會好！不必……

（荷珠不解回坐）

趙　旺　　（喃喃）這輩子沒被女人碰過。（驚魂甫定）

荷　珠　　（自我介紹，打破僵局）我叫荷珠。

趙　旺　　（一想，可要過足癮頭。大喝）過來！

荷　珠　　（不解）我沒走啊？

趙　旺　　那……（大喝）過去！

荷　珠　　咦，您不用我陪了嗎？

趙　旺　　我……我的意思是……把酒瓶放過去！

荷　珠　　幹嘛呀？

　　　　　（荷珠把桌上酒瓶從趙旺前方移開，趙旺被荷珠盯得不知如
　　　　　何是好，想想，把手放在桌上酒瓶移空處，得意洋洋地，
　　　　　見荷珠仍盯著看，想想，整條手臂都放上去，手掌托著下
　　　　　巴，又覺得不舒服，乾脆把整個上半身都倚在桌上，一點
　　　　　一點地把自己扭成一個怪異的姿勢，可謂辛苦極了。）

趙　旺　　不錯！——最近我公司裡事情很忙，哎，下面人太不中
　　　　　用，大事小事全要我管，大概是沒有我就活不成了！

荷　珠　　大爺眞是貴人。

趙　旺　　貴人？（更正）我叫趙旺。

荷　珠　　趙老闆。

趙　旺　　（再更正）趙——總——經——理！我的朋友也多數是做
　　　　　董事長啊總經理的，我們平常——平常——喲！（因爲
　　　　　剛才姿勢一直未變，實在夠痛苦的）我的腰閃到啦！

荷　珠　　我來搥搥。（上前搥）

趙　旺　　哎喲！

荷　珠　　怎麼啦？

趙　旺　　妳可不可以輕點？

（荷珠輕輕搥。趙旺又大叫。）

荷　珠　　又怎麼啦？

趙　旺　　也太輕啦。

荷　珠　　您還真難服侍。（索性不搥了）

趙　旺　　唉，我們這種做老闆的人就是平時缺少運動，常常一不小心就會閃到腰。誰教我們生意那麼忙呢！

荷　珠　　真是令人羨慕！

趙　旺　　（故作謙虛）羨慕?!等妳像我一樣了妳就知道……有錢雖然不錯，但也不怎麼樣，……人……人……人生如夢嘛。

荷　珠　　啊——那更令人羨慕了。

趙　旺　　（大樂，悄語）這個做總經理的滋味硬是跟做下人的不一樣啊，這小娘兒們很上道，我還得哄哄她——（對荷珠繼續裝模作樣）唉！我們有錢人的辛苦就不是別人能了解的了，像今天中午，我和一個朋友——就是（大聲宣佈）大華公司董事長齊子孝！——在一起吃飯，一邊吃飯我們還一邊商量生意上的事情，唉——妳說辛苦不辛苦？

荷　珠　　（驚訝不信地）大華公司——你和大華公司董事長是朋
友？

趙　旺　　當——然！很熟的朋友。我們是結拜的，歃血爲盟還磕
過頭、親過嘴……（自覺吹牛過頭）

荷　珠　　你眞的是他朋友？

趙　旺　　爲什麼不是？

荷　珠　　他那麼有錢，公司那麼大……

趙　旺　　一樣一樣，我也有錢，不過這沒什麼！我們常常一起開
車，一塊兒上街買東西，我和他太熟了，平常啊，我都
管他叫：老——齊！

荷　珠　　（當眞興奮了）我眞是有眼無珠啊！您一定是很了不起的
大人物才會和他那麼親近，來！（興奮且用力一拉，趙
旺竟跌倒，姿勢正好跪在荷珠面前）喲，大人物您起來！
（扶趙旺入座，邊行邊說）和大……大老爺喝這杯酒眞是
我三生有幸，（邊注酒邊說）打娘胎出來我就沒這個福
氣啊！

趙　旺　　哈——（大笑不已）這個老齊啊什麼人的話都不聽，就
聽我的，有錢人和有錢人交朋友很少像我們那麼要好
的，哇哈——（身子歪倚著椅背，得意忘形地搖擺著）

荷　珠　　這老小子好像聽不得好話，才說幾句好聽的，看他骨頭
都快酥了……

趙　旺　　哎喲！（椅子倒下，趙旺跌在地上四仰八叉，荷珠幫忙扶

起時，老鴇亦由內室衝來。）

老　鴇	哎喲！怎麼啦？可別跌壞了——

老　鴇　哎喲！怎麼啦？可別跌壞了——

趙　旺　還好。

老　鴇　我的杯子啊！（將趙旺手中杯子小心的放回桌上）我來扶您……

趙　旺　不用，我自己來。（努力爬起，站穩）林肯說：「自己跌倒自己站起來。」

老　鴇　您肯？

趙　旺　林肯。

老　鴇　我肯，我當然肯！

趙　旺　嗨——妳肯什麼?!妳啃饅頭去吧！我是說，一個美國總統林肯！「他」說的話！

老　鴇　噢——他肯？

（趙旺爲之氣結——）

荷　珠　您連跌個跤也有學問的?!

趙　旺　我也是用這句話來勉勵老齊，否則……唉……他哪會有今天呢？

老　鴇　老齊？誰是老齊？

荷　珠　哎，媽媽桑，他是在說……齊天大聖孫悟空！妳去忙妳的啊！

老　鴇　（不解，但仍巴結）喔……聽口氣您和孫悟空還有相當交情，不簡單。（走到店門口等候客人）

荷　珠　（幾近耳語）這個齊老闆聽說性格孤僻，很少跟朋友來往，財產那麼大，但一個兒女也沒有，倒眞難得有您這麼個知心朋友。

趙　旺　唯一的朋友。他什麼事兒只有我知道。

荷　珠　那麼說一個給我聽聽啊！

趙　旺　（又得意了）妳要我說？

荷　珠　快說啊，我就愛聽聽這些大人物的私事。

趙　旺　妳要我說？（見荷珠急切地點頭）妳眞要我說？

荷　珠　快……快說！

趙　旺　成！（眼珠放在頭頂上）不過——妳得先叫我一聲好聽的。

荷　珠　叫你一聲好聽的？——這個嘛——（嗲聲）趙大爺！

趙　旺　這太平常了。

荷　珠　（更嗲聲）趙總經理！

趙　旺　還太生分了！要比這個更好聽的！

荷　珠　（眞爲難了）更好聽的？這……

老　鴇　（在一旁早已等不及了）趙旺哥哥——呀——（老嗓嗲叫邊撲向趙旺）

趙　旺　（眼珠從頭頂滑落）我說我說我說！（老鴇愉快地走開，在店門口招呼客人，下。）

荷　珠　倒是快說啊！

趙　旺　（壓低嗓門，以示神秘）嘿嘿，就拿這檔事兒來說吧，全

世界沒有人能知道得比我還清楚。老齊啊，年輕的時候
相當落魄窮困，夫妻倆那時生了個女兒，取名金鳳，道
是家貧如洗，無力照養，就送給別人家了，隔不了幾年
哪，那老婆就嗝屁了……

荷　珠　　大爺，什麼叫做嗝屁啊？

趙　旺　　嗝屁嗝屁，嗝屁著涼！就是死翹翹的意思嘛！這都不
懂！

荷　珠　　大爺您真有學問！

趙　旺　　如今老齊發達起來，他又娶了個小的，偏偏這小的肚子
不爭氣，結婚多年啊，連個屁也迸不出來！

荷　珠　　後來呢？

趙　旺　　後來那老齊開始惦掛那失散多年的女兒，回頭去找——
人家搬走了，登報嘛，也怎麼都等不著消息，總而言
之，嘿嘿，有錢人有有錢人的麻煩，這個錢啊，並不是
萬能的！

荷　珠　　這是多少年前的事了？

趙　旺　　差不多二十年，如果那女兒還在——應該和妳差不多歲
數。（自斟自飲）

荷　珠　　（走到一旁思忖著）水往低處流，人往高處走。想我荷珠
執壺賣笑也有五個年頭，五年裡沒有一天不想換個身
分，享享有福之人過的日子是何等滋味。今兒個碰上這
傻小子自稱齊子孝好友，被我捧上兩句，竟漏了這麼個

大事出來，不要急，待我仔細想過——嗯，和我一般大的女兒，又從小失去音訊，壓根兒也沒見著面……

（荷珠回坐，對趙旺更加討好的勸酒。老鴇此時出現，疑神疑鬼的盯著二人）

荷　珠　大爺再喝兩杯啊，人說大人物肚裡能撐船，這點酒是算不上數的。

趙　旺　（暈天轉地）說得好、說得好，確實我喝了這些酒就像沒喝似的。

荷　珠　我還有些話想問問您老大爺，只是這兒外邊人來人往，（故作曖昧狀）我們到裡面好說話，怎麼樣？

趙　旺　（傻笑，受寵若驚）呵呵，我是好說話的人……亡（打嗝）您怎麼說……小的我怎麼做就是。（起身行走東倒西歪，醉得不可收拾，荷珠急忙來攙扶。）

荷　珠　老大爺當心。

趙　旺　別怕，我心情愉快的時候，都是這樣走路的。

（趙旺、荷珠下）

老　鴇　（見兩人離去心有不甘）哼，想騙我，沒那麼容易！（欲隨去偷聽，走兩步又轉身）這分明不是孫悟空的故事！

第二場

（齊子孝偕夫人入場，二人乘坐BENZ轎車以車旗示之，旗上畫有BENZ商標，跑場行走。趙旺——已換回僕人衣裝，擔任司機——突然緊急煞車，三人踉蹌停步。）

趙　旺　　紅燈亮啦！

齊　妻　　煞車也該修修了！

齊子孝　　（執煙斗，不可一世）少年失意，我擦別人車子；老大出頭，我坐自己車子。車子車子！老子我齊子孝的車子名叫BEN——Z！

齊　妻　　（滿身珠寶披掛）小姑獨處三十載，三生姻緣訂一朝，想當初——我可不是沒人追沒人要的，可我偏吃了秤坨鐵了心，沒這種車（指車）坐的日子我可是不過的，瞧瞧！（展示一身披掛）瞧瞧！這身打扮，正是夏天的棉被——不是蓋的。

（三人繼續跑場，終於到了家門，夫妻下車。）

趙　旺　　到家啦！老爺太太，我到後院去把車洗一洗（將車旗搓搓），再打打蠟。（跑下場）

（荷珠入場，東張西望。）

齊　妻　　唉，這種車一坐啊，就天下大亂也不干我的事兒了，

（呵欠）哎喲——我快回我的冷氣房吧。

（夫妻正欲下場，荷珠大叫奔來。）

荷　珠　ㄟ……

　　　　（夫妻驚嚇轉身）

荷　珠　請問……您……您二位就是齊……齊先生和……齊太太
　　　　嗎？

齊子孝　正是，這位小姐是——？

荷　珠　（撲通跪下，悲從中來失聲大哭）哇——爸爸！媽媽！

齊子孝　爸爸？

齊　妻　媽媽？

荷　珠　我是金鳳啊！

　　　　（夫妻嚇得快站不穩了）

齊子孝　金鳳？

齊　妻　金鳳？

荷　珠　（悄語）怎麼成了小學生上課，我說一句，他們跟一句
　　　　的？（繼續）嗚……這都是命啊…………

齊子孝　（悄語）難道她會是……

齊　妻　（悄語）唔，當初說媒的是說過這麼檔事！（暗自心驚）
　　　　天哪！

夫妻合　快起來說話！起來起來說！（二人攙扶荷珠起身）

荷　珠　（轉身掩面往後哭著跑著，二老緊隨不捨）苦啊……二十
　　　　年骨肉離散，各奔東西，如今是……一家人見面不相

識，我，我怎麼說是怎麼講啊？

齊子孝　快說！

齊　妻　快講！

荷　珠　（被二人情急的追逼給嚇一跳）我說我講！（開始誇張的描述）傷心人提起傷心事，正是悠悠忽忽半生如夢；二十年前父母將我生下，只因家境窮困，無力照養，乃將我託養於鄰居劉氏，從此各走天涯，互相失去音訊聯絡。五年前無意間從養父口中得知此事，就此跑來台北謀生，一心盼著找到親生父母消息，近日偶然間聽起朋友提到齊子孝赫赫大名，正是晴天一聲雷！我興奮得連這個月才買的愛國獎券（或說樂透亦可）也不要了，於是一路尋來，如今見著了雙親，卻禁不住滿腹的心酸，一時悲喜焦急，恍若前世，難道，難道這是一場夢嗎？

齊子孝　（喜不自勝）她當真是金鳳！

齊　妻　（滿腹狐疑）她果然是金鳳？

荷　珠　（悄語）該沒露出破綻吧，昨兒個練了一宿，這個儀態也該有個大家閨秀的模樣兒了，還有什麼話漏了沒說？

齊子孝　（對妻）是有點我們家人長相啊！

齊　妻　（冷冷的）什麼有點？像極了！人家說龍生龍，鳳就生鳳，這個小老鼠還不知是打哪兒來的呢？

齊子孝　真是太沒有想到了，真是喜從天降……啊，慢著，還有個重要問題忘了說，我說……這位金鳳啊……

荷　珠　　對了，我忘了說，養父劉氏近年來因爲工作職務忙，經常不在家，因而很少與我見面，來日待他得閒，一定請來與爸爸媽媽見過。

齊子孝　　對對對。

齊　妻　　對對對！（假惺惺，一副不信任的模樣）一定要請他來這兒，我們得好好談清楚，好好感謝他對妳的照養之恩啊！

荷　珠　　對對對！太意外了！來，（拉齊子孝）爸，我們進去家裡面好好談談。

齊子孝　　（邊行邊説）對對對，進去談，好好談談……（這才發現妻落單站著沒動）太太，來吧。

齊　妻　　喲，這個節骨眼上還有太太啊！（跟上）

齊子孝　　太沒有想到了，（突對妻耳語）妳覺得有問題嗎？

齊　妻　　誰知道？你沒問題，我的問題可大了。

荷　珠　　（興奮）爸爸！這眞是……太意外了！

齊子孝　　（同意地）太意外了！

齊　妻　　（酸溜溜）太意外了！

三人合　　太意外啦！

　　　　　（老鴇神秘兮兮地潛入，一邊窺視，三人下。）

　　　　　（老鴇衝向前，站定，神色驚訝。）

老　鴇　　他們意外？我才意外哪！

第三場

（劉志傑入，穿著窮困邋遢，發現香菸沒了，憤而將菸盒扔掉，走向椅子，坐下。）

劉志傑　　無錢俠氣衝冠出，有錢春風滿面生。我劉志傑，雖然生就一副窮酸模樣，可我有個在新公園算命的朋友，他說我是五官端正、相貌堂堂，命裡注定大富大貴，不過——那大概是上輩子，要嘛下輩子，絕絕對對不是這輩子。平常哪，有點小嗜好，手頭原本還有幾個子兒，又禁不住我手癢，就這麼（用手摸牌狀）——就完啦；幸虧孝女荷珠明理懂事，一個人跑到台北，在一家大眾傳播公司公共關係部門做秘書，每個月寄來幾千塊錢，好歹也可以讓老子我痛快花花。唉，我這老子（悄聲以示隱密）雖不是她親生的，但養育之恩可沒少了一點給她。

（荷珠穿著高級，手持信紙入，走到舞台側方，慢慢折疊著信紙。）

劉志傑　　養育養育，養嘛，長成這麼大個人，不是我養的是誰？隔壁養的那頭豬，養了五年也才那麼一點大啊，育嘛，看見什麼人該做什麼人事，看見什麼鬼該說什麼鬼話，

　　　　　不是我教的是誰？我養的那條狗還不見得分得清好人歹
　　　　　人呢！說她孝女孝女的，怎麼這個月的錢到今天還不見
　　　　　影子，爸爸我，還真有點——（怂怂地）操心哇！
　　　　　（荷珠將信紙折成一個紙飛機，投向劉志傑。）

劉志傑　　喲！瞧瞧，這運輸機來空投救難啦。（拾起）還真是荷
　　　　　珠的信呢！（將信展開，取出內藏匯票，兩眼就直盯著匯
　　　　　票。）

荷　珠　　父親大人，近來身體可安康，女兒荷珠遠在台北，內心
　　　　　卻不時無刻以父親爲念。

劉志傑　　（大怒）見鬼了，才三千塊還以我爲念……怎麼少了三
　　　　　千呢？（看信）

荷　珠　　父親千萬不要因爲匯票上的數字而生氣，待我說件喜事
　　　　　兒，您聽了一定高興。

劉志傑　　喜事兒？少寄三千塊錢，就說一個喜事兒人就沒氣啦？
　　　　　幹嘛不說兩件喜事兒，這樣一毛錢也甭寄啦！

荷　珠　　這話得從頭說起……

劉志傑　　慢點！喜事兒？——交了男朋友不成？交什麼樣的男朋
　　　　　友要扣我的三千塊？豈有此理，男朋友可以交，可就交
　　　　　不得那種混吃混喝，什麼正事不幹，就靠花女人錢的臭
　　　　　男人，（說得手舞足蹈，口沫橫飛）至少，像爸爸我——
　　　　　（正好望見自己手上拿著的匯票，一時爲之語塞，氣勢大
　　　　　減。想想，繼續看信吧。）

荷　珠　　女兒自從來到台北工作五年了，五年中無時不以父親的訓誡為最高原則，因此一心力爭上游，好做一個人上之人……

劉志傑　　對極了，我是說什麼來的？好像是：（裝出一副極有尊嚴的長者姿態）女兒啊，妳在社會上工作，千萬記住一個原則——要賺人家錢，一定要讓人家快樂！

荷　珠　　我選擇的職業就是遵照您的這個指示，五年如一日，奉行不渝！

劉志傑　　（可樂了）我這人雖然在牌桌上腦袋常發暈，做人處事的道理可一點也不糊塗，要賺人家錢，一定要讓人家快樂，嗯，一點沒錯，我劉志傑……

荷　珠　　（逼向劉志傑）你還要不要看信？（劉志傑立即端正坐好，將信捧起。荷珠走至劉志傑椅後）女兒我這會兒說出這樁害您少收了三千塊的事，包管您就樂了！

劉志傑　　那快說啊！

荷　珠　　（下面的表演有些類似雙簧）有道是：水往低處流，人往高處走；或者說有翅膀的在天上飛，沒翅膀的只能在地上爬；或者說，膝蓋硬的一輩子待在原地，膝蓋會彎的才能跑到前面；又或者說一個人戴一頂帽子是夠用，戴兩頂帽子是暖和，戴三頂帽子就是與眾不同了，如果戴四頂帽子呢……

（劉志傑喜形於色地用動作配合著……終於不堪。）

劉志傑	戴四頂帽子就要把人壓死了！拐彎抹角了半天妳是——
荷　珠	女兒我謀了個新職位。
劉志傑	什麼新職位？
荷　珠	新工作的老闆是當今頭號鉅商大華公司的董事長。
劉志傑	哇——？
荷　珠	由於新工作的性質需要一些新裝扮，因此花了些錢去添購，這些錢雖然目前短少了您的，但來日補償起來，恐怕您想花用都花用不完哪！
劉志傑	花用都花用不完哪？
荷　珠	花不完。
劉志傑	這等好事從哪兒找去？我這輩子竟然還有今天，我真是該樂了！
荷　珠	瞧瞧他，笑吧！
劉志傑	哈哈……
荷　珠	再笑。
劉志傑	哈哈哈……（笑得匍匐跪地）
荷　珠	你給我使勁笑！
劉志傑	哇哈哈哈……（突轉悲傷）嗚……
荷　珠	好端端的您怎麼哭啦？
劉志傑	嗚——妳給爸爸弄那麼多錢，花用都花用不完，妳叫爸爸怎麼辦嘛？
荷　珠	嗨，您別這麼沒出息啊，快起來看信吧！

劉志傑　　（起身）看信，看信。

荷　珠　　女兒荷珠之所以能有今天，全仰賴父親您一手教養，可謂沒有父親您，哪有女兒我。

劉志傑　　（得意）說得也是咧！（日語讀音：んらごすね！）

荷　珠　　還撒隆巴斯哪！

劉志傑　　想當初，妳小時候，是誰把妳拉屎痾尿、換洗尿片，誰父代母職、餵妳奶水的？

荷　珠　　爸爸您哪！

劉志傑　　妳肚子疼、頭頂生瘡腳底又流膿，是誰帶妳四下燒香，拜菩薩請醫生的？

荷　珠　　也是爸爸您哪！

劉志傑　　偷隔壁阿旺嬸兒家的芭樂，讓人家撐著小屁股給拽了回來，是誰給妳出面撐腰桿兒的？

荷　珠　　還是爸爸您哪！

劉志傑　　知道就好。

荷　珠　　但是，人生的變化實在太多了，我現在又有一個——新爸爸了。

劉志傑　　（五雷轟頂）啊？

荷　珠　　新工作的老闆因為賞識我的能力，決意收我為女兒，如今我已正式過門，陪伴雙親了。

劉志傑　　已經正式過繼給別人當女兒？

荷　珠　　您怎麼啦？

劉志傑	我怎麼啦？（逼向荷珠，荷珠退）我怎麼啦？（逼荷珠）我簡直怎麼啦？（追打荷珠，荷珠逃走，劉志傑大悲）我這糟老頭還指望什麼？我的女兒要賺人家錢還要去討人家開心，做起人家女兒了，以後的日子我要靠什麼過啊？我這裡是不想猶可，我這一想是頓覺人生乏味，情何以堪哪……
荷　珠	難過就說難過，沒有人難過還咬文嚼字的。
劉志傑	嗚……
荷　珠	這是在哭？
劉志傑	嗚……
荷　珠	當真在哭？
劉志傑	哇……（突停）我不哭了，起音起得太高，哭不下去。
荷　珠	不哭再看信吧你。
劉志傑	我老眼昏花、淚眼模糊看不清……
荷　珠	（指信上某處）在這兒呢！話說回來，父親您教我養我，恩重如「三」（語帶嘲諷的，手指比三）——
劉志傑	這是什麼國語？
荷　珠	於情於理我都不能棄您於不顧，所以我只是個過門的乾女兒啊。
劉志傑	乾女兒？
荷　珠	乾女兒？
劉志傑	只是乾的？

荷　珠	一滴水都沒有！
劉志傑	噗通！心頭大石落地。不早說，把我折騰得七上八下！急病人碰上慢郎中，眞他媽整人嘛！
荷　珠	日後，我在他們家享受的榮華富貴不也就是您的了嗎？當今頭號兒鉅商有何等財富，又哪是我們這輩子花用得完的呢？
劉志傑	花不完？
荷　珠	花不完！
劉志傑	我每天抽三十包香煙，吃五十包檳榔也花不完？
荷　珠	吃不完。
劉志傑	我每天全套馬殺雞，再帶出場，再去唱卡拉OK也花不完？
荷　珠	唱不完。
劉志傑	我每天喝保力達B加米酒八百八十八瓶也花不完？
荷　珠	我陪您一道喝也喝不完！
劉志傑	那我可要痛痛快快的喝一場了！
	（劉志傑一樂喊起酒拳，荷珠也跟著對喊上了——荷珠突停。）
荷　珠	得了！信上沒寫這一段！
劉志傑	我的觀世音菩薩瑪利亞，我的玉皇大帝阿里巴巴，我命裡注定老來福，一會兒我就是個人見人愛的老太爺了……（醺醺然搖頭晃腦，沒聽到荷珠下面的話。）
荷　珠	事情就報告到這兒，收信以後千萬不要回信，也不必自

個兒就跑來，這裡一切儘管放心，最後敬祝——

劉志傑　（一巴掌打在荷珠屁股上）種瓜得瓜種豆得豆，我教的女兒就是有出息……我要笑啊！哈哈……

荷　珠　（按著屁股）讀信幹嘛還打人？您自個兒笑吧！（下）

劉志傑　喲，幫腔的走了，這封信的感情太豐富，都是我那荷珠丫頭害的，嗯，這麼好的乾爸爸乾媽媽，我這個滴不拉幾、連湯帶水的濕爸爸可要去拜望拜望。慢點，人家說做老太爺的走路都是橫的走，（端起架勢）我的好女兒啊，爸爸來看妳啦——

（橫行下場）

第四場

（齊子孝與齊妻各自坐著想心事，趙旺在一旁拿著掃把掃地，邊掃邊打盹兒。）

齊　妻　　你說，會不會有問題？我覺得也——也太意外了。

齊子孝　　（沉重地）人生如夢，這意外的事啊，還多著呢！

齊　妻　　我說什麼你又說什麼了？（轉身不理）

齊子孝　　（走向一旁獨語）天有不測風雲，人有旦夕禍福，時運順過頭就開始背了。近來心事重重，混了這麼多年的名堂，一個周轉不靈，眼睜睜的看著就要垮了，平日那些跟前又跟後的人——現在有求於他們，他們可一個也不見了。

齊　妻　　我說，你一個人在那兒嘀嘀咕咕些什麼？

齊子孝　　（嘆氣回座）唉……

齊　妻　　好端端的唉聲嘆氣？

齊子孝　　……這件事啊，要等她養父來這兒就可以確定了，依我看，不可能有錯，這事情的詳細只有我們自己家知道，如果她是冒充的，怎麼可能把這些事一五一十的知道得那麼清楚？妳不是還說她長得像我嗎！

齊　妻　　那是我一時衝著你高興才說的，現在再看看……只有鼻

子像。

齊子孝　都長了隻象鼻子？

齊　妻　你還長了象牙呢！……趙旺！（趙旺未聞）……趙旺！
　　　　（趙旺驚醒急忙掃地）……趙旺！

趙　旺　（趨前）這會兒這兩字就是「過來」。

齊　妻　家裡發生這麼件大事還忘了交代你，我們失散了二十年
　　　　的女兒金鳳今天找來了，你多加照應著，怎麼個稱呼、
　　　　怎麼個禮數，你自己也是明白的……

趙　旺　（發愣）什麼？……

齊　妻　你以後不要亂喝酒，像昨兒個醉得那模樣，以後再見著
　　　　就不讓你進門了！

趙　旺　是……是……（仍發愣）

齊　妻　趙旺！

趙　旺　什麼？啊！（反應過來，回原位）這會兒表示「過去」。
　　　　（掃地）

齊子孝　太太，我心裡煩，我們出去走走好吧！（妻不理會）夫
　　　　人，夫——人——

齊　妻　我在這兒孵小雞呢，太太就太太，又夫——人了又！你
　　　　最近是怎麼啦，沒事就發愁發悶的？

齊子孝　（不耐）唉！真囉唆。（逕自走向門口——）

齊　妻　（委屈，發作起來）哇——街坊啊，鄰居啊！你們都來評
　　　　評理啊，你們說這個家上上下下裡裡外外，哪兒不是我

在打理我在照料！他來了個小的就忘了我這個老的！平日裡他冷了我給他加衣服，他熱了我給他脫衣服，他餓了我給他燉補品，他吃撐了我給他下瀉藥——

齊子孝　　（打斷）太太！

齊　妻　　我還有一大堆話沒說，給他這麼一叫，全吞下去了。（趨前攪齊子孝）趙旺啊，老爺子今兒心情不好，你凡事得睜大眼睛！

趙　旺　　是！

（二人離去）

趙　旺　　哼！我看妳自己眼睛睜睜大吧！（轉念，一肚子狐疑不解）我這酒一醒，世界大變，二十年沒見著的大小姐也跑出來了！瞧瞧去！（行轉繞道）我要瞧瞧去！（行至門前，敲門）我是來整理打掃房間的！請來開個門哪！

荷　珠　　來嘍——（搧著扇子，得意地走來）這可真是皇帝的家了，大小事還都有個人可以使喚的，我這個冒牌小姐做得好不安閒——快——活！（邊開門）我說，你是怎麼個稱呼的？

（門開，兩人一照面都嚇一跳，把門急速關上，各閃跳一方。）

趙　旺　　這個大小姐怎麼那麼面熟啊！

荷　珠　　這個大爺好像在哪兒見過？

（二人躡手躡腳走向門，沿著門縫上下窺望，不期然四目相對，二人驚呼跳開。）

荷　珠　呵，這不是那個趙總經理嗎，這會兒怎麼成了掃地的？

趙　旺　哎呀慢著，這不是那個荷珠嗎，這會兒怎麼成了金鳳小姐來了？我該沒走錯地方吧！

荷　珠　我明白了，這小子我當初一眼就看穿是個冒牌貨，果然當場給我逮個正著，不過這可不好，他如果把我揭穿了，嗯……我得先殺殺他威風才是——（將門打開，吹口哨，示意趙旺入門，趙旺入，荷珠將門一把關上，趙旺驚）我說，掃地的，你是怎麼個稱呼的？

趙　旺　（虛張聲勢）我！

荷　珠　嗯？

趙　旺　（洩了氣）我……我……我我…………

荷　珠　大便還是小便，你ㄨㄛ個沒完也不成啊！

趙　旺　我叫趙旺。

荷　珠　哪兒喲！你客氣了，你是趙總經理，你是我們老爺最好的朋友，你們一塊兒開車，一塊兒上街買東西，你們還磕過頭親過嘴的！

趙　旺　那……那也沒錯啊。他的車子是我開的，我們是同出同進、同進同出的！

荷　珠　有錢人像你們這樣的好朋友真是少見，老爺累了你還替他泡茶，老爺添了個新女兒，你還替他來打掃房間呢！

趙　旺　好朋友來往有很多種方式，我們是另外一種！

荷　珠　（曖昧地用扇子遮著臉）哪一種啊？

趙　旺	妳呀也別儘挑人的，自己把身分往扇子後面藏。（用掃把撞開荷珠的扇子）
荷　珠	堂堂一個金鳳大小姐，我有什麼好藏的？ （荷珠將扇子重重往桌上一放，趙旺見狀，隨即更用力地將掃把壓在扇子上。）
趙　旺	妳還真當我不認得妳啊，妳不就是那荷……
荷　珠	呸！大河小河黃河淡水河飯盒餅乾盒，合得著就蓋，合不著就塞，我怎麼又「得兒」──河了喲。
趙　旺	我才說了一個荷，她連飯盒餅乾盒都搬出來了──妳不就是那珠……
荷　珠	呸，珍珠寶珠大豬小豬母豬公豬肥豬和蕭孃珠，我這會兒又「得兒」──珠了喲！
趙　旺	剛說了一個珠，她就把我帶到豬圈去了。我乾脆兩字一塊兒說，妳是──荷──珠！
荷　珠	這人那天晚上醉得連自己是誰都不知道，倒把我這名字還記得挺清楚的。……我說，趙旺叔叔啊！
趙　旺	還趙旺伯伯、趙旺公公哪！
荷　珠	我說趙旺哥哥啊！
趙　旺	這種叫法兒真讓人從心裡就舒服，嗯……妳剛剛在叫誰啊？
荷　珠	我叫誰？我叫魂啊！面對面的我叫誰？
趙　旺	說吧！

荷　珠　這個……人的名字是不是自己的？

趙　旺　是啊，人的名字當然是自己的。

荷　珠　我這「荷珠」的名字是別人取的，我不喜歡；「金鳳」這名字是我自己取的，因爲我喜歡。你說，這有什麼不對？

趙　旺　這……妳對，我不對，我可是把話講在前頭，妳這「小姐」還在我手心裡捏著呢！如果我叫妳小姐妳就是小姐，我不叫妳小姐（解）哪……妳就只有把那泡尿給憋著帶回家去！

荷　珠　這話怎麼說？

趙　旺　妳不信，待會兒老爺太太回家，我把妳身分一抖出來，嘿，那時候我把妳好有一比──

荷　珠　比作何來？

趙　旺　伊朗國王──巴勒維。（菲律賓總統馬可仕亦可）

荷　珠　這話又怎麼講？

趙　旺　把妳從門裡往門外──轟出去啦。

荷　珠　那那……那我不正好是投靠到您府上──美國來求救嗎？

趙　旺　門兒啦！我們美國現在也不要妳啦。

荷　珠　哎呀，趙旺哥哥您得給我兜著點啊。

趙　旺　兜著點？這碗肥水我自己一滴還沒分著，幹嘛給妳一個外人兜著？

荷　珠　　我是會報答您的啊！

趙　旺　　哦，妳是怎麼個報答法兒呢？

荷　珠　　我在這兒享了福絕不會少了您的，老爺太太面前我還可以替您撐撐腰桿兒。

趙　旺　　就這樣？

荷　珠　　日後我的財產嘛，橫豎也和您分著花用，誰叫我們是——自己人呢！

趙　旺　　嗯，果然這樣倒是不錯。——不過嘛——

荷　珠　　不過什麼？

趙　旺　　不過，妳還得先叫我聽聽好聽的。

荷　珠　　還來啊！這小子真還上癮了，敢情這輩子被人罵得太多，現在要撈本撈回來。

趙　旺　　（臉拉長了）叫是不叫？

荷　珠　　你別哭啊，我這就要叫了，聽著！

趙　旺　　（湊上來，一臉滿足）我聽著。

荷　珠　　我說——旺兒啊！

趙　旺　　ㄟˋ（氣得跳腳）又得兒旺兒了，旺兒也是妳叫的？我自己還捨不得叫呢！

荷　珠　　這樣——你教，我來學著就是了。

趙　旺　　我教妳？成，瞧著啊……（示範動作，極盡妖嬈之能事）出得門來這麼一擺，這麼二擺，再這麼一撫（唸ㄨˇ）……

荷　珠	這是什麼年頭時興的動作哇？
趙　旺	再這麼一權（唸ㄑㄧㄚ）腰，還要飛眼……
荷　珠	我還得飛眼？
趙　旺	然後妳就瞧見我了——喲……
荷　珠	哪兒失火了？
趙　旺	原來是——我那親親的……
荷　珠	香皂？
趙　旺	熱熱（ㄖㄨㄜˊㄖㄨㄜˊ）的……
荷　珠	麻糬？
趙　旺	我的趙旺哥哥呀！
荷　珠	幹嘛還得「呀」呀？
趙　旺	不「壓」怎麼吃麵條啊，來，照這樣演習演習！
荷　珠	這會兒不聽他的還不行了，您瞧著……（模仿趙旺動作）出得門來，要這麼一擺，這麼二擺，還要這麼一撫。
趙　旺	妳成了二百五。

（荷珠受窘嬌嗔，趙旺得意。）

荷　珠	再這麼一權腰，喲——
趙　旺	（抗議）妳還沒飛眼哪。
荷　珠	再這麼一飛眼，喲——
趙　旺	（用更撒嬌的聲音示範）喲——
荷　珠	喲——
趙　旺	（更強調）喲——

荷　珠　（簡直成了山羊叫）喲——（趙旺滿意）原來是我那親親
　　　　的、熱熱的……

趙　旺　砸了！

荷　珠　怎麼砸了？

趙　旺　不是熱熱的，是ㄇㄨㄛˊㄇㄨㄛˊ的！

荷　珠　幹嘛非得ㄇㄨㄛˊㄇㄨㄛˊ的？

趙　旺　我就愛這味兒嘛，再來一次！

荷　珠　導演也只要我來一次，這段戲敢情是他自己加的？

趙　旺　妳不聽話？

荷　珠　（強自按捺）好，你給我瞧著了！（開始比劃）出得門
　　　　來，要先這麼一擺，這麼二擺，再這麼一撫。（下面句
　　　　子連動作一口氣唸完）還得這麼一權腰再這麼一飛眼喲
　　　　喲喲喲喲喲喲原來是我那親親的熱熱的趙旺哥——哥
　　　　——呀！

　　　　（齊子孝與齊妻入）

齊子孝　金鳳，開門哪。

　　　　（兩人急忙拿起自己的東西掩飾，但是荷珠拿了趙旺的掃把
　　　　掃地，趙旺拿了荷珠的扇子逕自搧著。）

荷　珠　門沒鎖啊！

　　　　（夫妻開門，不察，倚門說話。）

齊　妻　趙旺！（趙旺原以左腿置右腿上翹著，聞聲突改以右腿置
　　　　左腿上）房間已經打掃好了嗎？

趙　旺	差不…多…好……了。
齊　妻	清掃完事去交代廚房，晚飯加點菜啊！
趙　旺	是的。
齊　妻	金鳳！（荷珠未反應，專心掃地）金鳳！
荷　珠	啊！我就是，我當是叫別人呢！
齊　妻	妳要什麼東西，儘管叫趙旺去跑腿，喔！
荷　珠	是的。

（齊與妻轉身欲去，走走又轉回頭望了一下，誤以爲自己眼花了，此時屋內二人已迅速交換還原，但荷珠拿著扇子作掃地狀，趙旺用掃把搧涼著。二老又去，走走又停住，屋內已變成荷珠用掃把搧涼，趙旺用扇子掃地，兩人又急換，變成二人都坐著搧涼，再換，二人一起掃地……好不容易結束了這番瞎折騰，終於趙旺用掃把掃地，荷珠用扇搧涼，二人驚喘不已……）

第五場

（齊妻與荷珠端坐著，趙旺擦桌子，伺候於一旁。）

齊　妻　吃飽了嗎？

荷　珠　吃飽了。

齊　妻　要不要再喝點什麼？

荷　珠　不用了。

齊　妻　能不能喝酒？

荷　珠　（喜形於色）噢……這……勉強一點點還可以，多了就不行了。（趙旺一旁以眼色警告）

齊　妻　趙旺！（趙旺取酒）妳說妳本來在什麼公司行號上班的？

荷　珠　我在一家大眾傳播公司。

齊　妻　做什麼呢？

荷　珠　我搞公共關係。（趙旺注酒，聞言差點打翻）我已經把那個工作辭掉了，打算幫忙父親的事業，有道是，自己人手不耕外人田！對吧！（舉起酒瓶補滿自己的酒杯，然後大口喝下，齊妻發怔，趙旺不忍看。）

齊　妻　一點也沒錯，自己的田地是不用外人來耕作。趙旺，去請老爺也過來，這人近來成天唉聲嘆氣的……

荷　珠　（制止趙旺）不用！我來叫喚就成了。（興奮得扭擺著走到門口喊著）爸——爸呀——來這邊兒坐坐呀——喝兩杯呀——

齊　妻　這是什麼腔調？

趙　旺　看家本事又耍出來了。

齊子孝　（入）失而復得是女兒，得而復失是財富，得得失失，福禍難知。你們母女倆有什麼事？剛剛我聽到一聲慘叫，是什麼？……

齊　妻　別胡謅啦，是你女兒請你過來坐坐——

荷　珠　對啦，灌兩口黃湯，神仙遊四方——爸爸，我們猜酒拳，喊酒令，我的酒拳划得好噢！（喊起酒拳來）

趙　旺　哈——啾！

齊子孝　趙旺，你在那兒沒事可做還會冷嗎？（趙旺急忙擦桌椅）金鳳，妳養父該收到信了吧！

荷　珠　我昨兒就把信給寄了。爸爸，為我們的重逢來乾一杯。（對乾）……再為父親的事業乾杯！（自己一飲而盡，接著哼起小調來）好酒啊兩三口啊真快活啊不想走啊……（又待取酒，被趙旺暗中急急阻擋，荷珠不從，趙旺索性搶走酒瓶，荷趙二人爭搶起來……）

齊　妻　（悄語）這倒好，說著說著唱起來了，我這裡愈坐愈不安心，這個女人讓人怎麼看，總覺得渾身上下有股邪味兒，我得想法兒搞個清楚。

齊子孝　　（對齊妻）這孩子還真是興奮，一天就看她樂呵的，這
　　　　　　會兒又喝得連酒有多厲害都不知道了。金鳳！妳的養父
　　　　　　待妳如何？妳喜歡養父還是爸爸？

齊　妻　　得了吧，就這問題你已經問了五、六回啦，養父怎麼比
　　　　　　得上親生父親呢？

荷　珠　　對啊對啊。

齊子孝　　人生的變化真和股票市場一樣，說跌就跌，說漲就漲，
　　　　　　昨天你掉了的東西，今天又找到了；今天你有錢，明天
　　　　　　你又變成窮光蛋。

荷　珠　　爸爸說得很有道理，昨天你是窮光蛋，今天很可能就變
　　　　　　成有錢人，今天你找到的東西，明天——可能又跑掉了
　　　　　　……

趙　旺　　哈——啾！

齊子孝　　趙旺！

齊　妻　　（起身悄語）有了！我有法子來證明這女兒到底是真是
　　　　　　假，瞧我的——（坐回）金鳳啊！妳這一點酒還夠喝
　　　　　　嗎？

荷　珠　　馬馬虎虎，我就將就著了。

齊　妻　　（裝腔作勢，彷彿有重大心事）金——鳳——啊——

荷　珠　　我的媽呀！

齊　妻　　妳說，妳和妳爸爸哪一點像？

荷　珠　　噢——鼻子像。

齊　妻　　妳還捨不捨得離開我們？

荷　珠　　（驚起）媽呀！妳怎麼說這樣的話？（衝動做作地抱住齊
　　　　　子孝大哭）爸爸！我們再也不要分開了！

齊子孝　　（撫慰）乖女兒，真是乖女兒！（對齊妻）妳就不要提這
　　　　　種感傷的事好不好。

齊　妻　　（哽咽）但是，媽要告訴妳一件最近家裡發生的不幸事
　　　　　情。

荷　珠　　什麼事？

齊　妻　　（作戲地大哭）哇……

齊子孝　　什麼事？

齊　妻　　金鳳啊！妳爸爸公司最近被人作弄，狠狠的作弄——已
　　　　　經——已經倒閉了。

眾　人　　什麼？

齊　妻　　我們真是苦命啊！這麼大的家產……

齊子孝　　（至台前悄語）不對啊！這個事情除了我，沒有第二個人
　　　　　知道，這個小女人是怎麼知道的？（回）

趙　旺　　（至台前悄語）這才邪門兒了，倒閉就是表示這個家完蛋
　　　　　了，這……這……我還有什麼好混的？（回）

荷　珠　　（至台前悄語）費了那麼大事，現在她說倒閉了，難不
　　　　　成，作賊的還真上了賊船，白搭一場？慢著，我弄清楚
　　　　　些。（回）媽呀，您在開玩笑吧？爸爸，這不可能的是
　　　　　吧？

齊　妻　這種事我開玩笑，公司不倒也會被我說倒啦！我們真是倒楣，這麼大的家產都完蛋了，從今以後只有縮衣節食、粗茶淡飯——嗚——沒好日子過了。

齊子孝　這件事啊，我們也不必看得太悲觀，唉，本來，人生如夢啊！我不是說嘛，昨天你掉了女兒，今天又找到了，今天你有錢，明天又可能變成窮光蛋。唉！

（齊妻倏地抬起頭，似乎這才聽懂了平日沒聽懂的話，但又無法置信。此時劉志傑衣著講究，手持信封，東張西望地找來——）

趙　旺　（至台前悄語）這還真是緊張懸疑，步步驚魂哪！看這老倆口神情曖昧，還真摸不著他們葫蘆裡到底賣的什麼膏藥？（回）

荷　珠　（至台前悄語）這一搭一唱可愈演愈逼真啦。我這兒差不多也涼了半截（回）——爸爸，您打算怎麼辦呢？

齊子孝　唉——

（劉志傑按門鈴，鈴響。）

趙　旺　您倒是說話啊？

齊子孝　塞翁失馬，焉知非福。我的女兒離散二十年竟然又找到了，這也算是個安慰了。太太，妳怎麼啦？

齊　妻　（怔怔地）趙……趙旺，開門去。

（趙旺一開門，正好迎上劉志傑欲按門鈴的手指——）

趙　旺　（沒好氣）幹嘛！你要——找——誰？

劉志傑　　我要找……找……荷珠丫頭。

趙　旺　　（突然警覺）你是她什麼人？

劉志傑　　（神氣地）說出來怕佔你便宜。

趙　旺　　別開心啦！你──（突領悟）你是她──爸──爸！

劉志傑　　哎！（得意地一把推開趙旺，大步跨進門）

齊子孝　　趙旺，誰來了？（見劉志傑）您是……

　　　　　　（荷珠一見，猛然站起又猛然坐下，忿忿將背朝向劉志傑。）

劉志傑　　兄弟劉志傑。

趙　旺　　你一個人六隻鞋？

劉志傑　　劉──志──傑！

趙　旺　　噢！您是荷珠的……

劉志傑　　爸爸！

趙　旺　　哎！（佔了便宜就走）

劉志傑　　我那丫頭在這兒嗎？啊！（瞧見）荷珠，我差點認不出
　　　　　　來啦，妳這一身打扮真是不一樣啊！

荷　珠　　彼此彼此。

齊子孝　　（傻瞪著劉志傑）啊──是──是──你是老劉，我認出
　　　　　　來了，二十年前我們是鄰居啊！

荷/趙/妻　（驚訝地）什麼？

劉志傑　　你是……

齊子孝　　我齊子孝啊！大華公司的董事長──齊──子──孝
　　　　　　啊！

劉志傑	你一個人七隻腳？
齊子孝	齊——子——孝，我是金鳳的父親。太太，這位就是我常向妳提起的老劉啊！

（劉志傑怔怔地望著齊子孝）

齊　妻	（悄語）這戲愈演愈逼眞了，先來了個小的，這會兒又來了個老的！
荷　珠	（悄語）這到底是怎麼回事，我究竟是給誰生下來的？
劉志傑	唉——呀！你——你——不就是老齊嗎!?
齊子孝	可不，二十年啦！
齊　妻	劉先生，剛才喚小女作「荷珠」，這是您給她取的名字嗎？
劉志傑	可不，用了二十年啦！
荷　珠	（站在齊子孝和劉志傑的中間望著劉志傑）爸爸！
齊／劉	哎！
荷　珠	（大驚失色，傻望著齊子孝和劉志傑，不解地）兩個……
劉志傑	這也沒什麼關係嘛，兩個爸爸恰恰好！
荷　珠	（快哭了）唉喲！
劉志傑	荷珠啊——哦，金鳳啊，妳眞是能幹，天大的好消息還瞞著我，老齊——哦，齊董事長和我是二十年前的鄰居哇！
荷　珠	您的意思是，我是——（手指齊子孝，齊子孝與劉志傑點點頭）我不是——（手指劉志傑，齊子孝與劉志傑搖搖頭）

劉志傑	聰明的孩子，二十年的秘密原來妳早就知道了，然後故意給我一個驚喜是吧？

劉志傑　聰明的孩子，二十年的秘密原來妳早就知道了，然後故意給我一個驚喜是吧？

趙　旺　（忍無可忍）到底她是誰生的？是七隻腳還是六隻鞋？你們可要把事情弄清楚喔，我不被折磨死了才怪！

齊　妻　你急個什麼勁兒？他們能生嗎？金鳳當然是她媽的——（眾愕然，「嗯？」）是她媽生的。來來！大家來喝酒吧！

（齊妻一把將發愣的荷珠拉過去，眾人紛紛嚷著「喝酒喝酒」慶賀起來。）

劉志傑　我敬董事長和董事長夫人，我們從此就是一家人了，俗話說，衣服會穿破，米飯會吃盡，我們啊，可是永遠不分離的好親家。

齊子孝　（沉重地）唉，人生的變化真是太多了。

劉志傑　（愉快地）真是一點沒錯，我能攀上像董事長這樣有錢的親家，可真是我祖宗修來的！

齊子孝　劉兄有所不知，兄弟經營的事業最近因為被人倒閉，眼見就要垮了，又沒有一個朋友能出錢相助以度難關，唉，現在可以說是完蛋了。

齊　妻　好啦好啦，別再跟我逗了，我剛剛只是說著開心好玩的，你就沒完沒了的不下台了？

荷／趙　說著玩兒的？

齊　妻　當然是玩兒的啦，我故意逗妳爸爸，給他一個警告，看

他成天愁眉不展，生意還做得下去嗎？

劉志傑　這……什麼玩法？你們有錢人家玩的遊戲我怎麼看不懂啊？

荷　珠　媽咪！我們家真的沒變？（齊妻搖頭）我的觀世音菩薩瑪利亞！（語調表情一如第三場劉志傑的表演）我的命裡注定享福啊──我剛剛失望得差點要跳樓！趙旺──

趙　旺　現在到底誰是爸爸？

荷　珠　你還管誰是？有錢的就是！（與趙旺同樂而忘形，緊抱住齊妻，一個親吻──）媽咪！

趙　旺　（緊抱荷珠，一個親吻──）媽媽咪呀──

劉志傑　荷珠──噢，金鳳啊，這是怎麼回事啊？

荷　珠　沒事，我們好好喝兩口慶祝慶祝！

趙　旺　我侍候！喝酒！

（劉志傑、荷珠、趙旺三人注酒飲酒樂成一團。）

齊子孝　（走向台前悄語）我只道財去人空，好歹女兒還是自己的女兒，再看看，這女兒的念頭倒比外人的念頭還來得勢利，我才說要垮，她竟然失望得要跳樓。嗚呼──罷了，我還是說明真相吧。（回，故意大聲長嘆）唉──人生多變化啊！

趙　旺　（一口酒在嘴裡差點嗆死）怎麼人生又要變化了？

荷　珠　這……人生不要再變化了！

齊　妻　這……人生沒有變化！

（眾屏息以待，目光由齊子孝移至齊妻，又移回齊子孝。）

劉志傑　這人生啊……嘿嘿……（故作解人狀，左右看仍不解，乾脆舉杯仰頸）這人生（蔘）很補啊！（一口乾了）

齊子孝　（終於決定開口）這個事情啊——

齊　妻　（緊接口）大家再來喝點酒，我們這兒可算是喜事啊！趙旺，給金鳳的爸爸倒酒。

趙　旺　（遲疑）哪一個爸爸？（手指比六，又比七）

齊　妻　都倒。

齊子孝　這個事情說起來……

齊　妻　趙旺倒酒……

齊子孝　這個事情……

齊　妻　倒酒啊，趙旺……

齊子孝　我說……

齊　妻　倒酒……

齊子孝　我……

齊　妻　再倒……

齊子孝　我我我我我……

齊　妻　倒倒倒倒倒……

（趙旺倒酒倒到不可收拾）

齊子孝　我還能不能說話？

齊　妻　你到底要說什麼？

趙　旺　我還要不要倒酒啊？

齊子孝　（念頭一轉）太太，我們來乾一杯。（自己一飲而盡，齊妻見狀也仰頸而飲，齊子孝趁著空檔急忙飛快地說話）我的公司確實被人倒閉了我不知道妳媽媽為什麼說是開玩笑我可是——當——真——說的！

（齊妻差點噎到，眾人猜疑不已，分別走到台前悄語。）

荷　珠　本想找個好職業，現在看樣子大有問題了，一個窮爸爸已經夠我受了二十年，這會兒又添了一個。但是聽那小媽媽的話，這事兒又像是個詭計，我得弄清楚！

趙　旺　我這點善解人意的本事用不上了，只看他們一會兒上山一會兒又下了海，把一個聰聰明明的小趙旺折騰得像是老太太拐了小腳——怎麼也跟不上，不過跟不上還是得跟上！

齊　妻　看老頭子近來神色不寧，莫非這事兒真出問題了？天哪！趕這個節骨眼上，偏還惹來這麼幾個貓哭耗子的。嗯，我得小心捏著！

劉志傑　我還當是和了一副清一色，弄了半天原來是放炮！賠了夫人又折兵的事我可不幹，荷珠丫頭好歹是我養大的，如今看看沒指望了，回頭再去那個大眾傳播公司搞什麼公共關係，我沒事還能摸個兩圈，嗯，得把女兒騙回來。

（眾人回位，一齊裝作愉快笑嘻嘻的樣子。）

趙　旺　老太爺福壽好比南山，事業得意、失意不過是人生中的

　　　　　小事，同時以老太爺在江湖上的字號兒也絕不是輕易倒

　　　　　得下來的，我看……

齊　妻　　小趙旺這會兒懂道理了。（對荷珠）其實呢，妳爸爸和

　　　　　我只是想知道我們的女兒是不是真心的，所以故意這樣

　　　　　講講，我們家還是好好的……

荷　珠　　不不不不不！即使父親明天真的就變成窮光蛋，我還是

　　　　　永遠愛他老人家，有道是：父母總是自己的好……

劉志傑　　NO NO NO NO NO！我想——荷珠還是跟我走比較好，

　　　　　免得你們在這種情況裡還添了負擔，我心裡也過意不去

　　　　　……

齊　妻　　哎，要真是這兒的女兒當然是待在這兒啦，不過話又說

　　　　　回來，你們父女倆相處那麼多年，我們也不好意思強把

　　　　　你們分開，是吧？

劉志傑　　（悄語）這個小女人說變就變啊?!（對眾）唉，坦白講

　　　　　吧，人生多變化！荷珠並不是你們的女兒。

眾　合　　（這下子一擁而上，群起攻之）怎麼又不是啦？

劉志傑　　你們的女兒叫金鳳，她叫荷珠。

齊　妻　　那麼她是誰？

劉志傑　　她是我的女兒。

齊　妻　　我的女兒金鳳呢？

劉志傑　　你給了我啦。

趙　旺　　她人哪？

劉志傑　她從小在我家。

荷　珠　後來呢？

劉志傑　後來就⋯⋯就⋯⋯

眾　合　就怎麼樣？

劉志傑　就長大了。

眾　合　長大以後呢？

劉志傑　（無辭以對）長大以後就被「河」裡的「豬」吃掉了！
　　　　所以她現在叫做「河」「豬」！（一溜身閃至一邊）

　　　　（眾人發怔）

荷　珠　我⋯⋯我到底是誰啊？

　　　　（荷珠氣憤扭身而下，眾皆頹喪，心煩意亂在廳中踱步或呆
　　　　坐。）

　　　　（老鴇戴著一副時髦的墨鏡，刻意的穿著高貴漂亮，一扭一
　　　　擺入。）

老　鴇　人逢喜事精神爽，新衣新鞋——（拋個媚眼，故意挺挺
　　　　胸，原來她還戴了個特大號胸罩）新花樣！瞧我那荷珠丫
　　　　頭都換了個身分，媽媽我還不趕緊來分一杯羹——成
　　　　嗎？（按門鈴）

　　　　（房內眾人只是唉聲嘆氣，鈴又響，仍無人應。）

老　鴇　莫非這家人都正在摸八圈，以為警察來抓賭？媽媽我不
　　　　拿出看家本事是不行啦！（捲袖叉腰大叫）這裡面有人
　　　　沒有？給我來開門哪⋯⋯

趙　旺　（忍無可忍）開門去！

（齊子孝、齊妻、劉志傑不假思索地急忙應門。門開，老鴇
花枝招展地微笑。）

老　鴇　嗨！

眾　合　（齊聲有力沒好氣的）找誰？

老　鴇　（嚇壞了）荷……荷……荷……ㄓ……ㄓ……ㄨ……
珠。

齊　妻　老太太，不要怕，您是荷珠的什麼人？

老　鴇　老太太？（四下張望）這是叫我？（恢復嬌態）我是荷
珠的乾媽！（跨步入室內，取名片遞給齊妻）哪，這是妹
妹我的名片。

齊子孝　（一肚子不高興）嗌，又來了個乾媽了又——我看她像乾
爹。

老　鴇　（挺胸）哎，老傢伙，你這張發霉帶銅臭的嘴幹啥罵人
哪？你算那顆蔥呀！

齊子孝　（憤然）我是這兒的主人，我心情不好，愛罵誰就罵
誰，不愛聽您就請回去！

老　鴇　好哇——你當你有錢就可以隨便欺負人？我可是看你們
女兒回門，特地來道喜的，你還當我是來求你的？老娘
我闖蕩江湖幾千年——噢不，幾十年，還沒有人敢這樣
對我……

齊子孝　年輕人時興不分男不分女的，她這把年紀還要打扮得陰

陽怪氣的，我一眼就能看得出她是什麼場面上的貨！

齊　妻　（遞老鴇的名片給齊子孝，悄悄提醒他）你這是做什麼？誰惹了你啦？人家可是金鳳的乾媽。

齊子孝　（更氣了）我們家是在辦懇親會嗎？平常什麼親人都沒有，今兒個來個沒完，我們自己麻煩還解決不了，外人來湊什麼熱鬧——（看到手上名片時突然怔住）

老　鴇　老娘——老娘我今天真找對門了，他媽的——

齊子孝　（緊接著，喃喃唸著名片）——夜來香大眾傳播公司董事長！

老　鴇　（想想再罵）老娘是男是女干你鳥事，他媽的——

齊子孝　（緊接，喃喃）夜來香董事長。

老　鴇　（咦，再罵）他媽的——

齊子孝　（緊接）夜來香。

老　鴇　他——媽——的。

齊子孝　夜——來——香。

老　鴇　你還在罵我！

齊子孝　（如夢初醒，獨語）哎呀呀，救星來啦，這不正是我千等萬等的觀世音菩薩嗎！糟糕了，快補救。（轉對老鴇，滿臉甜蜜的笑容）嘻嘻嘻嘻……（笑得太劇烈，眾人全傻了）……失禮失禮，董事長今天怎麼會光臨舍下，真是蓬蓽生輝，蓬蓽生輝啊！

老　鴇　（不解）話怎麼會說到這兒來的？老頭兒，方才我們還

　　　　　　沒吵完，你別太快講別的——老娘像男像女干你鳥事，
　　　　　　你憑什麼瞧不起我的長相？

齊子孝　　誤會誤會，我是——

老　鴇　　他媽的，你明明說我陰陽怪氣！

齊子孝　　誤會誤會，我是說——

老　鴇　　你說誰？你說誰？

齊子孝　　我是說——我是說我自己。（換上怪異音調和動作，忸怩
　　　　　　地對老鴇求情）我說話有時候意思會說不清楚嘛，董事
　　　　　　長不要介意嘛！（作狀，用手撒嬌地推推老鴇）

老　鴇　　（也推齊子孝一把）那你就說清楚嘛——

齊子孝　　（又推老鴇一把）好嘛。

　　　　　　（齊子孝推得太大力，老鴇不慎沒站穩，被旁邊的劉志傑一
　　　　　　把抱住，老鴇急忙掙開，將胸罩扶穩。）

齊　妻　　趙旺！扶我一把——（快昏倒）去問老爺他怎麼了？

齊子孝　　不要囉唆！我嗓子今天不順暢。（對老鴇）嗨，董事長
　　　　　　啊，您，您原來就是我們女兒的老闆啊！

老　鴇　　兼乾媽！

齊子孝　　是的是的，都是自己人嘛！

　　　　　　（除了齊子孝以外，眾人俱躡足至台前悄語。）

眾　人　　（輪聲）這——這——這——……（合聲）這裡面有問題
　　　　　　啊！

劉志傑　　這個姓齊的那張長臉突然變成圓臉了！

老　鴇	狗嘴裡突然長出象牙來了！
趙　旺	身高也矮了半截。
齊　妻	連聲音和姿勢也變了樣兒！
眾　人	（合聲）這裡面有文章！
老　鴇	莫非我這一身打扮真還被人看破，耍弄個什麼花樣來算計我老人家？我得小心防著點，這個地方的人看起來都古里古怪、色迷迷的。
劉志傑	可不是嗎！難道有錢人都是這調兒？荷珠丫頭也不知道從哪兒找來那麼多爸爸媽媽，還都儘是做老闆的？這回這個我可得問清楚，別再來個倒閉的了！
趙　旺	這碗肥水被這土包子（指劉志傑）攪和得快成一碗渾水啦，現在這個老醜八怪（指老鴇）也趕上來，不用說，也是來分杯羹的，我原當是沒搞頭了，現在看老爺那張臉好像還有名堂，嗯，小心瞧著，先別被那老醜八怪認出我來。
齊　妻	這局面比台北市的交通還複雜，打從這女兒進了門，日子就沒安寧過，老爺老爺突然變性，劉老頭劉老頭出爾反爾，連個小趙旺也變得神經兮兮。哼，我先弄清楚這乾媽是不是真的再作道理。
齊子孝	（此時亦躡足趨前悄語）我這生意走到絕路，硬是沒有人搭一把，正想宣佈倒閉，偏來個活菩薩！那邊劉老頭分明是見風轉舵、愛富嫌貧，這邊這個董事長親家我可得

把握住。

（眾人各懷鬼胎回位，一起裝作愉快笑嘻嘻的樣子。）

齊子孝　這位——董事長啊您請坐啊。

（老鴇欣然就座，眾亦坐。）

劉志傑　我說——乾媽董事長！你這個老闆倒不倒閉的？

老　鴇　喲，我打從一進門，每個人趕著來欺負我啊？告訴你，
我們生意可好啦，我們客人每天都是排隊等著上門的，
什麼倒不倒閉，咒我啊，你這個喀嚨喀嚨的檳榔嘴！

齊子孝　什麼倒閉，亂講，董事長我們不要理他。

齊　妻　我說董事長啊，我們來給您的乾女兒一個驚喜您說怎麼
樣？

老　鴇　噢，Surprise？

齊　妻　Yes！（至門邊）金鳳啊！看誰來看妳啦！（悄語）我倒
要看看金鳳突然看到她是怎麼稱呼的！

荷　珠　（入，望見老鴇，兩眼發直）媽媽桑！

老　鴇　乖女兒！

荷　珠　天老爺，妳來這兒幹什麼呀？

老　鴇　丫頭，我趕來恭喜道賀的啊，再說，我們都是一家人
了，彼此認識一下，日後彼此也有個照應哇。

齊　妻　（安心滿意狀）董事長啊，我們可真是一家人啊！

齊子孝　我們真是有緣千里來相會！

老　鴇　可不是嗎！（對荷珠擠眼）沒錢對面不相識啊。

（荷珠哭笑不得，坐也不是，走也不是。）

齊子孝　董事長，小女金鳳多虧您一手栽培，我們非常感激——

老　鴇　呃？——金鳳是……您的意思是說荷珠？

齊　妻　荷珠就是金鳳。（下面幾句話，每個人都用手指著荷珠說）

劉志傑　（繃著臉）荷珠就是荷珠。

齊　妻　誰說的？金鳳就是金鳳。

齊子孝　對啊，金鳳就是金鳳，但是荷珠也就是金鳳。

劉志傑　不對不對，金鳳不是金鳳，荷珠才是荷珠！

趙　旺　（急忙岔嘴）哎，你們搞錯啦！金鳳就是荷珠！

齊　妻　你才說反了，荷珠才是金鳳！

齊子孝　荷珠才是金鳳？金鳳才是荷珠啊！

趙　旺　你們——哎，金珠就是荷鳳，荷鳳也就是金珠啊！

（眾皆四顧愕然，不解話怎麼說成這樣了。）

劉志傑　得了，別磨菇了——什麼金珠不荷鳳的，我說——荷珠
　　　　的媽呀！（對老鴇招手，示意前來商量）

（老鴇與齊妻一同前來）

劉志傑　我是說那個老一點的。

（老鴇與齊妻一同轉身回座）

劉志傑　我是說那個既年輕又漂亮，身材特別健美的。

（老鴇與齊妻一同前來，但聽到話說一半，齊妻折回，老鴇
挺著胸，得意地走到劉志傑旁。）

劉志傑　荷珠多虧您一手栽培，我非常感激——

老鴇	這我剛才聽過了。
劉志傑	荷珠的意思是想回您的老公司服務，感情好，事情熟，做起來比較順手——
老鴇	老小子剛咒我倒閉，現在怎麼又來這一套啦？
劉志傑	我要解釋一下剛才我開的小玩笑，事情是因為老公司（手指老鴇）信用好、水準高，尤其——生意特別好；而新公司（手指齊子孝）信用不好、水準不高，尤其——生意已經倒——
齊子孝	（急忙將劉志傑一把扯開）實在人生多變化，我要解釋一下剛剛我開的一個小玩笑——
老鴇	慢著，你們剛才開了我老人家多少玩笑？
齊子孝	大家都請坐，我把話說明白了。

（眾人哭笑不得，只得入座。齊子孝深呼吸一口，培養好情緒。）

齊子孝　　我的生意仍然是興隆發達，我的家產仍然是全國首富。我只是——（憂傷起來）很懷念創業以前的窮苦日子，所以剛才故意那樣說。我是希望（情感爆發）——我不要忘記我也是窮苦人過來的，我希望一個人在得意的時候還能記得那些——（愈來愈激動入戲）不得意的可憐的卑微的弱小的被輕視被壓榨的事情——和——人物——我希望大家——了解。

（眾人感動的起立鼓掌）

荷　珠	老——爸！
趙　旺	老——爺！
齊　妻	老——公！
劉志傑	老——齊！
老　鴇	老——（老鴇無辭，一轉身差點被劉志傑高舉的雙手撞到胸部）老色鬼！你到底是荷珠的什麼人哇？
劉志傑	我是荷珠的……
眾　合	嗯？
劉志傑	我是她的養父。
齊子孝	（快樂地宣告）好極了，所有事情都清楚明白了。今後董事長和我們就是一家人了，董事長是金鳳的乾媽，也等於是金鳳的母親，既然是一家人，妳的就是我的，我的就是妳的，我希望，董事長的公司能夠和兄弟我的企業合作——
老　鴇	我們心裡的話真是一模一樣啊，我們既然是一家人，你的——就是我的，（眾俱點頭）我的——（眾俱搖頭）還是我的，（眾俱點頭）我們合作是再聰明不過的了。
齊子孝	好極了好極了，我們都是一家人，董事長您說是不是啊？
老　鴇	是啊是啊，我們一家都是人，荷珠妳說是不是啊？
荷　珠	我能說不是嗎？一家都是我們這種人。
齊　妻	是啊是啊，這個家不知道怎麼突然變出這麼多人！

趙　旺	老爺太太，這真是可喜可賀！
劉志傑	真是英雄識英雄！
老　鴇	虎豹識豺狼。
齊子孝	於是乎——
眾　人	（都走向台前）闔家團圓，天倫重敘——
趙　旺	六畜興旺——
老　鴇	爹娘滿門——
齊／劉	（對荷珠）我是妳爸爸。
妻／鴇	（對荷珠）我是妳媽媽。
趙　旺	（對荷珠）妳是我妹妹。
荷　珠	（對台下）我自個兒是誰我還沒搞清楚。
眾　人	榮華富貴天注定，隆盛興衰不由人，如今闔家慶歡聚，財到家齊天——下——平——
老　鴇	來來來，好酒當前，別錯過啦——
荷　珠	坐坐坐，良辰美景，別辜負啦——
鴇／荷	來唷——
	（眾人喝酒慶賀說些吉祥話，一片喜氣洋洋，正熱鬧時，趙旺被老鴇撞個正著。）
老　鴇	哎喲，我一直還沒認出來哪，您不是那天上我們那兒喝酒的趙總經理嗎？
	怎麼會……
趙　旺	（急急掩飾，並示意老鴇別說破了）嘿嘿，喝酒喝酒。

（眾人均大惑不解，起疑地望著老鴇與趙旺，動作停格。）

（燈暗，幕落。）

劇　終

首演資料

《荷珠新配》一九八○年七月十五日首演於台北國立藝術館，
中國話劇欣賞演出委員會主辦（第一屆實驗劇展），【蘭陵劇坊】演出。

編　　劇：金士傑
導　　演：金士傑
藝術指導：吳靜吉
服裝道具設計：徐榮昌
音樂指導：陳建華
現場伴奏：蔣如棠、吳榮燦、柯仕寬
舞台監督：嚴文正
服裝管理：王中芳
道具管理：楊清雲
化　　妝：江美如、金士會
票　　務：徐曼春

首演演出人員及角色

劉靜敏—— 飾 荷　珠

李天柱—— 飾 老　鴇

李國修—— 飾 趙　旺

王樹聲 —— 飾 齊子孝

金士會—— 飾 齊　妻

卓　明—— 飾 劉志傑

金士傑—— 飾 酒　客

感謝王英生、謝嘯良提供本書劇照

齊子孝（右一）與齊妻（右二）搭BENZ，司機趙旺駕車。
左邊跟蹤者為荷珠與老鴇。

（王英生攝）

荷珠（左）與老鴇（右）　　　　　　　　　　　　　（王英生攝）

荷珠與趙旺在門裡門外相互偷瞄。　　　　　　　　　　　　　　　（謝嘯良攝）

荷珠：「呸！大河小河黃河淡水河……」，趙旺語塞詞窮。　　　（謝嘯良攝）

懸絲

PUPPET 人 MAN

劇中角色

老主人

老　偶

幼　偶

男　偶

女　偶

大　偶

小　偶

左　偶

右　偶

說明

1. 此劇以默劇方式呈現，又因故事發生在一個傳統小舞台上，所以角色造型可考慮白臉加上傳統戲的臉譜特徵重新設計。劇中小道具如繩線、小刀、胡琴、枴杖等均可用默劇抽象化的表演呈現。

2. 由於沒有說話台詞，劇本書寫上，只能側重描述較重要的情況以及交代主要動作，太細微的動作細節則無法照顧。

第一場

黑暗中，傳來蒼老淒啞的胡琴聲，斷斷續續，如泣如訴……

燈光漸亮，一個小戲台，用簡單的棚架搭成，其上垂掛著一塊破舊簾布。一個**老偶**獨自坐在戲台上拉胡琴，他看起來有氣無力，很疲憊的樣子。拉著拉著，突然一根弦斷了，他呆住……一會兒之後他繼續拉，老牛拉車似地拉著，突然又一根弦斷了。**老偶**頹然放下胡琴，起身在台前踱來踱去，只見他步伐遲緩，駝背哈腰，不時摸摸自己花白的鬍子、自己老皺的面容和伸不直的腰桿，接著竟掩面抽搐哭泣起來……

那塊簾幕倏地拉開，身著勁裝的一名老者站在那兒，他是這個懸絲木偶戲班的主人。他的外型與**老偶**酷似，駝背哈腰、老臉老皮，他用一隻手在空中拉扯著一根看不見的線繩，拉拉扯扯的節奏正是**老偶**抽搐悲慟的節奏，原來剛才**老偶**的舉動全是他在遙控。動作停了，老主人好生喘口氣，走到**老偶**身旁上下打量，老主人和**老偶**二老相望，姿態相仿，猶如照鏡子一般，望著望著，老主人顧「影」自憐，竟感覺到一種恐懼，他別過臉去不忍卒睹。

老主人快步回到小戲台上，手舉牽線。**老偶**於是一步步走往戲

台，站定於老主人面前，老手舉起。老主人一手牽動繩線，另一手握住**老偶**的手，二老開始角力，使盡渾身力氣，兩隻老手來來回回、**輸輸贏贏**，二老使勁的咬牙切齒也渾如一人……。終於，老主人贏了，一揮手，**老偶跌臥於地**。老主人鄙夷地望著癱臥地上的**老偶**。

老主人悻悻的坐下，氣喘吁吁，上氣不接下氣，他的頭逐漸垂下，就這樣入睡了。睡中，得一夢……

舞台側區一小束光微微照亮，出現一個奇怪的畫面：六名青春年少的木偶伴隨著愉快振奮的音樂手舞足蹈，他們圍繞著一個坐在地上的人舞動著，那人全身披掛五顏六色的彩衣。他們跳舞的動作看起來像是慶典中的狂歡，雜亂中帶有喜悅的顫抖，雖然動作有點滑稽笨拙，但是他們的表情露出年輕的笑、無知的笑……少頃，燈光暗了，音樂也消失了。

老主人夢醒，猶自回味著這個有意思的夢，衰老的臉上漸漸浮現希望。他像是靈感大發，四下走著，邊用手在空氣中比劃摸索著那些夢中所見的年輕偶人的臉和身體……，音效出現剛才夢境裡快樂的音樂，並傳來鋸木頭、釘木頭的聲音，……老主人捲起衣袖，一副要幹活的樣子，……燈光漸暗。

黑暗中，音效聲持續進行著。

第二場之一

燈亮，台上有七個年輕的木偶，有站有坐，一動也不動的橫陳一列。他們的形狀正如老主人夢中所見。老主人忙著擦一頭汗，雖累但藏不住心中那股開心。他滿意的打量，並用手觸摸、把玩，有的頭歪了或手臂太高、腰太彎之類的都一一調整，接著又搬挪一兩個木偶的位置，還把攤臥於一旁的老偶也搬挪到隊伍中站著。

現在台上總共八個木偶，彷彿老主人對這八個木偶有什麼有趣的構想，只見他神秘兮兮的跑出去了。

安靜無生命的木偶們定定地一動不動。接著，有一個剛被老主人調整過頭部的木偶將頭緩緩移動成調整前的方向，接著，又一個木偶手臂也動了，另一個則是腰動了、腿動了、膝動了、肘動了……微微的動作悄悄發生在眾木偶之間，感覺上他們彷彿只是想讓自己的身體站直、站挺、站正……，就在他們快要直、快要挺之際，像少了根筋似的，木偶一個接著一個先後跌倒於地，他們倒垮成一堆，然後台上又恢復了原先的死寂靜止。

老主人抱著一捆繩線跑來，見狀大驚，連忙七手八腳地用繩線

　　將他們一個個捆紮。他將繩線一直牽連到小戲台上，然後用手在空中狠狠一拉，八個木偶倏地吊直懸掛，並微微晃動。

第二場之二

老主人輕輕拉扯繩線，木偶們便輕輕抽動搖擺著。他停手，他們也停了，他笑瞇瞇的一把將簾幕關起，藏身於其後。

輕鬆、有節奏的樂音出現，木偶們從靜止不動開始，漸漸微微地配合著拍子做動作，他們接下來的動作是循著即興演變、動作接力的方式發展而成，動作的程序是這樣的：

◎他們先是各自微小、不規則地動著，動作不具任何意義。

◎接著逐漸轉變成八個木偶統一整齊的動作，動作仍不具任何意義。

◎然後，他們開始移動位置，以性別區分：男的一列，女的一列。他們呈現的是基本性別造型：男女如何不同的擺pause，如何站、如何走路……（類似傳統戲中的兩性角色的亮相動作）。

◎接下來男女開始各自整齊一致地動作，一如原始社會中的傳統兩性的角色動作：男耕地、狩獵、練武、奔逐流汗；女織衣、哺乳、烹飪、採花梳理等。然後八個木偶整齊地一同顫抖的笑了，立刻又換成一同抽搐地哭了……

音樂乍停，他們的動作也停住，簾幕一掀，老主人跑出來，因為當中有木偶因動作交錯而繩線打結，他為他們解開。老偶因

爲骨架老朽，剛才表演哭的動作使得他難以承受，幾乎鬆散肢解，老主人沒好氣地扶正他。老主人又跑回小戲台上，一把將簾幕再度拉起，音樂又出現了。

　◎他們移動位置，兩個成一對，分成四對。這四組分別是：男偶與女偶，老偶與幼偶，孿生的左偶與右偶，大偶與小偶。他們的動作是簡單的三招兩式，並且不斷重複著。

男偶、女偶：男偶以手做「心」跳狀，女偶嬌媚。男偶跪地求愛，女偶欣喜。男女偶擁抱。

老偶、幼偶：（老偶執柺杖，幼偶化娃娃妝）老偶持杖顫巍巍行之，幼偶一旁嬉耍。老偶舉杖管教幼偶，幼偶急忙讀書。老偶一個站不穩，幼偶攙扶。

左偶、右偶：（妝扮相同，孿生連體）左偶伸左手，右偶伸右手，各自用力推扯他倆相連結的另隻手，想分開彼此，不能。左偶、右偶甚是疲累喘氣。左偶、右偶互相笑臉擁抱。

大偶、小偶：個頭最高大的大偶自我炫耀，個頭最矮小的小偶跨步至大偶正前方也學樣。大偶一把拎起小偶扔至一旁，大偶一拳打壓在小偶頭頂，小偶應聲變得更矮更小。

四隊偶人先是一對一對地單獨表演，接著四對一同表演。突聞音樂改變，他們轉身成一路縱隊，往前快步行走，他

　　們開始興奮地跑圓場，跑著跑著，停。一個轉身亮相，音
　　樂中止，眾偶不動了。

簾幕掀開，老主人抱著一堆五顏六色的戲服興沖沖地跑來，分
發給木偶們，他將每件戲服丟在每個偶人跟前，唯獨對大偶特
別窩心，為大偶親自披上戲服。他滿意地望著這個年輕高大的
自己的作品。這時他背後的老偶轉頭怔怔地望著他們，老主人
不察，開心的跑回小戲台，還情不自禁的模仿一下大偶剛剛表
演過的炫耀動作，自己也笑了，拉上簾幕。

木偶們緩緩彎身撿起戲服，緩緩將戲服穿上……燈光漸暗。

第二場之三

燈光轉變成較爲戲劇性的氛圍，一聲鑼響！一場戲中戲即將開始。

老（偶）族長用顫抖的手發號施令，另七個年輕族人，則雙手被銬，排成一列；隨著老族長手指方向，他們依令整齊往那兒走去。老族長又給個指令，他們停步，整齊的讀書、整齊的寫字、整齊的對老族長打躬作揖、整齊的睡覺、吃飯……，老族長又給個指令，他們自動上手銬，整齊的往另個方向走去，依令停步。這次他們朝著老族長行叩拜禮，膜拜時，大（偶）個子族人卻不肯拜，老族長持杖怒斥，大個子害怕地反倒用力將雙手手銬掙開，老族長見了也有點害怕，更急切地要求眾族人繼續對自己叩拜……

此時，卻見大個子一步步走向老族長。二人站在小戲台的第二道階上對峙。突然大個子伸出手，老族長雖心虛，也勉強伸出手。手手相握，二人開始角力，正如第一場二老角力畫面一樣……三兩下，老族長不支倒地，慘跌於階下。

大個子站在第二道階上，得意地做出炫耀的動作，並示意眾族人將手銬掙開，眾依言掙開，正歡呼，大個子舉起手立在空

中，用力拉一條看不見的繩索，眾族人瞬間直直吊起並且雙手高舉——簾幕緩緩拉開，只見老主人滿臉笑意站在大個子身後，他倆的動作一模一樣，都是一手拉線、一手神氣地叉腰。他倆繼續拉線，眾族人雙手膜拜叩首，持續不斷……，一旁臥地的老族長一動也不動。

第三場

夜晚，靜悄悄，眾偶或站或坐的在側區文風不動。有幾偶低垂著頭，彷彿在休息。**老偶**仍被置於一隅，獨自癱坐著。

一小束光出現，同時飄來幽幽的音樂，一個木偶們的夢。

夢裡他們幻想他們是人模人樣的，如同人的正常動作，用均勻的速度、柔軟的筋骨行走，行走……，**男偶**與**女偶**模擬真人動作，他倆互視，甜甜的微笑，**男偶**伸出手來要握女偶的手，就快要握到手時，燈暗了，夢結束了。

燈光還原成夜晚。眾偶俱寂，獨**男偶**醒轉，他轉頭傻望著女偶。興奮地練習白天學會的求愛動作，**女偶**無反應。**男偶**見眾偶皆無動靜，唯獨**老偶**歪著頭在一邊看著他，便上前兩步，表演這求愛的三招兩式，**老偶**卻漠然搖頭，別過臉去。他索性獨自對空氣演練這僅有的他學會的動作，一個不小心，他跌倒了，卻無力起身，他不動了。

老主人走來，一見，將**男偶**搬起置於原位。然後走向**老偶**，將老偶扛在肩上，一步步走出去。

男偶好奇悄悄跟蹤幾步，又有點不敢。此時聽聞有火燒木頭的

嗶剝之聲，側區微微的紅光亮起，只見**老偶**站在一個火苗亂竄的小木架上，老主人於一旁加柴搧火，隨後他見火勢穩定，便逕自離去。**老偶**猶自被火焚燒，佝僂的身子顫抖萎縮。**男偶**疑懼不解地悄步前來，他慢慢伸出手，以手探火——大驚縮手，嚇得急忙跑回眾偶處。他用力喚醒他們，甚至使勁地又搖又推，驚惶的手指著**老偶**被焚的方向。

眾偶悠悠醒來，立即的反應便是練習白天所學的那幾招動作，完全沒理睬**男偶**的瞎著急。**男偶**一逕慌張的警告，卻被他們的演練動作夾纏其間，好不尷尬。這時**老偶**與火架的紅光區已消失。**男偶**急步來看，焚場已空無一物。突然，眾偶的動作停下來，他們好像聽到什麼，紛紛急忙奔回原位，靜立不動了。

老主人出現，他探看他們。唯**男偶**躲在另一側沒被發現。老主人在小戲台上以手拉線，眾偶整齊一致被調整為睡覺的動作。之後，他放心的離去了。**男偶**瞪大眼睛窺見這拉線的秘密。

男偶躡手躡腳走到小戲台上。他抬頭左瞧右望、研究著，他伸手一拉，眾偶們立即身體一彈，**男偶**還沒察覺，繼續又拉又扯……眾偶也一再反應，**男偶**視線移到眾偶身上，才發現有這麼回事。他不可置信地加快的拉線，眾偶快速地彈跳抖動，嚇得**男偶**丟掉繩線，呆呆的怔住。

劇烈的跳動，使得**大偶**醒來，大偶發現**男偶**及操控繩線之事，

大步奔上小戲台，頑心大發，伸手一把抓住繩線也想玩玩，眾偶隨即晃盪擺動。大偶正樂，男偶推開他，大偶還想玩，男偶不允，他們倆展開扭打。這當中他倆的動作一旦拉扯到了繩線，也就殃及眾偶瞎抖亂跳。他倆由台上打到台下，大偶趁男偶跌倒未起，一個箭步衝上小戲台，伸手猛拉一根繩線，倏地，男偶在台前地上被直直吊起，大偶繼續拉扯繩線，得意看著被玩弄的男偶不停地跳動。這時，又聽到了什麼聲音，大偶放手不玩了，一縮頭跑回原來眾偶處。

老主人來了，站在小戲台上訝然望著這一幕：被懸吊著的男偶正奮力掙扯身上捆繫的繩線，掙脫不得，便張口欲咬斷繩線。老主人大怒，但不動聲色，不為男偶察覺地悄悄拉上簾幕。

第四場

小範圍光區照在**男偶**周圍。一個孤獨的戰場。

男偶奮力想咬斷繩線的控制，也失敗了，正停下來喘氣想方設法。奇怪，自己的一隻手臂被緩緩吊起來了。他用力地用另一隻手把這隻手臂拉下來。這隻手臂又緩緩吊起來，他生氣的大力拉下來，手臂以更快的速度被吊起，他惱火的飛快拉下來，手臂更快的被拉起，他愈快的拉，手臂就愈快被吊起，一隻手臂的拉鋸戰正展開，另一隻手臂也突然被吊起。沒輒了，雙手在空氣中亂擺動，想回身看清楚小戲台上的敵人是誰，偏背上又彷彿有根繩線一拉，把肩膀也吊起來了，動彈不得。**男偶**急了，拼老命用左手拉下右手臂，但左手又被吊起，用右手拉下左手臂，但右手又被吊起，彷彿看不見的那個敵人是故意在惡作劇，他決心奮戰，他奮力用雙手一把緊抓住背後那根繩線反向的往下拉，繩線卻緩緩的往上提，他愈拉，繩線又快提又慢提，感覺上那遙控繩線的人真的是在惡整，他像瘋了似的，拼命拉扯。繩線的方向一下改變為左上方的空中，一下又改變為右上方的空中，看不見的繩主人好像漫天在跑無所不在……終於豁出去了，**男偶**使盡全力用飛快的速度拉拽、拉拽……

沒想到，那看不見的主人將**男偶**的繩線放掉了，**男偶**倏地摔落

地上，他怔怔地坐著想不通，用雙手摸一下自己手臂上方，背頸的上方，繩線不見了！眞的不見了！他逐漸面露微笑，慶幸自己得到解放，他苦苦的掙扎站起，費力的想邁步走……走……，但是，線沒有了，他搖搖欲墜，踉蹌跌撞的走，險些摔倒，還要走……一個沒站穩，「撲通」一下子摔倒在地，他四仰八岔的躺著，還想使勁挪動身軀，卻動作愈來愈微小，終是不能……。燈光全暗。

第五場

燈光亮起。小戲台的簾幕是關著的。**男偶**的屍體躺臥一旁。

大偶威風地站在小戲台的第二階上，眾偶對他做出朝拜的動作。接著**大偶**發號施令手指**男偶**處，眾偶依令前去合力將**男偶**抬起來，他們列隊逐步緩緩走向**大偶**，**大偶**作得意狀，然後，全部木偶都動作靜止停頓——

簾幕拉開，老主人一手拉線，另一隻手和**大偶**相同的正作得意狀。他繼續拉線，眾偶恢復動作，他們走近老主人，將**男偶**屍體放在老主人肩上，動作又停頓住了。老主人抬著**男偶**屍體一步步走出去。

僵住的木偶們，慢慢轉頭瞥看老主人消失去處。他們有點疑懼不安，面面相覷。**女偶**開始啜泣，**小偶**想安慰她，作出**男偶**求愛的動作，**女偶**更加悲傷，哭嚎起來，其他木偶有的哭有的鬧，但相繼都開始安慰幫助別人，他們發生了同情和憐憫的行為……

老主人走來，見狀大驚，這不就是全民造反嗎!?二話不說，一把拉扯繩線，將眾木偶通通懸吊起來……只有**大偶**及早就躲在另一側沒被發現，才得以倖免。

老主人面對這個情況苦惱不堪，他踱步於台前，忙著想對策。**大偶**悄悄溜到小戲台上，又玩起繩線操控，玩得手忙腳亂，眾偶在老主人身後也東搖西晃，一片大亂。

老主人轉身發現，怒不可遏，衝上前欲追拿**大偶**，**大偶**急得用力拉扯繩線，他使眾偶們合力站成一道牆擋拒老主人。一陣糾纏，終於，老主人摔開眾偶的手，**大偶**嚇得逃開小戲台慌張走避，眾偶再度欺身逼向老主人，這次沒有人在操控繩線，顯然他們的「叛主行為」是自發的，老主人害怕地往後退縮。只見他一個快步狡猾的從側邊避過眾偶溜到小戲台上，恨恨地從懷中取出一把小刀，一手握住所有的繩線，「唰」的一刀！砍斷繩線。全部的木偶應聲倒地，無一倖免。

老主人氣憤極了，紅了眼，咬牙切齒地走出去。立即又推了燃火木架進來置於台側。

在他背後躺著的眾木偶出現微微的掙扎蠕動。**大偶**的生命力最是頑強，率先站起來，其他木偶也相繼奮力起身。只是他們的站立和姿勢看來很勉強、很不穩。

老主人沮喪地蹲著，頭也不抬地慢慢將火點燃。

眾偶隨著**大偶**做動作，他們從地上各自撿起原先懸掛他們、而後被砍斷的繩線，人手一線的逐步走向老主人。他們在老主人

身後圍站。

他們一起下手，用繩線一把勒住老主人脖子，老主人身子拉直，目瞪口張，拼命想扯開致命繩線，卻被眾偶更用力的拉扯，他們隨著老主人的掙扎跌跌撞撞的忽左忽右的跑動，可他們一點不鬆手，終於老主人動不了了，見他身子僵硬的跌坐於地，嚥氣，低下頭來。

眾偶在他身後圍站，笑逐顏開，他們慶祝自己重獲生命。他們把身上五顏六色的戲服脫下，一一扔到坐在地上嚥氣的老主人身上、頭上、肩上，愉快的音樂響起，他們快樂地圍著他手舞足蹈，彷彿慶典中的狂歡。這時有件事就發生了，他們好像支撐不住身體的重量，又沒有繩線可牽繫住，他們一個個慢慢地往下跌倒，又想站直，卻跌得更重。於是他們的動作看來愈發滑稽笨拙，此畫面正是第一場老主人夢中所見，只是他不知道坐在地上被衣服遮住的人是自己的屍體。燈光漸暗，一張張木偶的臉依舊綻放著年輕的笑、無知的笑……燈暗。

劇　終

首演資料

《懸絲人》一九八二年九月二日首演於國立藝術館，
台北市政府主辦，【蘭陵劇坊】演出。

編　　劇：金士傑
導　　演：金士傑
藝術指導：吳靜吉
舞台設計：潘延浩
服裝設計：霍榮齡
音樂設計：林克偉
舞蹈指導：陳偉誠
服裝製作：林璟如
臉譜設計：林雪莉
髮型設計：黃馬莉
燈光設計：林克華
舞台技術：雲門實驗劇場
舞台監督：馬汀尼
音效指導：蔡宏榮
化妝指導：江美如
執行製作：卓　　明
業務經理：陳以亨

首演演出人員及角色

王仁里——飾 老主人

歐君旦（Ｂ角——隔日演出）——飾 老主人

黃承晃——飾 老偶

陳明偉——飾 少偶

金士傑——飾 男偶

鄭亞雲——飾 女偶

杜可風——飾 大偶

陳心珍——飾 小偶

尤慶琦——飾 左偶

周霈霈——飾 右偶

感謝張照堂、林柏樑提供本書劇照

眾偶與老主人。

（張照堂攝）

老主人與大偶。　　　　　　　　　　　　　　　　　　　　　　（張照堂攝）

男偶的手腳受看不見的主人操控。　　　　　　　　　　　　　　（張照堂攝）

由左至右為：男偶、大偶、幼偶、女偶、左偶、右偶、小偶。

（林柏樑攝）

今生今世

THE LIFE OF WANG FU

時　間：適合迷信的古早年代

地　點：海邊，小村

劇中人

　　王　福：漁人

　　王　母：王福之母（宜男人扮演，陽剛粗老的質地有助於角色）

　　柳葉兒：煙花女子

　　李　萬：王福捕魚同伴

　　法　師：替天執法，替天掌門

　　檢場人：大鬼、小鬼、矮鬼、女鬼

　　本劇的劇中人為著人類最亙古、最宿命的生死命題掙扎奮鬥，但這樣的舞台上有大鬼、小鬼、矮鬼、女鬼四個檢場人不時出入，也幫忙襯景應題，也在一旁嘻笑怒罵著如此老舊的命題。他們取樣於中國傳統舞台──正如所謂檢場人的任務，負責裝設或改動舞台場景，臨時增添或卸除角色服裝、道具、髮帽……，更有甚者，他們同時也擔任劇中的抽象的鬼魅、命運播弄者，時而成為劇中的邊緣人物，甚至小動物等。其造型化妝均為怪誕畸型，也可能滑稽。他們偏黑色的服裝，幾乎使他們融入同是黑色

的布幕地板之中，但勾白的面孔，卻搶眼地有著鬼祟之感。隨著劇情的進展，他們的荒謬顯得有惡意，也有嘲諷意味。

從第一場開幕前，他們就先出現在舞台上進行他們自己的遊戲，一如劇場大幕後面長存久住的精靈。以後每一場次之間，他們都一再出現，遊戲無終止。遊戲範圍包括對檢場任務的嬉耍，對上一場或是下一場戲的挖苦，或是他們自己互相之間的戲謔等等，因為他們的表演方式是無聲的，只藉由動作表達（類似默劇動作），故而文字交代從簡，不做一五一十的細描，只求意思到了，更多的空間則留待讀者或有意搬演此劇者自行發揮想像了。

序場

● 舞台大幕未啓。幕後有嘈雜聲、腳步在地板上的跑動聲，大幕上出現微微的騷動。逐漸地，嘈雜聲轉強，似乎許許多多難以分辨的怪聲發瘋地跑叫著，布幕亦翻動如海浪……。

● 動亂安靜下來，無聲無息。

● 突然，四鬼一一由幕底探頭，稍張望，又縮回。

● 四鬼一起探頭望著觀眾席傻笑，又縮回。

● 寂靜中，大幕慢慢升起，我們看見四鬼在大幕後面黑暗的舞台上以默劇動作由上往下用力拉著一根看不見的大繩索，彷彿是他們使大幕升起。

● 幕啓完成，四鬼興奮地用鼻四下嗅聞，他們盡情享受著赤裸的、空無一物的舞台。

● 四鬼突然低頭，以手遮面。然後他們把手慢慢張開，瞪眼望天，奇幻的音效配合由天而至的燈光（亦即第一場戲的燈光）出現。四鬼急急跑出舞台又即刻跑入，他們捧著一個大茶几、一個小木椅，有互相搶奪的、有一旁鼓譟的、翻跟斗跌跤的……終於擺放定位（即第一場戲的位置，茶几在上舞台正中央，椅在茶几後）。大鬼猛的一拍茶几，矮鬼不見了，女鬼應聲趴於下舞台左側，小鬼趴於下舞台右側。大鬼盯著他倆，齜牙咧嘴的笑著──燈暗。

第一場　問命

（燈亮，三鬼消失，換成三位劇中人。法師坐在剛才大鬼的位置，王母跪在地上剛才女鬼的位置，王福則是跪在側面剛才小鬼的位置。）

法　師　　妳姓王？

王　母　　是。

法　師　　今年六十九？

王　母　　到中秋就滿六十九。

法　師　　（端詳片刻）——妳的相，寬圓、厚大，就可惜命裡犯沖，打從娘胎出來到如今，勞累操心，出汗賣力，日子過得多辛苦、多受罪，嗯？

王　母　　法師您是一刀就切在口上，我這輩子啊，從來是倒楣……

法　師　　妳是不是——四十歲才嫁人？嫁給一個捕魚人？

王　母　　是……

法　師　　四十五歲生了個難產的兒子？

王　母　　……

法　師　　五十歲妳丈夫就過世？過世之後第二年，風災又鬧大水把妳家整個給沖走了？

王　母　　（大驚，忙叩頭）先生真是神仙開口、無所不知！

法　師　好，我再問妳，甚至於遲遲到去年，妳的月事才停止，
　　　　對不對？（王母叩頭連連）我不必一件一件事情的提
　　　　醒，也是菩薩念妳心眼兒老實忠厚，香火也上得勤快虔
　　　　誠，身體——身體是不是從來都很健康？

王　母　是，還眞從沒生過病，上床睡覺是一躺就著，走路幹活
　　　　是力大如牛，這全是菩薩保佑我！

法　師　菩薩保佑妳，教妳不但身子硬朗，頭上一根白髮都找不
　　　　著，還管妳喝得足，吃得飽，心事也比旁人少，還有呢
　　　　——妳那兒活得比誰都長、都老。好了，妳還有什麼要
　　　　問的？

王　母　您……您到底是說我命好還是不好？

法　師　命沒有什麼好不好，卻有酸甜苦辣之分，妳那命啊，用
　　　　一個字形容叫「苦」，用兩個字來說「犯沖」，用三個字
　　　　來比方叫「活受罪」。但是，王老太太，這可沒得抱
　　　　怨，命就是命，沒有什麼好與不好，要說，比妳差的人
　　　　還多著呢。聽著，自古窮通皆定數，萬般由命不由人
　　　　啊！

王　母　（慚愧）弟子認命，弟子認命！我的那點苦都是應該
　　　　的，但弟子上香火念經禱告可從不敢停下來，圖的其實
　　　　不是自己，圖的只是我那兒子的出息，法師，我們這小
　　　　村子既是靠捕魚討海過日子，人講究報應，講究爲人的
　　　　好歹，我命苦，卻希望多做好事爲他求個好命……

法　師　　這是妳兒子？

　　　　　（法師注視王福，突然驚訝地瞪眼直視，似有大事臨頭。）

王　母　　正是我兒王福。從他爹過世之後，我辛辛苦苦把他又拉
　　　　　又扯的拉拔到這麼大，書沒唸幾本，爲人的道理都對他
　　　　　講明白了，要是講不靈，我就用手打，這孩子是聽話的
　　　　　人，平常都規規矩矩——

法　師　　（對王福）你叫王福？

王　母　　沒錯，福氣的福，就盼著兒子有福氣，和他爹一樣，也
　　　　　是個捕魚過日子的人，法師您無事不知，望您能爲小王
　　　　　福也解解命，咱母子倆今天來這兒無非——

法　師　　好了，王老太太，妳的命，我所看到的就是這樣了。

王　母　　是，是……

法　師　　其實妳對自己的命早已瞭然，至於王福，我單獨對他說
　　　　　說。

王　母　　您單獨……噢，法師您得好好爲他解，這孩子人老實，
　　　　　剛來這兒的路上，還跟我說他應該向您問什麼問題他都
　　　　　不知道。

　　　　　（法師揮手示意王母離去）

王　母　　（叩頭拜謝，轉身去拉王福到法師桌前。王福亦叩頭行禮。）
　　　　　放膽盡量問噢！菩薩保佑你有好福氣，不像娘這樣……

王　福　　（揮手，小聲並且不耐煩地）我知道啦，我知道啦。

王　母　　我這就回家去，候著你的消息啦！

（王母去，法師直直望著王福，沉默少頃，神色凝重異常。）

法　師　　王福，你是什麼時辰生的？

王　福　　丁午年臘月初九子時，今年二十四歲。

法　師　　靠捕魚為生已經多少日子了？

王　福　　前前後後十個年頭是在海上打發的。

法　師　　你是獨生兒子？

王　福　　正是，沒有兄弟姊妹，娘生我時難產，差點保不住性命，之後就再也不敢懷孕，大概是年歲老邁，懷胎不易……

法　師　　倒也不是。你到如今仍是光棍單身麼？

王　福　　無妻無小，家裡就娘和我。

法　師　　可曾沾過女色？

王　福　　啊？

法　師　　可曾有過中意的姑娘？

王　福　　老早以前有過，但只是我中意人家，人家倒不中意我，近幾年也不太想這事兒了，就專心專意的出海捕魚。

法　師　　可曾惹事生非、鬧過糾紛？

王　福　　法師您曉得的，我娘待我很嚴，上香念經一定帶著我，灑掃應對都盯著我，惹事生非我是不敢，甭說，連撒個謊耍個賴我也會心裡過不去，幾天下來心裡都不舒坦。

法　師　　王福，我問你，去年你出海捕魚，回回都大豐收，滿載而歸是不是？

王　福	是，可今年……
法　師	今年卻不然，捕的魚越來越少，甚至最近幾次幾乎是空船回來？
王　福	菩薩聖明，的的確確是這樣。
法　師	你可知為什麼？

（王福搖頭，法師仰首向天，喃喃自語，偶或搖頭嘆息。）

王　福	法師，我的命怎麼樣？是好是壞您照直說，我想得開，要說認命，我簡直不輸我娘。
法　師	在來的路上，你問你娘要問我什麼問題都不知道？
王　福	是的。
法　師	唉——你走上前來！（王福依言而行）伸手！（王福伸手，法師自懷中取出一枚香袋置王福手中）拿去，隨時繫在你身上。（王福不解）王福！我說的你都信是吧!？
王　福	是。
法　師	王福聽著，我要你娘先行離去，不為別的，是要你自個兒承受這個事。她命苦，卻長命百歲，孩子——你的陽壽只剩下兩天！
王　福	法師，您這話——
法　師	你的八字之中犯歲星，但別問我根由究竟了，有一百張嘴到了這兒也沒得爭辯，命！天上的星斗移轉由得你使喚麼？海上的浪潮起伏由得你支配麼？命也是由不得你啊。

（王福張口欲辯）

法　師　現在再說什麼也是枉然，剩下的兩天你照舊好好的過
　　　　吧，你原是個好漁人、好兒子、好村民，如今照舊，別
　　　　鬆了最後一口氣！

（王福無語）

法　師　每個人有每個人不同的劫難，得自己走，自個兒擔當，
　　　　或者，或者——可以延遲眼前這個劫難的法子，王福，
　　　　送你香袋一掛，隨時繫在身上。

（王福手中香袋鬆手落地，人仍呆立。）

法　師　能不能倖免於劫難，我說不準，試試吧。（突然大喝）
　　　　王福！（心軟，轉輕聲）把香袋撿起來，繫好，別鬆了
　　　　最後一口氣！老天爺睜著眼睛的。

（燈暗）

第一場與第二場之間

● 燈微亮，二鬼衝入搬茶几與椅欲出，另二鬼搬下一場道具大長桌欲入，二組相撞互不讓路，大鬼猛伸手掐矮鬼脖子，暴力組得勝。

● 大長桌擺定，橫陳於下舞台中央。四鬼急速出入，將三把椅子置於長桌旁，三個酒杯置於長桌上，這出出入入之中，夾含著一些虛構模擬的動作，如無形的酒杯、無形的其他桌椅、無形的櫃檯上移來挪去的酒家陳設。虛實交錯中，四鬼又認真又戲謔地將下一場看得見與看不見的酒家景觀完成了。

第二場　酒家

（舞台上是一長桌橫置於前區，三把椅子各置於側。）

（四小鬼聽聞門口有人聲，急步搶在門前迎客。）

李　萬　（在門外嚷嚷）就這兒了！進來吧！

　　　　（四小鬼狀若酒家掌櫃及小二，不言語，僅以啞劇動作顯現
　　　　迎客。）

　　　　（李萬已有醉態，偕王福走向台前酒桌。）

李　萬　（猛地「砰」一聲拍桌，一個小錢袋擱在桌上）這是上回
　　　　欠的帳！今兒個我給啦！（與王福入座，小鬼一個快手將
　　　　錢袋拿走，四小鬼簇擁而下）有錢的老爺炕上坐咧，沒
　　　　錢的老爺地上歇一會兒——（坐定，望著空桌，一小鬼雙
　　　　手執壺已悄立於後，李萬突大叫）酒！（酒應聲擺上，小
　　　　鬼快腳溜走，李萬咧嘴一笑）酒家酒家嘛，以酒為家，
　　　　我剛剛在家喝了酒，這會兒又來到酒家喝，這叫啊，喝
　　　　酒喝到家了！

王　福　（自己斟了一小杯）這酒可是烈酒？

李　萬　（搖頭）要跟我人比，還差得遠，我這人更烈！（說完大
　　　　樂，王福酒入口時頗為不慣）李萬吃飯是大碗大碗吃，
　　　　喝酒也是大口大口喝，小王福，這一點你得跟我學學。

（一口一杯，王福也跟著一杯下肚）方才你像沒魂似的站在馬路當中發愣，連我叫喚你都沒聽見，幹什麼啦？（王福發愣，繼而微笑不語）這小子怎麼笑的讓人心裡發毛？

王　福　（倏然站立）李萬，我要回去了！（轉身就走）

李　萬　（一把將王福拉回座位）別忙！平常我們這夥兒兄弟誰不一塊兒出海，一塊兒捕魚，一塊兒吃喝，一塊兒嫖賭，嘿，就你本分！一出完海就窩在家裡等你娘給你換尿布，菩薩面前我們都成了歹人嘍！今天好，居然給我一拉就拉進這門檻兒了，小兄弟，我可是好心噢，教教你捕魚人怎麼過日子的！（轉身）夥計！請柳葉兒來見客吧。（對王福）讓你開一下眼界。

王　福　是個姑娘？

李　萬　（盛酒）不是姑娘，是娘們兒！（酒入口）酒和娘們兒是一碼事，而且——還不能分開來玩，懂嗎你?!他們都是水做的，軟——的——！叫人身子發燙的！

王　福　（無詞以對）這酒讓我的頭發脹，想吐——

李　萬　一樣一樣，娘們兒也會叫你的——頭——發脹，想吐。（詭笑）王福，咱們捕魚人，身子是太陽烤出來的，雨水淋出來的，硬朗結棍還管用，娘們兒才喜歡呢！幹嘛放著——放著柴火不燒，守著它等它發霉發爛啊，別等啦，再等魚都跑光了！（一口又一杯下肚）撒網噢！快

撒網噢！多抓一個是一個！王福！看誰手腳快，看誰落
在人後頭？撒──撒──（陶醉在快樂亢奮的情緒中，聲
調猶如歌唱。）

（柳葉兒入）

葉　兒　是誰在這兒撒啊撒的，撒野啊？

李　萬　葉兒！我的心肝寶貝來了！我的餛飩牛肉麵來了！（抱
起柳葉兒轉著嚷著）

葉　兒　（緊扯李萬頭髮抵抗）放我下來！今天身子不舒坦，撒野
別往我身上撒。（落地站定）

李　萬　（對王福）你瞧見她扯我頭髮了吧，那調調兒夠味兒
吧！

葉　兒　你還活著啊!?

李　萬　我──不！我是鬼魂哪！我死了還來找妳。

葉　兒　你那長相倒真有七分不像人。

李　萬　（得意非凡，一把將王福拉過來）她叫柳葉兒。

葉　兒　您就叫我葉兒。

王　福　葉兒。

（李萬大笑）

葉　兒　你叫王福？

李　萬　嘿！妳怎麼認得？

葉　兒　（坐定）這村子也沒多大，怎麼會不知道！你和你娘，
一家子兩口從來不都是循規蹈矩、本本分分過日子人

嗎？平常見到我這樣人都躲得遠遠的，今天會來到這裡，可真是稀客喔。

李　萬　　這……這要罰一杯！

王　福　　（又猛地站起來，愣了一會兒，一口一杯乾了，彷彿極為抱歉，酒下肚後，臉色極差）哎——

葉　兒　　小兄弟，我沒怪罪你的意思，你可別聽擰了。

李　萬　　小王八蛋夠種！這才不冤枉了我拉你來這兒，哎，你怎麼不吭聲啊，望著窗外邊兒瞅什麼？

王　福　　今天的日頭真暖和，接連幾天都下雨下得——

李　萬　　難不成你想這會兒上船出海去？小王八蛋，旁邊放條大魚你不理會？

葉　兒　　（斥責）他叫王福！有名有姓的！（對王福）你怎麼了？

王　福　　（視線由窗外轉向柳葉兒，一時語塞）我……（錯亂的情緒和體內的酒一同作怪）

葉　兒　　（執酒走向前）王福，我陪你喝一杯。（乾了）既然來到這兒就放寬心，有什麼話要說就說出來，不想說就喝一杯，連酒帶話統統吞下去。（王福跟蹌坐下）大風大浪的，你們漁人不都走過了？

李　萬　　（坐在桌上，湊向柳葉兒身旁，從後面攔腰抱住）什麼啊，葉兒我告訴妳，他頭一回上酒家，頭一回碰到妳這樣的貨色，怕呀！妳別那樣細聲細氣說話，嚇唬人家嘛?!（將柳葉兒抱在膝蓋上，毛手毛腳。）

葉　兒	就許對你細聲細氣說好聽的？我高興對誰說好聽的你管得著麼？
李　萬	葉兒，人家可還沒開苞呢。
葉　兒	（推開李萬）李萬，我先前說過今天身子不舒坦！
李　萬	瞧那張生氣的臉蛋兒多好看！
王　福	我得先回去了。（轉身就走，柳葉兒一步向前伸手抓住王福手）
葉　兒	王福，不進這門，瞧這酒家不起，我都管不著，若進了這門，酒沒喝痛快，還兜著一肚子心事回去，我可不答應喔。
李　萬	（冷言冷語）好娘們兒真爽快，我李萬迷上了這裡可真沒得說，王福啊，我都認栽了，你還逃得了嗎，快脫褲子吧！
葉　兒	你到底是照顧人，還是存心趕人走？
李　萬	我——我沒照顧他？他媽的——（猛拉王福入座）你給我坐好！（牛勁大發，強行抱起柳葉兒，將柳葉兒硬放在王福懷中坐著）都不准動！（李萬回位坐下，又過去將柳葉兒手臂繞住王福，重回座，三人都不動聲色，李萬獨飲酒。）
葉　兒	（笑）見過有人這樣耍狠的嗎？李萬就這狗脾氣還蠻惹人喜歡，自己心裡頭吃味兒，還硬把我放在這裡。
李　萬	（轉成傻笑）妳坐那兒看起來挺愉快的嘛。（在桌上重重一擊）王福，滋味怎麼樣？

王　福　　我——我不要緊。

李　萬　　就可惜大夥兒都穿著衣裳，好！給咱們喝酒助興。（懷
　　　　　中取出一粒骰子）瞧這個骰子，這三個空杯子！（邊說
　　　　　邊示範，柳葉兒起身欲去，又好奇地止步）我放在其中一
　　　　　個杯裡，三個杯子輪著轉，賭它最後在哪個杯子裡，嘿
　　　　　嘿，輸了的，扒一件衣裳。

葉　兒　　你可真懂得怎麼助興噢，就這李大爺的老把戲，還沒換
　　　　　別的！

李　萬　　有酒有娘們兒，少得了賭麼？色香味能缺一麼？妳別走
　　　　　哇，瞧我的！

　　　　　（說轉就轉，杯一停，李萬瞪眼瞧兩人。）

葉　兒　　這小娃兒玩的也想唬人？（手一指）左邊的！

李　萬　　（大笑）哈——妳這娘們真是沒一點出息，剛說不賭，見
　　　　　了骰子轉的跑的伸手就指，天生沒有貞操，和我李萬真
　　　　　是剛好一對兒。

葉　兒　　少貧嘴，快扒衣裳吧你！

王　福　　（手一伸）是中間的！

李　萬　　（愣住）嘿，這人剛才兩道眉毛一邊是歪一邊是倒，這
　　　　　會兒突然都直了？好，準備著了，瞧我掀它！

葉　兒　　慢著，王福你別傻，是左邊的。

李　萬　　到底怎麼著？我要掀這茅坑蓋啦！

王　福　　是左邊的！

（柳葉兒上前一把翻過杯來，果然是左邊，李萬早已開始脫，他將衣一甩，站在椅上。）

李　萬　不許改口了！再瞧這一番——（轉、停，眼看花了，差點站不穩）太好了，這會兒我自己都沒看清楚！（興奮非常）

王　福　（突地跳起，衝動、大聲）左邊的！

（李萬飛快掀開左杯，無骰子。）

葉　兒　又耍人玩兒啦，幹嘛趁我還沒說話就掀？

（話沒完，王福已急忙脫掉一件，大刺刺的甩到一邊，柳葉兒、李萬忍不住笑）

王　福　（仍在興奮中）現在換我來轉。（抓來杯子就轉，然後大聲宣佈）猜吧！輸了的給我脫！脫！

李　萬　（也被帶得興奮大聲，卻醉的差不多了）小王八蛋卯起來了！中間的！

葉　兒　（也是興奮的）左邊的！

（王福掀，在中間，望著柳葉兒有點尷尬。）

李　萬　（口齒已不清）快點吧，可把我等壞了。

（柳葉兒無奈，脫了一件，卻見李萬也在脫。）

葉　兒　你這混球，沒輸也脫，你愛脫啊。

李　萬　我明明輸了……（還努力脫，卻醉得脫不下來）

葉　兒　換我來做東家。

李　萬　這樣子太慢了，輸了扒三件！扒光乾淨！

葉　兒　可是你說的，好，看誰做和尚！（轉杯開始——停）

李　萬	不成，眼珠子快轉花了，再再再轉一次。
葉　兒	你喝撐了，玩玩玩不轉啦？剛才是誰嚷嚷要賭的？
王　福	左邊的。
李　萬	左邊的。
葉　兒	你跟什麼屁？
李　萬	掀蓋兒喔！脫啊！快脫脫脫……（醉倒桌上，身子橫陳王福和柳葉兒之間。鼾聲隨至。）
葉　兒	瞧他痛快得像隻豬，翻開看看我對了沒有？ （王福掀杯看，柳葉兒也探頭想看，王福迅速將杯又蓋上了，不欲陷柳葉兒於脫衣窘境。兩人有一會兒沉默，靜坐不語——）
王　福	李萬常對我提妳有多好、多美。
葉　兒	那是你說的，李萬是條公狗，狗嘴裡不會吐象牙，他從來只說有多風騷、有多浪。（王福傻笑，柳葉兒撿起衣裳穿，王福亦跟著取衣，預備著衣——）你知道現在這場面什麼意思嗎？兩人一塊兒把衣服穿上？
王　福	我不懂。
葉　兒	你當真沒碰過姑娘？
王　福	沒有。
	（少頃——）
葉　兒	王福，你方才心裡有什麼事情？ （王福愣住，呆望柳葉兒，燈暗。）

第二場與第三場之間

●燈微亮，矮鬼與女鬼正如燈暗前王福與柳葉兒之位置，他倆正忸
怩作態地扮演著。

●大小鬼已衝入卸道具、上道具，矮鬼一驚，亦忙加入搬桌搬椅，
偏女鬼霸佔柳葉兒椅，不肯挪動，越推她，她反倒越霸著不讓。
矮鬼索性一把將她抱起欲扔，女鬼順勢翻身卻緊抱住矮鬼不放。
另二鬼見狀有趣，亦參加這遊戲，一抱前，一抱後，四鬼合抱成
一團，終不支疊臥於地。

●大小鬼起身，見女與矮仍緊抱著，就幫忙拉開，一鬆手，二鬼又
緊抱。大小鬼便使壞地像玩傀儡一般，操縱女鬼搧矮鬼一耳光，
一鬆手，二鬼又嬉笑地緊抱，再拉開，操縱矮鬼手搧女鬼一耳
光，一鬆手，二鬼更嬉笑地緊抱……，他們重複耍玩這男女愛恨
動作，興頭正高，突覺背後有人來，四鬼身子一縮，音效配以老
鼠叫聲。他們以矮子走之動作，逃竄走避於後區，現下他們扮演
老鼠。

第三場　母親

（舞台後區中央擺放著一個小高腳茶几，兩旁各一高背椅，均呈舊色。）

（王母手拎著一件衣服走向台前，開門望天色，隨即走向另側後台。）

王　母　　曬衣服喔！

　　　　（王母出，一會兒空手入場。）

王　母　　只聽到雷聲響，沒見到雨下來。（又望望天色）

　　　　（王母進門，從另一側提來熱水壺，來到小桌旁，坐下慢慢
　　　　沏茶。）

　　　　（王母正悠閒地邊沏茶邊哼唱著不清不楚的小曲，突地後舞
　　　　台橫裡跑出一隻小老鼠，以矮子走動作橫過舞台。）

王　母　　（猛地站起東張西望，沒找著）當我是瞎貓啊，你這個死
　　　　耗子！

　　　　（往後尋去，鼠又從台前跑出，躲在椅旁，王母由後躡手躡
　　　　腳走來。）

王　母　　（取熱水壺）我用熱水（向鼠灑去）燙你！（鼠奔去，未
　　　　灑著）老虎不吃人，也夠嚇人的吧！哼！你再來啊！

　　　　（懷中取出一包藥，倒在杯中，再倒入茶水混合，此時另一
　　　　隻鼠出現，王母向天空膜拜，拿起毒藥茶杯悄悄走近牠。）

王　母　　菩薩保佑，這藥水已經為你泡好了，來喝吧，來，菩薩

保佑，快點吃下去快點死翹翹，來……（王母將杯放在鼠附近地上，鼠只聞了聞，轉身跑走，王母大怒，邊追邊罵）你往門外邊兒跑，難道我放得過你——（王母追到大門口，在門檻處摔了一跤，正巧王福回家撞見）

王　福　娘，您怎麼……

王　母　噓！（拍拍身子，繼續找，老鼠早不知去向，王福呆望王母背影。）

（王母折回，嘴裡嘀嘀咕咕。）

王　母　桌子牠也咬，櫃子牠也咬，後院那個小房間裡，瞧那些漁網、繩子，小鉤子、竹竿統統給咬過，我看哪，準是那個小房間裡有個耗子的窩，你不知道啊，牠們長得好快，有的個頭彷彿大貓似的！而且不知怎麼的，越來越多！八成我們家有問題了，過兩天我去請法師來替我們家風水測一測。

（王母望了一下緘默的王福，入屋，王福隨後跟入。）

王　母　上哪去了？爲什麼一嘴的怪味？（王福囁囁嚅嚅）衣服呢？

王　福　（這才發現衣服忘了穿回來，驚愕，支吾）我遇——遇見了李萬……

王　母　（將茶倒好遞過去）多喝點茶。

（王福一杯又一杯地接著喝，王母一旁搓揉剛跌疼了的膝蓋。）

（剛被燙水潑趕的老鼠從後面走來，悄悄從地上將毒藥茶杯

拿起來，站在王福身後對準王福手上的茶杯意欲注入，王
福不察，眼看著要注入──）

王　母　你那兒脖子上掛的是什麼？

（王母這個轉身說話動作，嚇得那鼠急忙縮身躲在王福椅後。）

王　福　（將杯放下，將香袋遮上）法師送給我的香袋，討吉利用
的。

王　母　（遞還香袋）法師怎麼說你的？

王　福　他說──我很好。

（那老鼠仍執毒杯伺機行事，王母突然轉身四下張望，鼠立
即在椅後東藏西躲。）

（王母一個箭步，奔向椅後，鼠丟了毒杯撒腿就跑，王母追
幾步便停。）

王　母　不怕死就來！（踱回原位）法師怎麼說你的？

王　福　他說我很好。

王　母　怎麼個好法!?

王　福　他說──他說──我會遇見一個姑娘。

王　母　什麼時候？

王　福　嗯──嗯──不會很久。

（沉默少頃，王母在椅上長嘆一大口氣。）

王　母　老天也有眼噢！我們家要傳宗接代了。我苦了一輩子就
望你有出息，瞧那群耗子！一生十，十生百，後浪跟著
前浪的生個沒完沒了，生得滿屋滿院子全是，我家就還

是你和我。

王　福　（激動）娘，我若是成了家、娶了媳婦，我給您生！生很多很多，使勁兒的生，生它個一籮筐一籮筐的⋯⋯

王　母　你放屁！不要那麼多——但挺要緊的是娶媳婦得娶身子好、有力氣、能吃苦、能睡覺、能幹活的！瞎了眼，找個妖精狐狸精進門可沒半點用處，你明白嗎？

王　福　她⋯⋯她⋯⋯她一定討您的歡心，常常陪您說說話啦，解解悶啦⋯⋯

王　母　人呢？人在哪兒？（王福愣住，搖頭）別說的好像都已經有了個人似的。過兩天我去找村子裡媒婆，要她給你說說去。（突然站起，豎耳聆聽，大驚）下雨了！（往門外衝）

　　　　（王母出，王福呆坐不動，有雨聲、隱隱雷聲，王母抱頭拎著衣服跑回來，進門。）

王　母　（檢查衣服乾了多少，望望天色，深有不滿）這雨下的怎麼這樣沒頭沒腦，說來就來，說停就停⋯⋯（望天，自信的）嗯，再半個時辰就會停了（回座，將衣丟給王福）破的地方已經給你補好了，穿上吧，這幾天你得空就把衣櫃整理整理，到時候挑件好看的穿上。

王　福　（將衣穿上，冷不防沒會意）什麼穿件好看的？

王　母　帶你去見媒婆。

王　福　哦。（低頭，望著身上的衣服，久久未動。再抬頭望王

　　　　　母，發呆──）

王　福　娘，您看上去眞不顯老，臉上生不出皺紋，頭上也看不
　　　　　到幾根白髮。

王　母　（冷冷的）所以囉！我活的比別人長，長命百歲啊！（越
　　　　　想眉越皺的緊，搖頭嘆息）法師說，我是活受罪，活受
　　　　　罪！走在路上，鳥屎會落在我頭上；坐在家裡，蟑螂老
　　　　　鼠會往我腳下鑽，就這樣，還偏要活到一百。（心酸）
　　　　　活到一百喲！

王　福　法師的話句句都靈驗嗎？

王　母　當然！那就是菩薩的話。

王　福　（思索片刻）如果說，娘活到一百，如果孩兒我不長
　　　　　命，死得早，就不能孝順您，陪伴您……

　　　　　（王母茶杯猛地一放下，站起，高舉起一隻手。）

王　福　孩兒說錯話了……

王　母　快點！

　　　　　（王福掀起衣領，蹲跪在王母前，將頭低下，王母狠狠用手
　　　　　打在他脖子上，然後又一記。）

王　母　（怒視王福）這種話也能亂講嗎？剛剛才說完準備娶媳
　　　　　婦兒，你不怕倒自己的楣啊！

　　　　　（王母注視王福頭髮）

王　福　孩兒說錯話了。

王　母　老天爺！你居然已經長了幾根白頭髮！（繼續看王福左

右各處頭髮，搖頭不可置信）簡直不像話，坐下來，我
把它們拔掉！

（王母雙腿岔開坐在椅上，王福埋首王母兩膝之間地上，面
向王母背朝外，王母低頭吃力的拔、找——）

王　母　　這是少年白啊，全是你爹傳給你的，唉，你和他什麼都
　　　　　像。

（安靜地拔，少頃。）

王　母　　真的快點找個媳婦兒了，瞧這些白頭髮，我簡直忘掉你
　　　　　已經長大了。

（安靜地拔，少頃。）

王　母　　早以前我還替你爹拔白頭髮，那時候懷著你，大個肚
　　　　　子。也是這樣的拔，他怕疼，拼命叫喚，我照拔。

（安靜地拔，少頃。）

王　母　　生你的時候，真難透了，花了九牛二虎的力氣偏就死也
　　　　　不出來，產婆說準是個性子倔的小子，我累得快要厥過
　　　　　去，唉，折磨人哦，真折磨人哦。

（安靜地拔，少頃。）

王　母　　如今長的這麼大塊頭，過些時候再娶個媳婦兒進門，你
　　　　　爹在天之靈也可以安慰了。咦，雨是不是停了？（微微
　　　　　的抬頭望天）

（燈漸暗）

第三場與第四場之間

● 燈微亮，王福仍不動如前場，埋首背向外，坐於王母椅前地上，但王母座上不見王母，赫然是女鬼，其姿勢也一如前場王母之動作，面微仰天，手上輕拔著王福白髮，唯姿勢較誇張，手並不真的觸及王福。

● 女鬼椅後無聲地突然站起二鬼，三鬼互望，使個眼色，躡手躡腳捧起茶几和二椅，望著渾然不覺的王福，一步步慢慢退去。

第四場　海上

（空曠的舞台。王福慢慢站起。）

（海浪聲、雨聲……）

（王福轉過身來露出正面，一個震天響雷轟然一聲，大海色調的燈亮。）

（王福以寫意的微微動作，顯示船在海上載浮載沉，接著臉色突變，大驚失色。）

（四鬼各執一大旗出現於舞台四角，旗為顯示海浪的藍布，海浪四下洶湧滾進來，雨急落，風猛起，越凶、越猛——）

王　福　我不會被你們吃掉！我是活的！老天有眼，不會答應你們！（摘下香袋，高高舉起）保命平安！保命平安！保命平安！

（海浪——四面大旗——開始繞著王福轉，越來越快，圈忽大忽小。）

（大鬼一伸手把王福手上香袋奪去，與另三鬼駐足，立於一旁詭笑，王福怔住——）

（四鬼同舉浪旗，濤聲大作，王福嚇得跪跌於地，浪旗瘋狂亂舞衝向王福，王福掙扎起伏，浪是有增無減——）

（時候到了，王福沉入海底。四面藍色波浪旗瞬間靜止，竿高舉，布垂落，如關閉之帷堂，死寂的安靜——）

（藍色的海水微微晃動著，又似乎凝止不動。）

（浪旗布微啓，先看見王福的上半身，然後是王福的整個身子，旗布悄然褪開隱去，留下孑然孤冷的王福屍體一身。）

（舞台光線逐漸改變，偌大淒暗的海底世界，只剩下王福的一張臉了。）

王　福　（冰涼緩慢的聲調，彷彿來自一個遙遠虛無的國度）天啊，惡夢、惡夢，法師說的事終於應驗了，我看見水面越來越遠，我在往下沉，一直往下沉，身子裡灌足了水，嘴巴已經裂開，眼珠子瞪得發脹，這裡好冷、好暗、好安靜──再也不會有人知道我在這兒，娘，妳在做什麼？葉兒，妳又在做什麼？我旁邊只看到游過來游過去的魚，往常是牠們死在我手上，這會兒卻是我死在牠們的地方，我的手腳開始變得冰涼、僵硬。

我始終不懂，爲了什麼我要受這麼大的處罰，十年在海上，每天看的是大海、天空，天空、大海，我嚥不下這口氣，葉兒，我們再來玩轉杯子扒衣裳，葉兒……

這個地方從來沒有人，從來沒有聲音，沒有光線，只有我，死了的、爛了的亡魂，可怕的寂寞！可怕的寂寞！我要醒醒，我要從這個惡夢裡醒來，我要和人說話，我要像人一樣的走路，我要看見日頭升起日頭落下，我要有人可以陪我、作伴──老天爺，您聽得見我說話嗎?！

（燈暗，黑暗中隱約依稀的那一張臉終於完全看不見了。）

第五場　接魂

（法師搖鈴做法事，法架上點燃了香火，王母跪於一旁隨著念經行禮，雙手抱王福衣於胸前，顯然已經傷心了很久，面色如土，呆若木雞。）

法　師　漁人海上擔驚怕，空船破網要作罷，正回家，霎時滂沱大雨紛紛下，風雷並作更交加，出了岔——

（法師誦唸祭拜完，見王母無反應，嘆口氣，接著——）

法　師　接風洗塵正是黃昏，冷風淒雨一陣陣，手拿香火將卦問，大遠的路程喲，等候歸人——

（法師一逕做法事，念經，比手畫腳走來走去，王母仍狀若木雕。）

法　師　（望向前方）就要來了，算時刻，這會兒正在路上。

王　母　見著了面，也只是見著了個冰涼涼的人兒，是我生出來的肉啊，我不能想，福兒一個人躺在海裡，一個人從海裡回家來。

法　師　這些燙人的話再多說，王福就走到跟前——還恐怕要逃縮回去了！（心軟）人生是夢，大數難逃，這也無可如何了呀，安安心，念經等著他吧！

王　母　我從來是只拉車，不問路！菩薩！我認命喔！

法　師　將衣服舉好！

（王母依言舉起王福衣，雙手拎得高高的。）

法　師　　喔——

（法師舉香欲行法事，同時四鬼擺出彷彿出殯隊伍的姿態，
三鬼高舉橫陳裝扮屍體之另一鬼，緩步由舞台後方走過。）

（法師執香在衣服上上下下地比劃念經）

（衣服法事行畢）

法　師　　抱緊在胸口。

（王母依言將衣抱緊）

法　師　　風向變了。

王　母　　風向變了？

法　師　　他即刻就要到。

王　母　　即刻就要到了？

法　師　　（搖頭嘆息）比預期的時刻早。

王　母　　（加緊念經）平安回來！娘知道你歸心似箭，娘等著
　　　　　你，福兒你可千萬認命啊，菩薩會教你靈魂升天，平安
　　　　　回來吧。

法　師　　他不是認命，是任性啊！

王　母　　他？……從來不任性，打小時候就從來……

法　師　　前頭是大海，後頭是妳家，王老太太，妳可知爲什麼我
　　　　　們站在半路上等他？（王母不解）妳可知他回來做什麼？

王　母　　村子裡凡是被海吃掉了的人都要回陸上家裡探一下親人
　　　　　才能安魂轉世，這是揆的不是?!

法　師　他心有不甘！

王　母　是……說……他死得不瞑目？

法　師　他是爲一名女子回來，一會兒他就打這路口直奔那女子
　　　　住處。

王　母　他真格有了中意的姑娘？——老天爺可憐見，我們剛說
　　　　找個媳婦……

法　師　孽障啊！話不說明白，怕妳等會兒吃不消，那是一名酒
　　　　家賣笑的煙花女子，名叫柳葉兒。

王　母　爲什麼——會有這等事？

法　師　前劫少修，方才有此一段孽緣，一會兒我們勸他，若是
　　　　勸不動，只怕走下去要招禍啊。

王　母　是那天喝酒……？是李萬……？

法　師　（睜大眼望向前方）來了！見了面，妳要做什麼心裡該有
　　　　數。

王　母　我的福兒死也不瞑目？！（眼看著情緒快崩潰了）老天
　　　　啊！我快站不住了——

法　師　妳要衝著石頭掉淚麼？站直！（舉香火，搖鈴——）但
　　　　見紅輪西墜，晚霞來照，烏鴉歸巢，東方月兒高，霎時
　　　　間，陰風起，樹頭兒搖，杳無人聲但聞狗叫，香火飄煙
　　　　接魂鈴兒敲——

　　　　（王福走來，風聲，鈴聲。）

法　師　神目昭彰原如電，舉頭三尺是青天，我叫你，黃泉路上

人——王福！看清楚誰在這兒等你，說清楚你要做什麼？

（法師搖鈴，王福走向王母身前，跪倒叩頭。）

王　福　娘。

王　母　（以手掩面，悲不可遏）福兒——苦了你啊！

王　福　娘……

法　師　把心裡的話放到嘴上說！

王　母　我沒得說了，福兒——可你得認命啊，若眞是心有不甘，你叫娘怎麼好喔？

王　福　娘，別擔心我，我這去見個人待會兒就回家陪您。

王　母　是那柳葉兒？（王福點頭）快別去了，娘不會騙你，菩薩不答應的。

法　師　魔孽作祟，癡迷心竅，王福你倒是醒不醒著？爲什麼執迷不悟？

王　母　福兒，你這一輩子都好好的，幹什麼臨了弄個不乾不淨？聽娘的，娘巴不得爲你好，巴不得換你的命……說不要去，你聽話吧！

王　福　娘，我只是去看一看她，待會兒就回家。

法　師　去，是沒人攔得住，連老天爺也攔不住，就怕想回來的時候回不來了。

王　福　我就這麼一次，去去就回——（起身就想走）

王　母　（伸手要抓）不准走！

法　師　　不要碰他！（王母依言不敢碰）這是天意大不過人意，不能強求，免得惹禍上身！

王　福　　多大的浪、多遠的路我都回來了，娘，您儘管放心！

王　母　　（怒火上升）你給我聽著！如果要娘跪下求你，娘就跪，但說不准你去你偏要去，老天爺沒怪你，我可要先翻臉，倒是什麼妖精把你的心給吃了？娘燒了一輩子的香，末了你卻抓了把灰往臉上塗——那種女人不能惹喔！

王　福　　柳葉兒是個好姑娘家。

王　母　　福兒你千萬沒說過這句話，娘沒別的要求，就這一件，不要去！那種地方的人不能沾啊，別做出菩薩會生氣的事哦——

法　師　　倒是水有源頭木有根，老天爺造你，你娘生你，我們的話你充耳不聞，還竟然敢頂回來，知恩不報還忘了本！往後有任何事你可是自作孽，自個兒承擔！

王　福　　（上前跪下再叩頭）娘，我去去就回。（轉身欲去）菩薩會指引我往那兒去的。（王福逕去）

王　母　　（衝著王福背影叫喚）王福！王——福！你是怎麼了，聽不見我們說的話？王福！你是耳背了還是心裡抹了層油？你要真去，我就不認你這個兒子！我就不認你！（王福已遠去）我……我的話他怎麼都聽不進啊，老天爺，這是怎麼啦？（跪在地上搥胸自責）

（法師靜靜收拾香火燭架）

法　師　（長嘆）這兩天妳要勤快念經禱告，恐怕事情會難收拾
　　　　了！（打點好，望著跪地的王母）七七四十九個時辰一
　　　　過，他還不死心塌地回去海上，天譴神責可沒人擋得
　　　　了。（王母倏地直起身子）王老太太，妳聽到他說的話
　　　　嗎？他全然不感覺他是個已經死了的人啦！──怎麼會
　　　　有那麼重的濁氣？那麼深的孽障啊？怎麼會呢？

（燈暗）

第五場與第六場之間

- 燈微亮，接魂的音樂，憂傷哀淒的嗩吶聲響起，四鬼肅穆地低著頭，緩緩依序走入場中，狀若方才的送喪隊伍，雙手高捧著下一場戲的道具（即第二場戲的長桌與二椅）。

- 他們將道具慢慢放下擺定，桌倒置，椅橫塞在桌腿之間，其造型如棺似墳。四鬼沉重地垂首並立，再幽幽背過身，四鬼一列，肩膀開始小小的顫動，從背影來看，四鬼的身體搖晃亂顫漸漸強烈，像壓抑不住的悲痛，一發不可收拾──

- 他們轉過身來，身軀依然抽搐顫抖，臉上竟然是笑，笑得齜牙咧嘴、花枝亂顫，笑得要抱肚子叫疼，要掉淚了──

- 突停，察覺外面有人，便快速地將桌椅茶具擺好，急步下場，唯女鬼來到側邊門口處候著。

第六場　酒家

（王福筆直走入酒家，慘白的臉怔怔地望向那張熟悉的桌子，有夥計
——女鬼——神色詭異地招呼入座，王福孤伶伶的四處打量著，彷彿情
怯，一會兒，入座，夥計將酒瓶杯都送上了，並為之注滿。）

王　福　　葉兒姑娘在嗎？

　　　　　（夥計答應，隨即出場叫喚人去了。）

　　　　　（王福靜坐不動，少頃，望見熟悉的酒瓶酒杯，他伸出手
　　　　　來，緊緊的握住它們，久久，才放開手——）

　　　　　（望著杯中酒，突見自己面容的倒影，大驚，以袖遮面，少
　　　　　頃——突然一揮袖將桌上燭台火苗給弄熄了，在黑暗中，王
　　　　　福呆呆站著。）

　　　　　（柳葉兒入，見室內無燈，暗中摸索走到酒桌旁。）

葉　兒　　怎麼回事啦！火燭怎麼熄了？……小二！小二！客人不
　　　　　是來了嗎？快去拿火來！

　　　　　（檢場人在桌後竊笑，溜去。）

　　　　　（柳葉兒摸到椅子坐下，東摸西摸找不著燭台，是王福已將
　　　　　燭台先拿在手上了。）

　　　　　（柳葉兒一手托腮，靜靜的、懶懶的在暗中養神，王福一旁
　　　　　不敢言語，一逕望著。）

（柳葉兒摸到酒杯，於是自己斟上，小飲一口，無意識地隨手玩著兩個空杯，轉來轉去，王福仍只是呆望著。）

葉　兒　　你躲在那兒當我不知道?!

（王福聞言一驚，柳葉兒回身四處望望，又再轉回身，逕自玩著杯子，原來只是試探是否自己錯覺——突然柳葉兒站起來。）

葉　兒　　到底有沒有人？我明明聽著聲音了，幹什麼裝神弄鬼地想嚇唬人？

（柳葉兒和王福二人位置彷彿相對望著，柳葉兒轉怒爲笑。）

葉　兒　　才出海一天就趕回來了，猴急什麼？還眞迷上這兒啦？——把燈熄了把這兒搞得黑漆漆的，當我猜不著還會有誰出這餿主意——（坐下，忍不住想笑）好，這次你倒眞沉得住氣，好一個李大爺！（坐下，有點氣了）再不作聲，別怪我翻臉了！

王　福　　（以手摀嘴）葉兒，我趕回來是心裡惦掛著妳。

葉　兒　　（更覺好笑）幹嘛裝怪聲怪調說肉麻話，快把燭火給點起來！

王　福　　葉兒……

葉　兒　　倒是快把燭火點起來啊，我的李大爺！

王　福　　葉兒，燭台在我手上……

葉　兒　　好嘛，天天換點子耍我，給我抓著，你輸什麼給我？

王　福　　我的命！

葉　兒　好，你別反悔！

（柳葉兒循聲走去，一步一步用手摸索著，方向稍偏差點，

王福一個反向移位，站定望著柳葉兒。）

王　福　來啊！我在這兒！

葉　兒　（站住不動）算了，我不玩了，我要你的命有屁用。

（王福亦呆住，柳葉兒呆立一會兒，悄悄地躡手躡足走向王

福，王福卻不閃不避望著。）

（此時李萬走進來，一見暗室無光，大惑。）

李　萬　這是幹什麼？

葉　兒　（頓足，誤以爲——）好傢伙，又給你跑掉了！

李　萬　葉兒，幹嘛不點火燭？這麼黑漆麻烏的——

葉　兒　你還耍嘴皮子！到底你點不點火燭，儘要我玩兒！

李　萬　耍妳玩兒？嘿，好娘們兒（摸黑走向柳葉兒）火燭熄

了，我倆還能玩什麼別的？

（一把抓住柳葉兒，不由分說就抱了起來，柳葉兒掙扎不已。）

李　萬　瞧我逮著了什麼，一隻大魚還是一隻大蝦！

葉　兒　放開我！一身的魚腥味兒少沾了我！

（柳葉兒掙開溜走，李萬又繼續摸索。）

李　萬　想不到今天妳比我還急，我人才剛到，妳就熄了燭火，

有意思，有意思。

（李萬聽到柳葉兒撞到桌子聲，一個箭步抓住柳葉兒，強按

在桌上，柳葉兒掙脫不得，李萬騎在柳葉兒身上，強行扳

開柳葉兒雙腿。）

李　萬　李萬玩女人，在大太陽下玩過，在雨水裡玩過，在伸手
　　　　不見五指的酒家小桌上，可是第一回！

葉　兒　這回玩看不見的，好！但我要真使勁兒溜走了，看你是
　　　　甭想再逮著！

李　萬　（大樂）妳要使勁兒？好極了！我也巴不得妳使勁兒！

　　　　（李萬以大力氣硬壓住柳葉兒，柳葉兒越掙越緊，王福怒目
　　　　走來，站在李萬後面，微微舉起燭台，眼看要打。）

李　萬　太美了！這兒暗的什麼也瞧不見，娘們兒，妳瞧得見我
　　　　嗎？倒猜猜看我是誰啊！

葉　兒　猜你是誰？我猜你是王福！

　　　　（王福與李萬都愣住，柳葉兒趁機用腳一蹬，李萬踉蹌退
　　　　後，正巧李萬與王福並肩而立，同時間四鬼出現在四周。）

李　萬　臭婊子，真吃定我李萬了！我這一團火，妳還真會搧
　　　　啦。

葉　兒　嘴巴大心眼小，到如今還吃味兒你！

李　萬　（嬉笑）可不是嗎？我這兒酸啦，酸得我想打人想罵人
　　　　了。

葉　兒　你敢！

李　萬　我不敢？打是情感，罵是愛，嘿！不打不罵用腳踹！

　　　　（撲躲之間，四鬼急速將桌上茶具和椅子拿開，彷彿幫忙清
　　　　場好讓二人追躲，李萬一把逮著柳葉兒，糾纏間，李萬扒

去柳葉兒外衣，柳葉兒跑開。）

李　萬　　我一件一件的扒，看最後剩下什麼？

（追來追去，李萬抓住柳葉兒，強行制服了。）

葉　兒　　（罵）你是隻豬！又臭又髒的公豬！

李　萬　　這隻豬啊！可是風吹的雨打的太陽烤的，是妳上輩子修
　　　　　來的……

（李萬一把將柳葉兒拉下，同時四鬼將長桌舉起打橫，桌面
像個小屏風，他們將這小屏風緩緩放下，李萬與柳葉兒拉
扯，身影亦隨屏風的遮擋而消失。）

（王福呆望，整個人傻了，兩眼無法轉移開，直直盯著桌
後。）

（四鬼背身一列，站在橫置的長桌——小屏風這端，低頭俯
看長桌那端二人翻雲覆雨，他們顯得越來越興奮，禁不住
搔首抓頭，扭腰跳腳。）

（他們一個箭步跑到桌那端繼續觀看，仍是並肩一列，四鬼
面容是一種扭曲的激情。）

（他們突然注意到一旁掩面閉眼的王福，他們圍過去，不懷
好意的望著他。）

（王福手中燭台「碰」的一聲落地，四鬼突然一哄而散，三
鬼立即將桌椅還原擺放，奔跑出場。另一鬼拾起燭台點燃
了，置放於桌，隨即奔出場，於是室內恢復光明——李萬赤
身，著內褲站起，柳葉兒以衣衫遮體，亦隨著站起。）

李　萬　　哎呀！我當是耗子撞翻了燭台，原來是王家小兄弟到了，怎麼識途老馬自個兒會認路，不用人帶啦！

葉　兒　　王福，你臉色怎麼啦？

李　萬　　小白臉小白臉嘛！我剛說到他，他就到，不小白臉嗎？（走向王福）來，咱們喝酒，讓你葉兒姐姐陪你這小白臉玩兩杯，來吧！別愣在那兒。

　　　　　（手搭王福，王福無反應，突然李萬嚇得縮手了。）

李　萬　　你的臉和手為什麼——

葉　兒　　王福，你身子怎麼冰涼涼的——（再一步向前抓王福手，立即丟下。）

王　福　　葉兒——妳不要怕，我來看妳。

李　萬　　（聲音顫抖害怕）王福，你不是出海了嗎？被海吃了是不是？做了鬼了是不是?!

王　福　　船翻了！

　　　　　（柳葉兒嚇得躲在椅後，李萬亦好一會兒說不出話來。）

李　萬　　快走，回你家去，回你海上去！

王　福　　葉兒，我……

李　萬　　去你媽的！（怒不可遏，拿起燭台）你不走，我拿火燒你！（作狀）

葉　兒　　王福，你真被海吃了？

　　　　　（王福低頭默認）

李　萬　　滾！快滾！我真燒你，你想死兩次不成？滾出去，我把

　　　　　你的皮要燒爛掉了！

王　福　（絕望地）葉兒！

李　萬　你——你又回來這兒是為了什麼？說啊！倒是誰欠了你
　　　　　的？說啊！

王　福　葉兒——我只是來看妳——我要妳——做我們家媳婦。

李　萬　（為之氣結，強自按捺）王福，門兒都沒有，你知道那不
　　　　　可能的，笑話嘛！你快滾！（以火觸王福，王福退縮）
　　　　　你敢冒犯老天爺嗎？死人就沒王法嗎？滾！快滾！這地
　　　　　方只有活人才能來，你快滾！

王　福　葉兒！妳不想看見我嗎？

　　　　　（柳葉兒搖頭，李萬仍以火觸刺王福。）

李　萬　滾！你是瘋了還是中邪了？狗屁不通的話也能說出口！
　　　　　滾！別在這兒嚇唬人！

王　福　（被逼到絕處，求救地吶喊）葉兒！給我一句話！給我一
　　　　　句話！

　　　　　（柳葉兒還是搖頭，王福終於轉身而去。）

李　萬　（跪地朝天叩頭）老天爺在上，我李萬可沒對不起王福，
　　　　　老天爺叫那王福快回去，老天爺叫他千萬別再來了，老
　　　　　天爺在上……

　　　　　（燈暗）

第六場與第七場之間

● 燈微亮,長桌上,女鬼反向而臥,兩腿高舉張開,原來二鬼壓在她的身上,突然直立,相視一笑,彷彿功成事就,各執一椅退去。

● 女腹圓滾,狀若有孕之大腹,女手輕撫圓腹,腹部小裙一掀,圓滾孕體竟是矮鬼的頭,矮鬼咧嘴陰惻地笑。

● 更甚者,矮鬼像探本究源似的好奇,從女鬼腹中一把一把抓,抓出一些稻草、繩線……。女鬼半起身望著,伸手一把抓住矮鬼的頭重新又塞回腹部裙內,緊按著不放手——

● 後區一角,燈光亮,王母正倚小茶几打盹。

● 女鬼與矮鬼見狀,二話不說,一縮頭,舉起長桌,撤離而去。

第七場　母親

（景如第三場，二椅一茶几。）

（王母坐在椅上靠著小桌打盹，夢話呢喃不止，顯得心事重重，憂心已極。）

（突然醒來，驚魂甫定，以袖擦汗。）

（跪在地上，叩頭膜拜。）

王　母　吃了秤錘鐵了心囉！這麼多天下來，他怎麼不出現啦?!

（站起身來，在房內四處踱步，口中仍不時喃喃，斷續不連。）

王　母　我不罵你，不打你，我是你老娘啊！那麼老了，你幹嘛呢，我找也找不著，哎喲──這兩條腿快走不動了，站不住了，你出來吧──不能再耽擱啦──

（隱隱雷聲響，王母走向門外望天，一會兒回身入室，門檻處又差點絆到，王母嘔著一口氣入座，一會兒，以手擊桌連連，大聲喊罵出口。）

王　母　你快給我出來啊！出來啊你！時辰已然要到啦！娘求求你出來！

（小桌下面悄悄爬出一隻老鼠，老鼠仍是小鬼扮演，王母望著牠，不動聲色，老鼠慢慢走向門口。）

王　母　倒是你出來了，哼，我也甭費神抓你，走不了再兩步路

你就得躺下來。

（王母來到門前，見老鼠已蹣跚走向後院，便跟蹤而行。）

（另三鬼此時快速將二椅一茶几搬走。王母頓足望天，突聞見什麼異味，東聞西嗅。）

王　母　莫非死耗子死透了爛掉了發臭啦？

（循味而去，走向後院，來到小屋前止步。）

王　母　早猜想這小屋子裡有耗子窩，果不其然！（動手解門閂，邊解邊說）我拆你們老窩！哼！吃了我的藥，死了還會回自己窩來死——（為自己這句話愣住，繼而大力將門一推，室內一片黑暗，僅有屋頂縫隙落下的幾線光射在地上。）

（王母在黑暗中摸索，膽大不信的，猶豫、試探，偶爾作出鼠噓聲。）

（裡面是無聲無息的黑暗，久久——）

（此時隱約可見王福陰影，坐在一角，身旁老鼠跑來跑去。）

王　福　誰也不要過來！

王　母　（大驚，仍不確定方向）福兒！福兒！（邊說邊走向裡面，發現——）

王　母　福兒，你是發瘋了嗎？躲在這個耗子窩裡幹什麼？（揮手趕老鼠）滾！滾開！

王　福　不要過來！

王　母　（沒理會，繼續趕老鼠）滾開去，死耗子，滾啊！我要發

火囉！滾！

王　福　（大聲）不要過來！

（王母依言止步，老鼠盡去，母子二人沉默少頃，王母蹲下來。）

王　母　福兒，你到底怎麼了？說給娘聽聽！（王福不答）……
　　　　這些天你一直藏在這兒？老天爺看看哦！這孩子的身體
　　　　都壞成這個樣子——福兒，說話啊你，到底在嘔什麼？

（王福仍不答，王母突轉強硬，站起大聲罵出口。）

王　母　你到底在嘔什麼?!時限馬上就到，你不快快回海上，是
　　　　存心永遠當野鬼、當遊魂嗎？犯天條的事啊！不行，不
　　　　行的，講你再講不動，我可要伸手打囉，怎麼牛脾氣倔
　　　　得這麼沒道理！（兩袖撈起來，作勢要動手打狀）現在給
　　　　我站起來，隨我走出這個屋子——

王　福　（更強硬地）不要過來！

王　母　我非要過來！

（兩人僵持都沒有動，一會兒，王福抱頭屈身趴下——）

王　福　您是生我養我的娘，您管我教我疼我，可我還是死了
　　　　——

王　母　（愣住，心軟）福兒，你有話要說？

王　福　娘，我……我受不了，我有個念頭在腦子裡盡打轉，拿
　　　　也拿不走——

王　母　（邊說邊往前）是那個臭女人說了什麼？

王　福　（頭猛抬起，身作直，王母止步）我做了什麼錯事，我做

　　了什麼？

王　母　　你到底要什麼？

王　福　　我只是想回來。（稍頓，王母正欲接口）娘，您別罵
　　　　　我，您說什麼我都聽，這回我不是有意的，我當真腦子
　　　　　轉不過來，（變成哭訴）娘，我當真轉不過來，我不是
　　　　　有意惹您生氣。

王　母　　（沉默少項）那個女人怎麼待你？（王福搖頭）她笑話
　　　　　你？（王福搖頭）她罵你？瞧你是個傻子？笑話你是個
　　　　　死人？（王福搖頭）那個王八臭婊子，她敢對我兒子
　　　　　──

王　福　　她是個好女人。

王　母　　（愣住，少項）福兒，隨我出去，時辰馬上要到了，我們
　　　　　再不離開，就要來不及了。

王　福　　我不能走！

王　母　　這是人話嗎?!老天爺已經決定了，你還能唱反調？（氣
　　　　　極了）我都不能，你能？我天天燒香念經，守規守矩，
　　　　　他媽的還死了丈夫、死了孩子，活受了一輩子的罪，我
　　　　　缺了什麼德了我？我香白燒的？頭是白磕的？經是白念
　　　　　的？我一屁股怨氣還沒地方放，我……我……（喘息片
　　　　　刻，自覺失言，忙補了兩個磕頭拜天）反正我說的話不算
　　　　　話，祂說的才算，懂不懂？天比人高，走！（王福不動）
　　　　　你還有得說的？

王　福　娘，您凡事認命，什麼事我都聽您的，但我這口氣嚥不下去，我這輩子好短，什麼也沒做。

王　母　至少你什麼壞事也沒做！

王　福　（激動抗議）我現在要做！好事壞事我都要做！我什麼都沒做！我什麼都沒做！

（王母憤極衝動地猛力一巴掌打在王福脖子上，王母住手，王福靜靜抬起頭。）

王　福　我不能就這樣走，走了，就統統沒有了！

（王母氣餒，坐下。）

王　福　娘，我做不到。

王　母　娘問你，你是真喜歡那姓柳的姑娘？（王福點頭）你要和她怎麼樣？

王　福　我知道我身子已經爛了臭了，不可能了。

王　母　說，你——想要和她怎麼樣？

王　福　我——我只想——再見她一面。

王　母　我聽不懂你在說什麼，不懂你到底要幹什麼？只是你這口氣嚥不了，娘心裡疼得快要死掉，福兒——娘答應你再見她一次，娘拿這個老命擔保，你先去海邊候著，一會兒我和她就到。

（王福愣住——跪下叩頭，爬向王母，一步一叩，終於抱住王母膝。）

王　福　娘，我傷了您的心。

王　母　（抱住王福）孩子，走吧！傷心傷透了也可以死心了，隨我出去，時辰要到了。

（法師率四小鬼衝進場，此刻四小鬼的身分是催命無常，急沖沖地來捕王福。）

法　師　正是——時辰到了，催命無常前後把道守關！

（撞門入室，見王福王母。）

法　師　這些天來你躲得好啊，天條法網你也無視眼內，王福，快快低頭伏法，善惡紛紛路只有兩條！難道你還沒決定要選哪一條麼？

王　母　法師大人，福兒已經答應回去了，時候還有沒有一點寬容？

法　師　僅一支香的功夫，再不回去就永遠回不去了！

王　福　我走！

（眾人均一愣）

法　師　上前來，跟著我。（四小鬼側身讓路，王福慢慢走到法師身旁，法師轉身領路。）

王　福　（望著王母）娘！

（王母痛苦地、會意地目視王福。）

（王福突然一把將法師推開，法師伸手再抓，卻被王福猛力推倒在地，王福疾步逃走——）

法　師　（憤然站立，四鬼在側）王福！我要你永遠回不去了！

（燈暗）

第七場與第八場之間

●燈微亮。小鬼對大鬼交頭接耳，大鬼像聽到大謬不道之事，不忍卒聽狀，大鬼又對女鬼耳語，女鬼又對矮鬼耳語，都是一樣反應。四鬼狀若饒舌村婦一般，少時即滿城風雨。

●比手畫腳之間穿插扮演王福死屍行走狀，旁觀者哄笑……

●他們突然停止交頭接耳，悄悄走向後區，四鬼分頭合作拉開天幕，隨即退下。

第八場　海邊

（舞台後方是一望無際的天空。）

（王福在台中央孤獨的站著，風吹體寒。）

（李萬走來，王福初以爲是柳葉兒來了，一見之下，頓顯失落無望。）

王　福　葉兒不來了？

（李萬不答，警戒地望著王福，隔著一定距離走向舞台另一側，王福衝動欲上前。）

李　萬　（大吼）不要靠近我！

（王福趕緊不動，李萬鬆口氣。）

李　萬　王福，以前我倆一塊出海不少時候，我到底是你的好兄弟，這會兒我可是良心發作，趕著來警告你喔，此刻再不回海上，法師已經在準備法架行頭了！

王　福　我娘呢？葉兒呢？

李　萬　你這混小子，活著不開竅，死了還惹我罵。我腳程快，趕著來通風報信，你別當我愛來，叫你別耽擱了，你就別問下去，快走吧！

王　福　李萬，你到底來做什麼？她們出了什麼事？

李　萬　她們出事？是你出事！八成你肚子裡裝了牛大便，耳朵塞了是羊屎，你等什麼？等什麼？你娘不會來了，葉兒

　　也不會來的，我發誓，騙你的是孫子，沒有人會來，只
　　有法師會來，再定你一次死罪，我摸著我的肚臍眼兒說
　　話，你怎麼不聽呢？

王　福　她們不會不來！

李　萬　沒有人會來！

王　福　她們一定會來。

（李萬頹然坐地，兩人無言，隔著一段距離坐著。）

王　福　李萬，我巴不得能和你再去喝酒，喝個稀泥爛醉的……
　　　　（少頃）

李　萬　你走了以後我拿酒上你牌位祭你，咱們隔著陰陽兩界照
　　　　常喝個痛快。（少頃）喲！好像有人聲音過來了，快走
　　　　吧！再不走，連牌位上的祭酒都甭喝了。

（王母偕柳葉兒入）

李　萬　你不走，那我去囉！

王　母　福兒，人在這兒了。

（王福激動地說不出話來，望著柳葉兒，柳葉兒走向前，與
王福四目交會，都沒作聲。）

李　萬　事情鬧到這步田地，叫妳們不要來，妳們是真不怕惹麻
　　　　煩啊？

王　母　正是這話，事情已經到了這地步，你不要給我找麻煩！

葉　兒　（對李萬）沒你的事兒。

李　萬　沒我的事兒？好，好，有妳的事兒嗎？幹嘛一個人發

　　　　　瘋，大夥兒陪著發瘋？（王母捲袖走來，李萬嚇得忙躲）
　　　　　我又沒說錯什麼？

王　母　你給我住嘴，小心我抓一把泥巴塞到你的嘴裡！

葉　兒　告訴我，你爲什麼回來？

　　　　　（王福困窘地不知如何作答）

葉　兒　你回來看我？

王　福　我回來，是要看葉兒。

葉　兒　你已經看到我了。

王　福　（遲疑片刻）——我要看的是葉兒。

葉　兒　你爲什麼要看葉兒？

　　　　　（王福不能答）

葉　兒　葉兒長的好看？聲音好聽？聰明？葉兒對你好？

　　　　　（王福點頭）

葉　兒　如果葉兒也對別的男人好呢？

　　　　　（王福愣住）

葉　兒　王福，我由衷的感念你對葉兒的情，可是我就是葉兒，
　　　　　憑什麼你只認葉兒不認我？憑什麼你嘔我的氣？憑什麼
　　　　　你把心傷了，躲著不見人？憑什麼？

李　萬　妳心裡不樂意幹嘛還來？我勸妳還不聽！就知道嘛！人
　　　　　一來，事情包準攪和得更難收拾。

葉　兒　李萬，我來是爲了這輩子沒人這樣對過我！

李　萬　（大笑）好一個葉兒，巴不得人把妳當寶似的，巴不得

　　做個小貓小狗讓人疼妳、寵妳、要妳──我還不夠好？
　　非得像他這樣發瘋了？葉兒，妳就是愛耍，什麼稀奇古
　　怪妳就要玩玩，談情感的事妳也找有趣新鮮的，天生是
　　他媽幹妳那一行的人，沒錯！

王　母　就你那雙耗子眼睛，還敢瞧不起人？

李　萬　我沒有瞧不起人，也沒有太瞧得起人，我瞧別人和瞧自
　　　　己一樣，總行了吧！都是吃完飯睡覺，睡完覺，男人找
　　　　女人，女人找男人，簡簡單單！幹嘛有人在這裝瘋作
　　　　怪，把事情弄得剪也剪不斷──我看不過去。

王　母　兒子是我的，我要護著他，倒看看哪個王八蛋敢攔著！

李　萬　老天爺！

王　母　老天爺會聽我的。

李　萬　當真笑話了！就憑妳平日多燒那點香火？

葉　兒　（斥止）李萬！

李　萬　老天爺從來聽自個兒的！天有天道啊！

王　母　人可也有人道啊！
　　　　（法師入，從王福背後突然現身，手執法架逕自安放好，眾
　　　　人無聲，屏息以待。）

王　母　法師……

李　萬　王福，再不走還等什麼時候？

法　師　不用走了！

葉　兒　什麼意思？

法　師　（狠盯了柳葉兒一眼，再環顧眾人）——時辰過了。

王　母　法師，您好心寬一點吧！這孩子眼看著最後關頭就要轉過來了，眼看著就能嚥氣了！

法　師　你們要到什麼時候才會醒？（氣憤大聲）他要能嚥早嚥了，他心裡掛了魔，誰也救不了！

葉　兒　那不是魔，分明那是份情，明明白白就是！

法　師　方才有個誰說一個人發瘋，大夥兒陪著發瘋，真說對了。

王　母　法師，我指著我的兩個眼珠子和兩排老牙賭咒，老天爺一定會答應多延一會兒功夫，我擔保！

法　師　解衣包火，那是自招其禍。你們都跪下！（三人依言跪下，法師比手畫腳）善惡循環，天理昭昭，神佛察照，誰能法外逍遙！你們把眼閉上了。

　　　　（三人眼都張著，跪著。）

法　師　是為你們好，張著眼連你們都連帶倒楣。

李　萬　閉了眼王福要發生什麼事？

法　師　不要多問，再張開眼時他就不在了，閉眼！

　　　　（三人張著眼不肯閉，王母不停地搖著頭。）

王　母　（要奔向王福）福兒，快說話，快向法師求情吧，快點！

法　師　（喝止）跪下！不許接近他。

　　　　（王母跪下）

葉　兒　法師，時辰是個什麼東西？

法　師	妳做的是個傷人道的下賤行業，王福是孽主，妳是禍端，時辰是他早得報應，妳只是晚遭禍殃。
葉　兒	老天爺在上，天底下是非好壞您都能決定？
李　萬	葉兒，法師就是老天爺，妳快別衝了。
葉　兒	我正想問，他是老天爺不是？時辰是老天爺定的，還是法師定的，是憑人心定的不是？如果不是？我們算什麼？
法　師	（先是一愣，正欲發作，繼而冷笑）好，妳有很強的眼力能看人心，說話扣人，此刻我要再和妳多費唇舌，反倒是低估了妳——
葉　兒	最後再有一問，王福到底做錯了什麼？
法　師	他回來就錯了，不甘願不認命就是犯忌，我也這麼問，你們摸著土地回話，是妳，妳死了還硬要回來嗎？
葉　兒	（稍頓一會兒）我——不想回來，不值得！
法　師	王老太太？
王　母	我不要再回來了，日子太苦、太難了。
李　萬	我說不定有點想回來，可我不敢，天有天道啊！
法　師	所以，你們說我應該拿他怎麼辦？
王　母	（趨前，因焦心而瞎接話）我等你這句話等半天了，放他一馬勝造七級浮屠！放生可以積德，可以修行啊！
法　師	一派胡言亂語，你們要一塊兒作孽，我可沒法兒救！
王　母	（忍無可忍的委屈，急躁）不是作孽啊，是……是……他

是孩子嘛！不懂事嘛！

法　師　王老太太，不是我不體諒妳愛子心切。職責所逼，我只能做一件事，不該來的就不能來，該誰走的一定要走！

（四小鬼飛奔進場，四下站定。）

（王母見狀疾步奔向王福，一把抓住拉扯不停。）

王　母　來，向法師大老爺叩頭陪不是，快來！娘陪你去求情，怎麼還倔哦？老天爺會可憐我們的，來啊！（拉扯不動，又疾步跑向法師，抓住拉扯）來！來！您是青天大老爺大恩人，說句好聽的話，老百姓得救哦！世態炎涼哦！您說句話吧！（再奔向王福）來啊你！沒功夫拖了，你幹嘛大蘿蔔啊？我拔你幹嘛不動啊？來向大恩人認錯！悔過！哎喲！（邊跑向法師邊嚷）老天爺救命喲──（對法師）來！來！他知道他錯了！他要認錯了，您要放生啊！放生啊！

王　福　娘，（稍頓）我真的錯了嗎？

王　母　（大吼）錯啦！

王　福　（望向柳葉兒）葉兒？

（柳葉兒直搖頭，答不上話來。）

李　萬　甭管錯不錯，認錯要緊啊你！

法　師　王福……

王　福　（跪著對天叩頭）老天在上邊，土地在下頭，王福當真是錯了。

（柳葉兒沮喪至極，垂首不語，四小鬼開始一步步走向王福。）

王　母　（喃喃）慢點！慢點！法師您要救人啊！法師，孩子已
　　　　經認錯了，還要怎麼樣呢？

（眼看著四小鬼逼近了，王母倏地衝向王福，站於王福身前
擋著，疾聲喝叱。）

王　母　你們給我退下去！

（聲勢所逼，四小鬼不自覺被嚇退幾步。）

王　母　（聲如雷，狀如火）孩子是老天爺給的，孩子也是我生
　　　　的，我就是老天爺！說話算話，不管你們從天庭來，還
　　　　是地府來，你們敢不聽都不行！誰要走近！我抓把泥巴
　　　　給他埋了！

（四小鬼被王母嚇住了，隨即，惡向膽邊生，一翻臉他們便
戲謔地躍近幾步，王母狠狠盯著他們。）

王　母　你們敢過來？好！來，不怕死的過來。

法　師　催命無常放耳聽話，先給我站住了。

（四小鬼猛地衝上去圍住王母，有的跳在王母身上，有的拉
扯糾纏。）

（王母話落手起，一巴掌揮過去，將小鬼打得人仰馬翻，疼
得哇哇亂叫，另三鬼急將小鬼拉到一旁，怒目瞪視著王
母，喉中發出可怕的獸聲。）

法　師　亂了，亂了，連我的招呼你們也敢不聽，（大喝）住
　　　　手！給我住手退下來。

（四小鬼停手，王母狼狽跌坐地上，法師正怒火中燒。）

法　師　冤要找頭，債要問主，誰敢存心壞我的規矩？

　　　　（有一小鬼見勢有趣，假裝撲向王福，王母剛來拉，小鬼猛
　　　　地騎在王母背上，取出針支欲插入王母頭頂，終於被王母
　　　　大力給推開，小鬼仍笑嘻嘻地望著法師。）

法　師　（氣的失了態，惱羞成怒）他媽的，要和我玩命是吧？
　　　　（舉手向天）天理昭昭，神目為電，我人在這兒，法在
　　　　這兒，左手的七星，右手的南宮，橫豎我已經畫好界
　　　　限，分配好了道理，我說要留人，誰也不准催，哪怕你
　　　　——是催命無常！

　　　　（四小鬼面容突轉猙獰可怖）

　　　　（一小鬼突上前將法架推倒，法師見狀不言不語，筆直走向
　　　　王福。）

法　師　王福，起來。（一手拉著王福，一手拉著王母，三人一線
　　　　站立，法師狠盯著四小鬼，繼而仰臉向天）我現下決定，
　　　　王福，我保你回海上，從此瞑目長息，跟著輪迴轉世，
　　　　重修人業。葉兒的情緣，來生再結，前後左右，聽話行
　　　　事！你們把風向拉好，浪頭打順！

　　　　（四小鬼齊聲狂嘯，撲向王母王福身上，有個撲向法師的被
　　　　一掌推開，四小鬼邊揪打、邊怪嚷，狀若嬉耍、若瘋狂。
　　　　四小鬼滿場亂叫亂跳，甚至將法架舉起，跑著、耍著。）

　　　　（柳葉兒奔向王福，抓王福手，王母李萬亦聚合，四人相

連，法師隨即加入。）

法　師　站在我後邊！

（五人成聚，四小鬼繞著狂奔怪叫不已，間或有嬉耍作弄自己同伴的。）

法　師　抓一把泥土！

（另四人依言而行，法師手指其中一名小鬼。）

法　師　封他眼睛！

（眾人同時將泥土灑去，該小鬼立即站立不動，手揉雙眼，繼而跌跌撞撞，另三名小鬼瞪大了眼望著──突然矇了砂土的小鬼發出淒屬叫聲，久久不停。法師作法念咒，另四人亦隨著紛紛跪下，一齊念經行禮。）

法　師　天行地轉，神道無盡，眞人明斷，鬼窟翻身。業龍作孽，則向海波水底擒來；邪怪爲妖，入山洞穴中捉出──鼓聲搖陸地，雷響震晴空，和風吹向十方三界──於是！刀山化爲塵土，油鼎結成冰！

眾　合　刀山化爲塵土，油鼎結成冰！

法　師　王福諸苦難，聞經得解！

眾　合　刀山化爲塵土，油鼎結成冰！

（道士搖鈴，眾人合聲不斷，四小鬼跌跌撞撞，愈顯無力，有坐在地上的，有爬著站立不得的，有抱著同伴抽搐的間斷的嬉耍、翻筋斗……）

法　師　王福，你繫的鈴，你自個兒解吧！趁他們還沒有再發作

　　　　　　以前，你快快了結，不然，一會兒不但救你不成，這命
　　　　　　數天理都要被他們給砸了。

　　　　　（王福上前對法師叩頭）

法　師　　我並沒有存心饒了你，去謝你娘吧！

　　　　　（王福行至王母前叩頭，嗩吶響起，哀傷中透著一股寧靜。）

　　　　　（王母摸王福髮，不語。）

　　　　　（王福行至李萬前，二人互相叩首，王福行至柳葉兒前，二
　　　　　　人沉默片刻──）

葉　兒　　一路上好好走。

　　　　　（王福向柳葉兒叩頭，柳葉兒望著，亦回叩，法師搖鈴作
　　　　　　響。）

法　師　　因緣以何故，乃因不斷情，輪迴自此起，孽浪自此生。
　　　　　（搖鈴）王福！人事打點乾淨了，迅速上路，這些魔孽
　　　　　還在後頭守著。

　　　　　（王福直直走向台中央，跪下拜天，起身。）

王　福　　我這就去了。

　　　　　（慢慢走向後方暗處，四小鬼中仍有鬼突然想衝上前攔阻作
　　　　　怪，法師急忙率眾奮力念經，小鬼起身又跌，難以為害。
　　　　　王福終於一步步消失在遠方暗處。）

法　師　　來時無影去無蹤，千里程途一陣風，黃泉路遠難相送，
　　　　　順風順浪──自求保重！

眾　合　　順風順浪，自求保重！

法　師　　王福諸苦難，聞經得解！

眾　合　　順風順浪，自求保重！

法　師　　黃泉路遠，難以相送！

眾　合　　順風順浪，自求保重！

（眾人與法師一唱一和，重複不斷，嗩吶樂音拔到最高，鼓
樂一拍一拍沉沉重落，台後方稍暗處，四鬼仍欲奮力起
身，終是不能，臥地蠕動不已。）

（燈漸暗，幕落。）

劇　終

首演資料

《今生今世》一九八五年十月十八日首演於台北市社教館活動中心，
台北藝術季主辦，【蘭陵劇坊】演出。

編　　劇：金士傑

導　　演：陳國富、金士傑

藝術指導：吳靜吉

服裝造型設計：霍榮齡

音樂設計：陳建華

技術指導與執行：雲門實驗劇場

舞台監督：洪隆邦

助理導演：王曙芳

音效控制：鄧安寧

道具管理：黃世儒

服裝管理：李文惠

劇　　照：葉清芳

首演演出人員及角色

顧寶明——飾王　福

李立群——飾王　母

劉靜敏——飾柳葉兒

趙　舜——飾李　萬

金士傑——飾法　師

林于竝——飾檢場人

邱瓊瑤——飾檢場人

游安順——飾檢場人

董萊生——飾檢場人

感謝葉清芳提供本書劇照

王福背身坐在地上，檢場小鬼不懷好意地望著他。　　　　　　　　（葉清芳攝）

李萬欺身強上柳葉兒。四周圍觀的是檢場四小鬼。　　　　　　　　（葉清芳攝）

王母家中坐，老鼠到處跑。　　　　　　　　　　　　　　　　　（葉清芳攝）

王母（中間站立者）與四鬼起了衝突。法師（右後）與李萬、柳葉兒（左下方）俱無
對策。　　　　　　　　　　　　　　　　　　　　　　　　　　（葉清芳攝）

家家酒
LET'S PLAY HOUSE

人物

金玥珍　　趙自強　　李仲明　　李仁龍

林　維　　張惠卿　　張令嫻　　陳慶昇

張永泰　　楊智年　　吳聖惠

聲　音　　此角色並不出現，是較低沉的男音，自觀眾後區上方傳來

舞台提示

此戲的舞台場景陳設一律從簡，基本上只有坐椅，而且是演員自
己攜帶入場和下場的坐椅，大部分的場景例如：開門、探窗、上
下樓、乘船、游水……等等，均是由演員的肢體動作表現。若非
舞台提示「燈暗」，全戲在每個換場時，演員在燈光中上下場。
這樣粗放簡陋的舞台形式，目的是為了凸顯「家家酒」這個童年
遊戲它本質上的虛無和荒誕，以及它表面上的稚氣和亂無章法。
而家家酒的遊戲精神是貫穿全劇的基調。

序場

（金玥珍站在空蕩蕩的舞台中央，她說話時偶或低頭苦思自言自語，有時望向前方遠處，彷彿有誰在那兒注視她。她是能言善道的，甚至有點頑劣的調皮任性和自以為是，但此刻她有微微的不安。）

玥　珍　　我和許多有良心、有感情的人一樣，會在無聊的時候反省自己和想念別人，或者……替別人反省他自己。反省很好，但是有時候會把事情搞的更糊塗、更不清楚，生氣也沒辦法，下次還是又反省。年紀愈大，反省的力氣也愈少了。而且，大部分是反省別人。我叫金玥珍，二十七歲，單身──女性，工作是電話接線生，這個工作還蠻合我的興趣，我從小就一直有偷聽別人說話的毛病。我說話有一點快，看起來還蠻聰明的，長相有一點幼稚。然後……

聲　音　　說下去。

玥　珍　　對，你說話或問問題，我比較容易想清楚。關於陳慶昇的死，早就被警方判定沒有任何他殺的可能，純屬意外，在場的每一個小學同學都很難過，但也都不懂他為什麼要這麼做。

聲　音　　妳真的不懂嗎？

玥　珍　當然不懂，我們大家都有十幾年沒有見過面，只是小時候彼此的感情太好了，所以會很難過。所以我才會⋯⋯想了又想，常常在想。

聲　音　妳看起來好像很無辜！（玥珍愣住）我們都知道妳會說妳當然是無辜的。

玥　珍　我當然是無辜的 —— 不，我和陳慶昇的死完全沒有關係。有時候晚上想到他會睡不著覺，並不是表示我有錯，只是想不通他死的理由是什麼？

聲　音　妳常常反省自己？

玥　珍　對，我剛剛說過，我也常替慶昇反省，只是找不到結果。

聲　音　妳和他的關係說清楚一點。

玥　珍　小學同學，學校在鄉下 —— 唉！我不說清楚你好像不會放過我 —— 我們有十一個同學感情特別好，外號叫「敢死隊」，因為我們打躲避球打得最好，慶昇是其中之一。

　　　　後來，我們真的越來越像一個幫派，玩在一起，鬧在一起，做了很多瘋狂刺激的事。我們這個敢死隊有個口號：「怕死的不要來！」我們發誓永遠不分開、我們永遠是一體的。小學畢業，大家就散了，散了也沒多少聯繫，一晃大夥兒都二十七歲的人了，敢死隊隊長趙自強突然心血來潮，約了大家再聚一下，真難得大家都到齊

了，慶昇也來了。

聲　音　妳記得第一眼看見慶昇的印象是什麼？

玥　珍　他個子和小學時一樣，仍然是全班最矮的，不太說話，聲音很怪，軟綿綿的，沙沙的，有點假假的……我記不得他做了什麼、說了什麼，因為全體十一個人都太興奮，那麼久沒見……

聲　音　請妳仔細的回想一下（玥珍開始踱步思忖）因為這次約會的每件事都可能會是線索。

玥　珍　那天晚上，大家來了，（眾人攜椅入，在後區放下椅子，眾人圍坐，並保持停格動作）剛開始有點陌生，有的人長相變得很不一樣，到後來，大家很快就熟了。我說過，當年我們的誓約是我們永遠是一體的，大家相隔十多年從各個不同的地方跑來，心情都是一樣，每個人都有自己的疲倦，所以也都非常希望重溫當年的美夢。

第一場　自我介紹

（金玥珍一轉身入座，眾人立即出聲動作，他們雜亂的寒暄說笑著。楊智年、張永泰、趙自強、吳聖惠、張令嫻、張惠卿、陳慶昇、林維、李仁龍、李仲明。眾人各自坐在椅上，椅子圍成半圓，大家圍坐交談，眾人明顯地一直有種社交的、友善的、幾近團康的幼稚膚淺的歡樂，他們彼此之間有種生疏感，但仍流露出一些他們曾經是爛熟的深厚交情。）

（趙自強突然站到椅上做了個奇怪的手勢，眾人發現後也相繼靜聲並跟著做，彷彿什麼幫會的暗號，一時之間全安靜了。）

自　強　　（他的言行舉止有種誇張的戲劇性，突發的節奏，滿溢的熱情和永不停止的戲謔，過動傾向十足。）這裡沒有電視、沒有電話、沒有電動玩具、沒有交通工具，只有大海，這棟空的別墅和我們十一個人，當然，還有足夠的糧食和足夠的——酒！我們要在這裡度過一天零一個晚上！（眾人歡欣闃然）我們這個敢死隊當年還真的搞過不少瘋狂、刺激、又好玩有趣的事情，那時候我們都是十歲大的小孩，不知天高地厚，我們在海邊玩騎馬打仗有沒有？!我們在墳場睡過一覺，我們還在海邊……

眾　人　　堆沙雕！

自　強	對！堆沙雕！堆了整個下午，結果堆出來像個墳場，一個墳墓、一個墳墓排在那兒……
仲　明	還有一次，到張令嫻家集體向她養父抗議，結果呢？被她養父打了出來！
智　年	（搶著站起）還有在沙灘上玩槍戰，殺的啊，人還沒死，聲音都啞了！（眾人和，智年復坐）
自　強	對！我們還有玩男生女生配對結婚……（立即有幾個人做出不忍卒聽狀）
玥　珍	對！（興奮的跳起來）對！有李仲明、林維，還有李仁龍、張惠卿……
林　維	妳還講，妳自己和楊智年還不是一對！
	（玥珍赧然復坐）
惠　卿	還有慶昇和令嫻！
自　強	對啊！我們那時候還有——玩鬼！披了白布裝鬼嚇人！
仲　明	你還講，每次都是都是你在搞鬼。（眾人和）
自　強	我怎麼樣？我長的像鬼嘛！
林　維	喂，你們記不記得有個男老師好色、好色，每次都對張惠卿毛手毛腳的（眾人和），後來啊，我們大家不是聯合簽名抗議嗎？結果好慘！每一個人都被記了一個警告……
惠　卿	多久前的事了，妳還提！
自　強	（大聲的強調）不過！我們已經是快三十歲的社會人士

　　　了，各位男士、各位女士，這麼多年來，我真的一直沒有忘記我們那時候說的——我們是一體的、我們永遠不分開，今天真的很高興，大家都到齊了，你看！你看！現在有的人長得怪模怪樣，我都快不認識了，你看以前小時候楊智年理平頭戴個眼鏡（故意錯指著仲明）——

智　年　喂……我在這兒！（眾人樂）

自　強　喔！對啦！大家長得都不太一樣了嘛，所以囉，所以囉，還用我說嗎?!

　　　　（自強坐下，又比了個奇怪手勢，示意玥珍，玥珍立。）

玥　珍　我是金玥珍，大家記不記得？李仲明、李仁龍，還有趙自強，你們以前都塞過情書給我（三人立即否認）……

惠　卿　玥珍，妳現在在哪做事？

玥　珍　我啊？我現在是一個電話接線生，其實這工作蠻適合我的興趣的，閒著沒事就跟人家聊天，（指自強）下次你要辦同學會，找我聯絡沒有關係，什麼長途電話、越洋電話，我來打一毛錢都不要……（眾嘩）

林　維　妳太假公濟私了吧？

玥　珍　我小時候就這樣啊，妳不記得啦，教室黑板下的粉筆頭，都讓我撿回家了……

自　強　什麼粉筆頭，她是一盒一盒往家裡帶……（眾人和）

林　維　玥珍講講有沒有男朋友啊？

玥　珍　這是秘密，無可奉告！（眾譁然，玥珍坐下）對了！

（復起，興奮地）我在來的時候一路都在笑，一直在想你們變成什麼樣子了！

惠　卿　（優雅微帶靦腆地站起，她的妝扮入時，配上恰當的都會小女人表情和體態，顯露出上班族中居要職者的風情。）我是張惠卿，我現在在一家貿易公司當女秘書（有點矜持地笑著，見大個子李仁龍癡迷的望著她）──李仁龍，你幹嘛這樣一直看著我──我白天工作很忙，晚上也常常加班，還好我們同學會是在這兩天，否則我就不能來參加了（眾人詢問），噢，我下禮拜要和我們總經理到歐洲業務考察三個月──（眾人羨）

林　維　惠卿，從小我就知道妳是個女秘書的料了。

惠　卿　（微微敏感）妳說這句話什麼意思啊？

林　維　那時候，妳常跟在老師後頭，沒事發發本子、提提東西、記記名字，偶爾，還打打小報告。

（眾人和）

惠　卿　我是這個樣子嗎？

林　維　不是嗎？

惠　卿　談談妳自己吧！

林　維　（隨意的一個欠身，以示站起，她慵懶且漫不經心的說話方式，率性卻撩人的衣著，一副我行我素無懼人言的樣貌。）我林維，現在開一家委託行，賣一些舶來品，衣服啦、化妝品，就這樣。

自　強　林維，妳家現在住哪裡啊？

林　維　你有什麼企圖？（眾人嘩）

玥　珍　林維，妳有沒有男朋友？

林　維　男朋友？當然有啦，而且還不只一個！（眾人嘩，林維
　　　　直立）我覺得女人要是只交一個男朋友，那是不算的，
　　　　要交不同的男朋友，然後吸取不同的生活經驗，所以我
　　　　鼓勵各位女同學趁著青春還在，多交男朋友，謝謝！
　　　　（打仁龍）該你了！（林維坐下）
　　　　（仁龍與仲明互相推讓，然後很有默契的仲明起身。）

仲　明　（講究的外表、體面的微笑、過度熟練客套的談吐使得他的
　　　　語言即使真誠也彷彿有濃濃的商業包裝。）那我就恭敬不
　　　　如從命了。各位同學好，我是仲明，這麼多年沒見面，
　　　　大家的變化都很大，我呢，當兵的時候是擔任政戰輔導
　　　　長，也體會出人生以服務為目的，所以退伍以後，我就
　　　　毅然決然投入服務業，目前是在一家旅行社國外部擔任
　　　　主任的工作（眾人稱許），託您的福，託您的福，所
　　　　以，女同學要出國觀光，男同學要出外考察，都可以找
　　　　小弟我為各位服務，不但手續便捷，收費低廉……
　　　　（眾人嘩）

玥　珍　仲明，這是同學會，你拉什麼廣告？

仲　明　老同學應該照顧、照顧嘛，我最後要講的是，我很榮幸
　　　　來參加這次小學同學會，根據我的經驗，海邊是很羅曼

蒂克的地方，也希望各位把握這幾天的聚會，放下身
段！開心的Enjoy！好好創造一個一生中美好的回憶。

（眾人喝采，仲明坐下。仁龍立，行至中心，背對眾人做了
一個健美先生的肌肉展示動作，眾人不解。）

仁　龍　（大喝一聲）台灣種馬！（轉身朝向眾人，再換一個強調
　　　　下半身的動作展示）台灣種馬！（眾人嘩）

玥　珍　（笑得前俯後仰鼓掌叫好）李——仁——龍——！

自　強　拉鍊沒拉好！

　　　　（仁龍急忙低頭檢查有否穿幫，笑著回到原位。）

仁　龍　（魁梧的身材，歷經日月風霜的膚色和氣勢，一開口雖狂
　　　　放，卻藏不住憨厚傻氣的個性。）我跑船，跑了好些年
　　　　了，台灣種馬是船上的朋友給我這個綽號，我現在在開
　　　　計程車，開車跟跑船是很相像的事情，都是一樣，男子
　　　　漢漂泊江湖！開車的時候，每天都可以碰到形形色色的
　　　　人，很多新鮮有趣的事，而且，有時候難免上來漂亮的
　　　　女乘客……對了，有一天上來一個女乘客長的跟林維好
　　　　像……（眾人嘩）我好想林維喔，真的，我在船上有時
　　　　候一個人好寂寞……

　　　　（眾人阻止他危險的男性表白，一陣嬉鬧聲中，令嫻悄然站
　　　　立。）

令　嫻　（素淨的身段、薄弱的音量、委婉的談吐、天真的孩子臉，
　　　　彷彿永遠與人群不搭調的苦命天使。）我是張令嫻……

　　　　　（仁龍坐下，眾人安靜下來）我是張令嫻，現在在育幼中
　　　　　心帶小孩……

自　強　什麼？小孩帶小孩？

林　維　令嫻，從小到大妳就長這個樣，我看妳到老都不會變。

令　嫻　我很喜歡小孩子，他們說哭就哭，說笑就笑，很多人不
　　　　　知道他們在想什麼，可是我可以了解，我很喜歡我這個
　　　　　工作。

自　強　令嫻，那妳現在和妳的養父還有沒有住在一塊？
　　　　　（眾人發出小小的噓聲制止自強）

惠　卿　喂！你是哪壺不開提哪壺！

玥　珍　關心嘛！有什麼關係？

令　嫻　我現在自己搬出去住，沒有跟他們住在一起了，每個月
　　　　　我會寄點錢給他們用。

玥　珍　令嫻，妳蠻孝順的。

令　嫻　我已經不像小時候那麼恨他們了……（眾人沉默）……
　　　　　我講完了。（微笑入座）

惠　卿　慶昇你怎麼都不說話呢？
　　　　　（慶昇呆滯的依令站起，氣氛比較冷了。）

慶　昇　（全班最矮小的他，音調柔軟，說話語句鄭重其事，小心拘
　　　　　謹的穿著舉止，即使一直擠出笑臉也很難讓人感受到他真
　　　　　的在笑。）我──陳慶昇，現在在一所國中教英文。

玥　珍　慶昇，你小時候就不愛說話，怎麼當老師？

自　強	人家在台上講英文。
玥　珍	英文也是話。

（眾人笑）

惠　卿	學生好不好教？
慶　昇	還不錯！

（眾人沉默，一時找不到話接續。）

仲　明	趙自強，你不是喜歡問問題！
自　強	好。問問題……慶昇，你那什麼牌子的錶？

（眾人笑，注意力立即轉到討罵的自強，慶昇坐，聖惠立。）

聖　惠	（皺著眉、噘著嘴、叉著腰、有服務股長的熱心和正義感，待人處事總不掩天生的母性。）好了，你們安靜，該我了！李仁龍你記不記得我？（眾人笑）坐你前面，留兩條小辮子的那一個？
仁　龍	喔——我怎麼敢忘記，就是那個兩條鼻涕留的長長的那一個！
聖　惠	你也最好別忘記！我就是你說長得很像你媽媽的那一個！

（眾人笑）

聖　惠	我跟你們講，李仁龍跟小時候差好多，我這次來就是要看他的！但我好失望噢！（眾人嘩）好了好了，不鬧了，都大人了，說也沒用了。我現在在台北開一家咖啡廳，喔！對了，這次我帶名片來了，（拿名片分贈眾人）希望你們有空的時候，一定到我那兒去，一定打折，一

定優待……

玥　珍　聖惠，我聽老同學說妳很早就結婚了，真的？假的？

聖　惠　哎呀！都已經有一個六歲的小女孩了……，（眾人驚訝）我不知道令嬡是帶小孩的，不然我就可以把小孩交給妳，我那小孩好皮喔，我都管不了……

惠　卿　你們是怎麼認識的？

聖　惠　他是我高中同班同學嘛！我覺得他人很好就跟他結婚了，他是生意人。張永泰，該你了！

（聖惠坐下，永泰高坐於椅背脊上。）

永　泰　（極端聰明且自負，幾近傲慢，話很少動作也很少，除了雙手插在口袋或橫抱於胸，他就像個雕像。）張永泰。我想我也沒什麼話好說，有什麼問題你們問好了。

玥　珍　你最近過的怎樣？

永　泰　沒事！

仁　龍　那你靠什麼吃飯？

永　泰　沒工作！

惠　卿　你到底在做什麼啊？

永　泰　沒有！真的沒有！

玥　珍　你有沒有女朋友？

永　泰　沒有！（眾人沉默）好，我們的溝通非常圓滿愉快。智年，換你說！

（永泰復坐，智年立。）

智　年	（斯文帥氣、永遠掛著微笑、風流的外表，但爲人敦厚規矩。）大家好，我是楊智年，我現在在一家國營公司擔任顧問工程師，公務員嘛！生活蠻穩定的。
玥　珍	（單刀直入的示好）智年——！你一個月薪水多少？
	（眾人嘩）
智　年	我一個月大概可以拿到五萬到七萬……
惠　卿	五萬？還是七萬？中間差距這麼大！
智　年	不瞞你們說，我最多拿到八萬塊錢。（眾人羨）
玥　珍	（諂媚的）智年，你有沒有交女朋友？（眾人起閧）
智　年	我忘了告訴大家一件事情，我已經有未婚妻了，（眾人嘩，玥珍作暈倒狀）她是空中小姐，我們計劃在半年以後就要結婚了。
惠　卿	那要不要請我們喝喜酒？
智　年	當然！到時候希望大家都能參加我們的婚禮。（眾人應聲）趙自強！
	（自強起身）
自　強	你們看，我這個人現在會做什麼？
玥　珍	挑大糞！（眾人笑）
自　強	我，不坐辦公桌，不聽官腔，我想做就做，不做就回家睡大覺，公司上上下下就我一個人，我平常是忙了一點，下了班呢，我就吃個小菜，喝個小酒，哼個小調，唱個小曲，打個小牌，看個小電影！一個月呢，還可以

賺個幾萬塊。（眾人嘩，追問）小弟我呢，現在擺個小地攤。

（眾人笑，玥珍起身，眾人停格動作。玥珍望著「聲音」方向逐一介紹他們，自由穿梭行走，手指著像雕像畫片的他們，玩味著兒時回憶。）

玥　珍　　李仲明、李仁龍他們兩個是我們班上的班寶，好的時候，兩個人跟前跟後的，吵起架來，幾天都不說話。林維、張惠卿是我們班上的班花型人物，平常功課好，男生又喜歡追她們兩個，其實我們女生有時候蠻嫉妒她們的。張令嫻、陳慶昇，是我們班上最不愛說話的。尤其是陳慶昇，有時候聽不到他一天說一句話。張令嫻她是個孤兒，受了養父、養母不少氣，那段日子過的蠻慘的。吳聖惠，她小時候在我們班上就喜歡擺出大姐姐的姿態來保護我們，沒想到長大，她真的第一個結婚，還搶了全班第一去當媽媽。趙自強……唉，從小就神頭鬼腦、神七八怪、神經兮兮，想不到長大了還是一樣。張永泰，是我們班上智商最好，也是功課最好的。可是，我們都覺得他太驕傲太耍屌。楊智年，是我們班上最好看的男生，我從小就一直很喜歡他，沒想到長大了，居然已經有未婚妻了，氣死人了！

（玥珍入座，眾人恢復自然動作，交談聲又起。）

仲　明　　趙自強，這個房子這麼大，你怎麼弄來的？

惠　卿	是啊！這麼大的房子花多少錢哪？（自強站起）
自　強	（起身）其實，跟你們講，能租到房子是我幸運。你們看，九十坪的兩層樓花園別墅，一個月一萬塊錢，（眾人驚疑）跟你們講，是沒有人敢來住，這裡發生過兇殺案！（眾人疑懼，自強更加的危言聳聽）半年前，兩個黑道上的拜把兄弟和一個女人住在這裡，老大和老二是情同手足，可是，老大也愛上了老二的女人，結果搞了個三角關係，是一個殺一個，血從牆壁流到地板，沒死的那個也跑去上吊！
惠　卿	喂！趙自強，你說話真的假的？（懼而離座）
自　強	真的，我騙妳幹嘛！（眾人哄鬧）
令　嫻	不要這樣，你不要騙人好不好？（害怕地站起，不知去還是留好）
智　年	真的？
自　強	真的！真的……
惠　卿	不要開玩笑……
自　強	我們的口號是什麼？──怕死的不要來！ （自強閉口扭身入座，眾人怔，緊接著仁龍和仲明跟著起鬨「對！怕死的不要來！……」笑鬧和疑懼混雜一團。）
林　維	惠卿，回來坐，根本不要理他，你看趙自強，從小到大什麼時候說過正經話？你還相信他！別理他！ （惠卿、令嫻被勸入座，疑慮未消，一旁的慶昇也幽然發

問。）

慶　昇　趙自強，你說的是眞的？

自　強　你沒聽林維講，我從來不說眞話。（眾人哄鬧，生氣的
　　　　質問自強，自強無奈的大聲疾呼）我說的是眞的嘛！

　　　　（玥珍立，眾人停格。）

玥　珍　我們一直鬧到晚上十一點鐘才去睡覺，（眾人攜椅退場）
　　　　整個晚上鬧得嘻嘻哈哈的，好開心喔！

聲　音　爲什麼大家不追問兇殺案是不是眞的有這件事？

玥　珍　因爲趙自強這個人太喜歡開玩笑了，他怎麼說我們也沒
　　　　有辦法弄清楚眞假。

聲　音　你要我相信這種說法？

玥　珍　我知道聽起來很怪，可是……，我們從小認識趙自強，
　　　　反正……他就是這樣的人……（索性自轉話題）後來我
　　　　們就分房去睡覺了，男生兩間，女生兩間。我因爲睡不
　　　　著，就跑到隔壁去串門子……

第二場　睡前

（令嫻、惠卿、林維執毛巾被褥入，玥珍回身加入她們，四人於舞台中區自由坐臥於地。）

惠　卿　他的手慢慢……慢慢……伸過來，塞張字條給我，我看了以後差點沒有笑歪了，這次好了，老師發現了，把我叫起來，當著全班同學的面唸這上面的字——林維和李仲明昨天晚上約會時親嘴巴——天啊！這個字條誰寫的？然後，我們看到玥珍好委屈的站起來說（玥珍笑著和聲）——是我啦……

（眾人笑）

林　維　是呀！我剛見到仲明的時候還想到這個事，高興的要命，上去給他一個熱情的擁抱，誰想到仲明這個老兄啊，僵的跟什麼似的，反而害我都不好意思。

令　嫻　人長大了好不一樣喔！在小時候，李仁龍和仲明跟兩個小牛一樣，一直動啊動個不停，他們那時候好調皮喔！（眾人笑）對了，惠卿，以前李仁龍常送妳回家啊？

惠　卿　我跟妳講，妳不要把我跟他扯在一塊，我跟他什麼關係都沒有，他小時候好髒、又愛打架、又流鼻涕，天啊！我看到他就討厭。

林　維　好了啦！多久以前的事了，還那麼緊張兮兮的。妳沒看人家李仁龍現在可是又高又壯，一副作男性內衣廣告模特兒的樣子，挺稱頭的哪！

惠　卿　妳覺得他稱頭啊？我最討厭他那自命不凡、自以為是的大男人樣子。

玥　珍　其實，我好想談一次真正的戀愛，可是跟我們班上那些臭男生根本就不可能嘛！一點感覺都沒有。林維，我聽人家說，妳現在跟一個香港華僑同居在一起……

惠　卿　（突板起臉）玥珍，這種事不要亂講，妳把林維想成什麼樣的人了？

玥　珍　我問問嘛！

林　維　（毫不避諱的脫口而出）他是香港人，今年四十五歲，做貿易的，人是還不錯啦，不過最主要的是，他對我很好，從來不過問我任何隱私。

玥　珍　妳運氣好好，碰到這麼好的男人，他真的不問妳的過去啊？比方說，妳以前交過多少男朋友？

林　維　就算他問了我也不告訴他。我太了解男人的脆弱了，我跟妳講，我的原則是──絕對不要告訴男人妳的過去。

惠　卿　林維，我覺得妳太過於自信了！

林　維　我本來就是這個樣子啊！有什麼不對？

玥　珍　我把我所有的過去都告訴我男朋友了。（眾笑）怪不得我到現在還沒有固定的一個男朋友。惠卿，妳呢？

惠　卿	我是有選擇性的告訴他們。
玥　珍	那妳有沒有男朋友？
惠　卿	有啊！三個月前鬧翻了，我不理他了。
玥　珍	令嫻，妳有沒有男朋友？
令　嫻	（傻笑）有啊！
玥　珍	妳有？妳不要騙了！
林　維	妳們不要看不起人家嘛！
玥　珍	到底有沒有？說眞的！
令　嫻	沒有啦！
惠　卿	我就知道她吹牛，（問令嫻）妳知不知道男人是什麼？女人是什麼？
令　嫻	我知道。
林　維	令嫻，我告訴妳，以後只要碰到男人的問題，儘管來問我，沒問題，我一定告訴妳。
惠　卿	算了，算了，感情的事哪是能教的？是哪天遇到妳喜歡的男人時，妳知道就是他了。
令　嫻	玥珍，妳心目中的男人是什麼樣子的？
玥　珍	我啊！我喜歡老實一點，耳朵大點，嘴巴閉緊點，因爲我太喜歡說話了，嘴巴都停不下來耶。
令　嫻	惠卿妳呢？妳心目中的男人是什麼樣子？
惠　卿	我心目中的男人啊？牙齒要很白，接吻的時候嘴巴要有香味，我會注意到男人的鞋，如果鞋不乾淨，不管他穿

　　　　的多體面，我對這個男人都要打很大的折扣！我還喜歡
　　　　在餐廳吃飯的時候，他替我扶椅子。他會注意到我髮型
　　　　變了沒有，今天是不是穿了新衣服。

　　　　（惠卿說話時玥珍注意到側邊方向，彷彿什麼奇怪的事吸引
　　　　了她。）

令　嫻　　林維，妳呢？妳說說看嘛！

林　維　　我啊！我喜歡的男人是，當妳需要他的時候，他就會在
　　　　妳身邊。

　　　　（玥珍悄步來到側邊窺望，訝然驚呼）

玥　珍　　噓——妳們趕快過來！這個牆壁裡有個縫，可以看到隔
　　　　壁的男生在做什麼！

　　　　（四女興奮的擠在側邊圍著窺望牆上那條縫，她們面向前方
　　　　以肢體動作顯示牆縫。）

　　　　（同時，聽到重重的地板撞擊聲一拍拍的傳來。仲明、慶
　　　　昇、仁龍出場，行至舞台中區，其實正是剛剛女生坐臥
　　　　處，但現在是隔鄰的男生寢室。仲明與慶昇坐臥於地觀望
　　　　仁龍穿著短褲做睡前運動——交互蹲跳。仁龍一拍拍的跳
　　　　著，發出一拍拍的地板撞擊聲。）

仁　龍　　（氣喘如牛的數著數）五十八……五十九……六十！

　　　　（仁龍跌坐地上大喘氣）

惠　卿　　（悄聲）他們男生睡覺之前都玩這個呀？

仲　明　　李仁龍，你這台灣種馬就這樣來的啊？

仁　龍	要不然我怎麼在女人堆裡混？
仲　明	種馬！種馬！
仁　龍	幹嘛？
仲　明	讓我看一看！
仁　龍	你要看？那你來呀！
仲　明	眞的？
仁　龍	眞的呀！不過，你要看可以喔！可別嚇著了。
惠　卿	（緊張）他要看什麼？（見林維笑，更急了）他要看什麼？

（仲明趨前，仁龍岔開兩條腿，仲明拉開仁龍褲腰欲往裡面瞧，仁龍一把反扯仲明的褲子，偷窺的女生悄聲尖叫，仲明和仁龍拉扯叫罵鬧成一團——待鬧完了，二男跌坐於地，一旁的慶昇穿著乾淨的睡衣褲只能呆呆的陪笑。）

仲　明	喂！我跟你講，我在旅行社做事，偶爾也會風花雪月、逢場做戲，久了，有點力不從心，所以，講一講，有什麼秘訣……
仁　龍	這個秘訣，就是練氣，力氣、力氣嘛，練力就要練氣。
林　維	無聊！（對另三女）我要去洗手間一下。（林維出場）
仲　明	這個氣怎麼練？
仁　龍	我跟你講，你問我是問對人了。什麼樣的女人我沒看過，什麼金頭髮的、黑皮膚的、南洋的、北極的、非洲的、拉丁美洲的……哇，我統統都遇過……

仲　明　你不要扯遠了，這樣好了，你說說看，今天晚上，我們班上的女生，有什麼感覺？

仁　龍　我們班上的？這個，這個……

玥　珍　（悄聲興奮的）啊！要說我們啦！聽！

仲　明　慶昇，說說你的看法。

慶　昇　（慢條斯理的）我覺得……

仲　明　（緊接著）我是感覺怪怪的。這次來，覺得大家都好像變了，明明曉得我們小時候都很熟，可是沒辦法將小時候的女生和現在擺在眼前的大女孩……中間有條線，我就是連不起來……

仁　龍　我今天晚上比較喜歡張惠卿，而且，我覺得她對我好像也蠻有意思的！

令　嫻　（興奮的）惠卿！在說妳耶！

惠　卿　哼！他臭美！

仲　明　我跟你講，看人啊，不能從表面看，你們知不知道林維是怎麼樣的人？

仁　龍　林維是什麼樣的人？

仲　明　我剛退伍的時候，回南部老家一趟，鄰居跟我講，說林維在酒廊上班。

仁　龍　你說的是不是那種可以帶出場的？

仲　明　沒錯！

仁　龍　真的？哇塞！看不出來！

（惠卿神經過敏的回身張望怕林維此時回來，見無人影又回身牆縫。）

仲　明　你看她小時候多可愛，那麼聰明的女孩，我對她印象還很好。唉——人事全非囉！

仁　龍　人事全非囉！

（三女均稍微離開牆縫，怔怔的呆站著，玥珍想對惠卿、令嫻說什麼，欲言又止，索性再回到牆縫。）

仲　明　喂！慶昇，講講看你現在有沒有女朋友？

慶　昇　沒有，從來沒有交過女朋友。

玥　珍　（拉令嫻）來聽，慶昇要說女人了！

仲　明　我的意思是說，你以前有沒有交過女朋友？

慶　昇　沒有呀！

仁　龍　慶昇，你這輩子到底有沒有碰過女人？

（林維進場，不疑有他湊向牆縫。）

林　維　他們現在說到哪裡了？

（另三女微微不安的偷瞄林維——然後又再湊回牆縫。）

慶　昇　真的沒有。

仲　明　我的意思是說，你有沒有真的喜歡過一個女孩子？

慶　昇　真的沒有！

仲　明　怎麼可能！你不要騙，講真的啦！

仁　龍　小的時候，我們玩家家酒的時候，你不是跟張令嫻配對的嗎？你扮新郎，她扮新娘……

（林維邊偷窺，邊取笑著用手打令嫻一下。）

仲　明　你不要笑啊！快說啊！

慶　昇　小時候張令嫻是很可愛……可是，那是扮家家酒，怎麼
　　　　能算呢？（沉默）我知道你們不相信，其實說真的，我
　　　　自己也搞不懂……（此時，仁龍注意到側邊方向——正是
　　　　四女所站之處，仁龍悄步趨前）可是我真的沒有喜歡過女
　　　　生，有時候甚至於有點討厭……

仲　明　哇塞！這段話很重要哇！是挖心掏肺真情告白——
　　　　（四女見仁龍逼近牆縫處，嚇得嘰嘰喳喳。）

仁　龍　仲明、慶昇！……你們快來，快來啊！（仲明、慶昇亦
　　　　好奇的湊過來，同時四女急忙奔回原位，坐臥於地）這牆
　　　　壁上有個縫，可以看到隔壁女生在做什麼……
　　　　（三男好奇興奮的擠在側邊與剛才四女一樣的位置，一樣面
　　　　向前方窺望，此時四女心虛地故作無事發呆狀。）

仲　明　她們怎麼都不說話？……

林　維　（一個慵懶的呵欠）我要關燈了……

仲　明　（急得跺腳，悄聲）不要關……不要關……
　　　　（林維關燈，燈暗）
　　　　（黑暗中還聽到——）

仁　龍　哇！什麼都看不到了！

第三場　早晨在陽台

（玥珍立於舞台前區，望著「聲音」方向。）

玥　珍　　關燈以後，沒多久，大家就分頭睡了。我有一段時間一
　　　　　直睡不著，黑暗中只聽到海浪的聲音，我一直聽，一直
　　　　　聽，這附近樹林中好像還有貓頭鷹在叫，不知不覺中，
　　　　　也忘了什麼時候，我就睡著了。第二天清早，我好早就
　　　　　起床了，還很睏，根本就沒睡夠，可是就是醒了，所以
　　　　　我就跑到二樓頂陽台欣賞風景，發現林維也在。

　　　　　（林維攜二椅進場坐於一椅上，玥珍亦入座。）

林　維　　金玥珍！那麼好的風景，妳別睡覺嘛！

玥　珍　　我不行啦！讓我睡一下。（玥珍呵欠連連趴睡於椅上）

　　　　　（林維與玥珍坐在舞台左側，自強從台右哼著小曲走來，停
　　　　　在台右側與二女平行處。）

　　　　　（二樓頂的林維與二樓的自強互相望見，林維低頭望向右下
　　　　　方，自強則抬頭望向左上方，接下來二人對話視線皆如
　　　　　此。這一場早晨的對話是恬靜的，尤其自強出現全戲中唯
　　　　　一一次安靜不作怪的氣質。）

林　維　　嗨！

自　強　　早！妳們跑到屋頂去吹風啊？

林　維　是啊，起那麼早啊？

自　強　在鄉下住慣了，習慣早起。

林　維　你昨天晚上睡的好不好？

自　強　好啊！妳呢？

玥　珍　我只睡了一點點……（又趴下了）

林　維　我根本沒怎麼睡，習慣當個夜貓子，每天都那麼晚睡。

自　強　那妳怎麼會起的那麼早？

林　維　很難得來到不一樣的地方啊！好漂亮的海邊！平常根本
　　　　看不到這些的，也許以後再也看不到了，所以啊！想早
　　　　起看看嘛！

自　強　哇噢！海風吹在身上好舒服，妳現在覺得怎樣。

林　維　我覺得好舒服，海風比冷氣機好多了。

　　　　（自強望向前方遙遠處，用雙手掌抵著嘴做傳音筒狀，輕聲
　　　　長音一聲「喂」──，彷彿和天地打招呼道早安，林維有
　　　　趣的望著他，又望著遠方。）

自　強　我喜歡早上，早上所有的東西，它的顏色都是淺淺的、
　　　　藍藍的，你看海水、整個天空、那些樹……看得到，可
　　　　是都好像有那麼一點點距離。等太陽一出來，情況就不
　　　　一樣了，所有的東西都太清楚、太直接了。因為又熱，
　　　　人就會煩躁、會想鬧、會變興奮、會想找人跳啊、鬧啊
　　　　……到了晚上，黑暗一來，雖然你開了燈，但你知道外
　　　　面是黑的，完了！人就更放縱了、更墮落了，簡直就是

感性過頭了！沒辦法收拾了！

林　維　你的早上是幾點到幾點？

自　強　那就跟太陽的角度有關，直射和斜射的感覺完全不一樣。太陽一出來（用手指著天空比劃著），剛開始還很舒服……，越升越高……，越升越高……，我就會昏昏的了。

林　維　那待會兒，大家起床了，天光也大亮了，你不是會感到不安嗎？

自　強　待會兒的事情我不要想，我喜歡現在。

林　維　我跟你這樣講話，會不會吵到你？

自　強　不會，但是再多一、兩個人就不同了。

（玥珍咳嗽以示自己的存在，翻個身又睡了。）

林　維　（笑拍玥珍）妳幹什麼啦！

自　強　早上沒有責任，我不需要負責。所有的東西都是新生的，像嬰孩一樣。我現在跟妳講的話，待會兒我就不會記得的。

林　維　我會。

自　強　為什麼？

林　維　我跟你不一樣啊！我很少有脫離人群這麼遠、這麼安靜的時候，很少那麼早起，很少……很少，很少，點點點……（彷彿許多的話無以明說）……所以將來，我想到這個早上，我會記得我跟你這樣的對話。

（沉默，自強望著林維。）

自　強　妳喜不喜歡這樣的對話？

林　維　我現在喜歡。（慶昇從舞台最前側橫向走來）嗨！慶
　　　　昇，早！

　　　　（慶昇停步於台前中央，在一樓門口的慶昇抬頭朝正面前方
　　　　望見高處的林維與自強，林維與自強低頭看左下方，接下
　　　　來三人視線皆如此。）

慶　昇　早！

自　強　慶昇，這麼早起來，到哪裡去啊？

慶　昇　我到附近散步。

自　強　昨晚睡的好不好？

慶　昇　沒怎麼睡，睡不著！

　　　　（慶昇逕自走去，下。）

　　　　（自強、林維、玥珍互視——還原成原來視線，三人定格，
　　　　然後林維與自強攜椅下，玥珍行至左前方舞台。）

第四場　海邊

玥　珍　（對著「聲音」方向）差不多是上午十點鐘左右的時候，不知道是誰，在海邊發現了一個竹筏，然後就由幾個男生把它拖到海水裡去，然後有人起鬨，說這輩子沒有玩過竹筏，膽小的女生不敢玩，還被男生連拖帶拉的給拉上去，跟大自然好接近，好棒喔！

（全體十人手拉手成橫列作乘竹筏狀上，他們用腳掌滑步呈現竹筏的橫向移動，用顛簸的動作顯示海浪起伏，他們都捲起褲腿，仁龍打赤膊手持竹竿，永泰哼曲，眾人嬉鬧。尖叫地在玥珍背後橫向划行，玥珍轉身望著他們……他們消失在另一側。）

聲　音　你們好像開始發揮敢死隊的精神了。

玥　珍　對啊！實在太好玩了，我們又覺得恢復當年是一體的感覺了。

聲　音　我是說，你們不害怕海浪的危險嗎？

玥　珍　不會！我們沒划到深處，又都是鄉下長大的小孩會游泳。而且，李仁龍說什麼大船他沒玩過，這種小竹筏掌舵，他沒問題……。不過，其實我們還是蠻害怕的，可是，海水實在太好玩了！（眾人乘筏狀，由後側又上）我還記得，海水在我腳丫子下頭，好冰好涼，海浪把船

搖得東搖西擺。最壞的還是趙自強，他看女生膽小，故意在竹筏上跳來跳去……

（眾人搖擺、喧鬧，幾次浪來，搖擺更劇，眾人驚叫更大聲……終在一次浪潮中，自強故意使筏翻覆，眾人尖叫落水。眾人以身體四肢搖晃顯現海浪的晃動，然後紛紛由水中跳起站直了，由動作顯示水深及胸。有人吃水嗆到，有人叫罵誰是肇事者，有人揭發趙自強是元兇……紛雜之聲此起彼落，此時唯獨仁龍悄悄蹲著身子捏住鼻孔，潛藏於水中。）

自　強　（大聲的叫喚）不是我！是李仁龍沒掌好舵！你們找他算帳啊！

　　　　（眾人停格動作）

玥　珍　現在才是這個節目的最高潮，每個人都掉到海水裡去了，每個人穿著衣服站在海水裡頭好舒服！後來才發現少了一個人！

　　　　（眾人恢復動作，發現仁龍未浮出，四下尋找。）

眾　人　李仁龍！李仁龍！……（叫著叫著，有點著急了）

　　　　（仲明、自強兩人發現仁龍潛躲於水中，合力拉出他，眾人齊責仁龍，仁龍二話不說，以手掌擊水對眾人發動水戰，於是有攻、有還擊、有躲避，一場十人水戰開打。）

聲　音　好了，（眾人又停格動作）遊戲玩到這個程度，看得出來你們彼此應該很熟了……

| 玥　珍 | （興致大發）這樣就叫熟？還有哪！（眾人恢復動作，移位）李仁龍還提議要做悶水比賽，看誰悶得久，我還記得小時候，每次玩都是他贏…… |

（林維、智年、仲明、仁龍、聖惠、自強站成一橫列準備悶水比賽，仲明和仁龍又強行招呼其他人一起玩，慶昇、令嫻、惠卿勉強地走近接上隊伍，唯獨永泰站於隊伍之後。）

| 仁　龍 | 準備好了沒有？ |

| 永　泰 | 我不玩，我當裁判。預備、開始…… |

（眾人捏著鼻孔閉著眼半蹲下身子——潛在水中，永泰直立哼著曲，閒步游走監看眾人，少頃。）

| 永　泰 | 有種的就不要起來！ |

（悶水的時間進行著。憋不住的人則一躍身跳起站直，先先後後地逐個站起來問道：我是第幾個？還有誰？……云云。）

（最後只剩下仲明與仁龍二人。終於仲明也躍起身，喘咳不已。剩仁龍仍悶於水中。）

| 惠　卿 | 李仁龍你不行就不要逞強！ |

（眾人紛勸，仁龍不為所動……眾人有點擔心了，催仁龍快起身。）

| 仲　明 | 李仁龍！你可以起來啦！……（著急的叫喚）你不行就不要逞強！ |

（眾人停格動作）

| 玥　珍 | 男人啊！在表現自己是個男性的時候，看起來像個傻 |

瓜。都二十七歲的人了，還什麼東西一玩起來就比賽、比賽，看誰比誰厲害……

聲　音　女人沒有嗎？

（眾人下場）

玥　珍　女人？女人其實蠻喜歡男人這個傻樣的，我就蠻喜歡的……後來……對了，後來我們還玩騎馬打仗，小時候玩騎馬打仗都男生當馬，現在長大了，當然更沒話說……應該男生當馬。

（林維騎於自強肩上，惠卿騎於仁龍身上，上場。兩組人馬各立於舞台左右兩側遙相對峙，林維與惠卿以手掌作傳聲筒狀，拉著長音朝對方叫喚，狀若隔著遠山遠谷。）

林　維　嗨！張惠卿，我好想妳喔！

惠　卿　林維！我也好想妳耶！我們有十幾年沒見了吧？妳現在過得好不好啊？

林　維　很好，託妳的福，謝謝。我記得小時候，妳是又瘦又小，妳看現在不一樣囉！大人了！

惠　卿　妳也是啊！妳以前又愛哭、又愛鬧，醜得跟鴨子似的，現在可是女大十八變囉！

林　維　張惠卿！

惠　卿　林維！

（二組人馬漸漸一步步走近，走到靠近時，他們像武士對決似的，面對面緩步繞圈而行。）

林　維　　我好想妳喔！

惠　卿　　我也是！

林　維　　張惠卿！

惠　卿　　林維！

林　維　　妳現在那家貿易公司的業務好不好啊？忙不忙啊？

惠　卿　　託您的福，很好，妳的那些男朋友們他們好嗎？

林　維　　託妳的福，他們都很好⋯⋯張惠卿！

惠　卿　　林維！

（二女突然就伸手猛拉扯對方，由於動作劇烈，這個遊戲使她們看來有點狠毒。）

（一鬆手二組人馬又分開來，有點喘氣的女生繼續假惺惺而甜蜜的問候。）

惠　卿　　林維！

林　維　　張惠卿！

惠　卿　　妳看起來好漂亮好成熟喔！

林　維　　是啊！我也這麼覺得！

（二女又拉扯不放手，糾纏⋯⋯再又鬆手，繼續假惺惺的叫陣。）

惠　卿　　林維！

林　維　　張惠卿！

惠　卿　　我真的好想妳喔！

林　維　　我比妳更想妳！

（終於再一次的全力拉扯，惠卿與仁龍這組人馬不敵林維的
魔爪，馬頭與馬身逐漸被拉歪斜，眼看著要倒地。）

（四人停格動作）

第五場　中午的時候在屋裡

玥　珍　（對著「聲音」方向）很多的事情，在這海邊，開始像……
　　　　…像做夢一樣又出現了（惠卿、仁龍、林維、自強四人下
　　　　場）。我是說，小時候我們玩過……一起游泳、一起捏
　　　　鼻子悶水、騎馬打仗，事隔那麼多年……水真的是很奇
　　　　怪的東西。我們在水裡玩的時候，身體都很近，好像彼
　　　　此的生疏都沒有了。而且你知道，水是軟的、滑的，太
　　　　陽是熱的，風是涼的……

聲　音　好了，我們現在先不要聽妳的反省、分析，請妳把事情
　　　　說下去，到底後來誰對誰說了什麼？做了什麼……

玥　珍　喔！午飯以前，大概十一點多（永泰、智年攜椅上，坐
　　　　下），我們坐在客廳裡聊天，我記得我的皮膚被太陽曬
　　　　得很痛，張永泰對我說什麼皮膚保養的事……我不想聽
　　　　他亂蓋，但是楊智年也在旁邊，所以我才坐在那裡假裝
　　　　乖乖的聽話……

　　　　（玥珍入座，作皮膚疼痛狀，智年揹著一個相機，好心的為
　　　　玥珍手臂塗抹藥膏。）

玥　珍　智年，你新買的相機啊！

智　年　喔，我未婚妻在日本剛買了送我的。

玥　珍　哇喔！（叫疼，智年縮手，玥珍搖頭）唉，又是未婚妻

......

永　泰　　痛不痛呀？

玥　珍　　痛！

永　泰　　怕不怕痛呀？

玥　珍　　廢話！

永　泰　　喜不喜歡痛啊？

玥　珍　　你有病啊你?!

永　泰　　我告訴妳，抵抗力跟人格結構有關，妳看妳的抵抗力根
　　　　　本等於零！

玥　珍　　你說我人格結構等於零啊？

永　泰　　皮膚的感覺比人說的話還要誠實，妳來海邊曬太陽，皮
　　　　　膚脫皮、發癢、發疼，妳在那喊痛，說穿了這根本是妳
　　　　　來的目的……

玥　珍　　你這什麼意思？

　　　　　（自強上，他在舞台右側一步步鬼鬼祟祟，左右張望──）

永　泰　　妳來海邊做什麼？不就是想放縱自己，讓自己的皮膚找
　　　　　點傷害？

玥　珍　　胡說八道！

永　泰　　好，妳告訴我，在這個海邊妳看到這些老同學，妳想怎
　　　　　麼樣？

　　　　　（仁龍一個箭步自右邊衝出，以手握成一把手槍狀，對著自
　　　　　強。）

仁　龍　（大喝一聲）#＊@#＊@……（彷彿日語）碰！

　　　　（自強應聲倒地，他倒地的過程很長很逼真，很多不同垂死的動作——）

自　強　可惡的日本鬼子……中華……民國萬歲……

　　　　（仁龍正得意，背後衝出來仲明，手作執機槍狀朝仁龍一陣亂掃，仁龍慘叫倒下。）

仲　明　（一手高舉，比了一個納粹敬禮，口中呢噥希特勒云云）#＊@#＊@……

　　　　（林維站在仲明身後，一舉手也是一槍斃命，仁龍與仲明在地上苟延殘喘，小步爬行。）

林　維　我是美國人#＊@#＊@……！趙自強我來救你！

　　　　（林維與自強奔出，下，仲明、仁龍隨即叫嚷著追出去。）

　　　　（槍戰同時，聖惠執鍋鏟氣沖沖上，站在永泰與玥珍椅後用鏟猛敲椅，玥珍嚇一跳。）

聖　惠　喂喂喂！你們聊的可真好！廚房裡又髒又亂，玥珍妳快點來幫忙！

玥　珍　好，我馬上去，馬上去！

聖　惠　快點！缺人手！

　　　　（聖惠下。永泰繼續高談闊論。剛才槍戰同時，永泰仍持續說說停停，玥珍與智年邊聽邊不時被槍戰吸引。）

永　泰　所以啦！人與人之間即使想做個深情的擁抱都有技術性的困難。人跟人皮膚接觸，多了，你會感覺受擠壓、受

傷害、受壓迫，少了你會感覺距離好遠、很疏離、很孤單、很寂寞，不多不少呢？更難過，記不記得小時候，兩個人坐一張桌子一塊寫功課，手跟手靠在一塊，兩個人的汗毛蹭的才難過，對不對？好癢、好肉麻、好噁心對不對？

（林維、自強飛快奔來，索性躲藏在永泰與玥珍椅後。智年見狀有趣，起身執相機替槍戰組拍照。仁龍、仲明上，四下尋找。）

仁　龍　（大喝一聲）林維！碰！

（槍戰組四人戰火全開，圍繞在永泰、玥珍四周，追殺聲、慘死聲此起彼落，慘死聲是更大聲些。智年不停拍攝，永泰也興奮的坐在椅背上更大聲演說。）

永　泰　人的皮膚最慘烈的下場，就是痲瘋病！妳知道痲瘋病患者的皮膚會長得……

（永泰繼續用噁心的形容詞，手舞足蹈的說著，聲音已大部分被戰火聲遮蓋……）

（惠卿執一醬油瓶上，見地上四人爬著叫著，氣不打一處來。永泰見狀知趣的閉了嘴，槍戰組也收斂了——只發出垂死哀叫聲。）

惠　卿　趙自強，你看醬油都發霉了，怎麼用嘛？

自　強　（邊垂死爬行邊回答）看著用吧！

惠　卿　什麼看著用？使用期限都過了一年多了，吃了出毛病，

　　　　誰負責？

自　強　（好像快死了）灑點鹽巴嘛！

惠　卿　不要開玩笑嘛。

自　強　（坐直，一本正經）右邊櫥子裡有瓶醬油露，拿去用。

惠　卿　不早講！

　　　　（聖惠臭臉上）

聖　惠　玥珍跟林維，妳們趕快到廚房來幫忙，好不好？

玥　珍　好，再一秒鐘，一秒鐘！

林　維　叫男生去也一樣嘛。

惠　卿　（雙手叉腰，真翻臉了）我們是不是說好女孩子到廚房一
　　　　起幫忙的啊？

林　維　好啦！馬上就去了。

惠　卿　不用了！

　　　　（惠卿欲拉聖惠下，聖惠不為所動。）

林　維　馬上就去了啊！

惠　卿　（大聲）不用了！（扭身下）

　　　　（槍戰組四人隨即追殺竄逃，下。令嫻由另一側訕訕走來。）

聖　惠　令嫻妳怎麼了？

令　嫻　有點不舒服，我上樓休息一下就好了！

聖　惠　妳小心點！

　　　　（令嫻下，聖惠亦下。）

玥　珍　（起身，面對「聲音」方向）後來，廚房裡的吳聖惠和張

惠卿不知道爲什麼火氣突然變的那麼大，（永泰、智年下）因爲後來我好心跑去幫忙的時候，她們竟然又嫌我礙手礙腳、嫌我囉唆。我又不想聽張永泰胡說八道，什麼從我的一點點皮膚癢都可以扯到痲瘋病。樓下男生槍戰仍然沒停止，槍林彈雨中，我跑到樓上，想看看令嫻身體怎麼樣？

（玥珍上樓——以平劇中上樓動作，小踏步橫向上樓。）

玥　珍　我經過男生寢室的時候，發現門沒有關好，就隨手打開看一下。（在後區作推門狀，慶昇上，走到第二場寢室牆縫處，非常專心的湊著牆縫偷窺——仍是方向朝前方）你猜我看到什麼？我竟然發現慶昇蹲在牆縫旁邊，很專心的在偷看什麼。這可有意思了！我輕手輕腳的沒讓慶昇發現（躡手躡腳的移位），急忙跑回女生寢室看是誰倒楣了……（玥珍悄步由左後方到右後方，再作手推門狀，側身偷看，令嫻執椅上，於右前方坐下，雙手抱腹，也是方向朝前方）令嫻一個人坐在窗子旁邊，望著天空，我本來想叫她的……

（此時，令嫻臉色異樣，手抱腹，微喘，身子微晃，肚疼難熬，她因受不住疼，微微出聲。）

令　嫻　哦……哦……

（玥珍訝然不敢動，少頃，她悄步再去男生寢室門口偷瞄慶昇，慶昇還是一動也不動地湊著牆縫偷望著，然後玥珍再

悄步回女生寢室，望著腹痛的令嫻……）

（令嫻的動作並不大，慶昇也全神凝聚，玥珍亦屏息不敢
動，三個人彷彿定格在這個詭異的關係裡……）

聲　音　妳為什麼沒有驚動他們？（令嫻下、慶昇下）妳突然想
　　　　做違背常理的事嗎？

玥　珍　（怔怔的）我不太知道……我喜歡秘密，我不希望秘密
　　　　被揭發……你覺得你看到什麼？

聲　音　妳覺得我看到什麼，是不是？而妳假裝自己搞不懂？

玥　珍　我喜歡秘密，我覺得很刺激，但是我並不太懂。

聲　音　妳為什麼經過男生寢室，發現門沒有關好就打開往裡
　　　　看？

玥　珍　（愣住，趨前辯解）……那，那就像我平常經過鄰居家門
　　　　口就會自然的往他們家裡面看一眼，是一樣的道理。

聲　音　為什麼妳看到張令嫻，甚至她在叫肚子痛，妳都沒叫
　　　　她？

玥　珍　哦，我知道了，因為他們倆都不太說話，我覺得他們都
　　　　有一點怪，有一點陌生，所以……

聲　音　不對！即使是陌生人，妳也可能說話。

玥　珍　（被激怒，急躁）我們到底是不是在研究慶昇的死？為什
　　　　麼這些芝麻小事你也問個不停？

聲　音　問題是死亡存在在生活裡的每一件事情！

玥　珍　我不懂是我的權利！那會兒我沒叫他們，沒聲張是我的

權利，反正！那會兒我沒叫他們！事後我也沒有告訴任何人！

聲　音　妳被我激怒了。

（安靜少頃，玥珍逐漸平息怒氣。）

玥　珍　我們躲避球打得最好，我們是敢死隊，我們十一個人感情特別好，慶昇死了，我不想和你辯。我願意再回想下去……那天下午……

第六場　下午的時候在屋裡

（自強、林維攜椅上，五、六張椅子橫列散置於舞台上，林維坐，自強站在後區踱步，玥珍亦入座翻看照相本。）

（林維顯得神色落寞感傷，卻想極力掩飾，自強踱步看在眼裡。玥珍興沖沖地捧著相本坐到林維旁。）

玥　珍　　林維，妳看這是誰？（林維看照片）妳和李仲明坐一
　　　　　起，還拉手欸！

自　強　　（湊過來在她們身後）這又是誰？胖得像隻小豬？（被玥
　　　　　珍一巴掌打去，笑著逃開）

玥　珍　　（又指另一張）看！李仁龍和張惠卿！惠卿笑得快流口水
　　　　　了！

林　維　　這些小時候照片妳怎麼都還留著啊？

玥　珍　　（邊笑邊回原位）留作證據！哪天給妳們老公看，妳們就
　　　　　完了！

林　維　　我的照片我早丟了！

　　　　　（自強坐到林維旁，望著林維茫然的臉。）

自　強　　妳怎麼了？

林　維　　（急忙壓抑住快穿幫的情緒）沒什麼……突然的……這種
　　　　　情緒說過就過去了……從昨天大家見了面到現在，我一

直怪怪的……（努力強顏歡笑）唉，不要管我。

（停頓）

自　強	林維……我昨晚做了一個夢。
林　維	喔，你夢到誰啊？
自　強	我夢見妳。
玥　珍	有沒有我？
自　強	沒有。
玥　珍	不聽了。
林　維	還有誰？
自　強	還有我。
玥　珍	你們兩個在幹什麼？
自　強	我夢見我在路上走啊走啊走的，我經過一家電影院門口，有一大群人在排隊，排好長的隊，妳也在當中，而前面排好多人，我嚇了一跳！
林　維	為什麼？
自　強	我發現妳身體彎了，頭髮也白了，滿臉皺紋，好老、好老……大概有七、八十歲了。
林　維	那你呢？你是什麼樣子的？
自　強	我，我還是這個樣子啊！年輕的樣子啊！我好替妳難過喔！也不知道妳是從哪裡來的，大概走了太遠太遠的路，人都老了。而且，妳還在排隊，要看一部愛情文藝片！而且，前面還有那麼多人！

林　維　　好慘！

自　強　　我就在猶豫了，要不要跟妳打招呼啊？妳轉過頭來看見
　　　　　我，我正不知所措，妳的表情竟然是高興、快樂，好像
　　　　　一點也不覺得妳的老是可憐的，唉！我就只好走向前
　　　　　了。妳一開口說話，我又嚇一跳……

林　維　　為什麼？

自　強　　妳的聲音還是年輕的啊！我真不知道該怎麼面對妳……
　　　　　我就建議我們去走走，妳答應了，我們就並肩走啊，走
　　　　　啊，我偷瞄妳那張老太太的臉，我真不知道是跟妳拉手
　　　　　好呢？還是搭肩？我很尷尬，（惠卿上，坐下，隨意翻
　　　　　看玥珍手上的相本，偶或抬頭聽自強說話）妳一直在那說
　　　　　話、說話，沒有注意到我的尷尬，那時候人好多，人擠
　　　　　人、人擠人，我怕妳走丟了，想用手拉妳，可是妳還是
　　　　　興奮的說話，突然！妳走丟了，我急死了，人群中到處
　　　　　找妳，到處找妳……

惠　卿　　你們在說什麼啊？

　　　　　（二人不理，自強反倒更誇張的在椅子前後上下、甚至地板
　　　　　縫作尋找狀。）

自　強　　我急死了，到處找妳……電影院門口也沒找到，大街小
　　　　　巷到處找……沒有找到，我好急喔，突然聽到妳在背後
　　　　　叫我，我一轉頭看到妳了，我竟然發現我們站在這海灘
　　　　　上，沒有別的人……

惠　卿　你們到底在說什麼啊？

二　人　說夢啦！

自　強　妳說我們趕快回去，同學都在屋裡等我們。我不答應！

林　維　爲什麼？

自　強　我不忍心啊！妳那麼老了，同學們看到妳，一定會笑話妳的，可是妳卻一馬當先，往小屋走去，小屋越來越近了，同學的聲音越來越大……妳越來越接近小屋……已經到了門口……我叫妳，不要進去，林維不要進去……妳就把門推開走進去了……同學們又喊又叫，可是，就好像沒有發現什麼一樣，妳一轉頭，我看到妳，妳又變回現在這個年輕的樣子了！（拍胸喘氣，好像自己嚇壞了）接著妳就跟同學吵啊、鬧啊……好像把我給忘了。我很替妳高興，可是呢，又很難過，我不想跟你們在那邊鬧，我想出去透口氣。可是，怕你們發現，我朝門口走了幾步，停一下，（邊說邊走向門口，停）你們沒發現我，我又走了幾步，停一下，（又邊說邊做，這次已接近舞台側邊）還是沒人發現，我就悄悄的，出去了。

（自強下。林維微笑地坐著不動，笑得有點苦澀。少頃，自強復上。）

自　強　我出了門，站在門外，才感覺希望有一個人可以在我旁邊。我關了門，我告訴我自己，二十秒後林維再不出來，我只好一個人到海邊走走了……

（自強下，林維思考著，惠卿不以為然地笑著，仲明上。）

仲　明　張惠卿，妳沒出去啊？

惠　卿　我在聽人家說——夢呢！

（林維緩緩起身，一步步走出門去，下。）

惠　卿　要約會，幹嘛那麼拐彎抹角的！

（林維復上）

林　維　女秘書，妳不曉得什麼叫做情調啊？

（林維復下）

惠　卿　（生氣）女秘書又怎麼樣？我當女秘書也犯不著妳來笑話。

仲　明　妳不要跟她一般見識，妳們兩個從小就是死對頭，何必？

惠　卿　我不喜歡她叫我女秘書嘛！噢！我從小跟老師前、老師後，幫老師提東西、發本子，也犯著她了！

仲　明　我跟妳講——真的不需要跟林維這種人嘔氣。妳知不知道，她不是妳看到的那種人……

惠　卿　林維的事，我才不想管！……大家都同學嘛，幹嘛那麼愛表現自己呢！她開放！……她開放，誰不敢！（仲明笑，惠卿自覺失言微窘）你幹嘛笑得那麼莫名其妙……（仲明還在笑）你再這樣，我要生氣了！

仲　明　（示好地）張惠卿，昨晚大家一碰面就嘻嘻哈哈鬧成一團，我就一直注意妳……

玥　珍	你們要講噁心的話，出去講，出去像他們約會去啊！
仲　明	（見惠卿露了點不置可否的笑，巴結地更湊近）我那時候就在想一定要找個時間單獨跟妳聊聊……其實不只是昨天晚上，今天早上在沙灘上玩，還有中午吃飯的時候，我都注意到妳……（仲明坐在惠卿旁）
玥　珍	越來越肉麻了……
惠　卿	妳說什麼啦妳！
仲　明	噢！我們到後面防風林走走好了……
玥　珍	去，去，防風林蚊子多，情調好，快去！
惠　卿	我才不要去！
	（惠卿立，走開來踱著步。）
仲　明	那邊風景很好……
惠　卿	你們旅行社的工作好不好玩？
仲　明	還不錯，可以接觸蠻多人跟事情的，不過做久了也蠻煩的。
惠　卿	煩什麼？
仲　明	我發覺我這個人的個性比較適合安定，不適合這樣東跑西跑的。……我們出去走走吧！（仲明立）
	（惠卿聳肩同意，二人欲下，仁龍跑步上，披著毛巾，一副運動回來還在喘氣冒汗的樣子。）
仁　龍	仲明！仲明！你們上哪？
仲　明	（不耐煩）出去走走！

仁　龍	（不疑有他）等我一下，我去洗個臉，跟你們一起去……
玥　珍	他們要去防風林……
仁　龍	防風林情調好耶！等我一下，我去換個衣服……
仲　明	我們馬上就回來的！
仁　龍	等我一下，我馬上就好……你們幹嘛嗎？……（自以為幽默地）張惠卿，你們背著我，是不是想幹些偷雞摸狗的事啊？
仲　明	你不要亂講話！
惠　卿	算了，我不去了。
仲　明	好了，拜託你！不要囉唆，快點上去！
惠　卿	李仁龍你快點上去換衣服，待會你和李仲明一起去，我不去了。

（惠卿坐下，不悅，仲明急。）

玥　珍	張惠卿不去，我跟你們兩個去！
仲　明	（對玥珍）妳少囉唆！……（向仁龍）你趕快上樓去，我們只是隨便走走……
惠　卿	我哪裡也不想去了！
仁　龍	（生氣）這是幹嘛？這倒底是幹什麼？
仲　明	你不要在那邊叫，現在沒人要去，你要去，自己去！

（智年上，拿著相機）

智　年	你們有沒有人要拍照啊？

（仲明、惠卿、仁龍僵持在場上）

玥　珍	我！拍我！
仁　龍	（氣極）幹！我好心好意……
玥　珍	拍好看點噢！（作美女狀，智年拍照）
仲　明	（對仁龍）好！你趕快上樓，我們等你！好不好！
仁　龍	你見色忘友，我不去了！
仲　明	你今天怎麼了？積點口德好不好？

（仁龍軟化）

仁　龍	我去擦個身、換個衣服。

（仁龍下）

智　年	張惠卿，我幫妳拍個特寫……

（智年對焦，仲明靠惠卿坐，欲同照，惠卿態度矜持。）

仲　明	沒關係，大家都是同學嘛！（智年按下快門，仲明開心的朝智年比個Ｖ）謝謝！（仲明仍極欲與惠卿同往防風林，故作輕鬆狀，閒步到側方往窗外遠眺，又故作驚訝狀。）哇塞！你們看，海風把防風林吹的好漂亮喔！

（惠卿好奇地起身趨前同望）

惠　卿	眞的耶！好美喔！
仲　明	走，走，走，我們去防風林走走……房裡的空氣有點悶！

（惠卿與仲明下）

玥　珍	幹嘛！約會還要拐彎抹角的！

（仲明復上）

仲　明	對了！楊智年，你跟李仁龍講一聲，說我們先走了，要他……（欲言又止，怕越描越黑）就這樣好了，麻煩你了！
	（仲明下）
玥　珍	智年，他們都成雙成對去約會了！
智　年	噢……我不能走開……我要等李仁龍，我要傳話給他……
玥　珍	他不會下來的，那有人那麼不識相的！……我們出去走走嘛！我聽說防風林那邊情調很好……
智　年	……我幫妳拍照！
玥　珍	你……我們去防風林，不是更好？
智　年	（和悅地調侃）……孤男寡女……太危險了吧……我喜歡要鬧，大夥一起鬧……
	（玥珍為之氣結，此時永泰上，他就站在側方望著防風林，一動也不動。）
玥　珍	我們不是敢死隊嗎？你怎麼連這點都顧忌，你未婚妻又不在這裡！
智　年	……我幫妳拍照……金玥珍，妳笑一笑……
玥　珍	笑你個頭！
	（智年很沒趣，起身離去。）
智　年	我到樓上修照相機去了！
玥　珍	壞了？
智　年	不曉得啊！怎麼鏡頭裡面看到一個不太清楚的人……

玥　珍　（氣極）我不清楚？你才不清楚！（智年下。慶昇上，玥珍沒好氣的）慶昇，你要到哪裡去？

慶　昇　（怔住）我不到哪去啊！我只想坐下來。（慶昇坐下）……其他人呢？

玥　珍　都去修相機了！不知道是鏡頭壞了，還是底片壞了……（玥珍生悶氣）你剛才在哪裡？

慶　昇　我沒在哪裡，我只是隨便走走……

（玥珍望著呆坐的慶昇，念頭一轉，突然一本正經。）

玥　珍　對了，慶昇，剛才令嬡遇到我，要我傳話給你，說她有話想和你私下聊聊，她在海邊等你！

慶　昇　張令嬡？她要和我聊？

玥　珍　對啊！她在海邊等你，你快點去，去晚了，搞不好她等急了，就不等你了！快趕去！

慶　昇　真的嗎？

玥　珍　真的！你快點去，跑步去！

慶　昇　好，我馬上去！

（慶昇轉身欲走）

玥　珍　喂！如果你到海邊，沒看到令嬡，你要等一下，她一定會去！

慶　昇　好！

（慶昇急下，玥珍正得意，永泰走來坐下。）

永　泰　何必呢？自己約會約不成，把氣出在別人身上。要約

　　　　　　會，這兒（指自己）不是有個現成的嗎？

玥　珍　　（沒好氣的）你去死！

永　泰　　說謊說一半，不太好吧？

玥　珍　　（猛想起）你不說我差點忘了！

　　　　　　（玥珍移位至後區，又是小踮步橫向上樓狀。永泰下，令嫻
　　　　　　上。）

玥　珍　　（興奮地）令嫻！

令　嫻　　（不解地望著玥珍）妳看起來很高興的樣子。

玥　珍　　（急忙一本正經）怎麼會！……妳肚子痛好了沒？

令　嫻　　差不多好了。突然的，一下子來，一下子就去了。

玥　珍　　妳身體底子好像不太好？

令　嫻　　我大概是早上玩水玩壞了，我每次一玩就出毛病。不過
　　　　　　現在好了！

玥　珍　　對了，令嫻，剛剛慶昇碰到我，他叫我告訴妳，他有話
　　　　　　想和妳私下聊聊，他在海邊等妳。

令　嫻　　慶昇啊？

玥　珍　　陳慶昇啊！（使壞地對令嫻擠眉弄眼）妳都忘了？就是
　　　　　　小時候扮家家酒和妳扮新郎新娘的那個啊！

令　嫻　　我覺得妳口才一直好好喔！

玥　珍　　（心驚）我是說真的！

令　嫻　　我知道！我是說妳和小時候一樣，說話好快，嘰哩呱啦
　　　　　　的機關槍一樣，我就做不到。

玥　珍　（心安）這是天性啦！對了，我說真的，妳快點去，搞
　　　　不好他等急了⋯⋯妳快點去！

令　嫻　好啦！別推！

（令嫻欲去，聖惠上。）

聖　惠　誰啊？

令　嫻　慶昇在海邊等我聊天。

聖　惠　慶昇在海邊等妳聊天？

玥　珍　妳不要拖時間了，快點去！我傳完話我要走了。

令　嫻　玥珍！妳要不要一起去？大家一起聊聊！

玥　珍　我不去！我哪那麼不識相，我不做電燈泡⋯⋯

聖　惠　金玥珍，妳在說謊對不對？

玥　珍　信不信由妳，我走了。

聖　惠　令嫻，不要被她騙了，她以前就喜歡玩這一套，別聽她
　　　　胡說⋯⋯

玥　珍　我什麼時候騙過妳？

聖　惠　妳以前叫李仁龍來找我，又叫我去找李仁龍⋯⋯林維和
　　　　張惠卿都被妳騙過，還講⋯⋯

玥　珍　好！我騙人！信不信由妳，算了！

聖　惠　喂！不要騙令嫻，令嫻這麼老實。到底是不是真的？

玥　珍　是！

聖　惠　妳在騙人？

玥　珍　對！（聖惠氣結）我們是敢死隊，妳們怎麼一個二個都

這麼膽小！

聖　惠　　這跟膽小沒有關係……

（二人爭吵）

令　嫻　　我到底要不要去嘛？

（令嫻、聖惠停格動作）

聲　音　　妳到底想騙誰？騙人跟敢死隊有什麼關係？

玥　珍　　你看到了，吳聖惠就是不讓張令嫻去。我討厭，我開一
　　　　　個玩笑也開不成！……後來，大概過了半個小時吧，

（慶昇上，走兩三步即作停格動作）慶昇從海灘回來，他
看到我也沒生氣，也沒罵我……

聲　音　　顯然妳滿足了，妳的樂趣完成了。

玥　珍　　你不要小題大作，這不是騙不騙的問題，只是好玩嘛！
　　　　　生活裡頭，不是應該找些好玩的事嗎？

（令嫻、聖惠、慶昇下）

聲　音　　好像這只是妳一廂情願的說法。告訴我陳慶昇被這麼開
　　　　　玩笑，妳想他是什麼感覺？

玥　珍　　陳慶昇被騙跟我被騙有什麼不同？將心比心，開玩笑好
　　　　　玩嘛！

聲　音　　我再說一遍，我們在追查陳慶昇的死因！

玥　珍　　就是因為我們在追查慶昇的死因，我才把每件事都告訴
　　　　　你啊！

聲　音　　那妳告訴我，陳慶昇被騙之後，為什麼沒有生氣？他生

　　　　　氣不是比較自然嗎？他是一個開得起玩笑，玩得起遊戲

　　　　　的人嗎？

玥　珍　　（猶豫了一下）……我不懂，這件事我有什麼錯？

聲　音　　好了，說下去！

玥　珍　　慢點！你在暗示我有錯？

聲　音　　還不知道，也許……也不是對不對、錯不錯的問題。說

　　　　　下去！

　　　　　（玥珍困惑，委屈。少頃，她接著說下去。）

第七場　招供

玥　珍　　黃昏的時候，兩個兩個去約會的都回來了，也沒人追問
　　　　他們是怎麼約會的。後來……（眾人執酒罐、酒瓶上）
　　　　大家帶了酒到沙灘上。

　　　　（轉身加入眾人）

　　　　（眾人在地上東倒西歪圍坐一圈，微醉，面前皆有酒，最前
　　　　區背對的是慶昇。）

　　　　（後區正中央的主位是自強，他站起，誇張的描述著）

自　強　　在一個月黑風高的晚上，老二發現了老大和他女人的姦
　　　　情，他在那個牆上發現了一道縫，透過那道縫，他連續
　　　　偷窺好幾個晚上，他心痛如刀割，兩個人都是他最愛的
　　　　人。老二在樓下客廳裡殺了老大，老大全身是血，一步
　　　　一步爬到樓上，倒在那個女人的屍體旁邊才斷氣，而老
　　　　二他自己也跑到院子裡那棵大樹上上吊死了，三個屍體
　　　　（指眾人圍的圈中心）都埋在這，遠近的人都嘆息——。
　　　　唉！（吟唱）生命在追求愛情，愛情在追求死亡，嗚呼
　　　　哀哉……追呀追呀……生呀死喔……死者已矣……嗚呼
　　　　哀哉……魂歸（二三人出面制止他的吟唱）西方，尚饗
　　　　……（他們將自強推倒於地）

令　嫻　　來！（有點興奮的站起，舉杯邀大家一起喝酒。）

（眾人舉杯飲之，自強此時已戴上鬼面具、身披白布巾，從
　聖惠身後緩緩站起，聖惠和惠卿嚇得轉身尖叫。）

（自強怪笑狂奔，繞著大夥圍坐的圓圈跑，兩圈之後，一把
　抓起林維的手，站上主位。林維很配合地微低頭，雙手合
　握，作出有點害怕的樣子。）

自　強　林維，妳招是不招？

林　維　招。

自　強　很好，妳有沒有錯？

林　維　有。

自　強　很好。我來自陰曹地府，專管人間之不平！林維，妳
　　　　招！（移位至林維斜後方，彷彿節目主持人讓位給來賓。）

林　維　我……我向我所有的男朋友道歉，因為我都告訴他們是
　　　　我的初戀，所以每一個人都以為自己是唯一的。我對不
　　　　起他們！（說完回原位坐下）

（接下來要招供的人都站上主位面朝大家，招完再回座，也
　有小部分招供之人在原位起身，又或移向主位一兩步即
　招，依節奏和角色情緒而定。他們招供的情緒也有真有
　假，或是半真半假。）

自　強　很好，還有誰要招？

仁　龍　我向天下的女人認錯，因為我太多情了，處處留情，害
　　　　她們一直都在等我，我真的很不應該。

自　強　知錯能改，善莫大焉！

仲　明　我也要向全天下的女人道歉，因爲我愛的太多，做的太少。讓她們都在苦守寒窯、獨守空幃，我不應該。

永　泰　我要向全天下的女人，還有全天下的男人道歉，我不是沒感情，只是我性無能，實在力不從心，很抱歉！

玥　珍　我也要認錯，因爲我剛剛放了一個臭屁，（台下起鬨）這是沒有辦法的嘛！因爲我剛剛聽了太多臭屁，所以只好以毒攻毒嘛！

自　強　我也要抱歉，我要喝一口酒冷靜一下。（退到場邊解掉面具半臥於地）你們要繼續給我招，智年過來！招！

智　年　我的錯，是因爲我這輩子都沒犯過什麼錯，我很抱歉我沒有可以抱歉的事。

林　維　我向我說過的每一句話抱歉，因爲我知道我說了等於白說，而且說了也差不多都忘記了。

令　嫻　我要向我流過的眼淚抱歉，因爲我常常不希望它們流出來，可是它們卻流出來了。

惠　卿　我要爲我的耳朵抱歉，因爲它們太喜歡聽甜言蜜語了。

仲　明　我要向我的甜言蜜語道歉，因爲每句話都是眞的。

智　年　我對不起所有被我忘記的人，我不是故意忘記的，我眞希望能夠記住每一個我遇到的人，然後了解他們跟他們做眞正的朋友。

慶　昇　我向天空抱歉，我向海洋抱歉，我向天上飛的、地上爬的統統抱歉，因爲……（大家追問爲什麼）我還沒想出

來為什麼，但我的抱歉是很認真的。

仁　龍　我向住在我對面公寓的太太道歉，因為我每次都偷看她上廁所、洗澡……

仲　明　我道歉，我不應該把送給他的保險套上戳一個洞……他都不知道，我錯了。

林　維　我也錯了，我不應該強暴他的，他才十三歲。

惠　卿　我不該害他從此自卑不舉，他才十二歲！

仲　明　我不該把手伸進去……

仁　龍　我不該把腳跨過去……

仲　明　我不該把頭轉過去……

永　泰　我不該用腳踩下去……

聖　惠　我不該把要送他的花，等到花枯萎了才送給他。

令　嫻　我要向現在及過去每一件事情道歉！我很想原諒他們，可是我做不到，我就故意把他們忘記。我覺得……（突然她的強顏歡笑不見了）我很對不起我的過去……（掩面不語，林維伸手安慰她）

聖　惠　我向小時候的林維、李仲明道歉，他們約會的時候，我常常跟蹤他們，他們不能結合都是我的錯。

玥　珍　我代替小時候的張永泰道歉，每次考試叫他給我看，他都不願意，我知道他現在一定非常後悔，我接受他對我的道歉。

仁　龍　我向小時候的慶昇道歉，那一次我和仲明趁他大便的時

候，把他關在廁所裡面，害他到了晚上才被人發現才救出來，我向他道歉。

仲　明　對！對！我想起來了，我們把慶昇救出來的時候，他全身被熏的好臭，還嚇昏了，都是我的錯，慶昇，對不起噢！

（慶昇仍是背身的坐在原地，深呼吸一口後才開口）

慶　昇　我很抱歉我不能接受你的道歉，我一直沒有辦法忘記，一整天我被關在廁所裡喊救命，我覺得——

仁　龍　（打岔）慶昇，我的錯，在事後我想把你放出來，可是我又不敢，小時候都聽仲明的話，是他叫我把你關起來的……

惠　卿　李仁龍你自己做什麼事自己承擔，幹什麼賴到仲明身上！

仁　龍　是真的，小時候仲明什麼事情都當老大，我只有當跟班的份。你們記不記得以前惠卿跟林維有過節，後來仲明拉著我去整惠卿，惠卿被整得哭得好難看啊……

仲　明　你在胡扯什麼？我帶壞你了，那你為什麼還要跟著我？你當時不服氣你可以去告我啊！現在放什麼馬後砲？

仁　龍　你是我的好朋友，我為什麼要去告你？

仲　明　那你講什麼屁話！

仁　龍　你這是什麼意思？

仲　明　什麼意思？我還問你什麼意思！

仁　龍	當初明明是你自己講的。
仲　明	屁咧！
仁　龍	當初是你帶頭的！我告訴你，我現在要揍你可比小時候容易多的多哦！
仲　明	你來啊！來呀！你過來啊！ （兩人爭執，眼看就要動手，遭周圍的人制止，並拉回原位。）
聖　惠	我很抱歉小時候的李仁龍這麼可愛，長大了怎麼變得這麼壞（對仁龍斥罵），你以為身材高大，就怎麼樣？
玥　珍	我對不起小時候的吳聖惠，以前我都在我的鞋子上綁了一面鏡子，偷看她內褲的顏色，然後告訴全班，害她哭的要死，我知道她現在還有點恨我。
智　年	我對不起金玥珍，她從小就喜歡約我出去玩，可是我不答應，害她……，我希望她以後不要那麼喜歡偷看、偷聽別人，這個習慣非常不好。
林　維	我向小時候的李仁龍道歉，我知道他很愛仲明，而仲明常常跟我約會，害得他一天到晚很吃味！一天到晚跟仲明吵架。
惠　卿	我向林維道歉，本來她一直是全班第一名，自從我轉來了以後，她就變成全班第二名，我傷了她的自尊心。
林　維	耶？誰傷了誰的自尊心啊？
惠　卿	林維，妳不要一直以為自己什麼都是最好的，妳以為妳是誰啊？

林　維	張惠卿，我不懂耶，妳今天爲什麼講話都帶刺呢？我哪裡犯到妳了？
惠　卿	妳心裡明白啊！
林　維	什麼意思啊！
惠　卿	問妳自己啊！
林　維	我明白個屁啊！妳他媽的今天非說清楚！
惠　卿	算了我不想講妳，要講的話講不完了！從小到大我看妳還看不夠清楚啊……

（林維也真來火了，作勢要對付惠卿，身旁的人急忙把林維給拉回原位，惠卿亦悻悻然坐下。）

| 永　泰 | 各位，我對不起這個世界！因爲它太混亂了，而我又實在幫不上忙！唉！我真他媽的幫不上忙！ |

（此時令嫻坐在原地，幽幽地開了口，一點酒意使得她完全跌入悲傷。）

| 令　嫻 | 我想家，想南部鄉下海邊的家，雖然養父對我不好，常欺負我，我離開家以後好多年了，我就害怕再碰到他們，可是，可是我想家……我的童年不好，可是我…… |

（泣不成聲，聖惠抱住她。）

（這個招供的遊戲至此有點下不去了，場面難看，氣氛索然。自強又戴上鬼面具、披上白布巾站了出來。）

| 自　強 | 不要爭吵，不用難過！（吟唱）過去了……過去了……過去的事情過去了……嗚呼哀哉……來！乾！（自強招 |

眾人乾杯，有幾個人陪他乾了）過去了……嗚呼哀哉……
（眾人退，自強獨留場上邊吟唱邊飲酒）時光不再……歲
月匆匆……過去了……今朝有酒……今朝醉……時光歲
月啊……

（自強漸醉、不支、倒地，燈暗。）

第八場　婚禮

（前區玥珍獨自對著「聲音」方向說話）

玥　珍　　我們在沙灘上喝酒，胡說八道，一直鬧到很晚、很晚才
　　　　　回去，回到屋子裡開始玩起──真正的家家酒。

　　　　　（眾人紛紛匆忙攜椅攜酒罐入場，將椅子排成半圓，酒罐置
　　　　　於身後，再整肅儀容，一副儀式前的準備動作，玥珍也前
　　　　　去加入。眾人依次站於後區成一列，男生在左側，女生在
　　　　　右側。）

　　　　　（自強前場燈暗未離，於此同時站起摘下鬼面具，仍披著白
　　　　　布巾，站在正中央椅子上，狀若儀式中的祭司。）

　　　　　（慶昇著正式西裝配領結，緊張不安地踱步，永泰推他到正
　　　　　中央自強的跟前站定，仁龍奔至前區最側邊，肅然站立。）

仲　明　　（擔任司儀，高呼）婚禮開始──！主婚人就位！（自強
　　　　　作個手勢以示就位）新郎新娘就位！

　　　　　（愉快浪漫的音樂聲起，前區側邊悠然走出頭披薄紗、身著
　　　　　白紗裙並赤腳的令嫻，她開心又害羞地挽著仁龍的手臂，
　　　　　隨著音樂一步步緩緩走向正中央。）

　　　　　（仁龍將令嫻帶到慶昇的旁邊，正欲回男生席位，見慶昇想
　　　　　跑，一把將慶昇推回，仁龍歸位。慶昇與令嫻並肩立於高

高在上的自強跟前。）

仲　明　主婚人致詞！

自　強　（還是吟唱，只是換了個調，同時配合奇怪的手勢以示祝福）
　　　　嗚——花好——月圓——永結——連理——嗚！＠＃＄％＆
　　　　＊——

仲　明　新郎新娘面對面！相互一鞠躬！
　　　　（令嫻笑場，被林維、惠卿警告，急忙收斂。慶昇、令嫻面
　　　　對面，尷尬地一鞠躬。）

仲　明　新郎新娘向主婚人答謝——
　　　　（這次是慶昇不配合了，令嫻朝自強鞠躬了，仁龍趨前一步
　　　　將慶昇頭按下以示鞠躬再回位。）

仲　明　新郎新娘向男方家屬答謝——（慶昇令嫻照做，男生們回
　　　　禮）新郎新娘向女方家屬答謝——（慶昇令嫻照做，女生
　　　　們回禮）禮成——！
　　　　（眾人由身後藏著的籃子或自己口袋裡抓出桃紅色的花瓣，
　　　　在台上各處狂灑紛飛，遍地落紅……）
　　　　（不約而同，眾人取出酒，排隊依序向新人祝賀——舉杯，
　　　　乾杯，擁抱，最後，自強、慶昇、令嫻三人撞杯而飲，慶
　　　　祝儀式圓滿。）
　　　　（此時，其他人以手搭著肩排成一橫列。）

眾　人　（齊聲）城門城門幾丈高？三十六把刀……
　　　　（慶昇與令嫻立即手搭著手作拱橋狀，眾人按著拍子一步步

手拉著手穿橋過橋，繞而行之。）

眾　人　騎白馬，帶把刀，走進城門摔一跤！

（他們一遍又一遍地唸這首童歌，行行復行行，慶昇顯醉態，支持不住，當眾人唸到「摔一跤」時，慶昇踉蹌跪地，浪漫的音樂此時已經完全無聲了。）

令　嫻　（尷尬的）慶昇你怎麼啦？

仲　明　新郎請新娘跳舞，與親友同樂！

（眾人於後區圍站旁觀。令嫻扶起慶昇，二人面對面，尷尬的沉默少頃，令嫻擺好舞姿，見慶昇沒有動作，即拉慶昇的手放到自己腰上。華麗優美的華爾滋音樂出現，二人起舞，舞步生疏呆滯，二人仍勉力為之。）

（少頃，眾人使個眼色，悄然退場。二人不察場上只剩他倆。慶昇醉意已濃，又不支跪地。令嫻努力將他扶起。慶昇站直了，卻一動不動地直視令嫻良久。華爾滋音樂此時逐漸消失。）

令　嫻　怎麼啦？

（令嫻不安的轉身尋眾人，才發現早已人去台空——）

（慶昇雙手攬著令嫻的腰，突然爆發一個動作，一欺身，強擁吻令嫻，令嫻吃力的推擋掙扎——）

（好不容易二人分開，令嫻驚魂甫定，先是呆站不知如何是好，隨即走向舞台最左側椅子坐下，喘氣不已。）

（慶昇定定的直視著令嫻，少頃，一聲不響地走過去，坐在

令嫻側後的椅子。）

（令嫻如坐針氈，起身往舞台右側急步欲去——）

慶　昇　（生氣）妳要到哪裡去？

令　嫻　（停步）我不去哪，我只是……

（令嫻妥協的於舞台最右側的椅子坐下，不知該如何是好。
少頃。）

慶　昇　（咄咄逼人）妳為什麼坐那兒？

令　嫻　（怒）我愛坐哪，就坐哪，不要人管！你以為你是誰？
你以為你是新郎？你是誰都不要管我，我從來就不要人
管。

（令嫻發覺自己有點過頭，弄得氣氛不對，想換個情緒。）

令　嫻　慶昇！（慢慢走向慶昇，在間隔慶昇三四個坐椅處坐下）
對不起，我有點喝醉，我不是想故意……

慶　昇　（怒氣未消）沒有關係！

（沉默少頃）

令　嫻　（委婉）我覺得有點尷尬，不知道該說什麼……（踱步到
椅子後面左右張望）慶昇！我們要不要去找他們？不知
道他們……

慶　昇　（大聲質問）妳為什麼尷尬？

令　嫻　（酒意使情緒膨脹，使步態也不穩定）我的個性很容易責
怪自己，我會以為我又錯了！我常覺得事情沒弄好都是
我的錯，我不是有意的！我……（上半身不支的趴在椅

子上，逐漸有點好笑了）頭有點暈，會轉……慶昇，不
要把剛才的事放在心上！

（令嫻醉得一個踉蹌跌倒在椅後地板，還將另一張椅子也撞
倒。慶昇頭不回的一動也不動。令嫻由椅後爬起，自覺好
笑。）

令　嫻　　我很好，沒事了，慶昇你在想什麼？

（慶昇悶氣，猛地踹倒旁邊的椅子，匡噹一響，隨即大步走
向另一側，拿起地板上放的一瓶酒，仰頭豪飲──）

第九場　化裝舞會

（彷彿嘉年華會喧囂亢奮的音樂起，眾人入，個個身著奇裝異服，造型花樣奇幻狂想，但統一的特徵是性別倒錯：男生披紗掛布紮頭巾之類的仿女裝，女生軍裝披風領帶之類的仿男裝。他們尖叫著，炫燿的展示著自己的服裝造型，站滿整個台上，然後他們舉起酒杯對慶昇，慶昇也不示弱地舉酒回應。）

眾　人　　慶昇！恭喜！

　　　　　（眾人一飲而盡，一聲尖叫，一場化裝舞會開始了。他們扭動身軀跳起舞，有人跳到椅子上扭著，有人呆坐著，有人相擁而舞，有人逕自閒走……）

　　　　　（永泰坐在正中間，對著鏡子在臉上化白妝，慶昇站在他身旁呆望著……）

　　　　　（智年與仁龍於前區中央，互相對峙，拉扯推躲，彷彿在鬥牛，又像摔角，男生圍繞鼓譟，智年被摔開，自強不敢玩，仁龍逼之，自強欲逃，仲明一躍而上，仲明、仁龍對決……）

　　　　　（永泰的白臉勾成，一把將慶昇拉坐在椅上，永泰專心地爲慶昇塗白臉……）

　　　　　（林維將椅子折疊起，把自己關在裡面，放聲大叫「救命

啊！救命！」……）

（玥珍、聖惠、惠卿三人排隊成火車，一路合聲問「到家了沒有？」，合聲答「沒有！」，火車不斷行駛，不斷問答……）

（令嫻作小蝴蝶狀，滿場飛舞……）

（智年見永泰與慶昇化妝有趣，蹲於一旁爲他倆拍照……）

（男生的摔跤組已是倒的倒、爬的爬，令嫻作小蝴蝶狀正飛來安慰倒地的男生，仲明由她身後站起，雙手作執槍狀，「碰！」，令嫻倒地。仁龍在仲明身後舉槍，仲明逃，仁龍追擊，「碰！」，仲明倒地。惠卿執槍追來，仁龍逃……轉眼間所有人都參加了槍戰追殺，他們追逃路線是個大圓圈，以永泰與慶昇爲圓心。槍聲、追殺聲、死前慘叫聲、此起彼落，瘋狂的笑聲不絕，越來越激烈的嘉年華會的音樂也更加快了他們旋轉繞圈跑的速度……）

（慶昇化妝完畢站起，智年蹲在他們正前方拍照，慶昇便坐在永泰的大腿上，一手抱著永泰的脖子，一手伸展開作得意狀，兩張白臉湊在一塊兒大笑不已，閃光燈一閃又閃……接著慶昇笑到整個人癱在永泰的大腿上仰臥橫躺——其構圖類似耶穌躺臥在聖母懷中之塑像，不同的是，永泰與慶昇都在笑，而且瘋狂的笑……）

（音樂到了最高潮，轉弱，眾人疲累跌倒……音樂聲止，眾人紛紛癱倒於各處，慶昇亦笑得從永泰的腿上跌落地，只聞喘氣聲碎笑聲，以及永泰放肆的大笑。）

仲　明　各位先生、各位女士，我們現在來玩一個更好玩的遊戲
　　　　……

　　　　（眾人或和、或問：「什麼遊戲？」）

仲　明　摸！

　　　　（眾人喧嘩）

仲　明　你摸到頭十分，摸到手二十分，摸到大腿三十分，摸到
　　　　重要部位分數最高……

　　　　（眾人呼喊哄鬧）

仲　明　我關燈了！

　　　　（仲明走向側後區關燈，燈暗。）

　　　　（一片黑暗中，先是沉默，少頃，一陣尖叫笑罵……然後又
　　　　安靜了，然後又哭笑叫鬧成一片，宛如瘋人院……如此間
　　　　或持續著……終於有女生喊道：「開燈啦！我不要玩了！」
　　　　……自強像機關槍的連發笑聲在這黑暗中最為得逞……）

　　　　（燈亮。坐的坐，躺的躺，眾人早已爛醉加上玩瘋了，癱於
　　　　各處傻笑，喘息……自強的連發笑聲從燈暗笑到燈亮沒停
　　　　……林維呆坐於椅望著天空……）

　　　　（慶昇力持穩定，豪邁的跨步走上前，一手持酒，一手高舉
　　　　作招人來狀。）

慶　昇　李仁龍！李仲明！來！

　　　　（仲明、仁龍迎上）

仲　明　好！這回你要輸了，看我怎麼整你！

仁　龍　（大叫）來！

　　　　（三人玩猜酒拳，輸者任人支使。三人連連帶殺聲出拳……
　　　　停，慶昇輸了。）

仲　明　（取一罐酒）拿去！整罐喝掉！

　　　　（慶昇舉罐喝。仁龍使壞的用力推酒罐猛灌慶昇……自強前
　　　　來軋一腳。）

自　強　你們不要整慶昇，看我的！

　　　　（仲明、仁龍、自強三人出拳……仁龍、自強輸了。）

仲　明　你們兩個當狗爬！

　　　　（不情不願的，仁龍和自強四下狂吠不已，連爬帶跳的撲到
　　　　女生身上，藉酒裝瘋，惹來笑罵連連……）

自　強　（不信邪的單挑仁龍）李仁龍！我們兩個來！

　　　　（自強與仁龍猜拳……自強又輸了。）

自　強　我不玩了！（轉身欲逃）

仁　龍　（一把按住自強，自強跪地）做馬給我騎！（跨坐自強背
　　　　上，用手猛打自強屁股，高呼驅馬，自強邁步困難，跌臥
　　　　於地。）

自　強　救命啊……（爬著逃走）我不玩了！……不玩了……不
　　　　好玩！

　　　　（慶昇、仲明、仁龍三人玩猜拳……慶昇這次贏了。）

慶　昇　（對仲明）你給我打（指仁龍）！

　　　　（仲明一把按倒仁龍，捉狹地掀仁龍裙布，露出大粗腿上的

（玻璃絲襪和三角褲，仁龍求饒，仲明不客氣地幾巴掌下去……仁龍搗著屁股憤憤地站起。）

（慶昇、仲明、仁龍三人再猜拳……仁龍贏了，這下可要報復了，端把椅子來，大腳往上一放。）

仁　龍　　你們給我親它（指腳）！快點！

（慶昇倒是痛快，蹲下親仁龍的腳，仁龍癢得大笑，換仲明也蹲下湊著腳……仁龍突然抽腿大叫，仲明賊笑。）

仁　龍　　你他媽的咬我！

（慶昇、仲明、仁龍三人再猜拳……慶昇輸了。仲明得意。）

仲　明　　（對慶昇）你不要跑，李仁龍！把他吊起來！悶死他！

（仁龍碩大的身材從慶昇的背後一手抱起他，另一隻手用力搗住慶昇的鼻和口，使他無法呼吸，慶昇被懸掛離地，但一動也不動……久久……）

仲　明　　（笑）有種！啊，厲害啊……不怕死喔……（漸漸有點不放心）好了！裝死裝得很像嘛……

（仁龍終於放下慶昇，慶昇挺胸筆直地站著，一副滿不在乎。三人再猜拳……仁龍輸了。）

慶　昇　　（對仲明）你去拿一桶水來！

（仲明辛災樂禍的笑著下場，立即搬來一桶盛滿水的桶子放在仁龍前。）

慶　昇　　你！（指著仁龍）你不是很會悶水嗎？把頭整個放進去！（仁龍猶豫，慶昇大叫）快！

（仁龍跪下，正待深呼吸一口氣，慶昇抓著仁龍的頭髮一頭塞進水裡……仲明大笑……）

（這時一旁的令嫻與自強爬在地上，玩枕頭爭奪戰已玩到不可開交……）

慶　昇　（望著悶水的仁龍，慢條斯理地）有種你就永遠不要起來！

（仁龍這次蠻快的就從水中猛抬起頭，口中碎話含糊聽不清楚，慶昇狠狠地一把按著仁龍的頭再塞進水中……這次仁龍乖乖就範了。）

（慶昇微笑跪立於旁，那張白臉已然髒亂快花了。）

（仁龍悶水久久不動，仲明則傻坐望著……一旁的令嫻正興高采烈的用枕頭悶在自強頭上，自強的身子在地板上掙扎不得，又笑又叫，又踢又跳……）

（終於仁龍冒出水來，頭髮的水花濺開四處，大叫一聲喘氣不已。）

（仲明一個箭步上前狠抓著慶昇，仁龍欲上前被仲明推開。）

仲　明　好！我和你玩！

（仲明慶昇猜拳連連，殺氣騰騰……慶昇輸了。）

仲　明　（得意的）皮帶你有吧？

慶　昇　有！

仲　明　你到外面那棵大榕樹找個最粗的樹幹，把自己吊起來！

　　　　……

（慶昇停頓片刻，轉身一步步走往後區，臨去，回身微微一
笑，下。）

仲／仁　　我們等你回來！

（仲明、仁龍相視，大笑不已。）

仲　明　　再來！

（仲明、仁龍的猜拳仍繼續……仲明輸了。）

仁　龍　　（親熱的抱著仲明）聽著！過去！看到男的說爸爸我錯
了！看到女的說媽媽我錯了！去！

（仲明稍想抗拒，一轉身已跟蹌撲向坐在地上的自強，仲明
跪抱著自強，用誇張的哭聲拉長音——）

仲　明　　爸——我——錯了！喔……

（自強也胡亂回抱，連發癲笑一發不可收拾。）

（仲明起身又跟蹌撲向聖惠。）

仲　明　　媽——我——錯了！喔……

（另一處的林維一直呆坐著，這時出現奇怪的搖頭……抱頭
……抽搐……附近的惠卿注意到了，起身緩緩走向林維。）

（仲明撲向永泰，永泰咧嘴傻笑。）

仲　明　　媽——我——錯了！喔……（仲明轉身撲向坐在地上的令
嫻）爸——我——錯了！喔……

（此時林維放聲嚎啕大哭，惠卿憐惜的抱著她，林維忘情地
哭著，彷彿許多委屈許多痛，停也停不下來……仲明停止
裝哭，傻望著林維。）

（場面唏噓，寂寥，糜爛，傷感。自強努力的撐起身子站立，搖晃欲墜。）

自　強　　各位同學……各位同學，今天大家都玩的好高興，不過明天就要分手回家了。

玥　珍　　對！你走你的，我走我的了……

自　強　　……其實現在我們看看，大家跟小時候沒什麼兩樣了……

玥　珍　　簡直和以前一模一樣，一點都沒變……

自　強　　我們現在來商量我們下一次見面……

玥　珍　　我們一定要再見面……

（眾人停格，玥珍走向舞台正中央前方面對「聲音」方向。）

玥　珍　　我們喝酒、喝酒，不斷的喝酒……大家心裡都有很多話，但是不知道怎麼說……最後一個晚上了，我們到底彼此是很好還是很生疏，誰也不知道……你知道喝了那麼多酒，心裡有那麼多說不清楚的話……事隔半個小時，有人發現慶昇不見了，一陣驚慌亂找，這才想起來剛才打的賭和開的玩笑。終於……

（眾人奔跑急聚於右舞台前方，他們都朝前方抬頭往高處驚訝的看著──停格動作。慶昇同時出現於左舞台前方，他也面朝前方原地踮腳頭斜做吊死狀。）

玥　珍　　（驚恐莫名）大家在一棵大葉榕上發現了他，他高高吊在樹上頭，眼睛瞪著，用自己的皮帶吊著，一動也不動……只有風在吹著……樹葉在搖著……你知道我嚇住

了，全部同學都不懂慶昇他是怎麼回事了……你懂嗎？

聲　音　我要聽妳自己的反省分析。

玥　珍　（焦急）你要聽我的？好！他喝酒喝太多了……他一時
　　　　想不開？……他開玩笑開過頭了？……還是？……你覺
　　　　得這種分析成立嗎？

聲　音　妳的分析為什麼不包括白天發生的事情？

玥　珍　（激烈地）好！你是要說他愛張令嫻，還是他被我騙到
　　　　海邊去，或者是他說他討厭女人……還是他在牆壁的那
　　　　個縫裡偷看……你不覺得他是一個很複雜的人嗎？我沒
　　　　有辦法為他做任何結論……

聲　音　你們都很單純嗎？

　　　　（眾人和慶昇退場，舞台上只剩下玥珍一人。）

玥　珍　沒有錯，我們很單純，我們玩歸玩，分得清楚……

聲　音　妳說妳常自責，那妳告訴我，這整件事情──妳最難過
　　　　的是什麼？

　　　　（海浪聲遠遠的傳來，玥珍的情緒顯得悲傷激動。）

玥　珍　我真正難過的是常常會去猜他離開房間去上吊的那一段
　　　　路他在想什麼？……還有那麼高、那麼難爬的樹，他爬
　　　　的時候在想什麼？……還有他解皮帶的時候……還有他
　　　　最後要把脖子掛上去的時候，他會不會在樹上向我們這
　　　　個燈火明亮的房間看最後一眼？那個時候他在想什麼……

　　　　（她掩面啜泣，幾乎無法自持。）

聲　音　我最後一個問題，是我問過的，你們和他的死真的沒有
　　　　關係嗎？你們完全沒有罪嗎？

　　　　（海浪聲越發逼近，玥珍越發激烈的反辯。）

玥　珍　你覺得我有罪或者我們都有罪，請你明白說出來！我沒
　　　　有能力去為別人的生死作任何說明，我該說的都說了！
　　　　（見「聲音」方向沒回應，又急又怕）你為什麼不回答
　　　　我？你聽到我的故事了，你……你還在不在？你說話
　　　　啊！……故事敘述完了，事情更清楚了嗎？為什麼你只
　　　　問我？還有九個同學呢？我們做錯了什麼？為什麼慶昇
　　　　那張臉常常困擾我，我們不該喝酒玩鬧？還是不該約
　　　　會？還是我們不該打躲避球……你為什麼不說話了？你
　　　　到底聽到了什麼就告訴我！……你說話啊……

　　　　（暗場，浪聲巨大，淹沒玥珍的喊叫聲。婚禮的音樂揉混在
　　　　海浪聲中飄現……）

　　　　　　　　　　　　　　　　　　　　　　劇　終

首演資料

《家家酒》一九八六年七月十六日首演於台北國立藝術館，
行政院文化建設管理委員會主辦，【蘭陵劇坊】演出。

編　　劇：金士傑

導　　演：金士傑

藝術指導：吳靜吉

燈光設計：周　凱

音效設計：陳懷恩

服裝設計兼助理導演：李淑瑜

音效控制：劉黛君

舞台監督：吳國慶

演出執行：劉源鴻

票　　務：林億昌

首演演出人員及角色

演　員：（劇中角色皆使用演員本人姓名）

金玥珍

趙自強

李仁龍

李仲明

陳慶昇

張永泰

楊智年

林　維

張惠卿

張令嫻

吳聖惠

耿　偉（「聲音」）

感謝謝春德提供本書劇照

他們在海邊找到一個竹筏。由左至右：撐船人為李仁龍，其餘為張永泰、趙自強、
林維……

（謝春德攝）

同學們在水中玩悶水比賽。　　　　　　　　　　　　　（謝春德攝）

假扮新娘的張令嫻與新郎倌陳慶昇。　　　　　　　　　（謝春德攝）

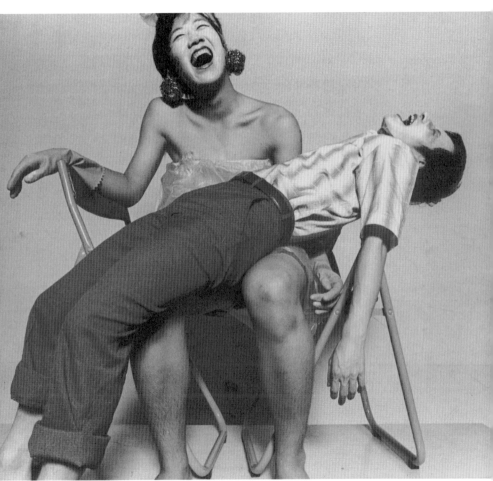

化妝舞會，陳慶昇躺臥在張永泰懷中。　　　　　　　（謝春德攝）

〈對談〉

金士傑的童年輓歌

——王墨林V.S.金士傑談《家家酒》

王：在《家家酒》一劇中，所謂「過去」並不是戲劇中倒轉或回
　　敘的時空表現方法。從開始的自我介紹即是在談「過去」，到
　　後來對「過去」的道歉，中間更是大家都在談「過去」。我
　　想，《家》劇有一個很重要的哲學體系，就是通過各種兒戲
　　的儀式，讓他們這一群人進入「過去」的二度空間；這個集
　　體潛意識的活動，漸漸也把個人意識發掘出來了吧？

金：「過去」像一張網，任何人都無法脫逃的。小孩子長大了，社
　　會上許多擔子壓下來了，不免嚮往著兒時無憂無慮的情景。
　　即使昔日歷經種種悲苦，像劇中的張令嫻，對過去依然剪不
　　斷。因此劇中自強扮的鬼像唸祭文一樣的吟唱，彷彿一首童
　　年的輓歌——我有一種也許不健康但很浪漫的看法，所謂
　　「過去」不是真的過去，是時間已走過去，而事件仍停留在原
　　地永恆地不變，如同劇中的自強說，我們仍然跟小時候一
　　樣。

王：從「現在」進入「過去」，基本上要通過某種催眠狀態，才能
　　產生清醒的記憶。戲的開始由趙自強口中說出一個似真似假
　　的兇殺案，先營造出「恍惚印象」，海邊的房子跟外界完全隔

絕，又暗示出他們這一群人暫時停止了與「現在」的交流，導演像一個精神病醫生，把他們由淺入深導入了催眠狀態，狂歡派對大概就是到了最高潮吧？

金：現代人已失去眞正可以讓自己解放的空間。於是，我刻意安排一個孤絕的海濱別墅讓他們帶著輕鬆的渡假心情參加同學會。但是他們在這樣自由的天地中，卻都無法脫離長久以來被狹窄的都市空間所培養出來的不安全感，所以，劇中每個人都在相互「偷窺」。

王：你是否在反映現代人的病理現象呢？

金：不安全感大概是一種病理現象吧？像那位敘述者本身是電話接線生，又是一個大偷窺狂，夠把觀眾弄得不安起來吧？這就把病理現象擴展到社會現象，但是爲了集中慶昇的戲，我有意把偷窺行爲放在性意識上。性象徵可以擴大，涵蓋許多問題，譬如政治、社會等等。

王：慶昇這個角色像詩的變化，展現出一個被壓抑的心靈的活動紀錄，他從小時被「悶」在廁所裡，在李仁龍因划拳輸掉，被罰把頭「悶」在水桶裡，慶昇就狠狠地說，你一輩子都不

要起來，到最後用皮帶「悶」死自己，活生生刻劃出慶昇這個角色的「悶」，套用佛洛伊德的看法，慶昇這種「悶」是反映在他性意識上的中性立場吧？

金：所以，狂歡舞會之後，也就是他死前被抱在張永泰的懷中，我有意建構成聖母抱受難耶穌的感覺，我想他那時已經預備新生，預備跨越困惑自己一輩子的性別角色的問題，而他跨越的方法竟然是死。劇本最當初的發想，是有一個人因為朋友和他開玩笑打賭去死，居然假戲真做。這樣開玩笑和被開玩笑的背後心理，令我心悸並且吸引我想去下筆。慶昇從小就是被戲弄的對象，直到長大，老同學還是在取笑他，甚至叫他去上吊也是開玩笑而已，誰都不存心要他死的，這個事情的背後才可怕。

王：你的劇場美學好像是一種戰慄的、黑色的死之美學吧？慶昇與李仁龍玩划拳遊戲，雙方竟然用生命當籌碼，生死不過是一場草率的兒戲可以決定的，所有人生的意義在本劇中都變成了「形同兒戲」。

金：我認為生活就是一種當真的兒戲，他們這一群人從小在玩戰

爭、配對、嫉妒的兒戲，到現在仍然樂此不疲，不同的是小
孩子可以不必對遊戲規則負責，大人卻不能違反遊戲規則，
所以才弄得生生死死糾纏不清。

王：你的意思是小孩子的兒戲像劇中的挑戰，可以死好幾次還活
著，大人的兒戲像划拳，生死在一念之間就被決定。

金：在划拳之前是一場狂歡的戲，他們喝酒、跳舞，後面用啤酒
罐堆成佈景，渲染出尼采讚頌的酒神祭典，每個人都進入了
恍惚狀態。酒後，有一種誇張的危險性讓你一點一點興奮起
來，這種恍惚的興奮若無限地擴張下去的話，將會產生什麼
景象呢？有人痛哭、有人嘔吐、有人開始說上一大堆「真心
話」，我卻認為，唯有死才能使這種恍惚狀態走到極致。

王：你說的死，只是對某種精神狀態的詮釋吧？

金：就這個戲的內在思考而言，死是「快樂」最誇張的形式。

（摘錄自1986年《家家酒》首演節目單）

明天我們空中再見

SEE YOU IN THE AIR
TOMORROW

心因性失憶症，乃指個人忽然喪失有關個人的重要記憶，因其失憶現象與心理挫折有關，而且沒有器質性腦症，故而稱之為心因性失憶症。

失憶的情況可分為幾種——

「局部的失憶」，乃指對某件事情發生的前後情況完全失掉記憶。例如，嚴重車禍之後，對發生車禍前一直到發生後數天的事失去記憶。但以外的事，則還記得。

「選擇性失憶」，對發生的事件，只選擇性地記得一些，選擇性地忘掉一些。

「全盤性失憶」，則對個人整個生活背景，包括名字、家人、地址，都完全不記得。

——摘錄自《最新精神醫學》

人物

文　媛

小　海

成　華

嘟　嘟

妹　妹

烏　龜

小女人

男播音員

第一場

（黑暗的舞台，一束小光區，女播音員文媛坐在麥克風前。）

文　媛　　我是個播音員，我的工作環境是一個小小的、封閉的錄音間，我的工作是對著一個麥克風一直說話，我——（為難地笑起來，望著手上一張信紙）不知道怎麼回答你的問題……我的感受？……我的先生開我玩笑說我每天在這個小房間裡自言自語像個神經病！我聽了非常感動。我喜歡那個畫面，這個小房間裡，我對著麥克風說話，你是誰我不知道，我是誰你也不知道，但是我對「你」說話，你也聽我「說話」，我們中間有一個很有意思的東西，叫做距離，我一直相信人最美的關係是建立在距離上。我平時的嗜好？……我喜歡爬山，我養了一隻狗，叫「嘟嘟」，我常常陪牠玩；我喜歡逛街走馬路，一個人一直走一直走，朋友笑我孤僻，我也不否認。我和人面對面說話一直很困難，會不知道說什麼，我還是迷信距離。我這份工作有個術語，叫「空中再見」，真是個好句子！謝謝你的關心來信，好了——現在就讓我對你說吧——明天，我們空中再見。

第二場

男播音　（獨白）我是個播音員，她的同事。那天下午我錄完音沒事，正想回家——（**男播音員轉身，見文媛亦下班，乃上前搭訕**）嗨，文媛！妳昨天做什麼了？趕快從實招來。

文　媛　沒有啊。

男播音　想騙我？妳和妳先生結婚週年！

文　媛　有客人來，大家鬧鬧。

男播音　怎麼可以少了我呢？玩得怎麼樣啊？

文　媛　（**認真回想著**）……我喝酒了……一直笑……

男播音　我今天作東，補請妳好吧？（**見文媛不假辭色**）要回家？（**神祕地**）我帶妳去一個四十層的樓頂，可以看到整個都市！風很大，沒有一個閒雜人。

文　媛　好。

男播音　（**簡直不信**）好!?……那……我們走。

（**二人行走**）

（**進電梯後，周邊漸暗**）

男播音　（獨白）我一路上都沒說什麼，因為她很難纏，她是那種話一不投機，便會掉頭就走的人，而且走得很自然，好像不是不高興，是應該走了。認識她三年，始終摸不準怎麼和她說話，反正我學乖了，少說話。

（男播音員按電梯，二人進電梯間，男播音員按關門鈕，再按樓層。）

（二人無話，男播音員對著電梯鏡子整肅儀容，繼而呆望。）

文　媛　二十八、二十九……

（文媛定睛望著電梯級數，男播音員努力想找話說。）

男播音　文媛！妳有沒有懼高症？

文　媛　四十！

（文媛出電梯，男播音員隨即跟出。）

男播音　跟我走。

（二人行轉，走台階，來到頂樓陽台，風聲大作。）

男播音　來這邊看！哪！多清楚……東區、西區、南區、北區，哪！山——我們住在一個城堡裡，山把我們圍起來！

文　媛　那邊是東！太陽從那邊起來！

男播音　錯！那是西。

文　媛　這個大樓不是東區嗎？

男播音　但是妳現在站的方向是朝西啊！

文　媛　（不以爲忤，自得地坐在高台上吹風）嗚——

男播音　來這裡！看，那邊是我們公司！（見文媛兀自呆坐，便走向文媛）好美！今天沒雲，好遠的山都看得清清楚楚。（男播音員坐在文媛側，沉默少頃……）結婚一年，感想如何？

文　媛	（驚惶地）哎呀！
男播音	妳要打電話報告先生一下？
文　媛	狗沒人餵！……沒關係，晚一點回去再餵，我最近又新養了一隻狗──（欲言又止）
男播音	妳膽子眞大啊，還敢養狗……
文　媛	這裡眞涼快，我來對了。
男播音	妳看起來眞是……很好看。

（男播音員取出相機，四下選角度爲文媛拍照。）

文　媛	我昨晚喝多了……還吐了……
男播音	（忙著拍照）看我！
文　媛	我好累。
男播音	唉！結婚沒有不累的，誰不是呢？說穿了，人生大部分是不如意的，所以人活著，「累」是一定的了，妳看過嬰兒出生的樣子吧，就是一個字──累！然後一直到老，人這一生啊……
文　媛	我不是那個意思，這幾天工作好累，又加上昨天喝酒，連著三天睡不到五個小時……
男播音	（獨白，邊拍照）我暗戀她好多年了，我們在一起總是我說東她說西，她像個孩子，什麼也不懂，東南西北也搞不清，但我還眞喜歡她。我喜歡女人笨笨的，從照相機裡看到她鼓鼓蓬蓬的裙子，裙子下面露了腳丫子，腳丫子上面有青色的筋，紫色的血管，我把焦距完全對準那

裡。（抬頭看文媛，又低頭拍照）照相機眞是個好東西，什麼好不好意思誰也不知道，我和她的距離要遠要近隨便我調，躲在鏡頭後面，隨心所欲。鏡頭裡，她好近，我想一把抓住她，天啊，一瞬間我有許多壞念頭，鏡頭慢慢移動……她的腰……她的胸口……她的肩膀……她的脖子、下巴……她的臉……（驚恐地突然抬頭。文媛狀若虛脫，神色大異）文媛！……（男播音員害怕地悄步走向文媛）文媛……妳臉色不好，怎麼了？……（走近文媛，以手觸文媛）文媛！妳怎麼了？

文　媛　（如驚弓之鳥，猛然抽手縮身）你要幹什麼？

男播音　文媛妳怎麼了？我不拍照，收起來……妳不舒服？

文　媛　你是誰？

男播音　天哪，到底怎麼了？……我帶妳回家……

（二人在高台四下轉圈追躲——男播音員害怕的不敢動了，文媛蹲下，恐懼至極，困獸似的張望，尋找……）

男播音　（獨白）我不懂……我不懂她發生了什麼事，好像一個惡夢突然發生，我只是一瞬間動了點歪念頭，但有誰敢說他從不曾動過歪念頭呢？後來，我帶她往回家的路走，一路上我擔驚受怕，一句話也不敢說。我打電話給她丈夫，他是個獸醫，電話裡，我聽到他害怕、緊張的聲音和一群貓狗的叫聲——

第三場

（丈夫與男播音員握手。）

成　華　真是麻煩你了。

男播音　請個大夫？

成　華　沒關係，我來處理。

男播音　先走了，真不知道說什麼，有任何需要，打電話給我。

（男播音員下，文媛背對觀眾坐著，成華輕輕走到文媛附近，坐下。）

成　華　（輕聲的）文媛，要不要去睡？……妳不認得我了？……我是誰？……我們前天才慶祝結婚週年！……去睡一下？（欲更走近，文媛驚，成華縮回）文媛不要怕，不管妳怎麼樣，我會陪妳！……一直陪妳。（起身，獨白）她一直不愛多說話，但此刻她好像決定再也不說了，我不敢走近她，也不敢走遠，正如同一年來我們一直維持的關係。現在，我不知道怎麼辦，覺得舉目無親，記得有一次我安慰一個走失了狗的主人，說：「不要怕，牠一定會回來的，至少牠還活著的……」（由激動努力恢復平靜）文媛失去記憶的第二天，我打電話給我前妻，她也是文媛唯一的老朋友。

（打電話）

成　華　　嘟嘟！對，是我。我要妳來，文媛……我不知道該怎麼
　　　　　說……（說不出口了）

　　　　　（嘟嘟來了，走到成華身邊抱住他的頭在自己懷中。）

成　華　　嘟嘟！（抱住嘟嘟，哭了起來）

嘟　嘟　　不要怕，我來幫你，噢，不要怕。（摸成華頭哄著——
　　　　　轉獨白）我和他離婚快兩年了，現在看見他兩眼紅紅的
　　　　　佈滿血絲，像要崩潰了，文媛卻兩眼發直，眼神一片空
　　　　　白，這個畫面簡直荒唐，我不知道該說什麼做什麼——

嘟　嘟　　文媛，妳還記得什麼？（文媛抬頭望嘟嘟，又低頭）妳
　　　　　記得妳叫文媛？（文媛低著頭點頭）我叫嘟嘟？……我
　　　　　們從初中開始就一直在一起？（文媛搖頭，嘟嘟指成華）
　　　　　他是成華？（文媛搖頭，嘟嘟感無望）那……妳記得…
　　　　　…（文媛抬頭看嘟嘟）小……海……嗎？（文媛搖頭）

　　　　　（小海上）

小　海　　（獨白）我最近一年酗酒，醉到不省人事我才能和別人
　　　　　打打屁，才能睡得著，我努力想忘記一些事，好難，我
　　　　　打算出國，離開這裡，可能會比較好吧。這天突然接到
　　　　　成華的電話。

　　　　　（嘟嘟、小海、成華三人站立於文媛身後，文媛一逕低著頭。）

　　　　　（嘟嘟拉成華離開，至另一區坐下。）

　　　　　（文媛望望他們，轉過身來，背對小海。）

小　海　（喃喃的）文媛，是我……我不信！妳又在騙我？……
　　　　（急切的）文媛，我是小海，小海！妳都叫我小海啊！
　　　　……我再叫妳一聲，請妳轉過身來好嗎？文媛！文……
　　　　（文媛轉頭看看他，小海正覺有望，文媛漠然的掉頭回去，
　　　　小海失望的坐下，望著文媛發怔。）

成　華　謝謝妳來看我和文媛。

嘟　嘟　拜託你現在不要客套，醫生怎麼說？

成　華　要文媛住院休養我不答應，我可以照應她。

嘟　嘟　你開始不正常了。

成　華　年紀大了，失去一次婚姻，不敢再來第二次。
　　　　（小海走向文媛，雙手抱住文媛，文媛害怕的掙扎。）

文　媛　你做什麼？放開我！

小　海　不要怕，我是小海。

文　媛　（大叫）放開我！你要做什麼？

小　海　（大叫）文媛！看清楚是我！妳瘋啦！是我……
　　　　（成華與嘟嘟衝過來，拉開小海與文媛。）

成　華　小海！不要亂來啊！

嘟　嘟　（打小海）你發瘋啦!?你只顧你自己的衝動！出去！

小　海　（自言自語）都瘋了，完了……

文　媛　他要做什麼？為什麼抓我？

嘟　嘟　文媛別怕……
　　　　（文媛倉皇下）

小　海　完了，完了。（被成華拉到後區坐下）怎麼辦？她全都
　　　　不記得了。

嘟　嘟　你閉嘴好不好！

小　海　（哭倒在成華懷中）那些事情統統洗掉了，統統洗掉了……

成　華　沒有，小海，相信我，她會好的，不會洗掉，每件事都
　　　　在。

第四場

成　華　　（獨白）那些故事怎麼會洗得掉？第一次與嘟嘟認識，
　　　　　是三年前一個晚上，她和我送一個共同的朋友出國，從
　　　　　機場出來，我和嘟嘟聊得蠻投機，分手之前我們順道在
　　　　　公園走走。那晚上也是我第一次認識小海。

　　　　　（成華與嘟嘟二人坐在公園的椅子上。）

成　華　　幾點了？

嘟　嘟　　應該還有車。

成　華　　沒車的話我就送妳。……餓不餓？

嘟　嘟　　很餓。（成華竊笑不已）笑什麼？（成華還笑）笑什麼
　　　　　嘛？

成　華　　我笑……妳的話直截了當又……

嘟　嘟　　但是我現在不想吃。

成　華　　女人是不是比男人敢表達？

嘟　嘟　　不知道。我有點冷，你呢？

　　　　　（成華將外衣披在嘟嘟身上。）

　　　　　（烏龜上，左顧右盼，神色詭異。嘟嘟窺見──）

嘟　嘟　　（警覺地）走。

成　華　　為什麼？噢，妳餓了。

嘟　嘟　　跟我走就對了。

（二人正起身，烏龜疾步來到面前，將一隻玫瑰花遞給嘟嘟，嘟嘟怔住，烏龜亮出手中小刀。）

烏　龜　你們敢叫，我就玩命。坐下！

（嘟嘟手拿著花，與成華二人應聲坐下。）

成　華　要做什麼？

烏　龜　錢！（嘟嘟恐懼出聲）不要叫！（嘟嘟又驚叫）操你媽！

（嘟嘟靜下來）

成　華　（制止）我們用說的……

烏　龜　說什麼？

成　華　說話。

烏　龜　說你媽個頭！

（小海上）

小　海　你們不要爭吵嘛，和氣一點嘛。

成　華　先生！你來幫忙一下……

小　海　第一，談戀愛要繳稅的；第二，你們坐的椅子正好是我的地盤，來！（伸手）幫幫忙！（嘟嘟又恐懼出聲）妳不要演戲！

成　華　你們不要兇，拜託！

嘟　嘟　我們並不是談戀愛，我們只是朋友。

小　海　（指嘟嘟手上握著的花）不是戀愛，那妳抱個玫瑰花幹嘛？（嘟嘟指著烏龜回答「是他給我的……」云云）什麼什麼什麼……（大聲地遮蓋了嘟嘟的話）妳說什麼？（嘟

　　　　　嘟又重複一次，小海也故技重施，嘟嘟傻眼閉口）妳說什

　　　　　麼嘛？……幫幫忙！（伸手）

成　華　你們要錢的方法很怪啊。

嘟　嘟　先生！如果你告訴我談戀愛爲什麼要繳稅，我們就繳。

烏　龜　幹！你們眞會拖時間！（想動手，被小海阻止）

小　海　（好整以暇）我回答妳！這個……戀愛自私啊，因爲太
　　　　幸福了，好像全世界只有你們兩個人。可是這個世界上
　　　　他媽的百分之九十九的人都在吃苦！都在水深火熱！妳
　　　　他媽不繳稅怎麼對得起他們？

嘟　嘟　你好像讀過書？

小　海　我愛情碩士剛修完，他（指烏龜）小學畢業。

烏　龜　幹！

成　華　你們讀過書，何苦做這種犯法的事，多危險。

烏　龜　你們話眞多！拿來！（突然猛推成華）

成　華　（掏錢）給你們給你們……

嘟　嘟　不要給他！

烏　龜　不識相！（猛的由嘟嘟後面勒住嘟嘟——）

小　海　（急忙來拉開）烏龜，你幹什麼你！

　　　　（小海拉開烏龜，成華悄語勸慰嘟嘟，嘟嘟抱著頭縮著身
　　　　子。）

小　海　（對成華）喂！你安慰她一下！（成華輕拍嘟嘟肩）叫你
　　　　安慰她一下！（成華仍輕拍嘟嘟，烏龜正感急躁，爲小海

制止，小海狠盯著成華）抱她緊一點你不會啊？

成　華　錢給你們就是了。（正欲掏錢，小海將成華手抓著嘟嘟
　　　　手，使二人手相握。）

小　海　把頭靠住她的頭！（動手推成華頭，抓成華手使之就範）
　　　　……那隻手抱她的腰！安慰她嘛！

成　華　（對小海）強人所難嘛！……（見小海盯著，立即把頭又
　　　　縮回）

小　海　眼睛閉起來！（坐在一旁欣賞起來，成華與嘟嘟難堪地相
　　　　擁）聽話嘛，老弟，現在感覺怎麼樣？

烏　龜　（對小海忍無可忍）可以了啦！你到底想怎麼樣？要不要
　　　　喝啦？

小　海　要喝也等一下，我今天要讓他們心甘情願繳這個戀愛
　　　　稅。（對成華與嘟嘟）戀愛是最最快樂的事，你們現在
　　　　感覺不錯吧，人一輩子沒有幾次花前月下的……

烏　龜　你自己媽的天天都談戀愛！

小　海　大哥！對不起！請你把刀收起來。（烏龜訕訕收起刀子
　　　　走到一旁。小海見嘟嘟竊笑，轉頭對成華）喂，老弟，感
　　　　覺怎麼樣？你這麼老實的人竟然和這麼假仙的女人配成
　　　　一對，真他媽絕了，感覺怎麼樣？別傻笑！

嘟　嘟　（發嗔）我可以說話嗎？

小　海　洗耳恭聽。

　　　　（嘟嘟走向台前區）

嘟　嘟　（獨白）我感覺這個流氓是天使派來的，被一個男人這樣抱著，被刀子逼著……很難說，像演戲，我有點昏昏的，但清楚記得公園裡，草很香，晚上的風很甜，男人的手有點發抖，我的耳朵在發燙。

成　華　（亦走到前區獨白，立於嘟嘟旁）感覺眞的蠻好，女人身子軟軟的——我當時就想到我這輩子天天下班都要抱一抱這身子。那個流氓很有人情味，後來他約我們去陪他喝酒，我們就去了，然後大家都醉得一塌糊塗，他還吐在我褲子上，那臭味我今天還記得。半年後，我和嘟嘟結婚，（將手攬著嘟嘟肩，狀若夫妻）他們兩個就當我們的結婚證人。

（成華和嘟嘟二人慢慢走下台，烏龜下。）

第五場

小　海　（獨白）他們婚禮第二天度蜜月，一個禮拜之後回來。那天晚上在他家坐了不少朋友，（音效傳來宴會中的輕音樂和微微的嘈雜人聲）我大部分不認識，我興致很低，一直在想乾脆翹頭回家算了。我發現坐在我旁邊的那位女子，臉色蒼白，一臉不想和人說話的樣子，衣服上還黏著一些狗毛，坐在這個新婚宴會裡，蠻不搭調的。後來有朋友介紹，我知道她是女主人從小的同學，我偷瞄她幾眼，找不到話說，我發現她也偷瞄我幾眼，我終於找到話說：「今天晚上的人，我很多都不認識。」她說：「好！」她說好？我問什麼她好像都沒聽到。我又說：「等一下我請妳跳舞？」她沒說好！她一個字也沒回答，她看東看西，我還在等她的回答——她臉色愈來愈壞，是我的話把她搞成這樣嗎？幾分鐘以後，她告訴我一個嚇人的事情：「我月經來了，不能當眾站起來，讓人看見我出醜，我今天穿裙子，請你幫我忙……」我反應很快，立刻把外套脫給她，幫她繫在腰間遮住下半身，我用手臂一把兜住她走向浴室。（邊說邊作狀走位，宴會的音效聲漸遠）看起來渾然天成，完全沒有破綻。她進了浴室了，我站在門外。這是我與文媛第

一次認識。（手指一下自己站的位置）站在浴室門外，
我心裡很複雜，那個女人在裡面流血（手比向後方），我
本來只想怎麼告辭，回家喝老酒，現在我傻站在這裡，
覺得有點糊里糊塗。

（小海站在門前，成華執酒杯走來，腳步略有不穩。）

成　華　小海，你怎麼跑到這兒站著？

小　海　（指腳下）這裡是我地盤。

成　華　我看你喝得很夠了！

小　海　喝了不少，但今天沒酒興，你的朋友大部分我沒興趣。

成　華　來來，我們去客廳，我陪你喝點！（小海甩開成華手）
小海，你是結婚證人啊，你今天不爽，我和嘟嘟怎麼好
意思。

小　海　蜜月爽不爽？

成　華　我發現我很適合結婚，嘟嘟比小狗還好玩。

小　海　（半開玩笑的）她是不是處女？（成華給小海肩膀一拳）
我是你們的結婚證人啊！

成　華　（沉默少頃，氣氛瞬間有點尷尬，小海偷瞄成華幾眼，成華
掩飾的笑笑，一口喝乾杯中酒）你不去客廳，我也不去。

小　海　（突然板起臉）你走啦！

（成華搖頭不依，嘟嘟上。）

嘟　嘟　為什麼站這裡？洗手間有人啊？

成　華　他說這是他的地盤。

嘟　嘟	（對小海）為什麼臉有點臭？（小海不答睬）
成　華	嘟嘟，去陪朋友跳舞嘛。
嘟　嘟	他還沒回答我的問題。
小　海	你們快去陪客人，我等一下來。
嘟　嘟	好，等一下和你乾杯。成華！我要和你跳舞，走！
成　華	我不會跳，妳找朋友跳嘛！
嘟　嘟	不行！我都沒和你跳過。（成華仍不肯）我現在教你。抱著我的腰！（成華笨手笨腳勉強配合）你笨死了，來，跟著我，前、後、前、後……跟著我……對了！多簡單。
	（嘟嘟索性緊貼著成華起舞，二人狀甚陶醉。）
小　海	你們要跳舞進去行不行？這裡是廁所門口！
嘟　嘟	小海！等一下我要替你介紹一個朋友……
成　華	唉呀我踩錯了！（繼續跳舞）
嘟　嘟	她很有意思，我們從中學就同班，每次考試我都給她看！
成　華	她今天好像不太說話。
嘟　嘟	她從小就這樣啦！到今天也沒交一個男朋友，孤僻成性。（停下舞步）小海！你等一下請她跳舞好不好？
小　海	拜託你們進去跳好不好？
成　華	（突然把嘟嘟抱起，嘟嘟驚呼——）嘟嘟……
嘟　嘟	你幹嘛啦？
成　華	我們不要進去客廳好不好？

嘟　嘟　那我們去哪裡？

成　華　（邊移步往後區，邊曖昧的笑著）妳猜呢？

嘟　嘟　（被抱在半空中，嬌嗔拍打成華）臭男人，你到底喝了多少酒？（成華與嘟嘟下）

小　海　（獨白）我不知道站在那門口傻等什麼？很不自然，但就走不開，我一直在想那個女人蒼白的臉，她的眼神很奇怪，讓我覺得很熟，但是他媽的又很生，我不會說──後來，我送她上車，她堅持不要我送，我說我回家順道。在車上她一句話也沒有，我也忍住不吭氣，我的直覺告訴我現在不說話是對的；一段時間之後，她突然問我：「你很懂得服侍女孩子噢？」我說：「要是碰到對的人，我很懂。」她問我做什麼事？我說沒事，沒工作，討厭工作，在街頭打混、玩耍。媽的，她聽了之後笑得好甜，好像很欣賞！我忍不住說：「喂，上輩子我們是很熟很熟的朋友，妳信不信？真的！」她沒回答。她下車前丟給我一句回答：「但是──那是上輩子。」接下來的三天我瘋狂的想她，我拼命想像她這輩子有多寂寞，我想補償她，但我的直覺告訴我，立刻約她，她一定會拒絕。到了第三天，我已經煎熬不下去了，打電話約她。她說有事──「要去爬山」。我說：「我也去！」她聲音發抖，緊張兮兮的問：「你為什麼要去？」她的聲音真的在發抖……我高興得眼睛都濕了。

第六場

小　海　（獨白）從下午五點見面，開始爬山。一個小山而已，
　　　　七點才爬到山上，我累得快昏厥過去，她倒神閒氣定。
　　　　山上挺涼快，一望無際，景色太美了，坐在她旁邊，我
　　　　覺得自己是個詩人。
　　　　（小海坐文媛旁，女高男低，二人坐一高處，風聲直灌，夕
　　　　陽滿天，文媛手指空中比劃著，彷彿正描繪著什麼圖案——）

小　海　（望文媛少頃，按捺不住）我還是告訴妳真相好了，反正
　　　　瞞也瞞不住多久——關於我的身世。（文媛開始關心傾
　　　　聽）我原來在天上，叫做「太陽」（見文媛忍住笑繼續
　　　　聽，便也一本正經），我因為太燙，我會使任何靠近我的
　　　　星球也燙起來，最後燙死！焦了！枯乾了，成一把灰…
　　　　…我不願意，可也沒辦法，太陽就是太陽嘛，一直把熱
　　　　往外射！射！天神居然要懲罰我，怎麼懲罰呢？祂讓我
　　　　遇見我的影子——「月亮」（偷瞄文媛一眼），祂讓我愛
　　　　上她，然後呢，讓我永遠追不到她，因為我白天出來，
　　　　她晚上出來，她什麼都和我相反，我熱，她涼；我不停
　　　　的走，她不停的跟；我不停的說話，她只是在一邊安安
　　　　靜靜的聽……妳在聽嗎？（文媛點頭）在天空，我們永
　　　　遠無法見面，於是，我和她一起逃到人間，和她約好有

一天，我們一起爬上一個山頭，在黃昏的時候，看我正要落下，她剛要升起，在天空，只有這個瞬間時刻，他們才會相遇。

文　媛　這是你剛剛臨時編的？

小　海　天哪！是真的，妳不相信嗎？

文　媛　那……你追不到月亮就追不到嘛，有什麼關係呢？

小　海　我剛剛說了是天神的懲罰！是祂逼我的！

文　媛　你編不出來了，亂編！

小　海　真的！

文　媛　這個結局聽了叫人心裡難過。

小　海　不要難過，雖然他們在一起的時間很短，雖然這個故事聽起來像悲劇，但妳知道嗎？這個世界上如果沒有悲劇，就不會有愛情！

文　媛　（沉默少頃）……月亮既然那麼安靜，她可以不愛那麼燙人的太陽啊！

小　海　她的安靜是假裝的，因為她知道太陽存在，所以放心，她在等待太陽來燙傷她，否則她設計的一切：她的沉默、孤獨都浪費了，她知道她離不開悲劇……所以她是假裝的。（見文媛避開，隨即換個氣氛）選擇夕陽這個時間，還有個特別理由，太陽只有這個時候不燙人，像他老了，很溫和，話也說不清了，然後，迎接全黑的夜晚來臨，這時候月亮來了，他們坐在一起，從天空那個大

　　　　　螢幕，看到他們的前世……害怕！高興！

文　媛　　後來呢？

小　海　　（一愣，無以爲繼）太陽因爲三天沒睡，加上爬山，加上
　　　　　現在心情緊張，他決定——（躺下，假寐）

文　媛　　月亮從哪裡升起來？

小　海　　和太陽一樣。

文　媛　　（手指）那邊是南邊嗎？

小　海　　（抬頭看一眼）是北。

文　媛　　可是那邊太陽下山是西啊?!

　　　　　（小海無反應，躺在文媛腳邊，文媛呆望天空。少頃。）

　　　　　（文媛低頭悄悄望小海，小海正熟睡，文媛怔怔的打量
　　　　　他。）

第七場

（小女人頭戴鬼面具，跟前鋪了塊布，布上放了好幾個鬼面具，小女人正叫賣。）

小女人	買一個帶回去噢！買一個帶回去噢！帶回去嚇你的女朋友噢！嚇你的媽媽噢！嚇你的姊姊噢！買一個帶回去，你的女朋友會愛你！說你好可怕噢！她也想戴！給她戴！壞人不敢欺負她噢！
	（烏龜在小女人的叫賣聲中上，不聲不響蹲在小女人旁，小女人一轉身發現烏龜，嚇得差點摔倒。）
小女人	你要嚇死人啊！大白天悶聲不響的，你來幹什麼？
烏　龜	命是幾兩才算重？
小女人	看人啦！你多重？
烏　龜	我四兩八。
小女人	很好啦！五兩以上就可以當總統了！（繼續叫賣）喂——買一個帶回去噢！帶回去嚇你女朋友噢！
烏　龜	小海這陣子在幹什麼？怎麼沒消息了？
小女人	管他去死！喂——帶回去嚇你媽媽噢！嚇你爸爸噢！嚇死你全家噢……（憤憤然將鬼面具摘下，臉色一沉）他昨天打電話說今天會來拿他的衣服。我的直覺啦，他又談

戀愛了。

烏　龜　　（囁囁嚅嚅）我……我很冒昧……問……一下……

小女人　　什麼啦？

烏　龜　　我很冒昧的問妳啦，你們在一起五年了，妳到底愛不愛他？

小女人　　你今天來問命幾兩是做什麼？

烏　龜　　哦，我有新工作。

小女人　　什麼？

烏　龜　　殯儀館。

小女人　　（哭笑不得，打量烏龜）你很適合。

烏　龜　　我就是擔心適不適合！

小女人　　你把八字拿來，我替你排命盤。

烏　龜　　（立即從口袋掏出一張紙交給小女人）我已經寫好了。

小女人　　（看看，邊塞進自己口袋）我的直覺是你很適合，過兩天我算出來以後再給你。

烏　龜　　（興奮起來）過兩天我來拿。（幫忙叫賣）喂 —— 來買噢！來買噢！

小女人　　你能不能叫大聲點？

烏　龜　　我只是來幫忙的……（改大聲叫喚）喂！喂！來買噢！有很多可怕的鬼啊！大鼻子的！三個眼睛的！牙齒長在頭上的！耳朵裡長舌頭的！（見無人上門，沉默少頃）妳這個生意不好做啊！

小女人　你才知道。

烏　龜　（見小女人臉色，趕緊抓起一個面具高舉叫賣）快來買啊！全世界最可怕的面具！……（正撞上小海快樂的走來）

小　海　烏龜！你也來混了？（嗅一下小女人肩膀）還是一樣的香水？

小女人　來買噢！

小　海　來買噢！（小女人將一衣袋塞給小海，小海取袋中一腥紅內褲察看嗅聞）洗得好乾淨啊！（再翻看）咦！那條黃色的呢？

小女人　我丟掉了。

小　海　丟掉？怎麼可以丟呢？那條是我穿得最久、最有感情的！

小女人　千瘡百孔！早該丟了。

烏　龜　你在談戀愛？

　　　　（小海點頭）

小女人　來買噢！都是便宜貨！今天最便宜！來買噢！

小　海　烏龜，你的工作有沒有問題？有任何問題告訴我！

小女人　你很差勁，你幹嘛介紹這麼……這麼辛苦的工作給他？

小　海　他說他喜歡晚上工作，不用說太多話，錢還不少！對不對，烏龜？（烏龜點頭）妳這個賣面具的工作好不好？派出所警察要不要我去幫忙打個招呼？

小女人	省了，我要換一個賺錢快一點的工作。
小　海	好！我幫妳注意一下，賺錢快一點……
小女人	你很樂噢？（小海藏不住地笑了）這次這個女的怎麼樣？
小　海	這一次眞的很有感覺，這個女的是很認眞的人，我也很認眞。
小女人	你哪一次不認眞？
小　海	這一次眞的是……眞的！
小女人	你們沒事快滾！我要做生意了。
烏　龜	我先走了。
小　海	烏龜！不准走！那麼久沒見，蹲下蹲下，幫忙叫一下！
	（戴上面具）
小女人	來買噢！
小　海	來買噢！來買噢！
	（三人蹲成一列，沉默，少頃。）
小　海	她說她有未婚夫在國外，所以她說我們的戀愛期限：一年！
小女人	這個女的很厲害，這樣完全對了你的胃口。
	（小海隔著面具快樂的吻小女人）
小女人	（倏地站起）媽的！叫了一下午也沒賣掉一個。
小　海	（跟著站起）媽的！這生意這麼難做我不信，我幫妳叫！（隨手又抓個面具，邊叫賣邊耍弄著手上面具，在前

區左右跑動）小弟弟小妹妹！看，這個鬼會笑，哈……
哈……哈哈哈哈……喂，你們不要跑啊，（手上面具一
轉頭正巧與自己頭上戴的面具打個正照面，互相嚇一跳。）
喂，你們回來啊，它還會哭！（用哭腔耍弄面具，追逐
遊客）嗚……小弟弟小妹妹不要走……你們不買我我很
傷心……我是個很傷心的鬼……嗚……很便宜……喂，
你們不要走……

（小海逐客而下場，小女人二話不說的收攤。）

烏　龜　　妳不等他？他馬上回來！

小女人　　（攤貨一兜，沉沉一嘆）我要換一種生活，這樣太累太苦
了。（小女人下）

（烏龜撿起地上僅剩的衣袋對小女人欲言又止，接著，高舉
那衣袋朝小海下場方向——）

烏　龜　　小海！你的內衣褲要不要？

第八場

（男播音員坐在錄音間，麥克風前。）

男播音　　……所以，人應該面對自己的壓抑，並且承認它。就像
　　　　　昨天，一個朋友對我說，他暗戀很久的女人愛上別人
　　　　　了，他非常嫉妒，他認為自己比那個女人愛上的男人好
　　　　　很多……我就說，何不想開點呢，真正的美好是不能被
　　　　　佔有的，把難過放在心裡，祝福掛在嘴上，嫉妒──也
　　　　　可以是美麗……無害的。

第九場

（嘟嘟按門鈴，妹妹坐屋內，神情沮喪，手握酒瓶酒杯。嘟嘟再按，妹妹起身，又坐下。嘟嘟再按，大叫「我是嘟嘟！」妹妹晃晃悠悠的來開門。）

嘟　嘟　怎麼這麼久？

妹　妹　我以為是姊姊。

嘟　嘟　她出去啦？不是和我約好的？

妹　妹　祝妳和妳先生……明天一路順風……在日本也快樂……幸福……明年生個胖娃娃……姊姊帶嘟嘟出去了。

嘟　嘟　妳們倆幹嘛了？天哪，妳喝了半瓶Brandy。

妹　妹　本來只預備沾一小口的。

嘟　嘟　妳是海量啊？換我早暈了！我幫妳按一下。（替妹妹按摩頭）妳怎麼了？……（從妹妹頭上撿起什麼）妳頭上長狗毛！

妹　妹　我剛剛打嘟嘟，牠想咬我呢！我更真打！

嘟　嘟　（打妹妹肩膀一掌）為什麼打嘟嘟？

妹　妹　我打假的。

嘟　嘟　少騙人，狗最懂真假，妳打假的牠絕不會咬妳。

　　　　（妹妹突然推開嘟嘟手，執酒走開，悶聲獨飲。）

嘟　嘟　好吧，我走了，和妳姊姊說我來告辭過了。（往門走）

妹　妹　嘟嘟！（嘟嘟停步）對不起。

嘟　嘟　妳今天有毛病？

妹　妹　嘟嘟該死啦！長得又醜，又隨地大小便！又咬我襪子……

嘟　嘟　到底誰惹妳了？

妹　妹　我……我不是罵妳。

嘟　嘟　（走到妹妹旁一把搶下酒杯）不准喝了。（自己邊坐下邊喝起來）

妹　妹　姊姊為什麼喜歡妳？連狗狗都要用妳名字？

嘟　嘟　她喜歡聰明人。

妹　妹　妳為什麼叫嘟嘟？

嘟　嘟　男人會喜歡。

妹　妹　幹嘛要討好男人？

嘟　嘟　妳家養狗，妳說呢，是人鎖住狗還是狗鎖住人？妳到底談過戀愛沒有？

妹　妹　親嘴算不算？（嘟嘟哭笑不得）好男人真的太少了，我遇到的都是不好的。

嘟　嘟　那為什麼我遇得到，妳姊姊也遇得到？

妹　妹　妳說那個無賴流氓是好男人？妳也太放心了！姊姊肯定要吃虧的我告訴妳！她太不和人來往，根本搞不清楚什麼是好人壞人。

嘟　嘟　愛情沒有吃虧這個字，只有享受！這方面妳看錯妳姊姊

了。

妹　妹　　妳以爲每一個人都像妳一樣浪漫？

嘟　嘟　　她是的！只有妳，連愛情也這麼功利，唉，毛病得不得
　　　　　了啊妳！

妹　妹　　妳很懂我姊姊？

嘟　嘟　　比妳懂。

妹　妹　　（突兀的）妳比我姊姊差！她從來不會教訓我！

嘟　嘟　　（爲之氣結，走向門口）告訴文媛，祝她愛情愉快！

妹　妹　　嘟嘟！……

嘟　嘟　　再見。

妹　妹　　姊姊說她不要和我住，明天搬出去住！

嘟　嘟　　因爲妳打嘟嘟？

妹　妹　　嘟嘟咬我襪子，然後不知道把我襪子藏到哪裡去……

嘟　嘟　　然後呢？

妹　妹　　牠成天窩在姊姊房間，我當然進去找，就找到了……我
　　　　　知道姊姊的脾氣，我才不會沒理由進她房間……

嘟　嘟　　然後呢？

妹　妹　　抽屜沒鎖，裡面放了她的日記本，我就看了，她正好回
　　　　　家，她氣哭了，說明天搬家。

嘟　嘟　　笨！笨人怎麼那麼多！怎麼會被發現呢？……

妹　妹　　我是關心她。

嘟　嘟　　妳眞的傷到她了。眞的傷到了。

妹　妹　　我在讀她日記的時候，看她寫那流氓的事，我覺得她很
　　　　　　笨，她在浪費自己的感情；不過我讀到她寫我的部分，
　　　　　　發現她好瞭解我，我不後悔我看了，我很感動……
嘟　嘟　　妳很糟……妳很糟……妳很糟……

第十場

妹　妹　（獨白）姊姊失去記憶已經一個禮拜了，醫生說要繼續
觀察，我們在偷偷觀察姊姊，發現姊姊也在偷偷觀察我
們。

（舞台燈全亮，嘟嘟與妹妹的位置和前場結束時剛好相反。）

妹　妹　大夫說這是「選擇性的心因失憶症」，使她不堪回首的
那件事，以及和那個系統有關的人都會被遺忘。她記得
我，記得過世的爸爸媽媽，但她連嘟嘟都不記得了。

嘟　嘟　我又快哭了……我如果說起以前我和她的往事會不會刺
激她，對她不好？

妹　妹　才沒問題呢，她什麼也想不起來，我想，只要不提那個
流氓的事情就好。

嘟　嘟　妳好像愈來愈不諒解小海？

妹　妹　他是元凶！忘了他最好！（見嘟嘟手上緊握一小相簿）
妳那什麼照片？

嘟　嘟　以前拍的。

妹　妹　（走到嘟嘟旁）我看。（翻閱）……好久以前的！

嘟　嘟　對啊。

妹　妹　妳們那時候才初中嘛！看妳們那時候多年輕啊！

（文媛從後區上，正穿著外套，突然停止呆望那外套。）

妹　妹	（趨前）要不要我幫妳穿？……妳為什麼選這一件？
文　媛	那些衣服我穿得不習慣。
妹　妹	可都是妳自己的啊！
文　媛	（往門口走）我去走走。
妹　妹	姊！有朋友！（指嘟嘟）
嘟　嘟	（招手致意）文媛！
文　媛	（點頭回禮）我去走走。
妹　妹	姊！是朋友啊！
文　媛	我去走走啊！
嘟　嘟	小妹，不要緊的，帶她去，她向來喜歡去走走，十幾年來她都愛說我去走走。
妹　妹	那……妳先坐一下。（對文媛）我陪妳去走走，走啊！

（文媛定睛不動望著嘟嘟，然後慢慢走回座位，距嘟嘟一段距離，坐下。）

（嘟嘟強忍情緒壓抑住自己，低頭擦眼。）

妹　妹	（制止的）嘟嘟！
文　媛	妳為什麼叫嘟嘟？
妹　妹	男人會喜歡啊！
文　媛	（連連點頭）……好聰明的名字！和妳人蠻像。
嘟　嘟	妳記起什麼事了嗎？
文　媛	我記得妳來看過我兩次，以前的事……（搖頭）……
嘟　嘟	不要緊。

妹　妹	妳有沒有讀妳的日記？
文　媛	奇怪，我讀不下去，很多話我不懂，也許有空我要問妳那些話什麼意思。
妹　妹	其實……妳的日記我也不一定懂，妳這兩天有沒有寫？
文　媛	（搖頭）不知道從哪裡下手。（對嘟嘟）妳還好嗎？
嘟　嘟	（無以回應的笑著搖頭）妳要不要看照片？
文　媛	什麼照片？
嘟　嘟	我們以前拍的。

（嘟嘟走向前，文媛與妹妹亦趨前，三人同看相簿。）

文　媛	（指著相片）這是哪裡？
妹　妹	就是這裡啊，妳先生過生日。
文　媛	我已經結婚了，這個男的為什麼還來？
嘟　嘟	這……說起來有點複雜？
妹　妹	唉……我講給妳聽。（邊講邊對相片指指點點）他們倆是好朋友，妳和他是好朋友，她嫁給他的時候他還當證人。……
文　媛	（一頭霧水）這樣啊。
妹　妹	後來他愛上妳，後來他們離婚了，妳和他做證人。後來妳和他分手，和他結婚，他們還是好朋友，所以他過生日，他、他、她（指嘟嘟）就是妳，還有妳（指文媛），還有我都來了。
文　媛	他們為什麼離婚？

嘟／妹	性格不合。
文　媛	爲什麼他抱她卻不抱她？
妹　妹	他們本來是夫妻啊。
文　媛	聽起來……像演戲，不像眞的。（繼續翻頁，看到什麼，對嘟嘟）是妳和我！……爲什麼妳眼睛腫腫的？
嘟　嘟	剛哭完！妳知道嗎？我們剛吵完架！
文　媛	我們倆吵架？
嘟　嘟	都是因爲她嘛（指妹妹），妳說我誤會妳，我說是她在說謊……反正，不提了。
妹　妹	（對嘟嘟）是妳自己沒道理！
嘟　嘟	不提了啦。天哪！妳們看這一張，好可惜啊……
	（嘟嘟與妹妹看相簿，文媛靜靜的走向台側方。）
嘟　嘟	焦距亂調，是誰拍的？看也看不清。
妹　妹	顏色都褪了，舊舊的感覺蠻棒的。哎呀，這是我，只照到一半，眞的是我！
	（突然間屋子漆黑一片）
嘟／妹	停電嗎？文媛！妳在幹什麼？是不是妳關開關？打開呀，妳在惡作劇啊？
	（燈又亮，文媛手按著開關，呆站著。）
妹　妹	怎麼啦？
嘟　嘟	我們不要看照片了。
	（文媛呆望著她們，又呆望開關，再度按下，四周一片黑

　　　　　　　暗。)

妹　妹　　姊！妳又怎麼了？

嘟　嘟　　文媛！妳在想什麼？

第十一場

小　海　（獨白）好日子永遠比壞日子過得快，我和文媛的戀愛
　　　　期限一年到了，今天成華和嘟嘟從日本回來辦離婚手
　　　　續，不過一年，好日子就結束了。

　　　　（機場風聲、飛機聲、廣播聲入。）

　　　　（小海坐舞台後區，面朝後方呆望。成華與嘟嘟拖著兩個大
　　　　行李箱由前區側方入，二人東張西望，站定，嘟嘟累，成
　　　　華將行李箱讓給嘟嘟坐，成華望小海背影，猶豫，繼續東
　　　　張西望，又望小海，不信……）

嘟　嘟　他會不會睡過頭了!?

成　華　（兀自打量小海）……不對，沒那麼穩重……是有一點像
　　　　……不像，老了一點……不是他……

　　　　（小海轉頭，與成華互打照面，成華奔向小海，嘟嘟跟上。）

成　華　小海！他媽的！（與小海緊緊擁抱再分開）

小　海　我怎麼沒看到你們？

嘟　嘟　我們從那個門出來的！

小　海　那個門?!我一直盯著那個門啊！

　　　　（嘟嘟張開雙臂，小海抱住她——然後鬆手放開。）

小　海　好舒服，再抱一次！

　　　　（小海再抱住嘟嘟，嘟嘟亦興奮——）

成　華　（拉扯小海衣袖，深情的）看到你真的好高興。

　　　　（小海鬆手放開嘟嘟，三人對望。）

嘟　嘟　我也是。

小　海　（搖首嘆息）……我也是。一年了？

成　華　九個月。

嘟　嘟　十個月零兩天。

小　海　走吧。（三個人都沒有挪步）不要離嘛，人在一起是緣
　　　　份啊！

成　華　（笑著拍小海肩，不知從何說起）……小海，你變了！

嘟　嘟　沒有，沒有變。

小　海　你們才變了！我是你們結婚證人啊，他媽的看你們現在
　　　　……

嘟　嘟　文媛怎麼樣？

小　海　還好。

嘟　嘟　（認真的）你們怎麼樣？

小　海　她成天就是……和嘟嘟在一起嘛。

成　華　我也是，成天就跟狗一起混，嘟嘟就生我氣。

嘟　嘟　你知道嗎？他是個工作狂啊！他愛狗超過愛我一百倍……

成　華　嘟嘟！

嘟　嘟　他可以和狗說很多很多話，而且都很肉麻，但是他和我
　　　　一天說不上幾句，我才不要和狗吃醋呢！

成　華　嘟嘟！

嘟　嘟	算了，反正現在說什麼也沒有用。

（三人僵住了片刻）

小　海	走吧走吧。

（小海提起他們的行李箱逕自走去，成華與嘟嘟跟上——）

小　海	（突停步，對嘟嘟）幫我打電話，給文媛。

嘟　嘟	幹嘛，你不敢打？……好好好，我不多問。

（三人行至舞台另一處，小海先撥通電話號碼，將話筒交給嘟嘟。）

嘟　嘟	喂，文媛！是我！我回來了！（又叫又跳）妳要死啊？最近怎麼沒消息啦？信也不回，電話也不打？……我不信！……他在啊，他來接我們……對！決定了，妳要來給我們當離婚證人哦！

小　海	（有點粗魯地拉扯嘟嘟）好了，給我！

嘟　嘟	晚上我要看到妳！……對，打電話！……（小海搶去電話）

小　海	文媛，我啊，……在機場……（大聲）機——場——！這裡聲音吵……（嘟嘟拉成華到一旁坐下，嘟嘟不願坐椅，一屁股就坐在成華腿上，依舊夫妻本色）妳在幹嘛……幫誰洗澡？……噢……（大聲）我說：「噢」——！夏天到了該剪毛了，不然長跳蚤。……（小聲的哀求）可不可以延長期限？一年半？……不要那麼嚴格嘛，我想妳，這有錯嗎？……妳不也一樣嗎？……（嘟嘟前來

遞香煙給他抽）什麼？噢……（小海一個錯愕，然後接過香煙）……沒事……（大聲）嘟嘟剛剛拿根煙給我！……喂，我在聽妳要講什麼……說一句話、隨便一句都好，那麼久沒看到妳我快不行了！……我沒有不守信用！……延期啦！……妳在哭啊？……我不說我不說……我不說，妳不要哭……我不說……。（掛電話，失魂落魄的呆站著，成華與嘟嘟迎向前來）……很好笑。

嘟　嘟　什麼很好笑？

（成華制止地推嘟嘟，嘟嘟打成華一下，表示自己是會意的。）

（小海提起箱子就走，成華與嘟嘟立即跟上。）

小　海　（揮手招計程車）車車車！……（突然發現手上夾了根煙，一怔）哪來的煙？

嘟　嘟　我剛剛給你的！

成　華　期限是什麼意思？

小　海　我們一開始就訂的，期限一年，她有個未婚夫在國外等她。

嘟　嘟　未婚夫？

小　海　我要求她延期，她現在避不見面，說不見就不見。

嘟　嘟　我和她這麼多年，從來不知道有個未婚夫！

成　華　會不會是秘密，她不說？

小　海　沒有？

嘟　嘟　　沒有！絕對！

成　華　　我搞不懂了，啊車來了！車！（招手落空）

嘟　嘟　　文媛愛你嗎？

小　海　　天哪，前些天我們最後一次見面，她哭著說如果沒有她
　　　　　未婚夫她願意一輩子和我在一起！她哭得一塌糊塗！

成　華　　到底是真的，假的？

小　海　　（搖頭不信）她為什麼要騙我？她怕我嗎？

嘟　嘟　　會不會她怕她自己？

成　華　　天哪……你們……

第十二場

成　華　（獨白）和嘟嘟辦完離婚手續之後，我繼續在獸醫院給
　　　　小動物看病，我拿針筒給狗注射，針尖卻刺在我心裡，
　　　　手術刀也好像割在我肉上。小海有時候來陪我，我們像
　　　　一對苦命流浪沒人管的狗，你舔舔我，我舔舔你，他笑
　　　　著說這叫「恢復自由」，我發現自由有的時候好可怕，
　　　　很像放逐。（下）

　　　　（台上一張床，一個椅。）

　　　　（嘟嘟著短裙在床邊整理箱子。一會兒，她躺上床，休息。）

　　　　（烏龜按門鈴，嘟嘟應門。）

嘟　嘟　你來幹嘛？

烏　龜　我來拿我的命盤，小海沒來？

嘟　嘟　沒有，成華也不在，進來吧。

烏　龜　有沒有看到一張紙？

嘟　嘟　沒有，你自己找找看。

　　　　（回床，猶豫一下，索性躺著。）

　　　　（烏龜東翻西找，爬著找、蹲著找……邊找邊說）

烏　龜　妳怎麼回來啦？

嘟　嘟　來拿自己的衣服不行啊？

烏　龜　（急躁的）真要命！窗子都沒關，大概被吹到外面馬路

上了！

嘟　嘟　　什麼命盤？

烏　龜　　朋友幫我算命，叫小海交給我……他媽的找不到……

（烏龜搜尋未果，走到嘟嘟床附近站著，不知道該告辭還是該說幾句話。）

嘟　嘟　　（坐直）是交女朋友還是又要換工作了？幹嘛那麼緊張的算命？

烏　龜　　不是，我最近發現我生辰八字搞錯了，想拿回去重新再算……我走了。（轉身便走）

嘟　嘟　　（起身送客）不坐坐啦？

烏　龜　　好。（折回入室，坐下。嘟嘟一怔，隨即坐回床……）

嘟　嘟　　要不要喝杯茶？（見烏龜沉著臉無反應，少頃，索性照舊躺下。）

烏　龜　　離婚後不後悔？

嘟　嘟　　幹嘛後悔？

烏　龜　　妳為什麼還躺這個床上？

嘟　嘟　　本來是我的床啊，我躺一下不行嗎？

烏　龜　　回憶噢？（不以為然的）

嘟　嘟　　（甜蜜的）對，回憶。

烏　龜　　（微慍）把腳放下去。

嘟　嘟　　（將翹在箱子上的雙腳放下）對不起……你的工作怎麼樣？

烏　龜　　很好。我不太會講話，這個工作不用講話。哪天可以帶妳去參觀。

嘟　嘟　　小海現在怎麼樣？

烏　龜　　……女人真賤！

嘟　嘟　　喂！文媛可沒得罪你啊！

烏　龜　　小海從來沒有輸給女人過！媽的！現在每天喝兩瓶高粱！

嘟　嘟　　你還真愛你那個老哥！你們這些男人……

烏　龜　　我想揍他。

嘟　嘟　　你打不過他。

烏　龜　　妳坐正！……躺著我不知道看妳哪裡！（他的視線已經逃無可逃了）

嘟　嘟　　（坐正）抱歉，我忘了你每天上班看的都是躺著的人。

烏　龜　　（義正辭嚴）妳一點都不像離婚的人！

嘟　嘟　　該怎麼樣才像？

烏　龜　　妳不會傷心嗎？

　　　　　（嘟嘟沉下臉來，烏龜以手指無意的輕敲坐著的椅子，答答作響……）

嘟　嘟　　你要想走，可以走了。（說完躺下）

　　　　　（烏龜仍敲著椅，沒別的反應。）

嘟　嘟　　沒有女人會嫁給你這種人。

烏　龜　　那最好，我還真沒看過像樣的女人。

嘟　嘟		你今天來是要教訓人的？
烏　龜		（口氣放軟）我……我不會講話。
嘟　嘟		……（口氣也放軟）你一直沒交女朋友？
烏　龜		我的性慾我都是自己解決，蠻方便的。
嘟　嘟		（哭笑不得）唉……改天我可以給你介紹女朋友。
烏　龜		不用。……妳坐起來好不好！
嘟　嘟		（坐直）你應該去戀愛一下，才知道女人很可愛的。
烏　龜		不用。
嘟　嘟		你眞笨啊！勸你不如去勸一條牛。
烏　龜		妳是不是想勾引我？

（嘟嘟愣住）

烏　龜　　我的意思是……妳是不是有問題？我是說太寂寞了？

（嘟嘟起身，提箱子）

烏　龜　　我的意思是……妳幹嘛一直躺床上？

嘟　嘟　　走的時候把門帶上。（轉身離去）

烏　龜　　妳看看，我剛剛就說吧，女人做的事男人沒辦法懂！

（嘟嘟憤憤然奪門而出）

（烏龜獨坐，仍敲椅作響。少頃，偷瞄幾眼那張床。一逕敲著，答答答答……）

第十三場

（台上一張床，一個椅。）

（成華與小海二人坐在床沿，肩並肩，神色凝重。）

小　海　　這家旅館比較衛生，女孩子還不錯……這一個是我最有
　　　　　把握的。

成　華　　（點頭，猶豫了一下）……我還沒洗澡。

小　海　　她會幫你洗。

　　　　　（成華起身，來回踱步。）

小　海　　放輕鬆點！

　　　　　（成華將燈光調暗了點）

小　海　　我是喜歡愈亮愈好。（成華又將燈光亮度還原，接著又來
　　　　　回踱步……）喂！（成華躺到床上，身子八字張開，小海
　　　　　站起，一旁觀看成華。）

小　海　　發揮你的潛力，我對你有信心，加油噢！

成　華　　真的不習慣。

小　海　　你是不是不行？……如果你有問題問我，我教你。

成　華　　（坐起）或者……算了。

小　海　　（用力將成華推倒）媽的！（跨坐在成華身上，急切的揮動
　　　　　雙手）放輕鬆點！開心嘛！不要怕，好不好？（側躺於

成華旁，抱著成華）搞一下，解放！會舒服一點的。
（耳語）過去的事情都讓它過去，現在最重要，好不
好？（成華點頭，小海將頭枕在成華胸前，一隻腿很親熱
的放在成華兩腿中間。小海開始唱流行歌，接著成華亦跟
唱。）我為誰在流浪，為誰離開我的家鄉……（小女人
入場）含著眼淚，嘗盡風霜，需要妳安慰，姑娘。有什
麼能治痛苦，有什麼……（二人發現小女人，驚的跳起，
成華坐床沿，小海走向小女人。）

小　海　　這是我的好朋友──成華。

成　華　　妳好。

（小海把小女人拉到一邊耳語……小女人邊聽邊點頭，小海
愈來愈強調……）

小女人　　好了啦！（推開小海，欲走開，顯得極不耐煩。）

小　海　　（原地不動）我今天是說真的！

（小女人不抗拒了，小海繼續抱著她耳語……小女人點頭，
再點頭。）

小　海　　我走了。

小女人　　把門關上。（坐到椅上，見小海站在門口駐足不去）你不
想走啊？兩個人我可沒辦法啊！

成　華　　你要到哪裡去？

小　海　　我隨便走走……那個床夠大吧!?

成　華　　你說什麼？

（小海躊躇片刻，不安的望著小女人……，小海下場。）

小女人　　洗澡。（逕自脫鞋襪）

成　華　　（脫上衣）……要不要……？

小女人　　什麼？

成　華　　我們先說說話？

小女人　　說什麼？

成　華　　說話嘛。（見小女人無反應）我可不可以……抱一抱
　　　　　妳？

（小女人無所謂的走向成華，搬開成華膝，坐在膝上，漠然
地背靠著成華，成華正襟危坐沒敢抱她。）

小女人　　你和他很好噢？我看他很照顧你。

成　華　　誰？……噢！是啊……其實他也蠻慘的，剛失戀，女朋
　　　　　友不理他了。

小女人　　那個女的是不是很厲害？

成　華　　不會啊，人蠻好的。

小女人　　她漂不漂亮？

成　華　　噢，我這裡有我們的合照。（掏出皮夾）這就是她。……
　　　　　這是我和我太太，我們已經離婚了。

小女人　　（把照片拿在自己手上端詳）……這個女人命很硬，應該
　　　　　出家修道。

成　華　　妳會算命啊？

（小女人隨手遞還照片，走向前區，撩開窗簾，呆望窗

外。）

成　華　（躺到床上）妳可不可以幫我算命？（小女人不答）來床
　　　　上坐一坐？（仍無反應）……我們去洗澡？

小女人　你先去。

成　華　好，我先去。（起身，坐在床沿發呆。小女人吹起口哨，
　　　　哨音常走調，有種假裝的自在，有種稚氣。）妳很年輕
　　　　噢？

　　　　（小女人仍吹口哨沒搭理。）

　　　　（成華走到小女人身後，湊向她的脖子輕輕一吻，小女人嚇
　　　　一跳。）

小女人　幹什麼啊你？

成　華　（尷尬陪笑臉，故作無事，看窗外）夜色真美。

　　　　（二人並肩同望窗外，成華手臂輕柔的搭小女人肩，接著又
　　　　輕輕的撫摸肩、手臂，頭也漸漸的挨蹭過去……）

　　　　（小女人突然轉身離開……匆匆穿鞋穿襪。）

成　華　怎麼啦……妳要走啦？

　　　　（小女人不理會。成華拉小女人衣角不放。）

成　華　不要走嘛，對我好一點嘛！（小女人掙扎甩開）不要走
　　　　嘛……

　　　　（小女人索性將襪子往皮包一塞，胡亂的套上鞋就往門口直
　　　　奔，成華拉扯並擋著小女人不讓走……）

成　華　求求妳不要走，真的拜託妳不要走嘛……

小女人　　你讓開……讓開……

　　　　　（終於小女人忍無可忍，用皮包猛打成華幾下……）

小女人　　（大罵）你到底要怎麼樣啦？

成　華　　（哽咽的，仍陪著笑臉）……陪陪我……我好寂寞。

小女人　　（突然爆發了）媽的就你寂寞！誰不寂寞？誰不寂寞!?

　　　　　（小女人哽咽起來，人顫抖著。成華呆住了。少頃，小女人
　　　　　回到椅子坐下，慢慢平復自己。成華緩緩的點點頭，踱步
　　　　　床邊，撿起上衣，穿著……）

小女人　　你離婚多久？

成　華　　一個月。

小女人　　你和你老婆性生活好不好？

　　　　　（成華甜甜的笑了，點頭。）

小女人　　你老婆長得還不錯，命帶桃花。

成　華　　對，她絕對是好命。

小女人　　你也會再娶，而且很快！

成　華　　（搖頭苦笑）不信……妳自己呢？

小女人　　我將來會嫁給一個外國人，很有錢的……不能說了，我
　　　　　給自己算命，結果發現我再算命，老天會給我報應。

　　　　　（成華整理好衣著，走向小女人。他真情的、疼惜的望著小
　　　　　女人，在小女人頭上親一下。）

成　華　　我們走吧。

小女人　　我幫你洗澡。

成　華　　（怔住）……妳到底怎麼回事？

小女人　　要不要？

成　華　　……要。

　　　　　（小女人伸出手，成華跟著伸出手讓小女人握著。他們深深
　　　　　的握著，小女人牽成華手，下。）

第十四場

（台上一張床，一個椅。）

（小海執酒站在床後，雙手撐著床櫃，顯然已不勝酒力。妹妹坐在椅上，做作的、漫不經心的，兩腿前後搖晃。）

小　海　　現在幾點鐘？

妹　妹　　十一點五分。

小　海　　她失蹤兩個禮拜了。……明天我一定要去報警！

妹　妹　　她電話裡說（強調的）她出去走走。

　　　　　（二人沉默，少頃……）

小　海　　她每一次都這麼說。

妹　妹　　每一次她都好好的回來！

小　海　　沒有人知道她出去走走究竟在幹嘛，我們出去走走好歹有個事吧，她就是走、走、在路上走，一直走，我不懂啊！他媽的她神秘得像個情報員！

妹　妹　　十一點六分。

小　海　　我最近變得很脆弱，害怕一個人，她為什麼不怕？她每天晚上怎麼睡著？起床怎麼起？刷牙怎麼刷？為什麼一個人可以出去那麼久？……妳知道孤獨有多可怕嗎？我告訴妳孤獨是什麼！是──你離開世界以前，你寫了一

本懺悔錄，上面記錄了你這一生沒有對人說的話，但是！沒有人看！天哪，秘密還可能被人發現，孤獨不會被發現，等於死亡！等於沒有！我不寫日記，我要直接說出來，愛也好，恨也好，去說、去做，妳姊姊很厲害，她相信日記、秘密，她相信孤獨！她相信那些！（掩面不能自己）我做不到！我害怕一個人……

妹　妹　　我第一次看到男人失戀傷心，哼，蠻感動的。

小　海　　妳說什麼？

妹　妹　　沒聽到算了，我說你有點濫情！

小　海　　我他媽的非常濫情！我想放把火！操！

妹　妹　　喂！拜託！

小　海　　什麼？

妹　妹　　不要說那種話！

小　海　　什麼話？噢……妳說「操」啊！

妹　妹　　你們男人以為女人喜歡聽髒話，所以講髒話嗎？

小　海　　媽的！妳有潔癖啊？妳姊姊就從來不會反對我這個習慣！

妹　妹　　我就是我，拜託你不要拿我和姊姊比！

小　海　　我不拿任何人和文媛比，沒有人可以和她比！

妹　妹　　姊姊說，她根本不愛你！

小　海　　她會這樣說，我就是狗養的。

妹　妹　　她有一次偷偷告訴我的。

小　海　（搖頭苦笑，往妹妹走去，一個踉蹌跪下，爬向妹妹）妳怎麼那麼壞啊？

妹　妹　十一點九分，你走不走？（移位走開，小海趴在地上尾隨）你不要耍流氓！

小　海　我想揍妳。

妹　妹　你好像狗。

小　海　妳好像人。

妹　妹　我要叫了！

小　海　叫嘛！叫嘛！（正好爬到床，用手撫摸床）這是文媛以前睡的床……

妹　妹　把你的髒手拿開，現在是我的床！

（小海欲嘔吐，面對著床，眼看著就要吐了，妹妹衝上去拉他。）

妹　妹　到廁所去吐！

（拉扯間，小海跌坐在地上，手緊抓著妹妹不放，頭暈目眩，彷彿支撐不住了。）

妹　妹　（掙脫不得）幹什麼啦你！

小　海　小妹！我要回去了，我心情太亂了，但是我告訴妳，我真的愛妳姊姊！（放開妹妹）就算得不到她，我也祝福她會遇到個好男人來愛她。（起身，蹣跚向門行……）

妹　妹　你自以為是情聖噢？

小　海　這一次不但不是，而且慘敗！快完了！

妹　　妹　你有沒有想過那些被你玩過的女人的下場？報應！

小　　海　我發現妳很喜歡罵我!?

妹　　妹　怎麼樣？

小　　海　（回到床邊坐下）罵我！我要聽！

妹　　妹　你不要臉！說走又不走！

小　　海　還有呢？再罵！

妹　　妹　（急步至門口）你少借酒裝瘋！你趕快走！

小　　海　再罵！（妹妹沒反應過來，小海發怒）再罵！

妹　　妹　你是無賴！流氓！騙子！到處騙人！講髒話！

小　　海　再罵！

妹　　妹　低俗！下流！誰愛上你誰完蛋！……

小　　海　奇怪，妳這些話全是妳姊姊對我說的情話。……

妹　　妹　你們倆都有問題！她現在已經不愛你了，她已經失蹤
　　　　　了！

小　　海　好了好了，我不要聽了。

妹　　妹　她失蹤了、她失蹤了，她不要再看到你！

小　　海　不要再打擊我了！（緊擁著枕頭，抱頭哀嚎……）

　　　　　（妹妹一步衝上前，拉扯枕頭並推小海。）

妹　　妹　你要幹什麼啦！拿來！

小　　海　這是文媛的！

妹　　妹　我的！拿來啦！（一把搶過來枕頭，隨手重重的往小海頭
　　　　　上一擊。）

小　海　　再打！再打啊！（妹妹怔住，小海用力地搖晃著妹妹）打
　　　　　我！

　　　　　（妹妹突然無可遏止的往小海身上打、打⋯⋯停不住似地搖
　　　　　打⋯⋯）

　　　　　（小海也不住地叫著「打我」。）

　　　　　（一陣瘋狂的衝動之後，妹妹停住了手，抖顫著，喘氣不
　　　　　已。小海抓著妹妹的腰，跪著，低頭啜泣。）

小　海　　不要罵我，不要打我⋯⋯文媛，不要不理我！文媛⋯⋯

　　　　　（妹妹恨恨地看著小海，手指緊緊的扯住小海頭髮，愈扯愈
　　　　　緊⋯⋯）

　　　　　（燈光暗）

　　　　　（少頃，電鈴聲響起⋯⋯持續響著⋯⋯）

　　　　　（床的位置一小盞微弱的燈亮。妹妹與小海躺在被子裡，驚
　　　　　嚇的坐直，望著門口。鈴聲停止⋯⋯）

妹　妹　　十二點五分。

小　海　　我該走了。

　　　　　（鈴聲又響⋯⋯停了。）

妹　妹　　是姊姊。她按鈴和別人不一樣。

　　　　　（二人俱怔住不敢動。門鈴聲繼續⋯⋯燈光暗⋯⋯繼續鈴響
　　　　　⋯⋯）

第十五場

（男播音員坐在錄音間，麥克風前。）

男播音　　昨天傍晚，我在路上遇見妳，妳的臉有點憂愁、有點憔
　　　　　悴，不知道是因爲夕陽的光線，還是妳被生活折磨如
　　　　　此。後來我問妳，還和妳男朋友在一起嗎？我在妳溼潤
　　　　　的眼眶裡看到答案。——太陽已經下山，天色黑了，我
　　　　　說，妳願意的話，我可以陪妳去喝一杯，找一個沒有人
　　　　　的地方，只有妳，和我，天空，只有月亮，我們什麼都
　　　　　不用說，因爲我瞭解！告別愛情的時候，才是人獨立和
　　　　　成長的時候，相信我，黑夜漫長，明天，太陽仍然會從
　　　　　東邊升起來。

第十六場

小　海　（獨白）文媛失去記憶的第二個禮拜，我在家，突然來
　　　　了一個我意想不到的人。

　　　　（文媛上場，與小海隔著一段距離停步。二人遙相對望。）

文　媛　你記得我嗎？

　　　　（小海無辭以對，充滿驚訝因惑的望著文媛，點頭。）

文　媛　你住的地方不太好找，我按著門牌號碼找，找……突然
　　　　斷了。我是問路人才找到的。

小　海　是，妳以前第一次來找我也是說一樣的話。

文　媛　噢。（有點窘，左右看看環境）你是不是過得不好？（小
　　　　海搖頭苦笑）我今天來是因為聽說，你和我本來很好，
　　　　你吃了很多苦，我覺得很抱歉。

小　海　文媛……

文　媛　怎麼樣？

小　海　妳今天來就是因為抱歉？（文媛點頭）……其實應該
　　　　說，妳也吃了很多苦。

文　媛　我不記得了，所以不苦。

小　海　妳看起來蠻開朗的。

文　媛　（指著頭部）沒有事情可以讓我煩啊！我只煩惱「我忘
　　　　掉了」這件事。昨天有個同事到我家給我聽以前的播音

　　　　帶子，很難過，我整個晚上睡不著，一直在想我爲什麼

　　　　說那些話……整個晚上……

小　海　我們會不會重新再戀愛？

文　媛　我們？

小　海　對。

文　媛　你和我？

小　海　對。

文　媛　不要開玩笑，我是誰還搞不清楚。

小　海　我可以慢慢告訴妳。

文　媛　唉，妹妹和那個成華也告訴我以前的事，可是……知道

　　　　自己做了什麼，對「我是誰」一點用也沒有！

小　海　那就不要知道，我還是可以愛妳。

文　媛　愛我什麼？

小　海　所有一切。

文　媛　我什麼都沒有啊。

　　　　（二人沉默少頃——）

小　海　我心裡有兩個衝動，一個是不管妳怎麼忘記，不管。佔

　　　　有妳！強求妳留在我旁邊。另一個是，我要走得遠遠

　　　　的，我不能再看到妳這個樣子，我會發瘋。

文　媛　你是一個非常衝動的人。

小　海　我本來是太陽。

文　媛　你說你是什麼？

小　海	（不可置信的望著文媛，想確定記憶曙光是否出現）我本來是太陽……（文媛仍呆望）我愛上月亮……（文媛仍呆望，專心聆聽）我們在天空無法相遇，就約好一起逃到人間，所以後來……（等待文媛的反應）
文　媛	聽不懂，後來呢？
小　海	（洩了氣）沒有後來了。
文　媛	（起身）我該走了。
小　海	我送妳。
文　媛	我自己走。
小　海	我送妳一段路。
文　媛	我自己走。
小　海	下面的對話我已經知道了，不管我說什麼，妳就一直重複「我自己走」，絕對！
文　媛	（苦笑）真羨慕你們都記得每件事情。
小　海	不一定，也許不記得比較好。
文　媛	我回去了，你要好好保重，你看起來有點憔悴，不要想太多。（轉身離去）
小　海	我不送了。
文　媛	（邊走邊說）我自己走。（文媛下）
小　海	（自言自語）不要想太多……不要想太多……我不要想那些事了！

第十七場

（成華手拎著醫生白色制服，於前區一一檢視病犬。）

成　華　　你想你媽媽啊？看你眼睛紅紅的！你再不大便就給你開
　　　　　刀，到時候不要罵我。（對另一隻）皮皮！坐好！生病
　　　　　還那麼興奮？毛都掉光了你醜不醜？……對，坐好，安
　　　　　心養病，明天毛就會長出來。（又對另一隻。此時小女
　　　　　人上，不動聲色在成華背後望著）嘟嘟！……嘟嘟……
　　　　　啊！你還活著，別嚇我。眼屎比昨天多了噢，不要抖
　　　　　了，不要抖嘛，加油的話還可以多活半年！嘟嘟……怎
　　　　　麼不理我啦？（做動作吸引狗注意）嘟嘟！（跑到較遠處）
　　　　　嘟嘟！（又換位置）嘟嘟！對！振作一點，等一下你阿
　　　　　姨會來看你！（突發現小女人）啊……妳怎麼知道這
　　　　　裡？

小女人　　你給我的名片你忘啦？

成　華　　噢，對。……（手足無措）這是我醫院……（小女人笑）
　　　　　……真是謝謝妳……

小女人　　謝我什麼？

成　華　　……不知道要說什麼。

小女人　　我路過，看看你就走。……你上次說你前妻叫嘟嘟？

成　華	對啊，妳記性眞好啊！
小女人	我記得那天每件事。
成　華	是，我也是。
小女人	甜言蜜語。
成　華	眞的！……妳這幾天好不好？
小女人	不好。……（心情一沉）我擔心得了性病。
成　華	（緊張）什……什麼時候？
小女人	別緊張，你沒事，我昨天接了一個客人，後來發現他不對……（妹妹上）
妹　妹	嗨，你好！在忙啊！（見成華與小女人說話，逕自走向小狗嘟嘟）嘟嘟！
小女人	我剛剛去打針了。
成　華	（指自己）眞的……不會有問題嗎？
小女人	我不會害人的啦！
成　華	（如釋重負）老天爺！眞的嚇我一跳。
妹　妹	張醫師！（走向成華，指小狗）怎麼樣了？
成　華	噢……穩定住了。穩定住了。
妹　妹	這樣拖下去就等死，沒別的路了？
成　華	叫你姊姊想開點，牠已經很好了，很多長麻疹的狗現在已經撐不住了。
妹　妹	牠還可以撐幾個月？
成　華	看牠自己了。

小女人	嘟嘟要死啦？
成　華	（見妹妹訝異地望著小女人，急掩飾）……她也是來看病的！
小女人	我看什麼病？

（成華支支吾吾，男播音員上。）

男播音	嗨，張醫師！……小妹，妳不是說文媛會來嗎？
妹　妹	我和她輪班，今天她是晚上來。
男播音	她請了兩個禮拜事假出去玩，現在又請了三天病假，節目調動不過來了啊！
妹　妹	跟我講有什麼用？
男播音	（遞一張卡片給妹妹）幫我交給她這個慰問卡。
妹　妹	（見卡）不是她生病啦！（指小狗）是嘟嘟啦！要不要給嘟嘟？

（男播音員怔怔的收回卡片）

小女人	（對成華）你忙吧，我走了。（轉身便走）
成　華	我送送妳。（隨後追上）
男播音	（拿著卡片苦笑）要命，這個文媛從來不把話給說清楚，唉，她還是個播音員呢！對！她和那個叫小海的流氓分手了吧？
妹　妹	分手一個月了。
男播音	我早就預言他們要分手了，他們倆絕對不配。
小女人	（走向前來）噢……！我現在知道誰是誰了！（對男播音

員）你剛才說那個小海和誰不配？

男播音　這位小姐妳是……

成　華　我來介紹一下……

小女人　你憑什麼這麼說話？

男播音　妳大概誤會我意思了……

妹　妹　喂！妳和小海什麼關係？怎麼這樣說話？

小女人　我和他什麼關係，妳要問他（指成華）了！

成　華　她就是……小海的……小海的……（小海上）小海！

小　海　（詫異的發現小女人）ㄟ！妳在這兒！（發現妹妹）ㄟ！

　　　　（妹妹臉一沉轉身走向嘟嘟）

小女人　我路過來看朋友。

成　華　他媽的怎麼好幾天沒消息啦？

小　海　怎麼大家都跑這兒來！（循著妹妹的目光發現嘟嘟）ㄟ！

　　　　那是嘟嘟嘛？

成　華　嘟嘟生麻疹，活不長了。

小　海　天哪！（聲色俱厲）文媛這不瘋了!?

成　華　文媛的事要問她（指妹妹）。

小　海　（與妹妹隔著一段距離蹲下）妳姊怎麼樣？（妹妹不予反應）

成　華　小妹，人家問妳話！（妹妹背過身去，場面尷尬）小妹！

男播音　您就是小海吧！我是文媛同事，久仰了。（想和小海握

　　　　手，小海卻視而不見。）

小女人　（拉小海）小海，跟我出去走走，振作一點！

小　海	（掙開）我等她，我要安慰她。
妹　妹	用不著。
男播音	小海，其實分手對大家都好，緣份盡了，強求只會讓事情更難堪。
小　海	你是什麼東西？
成　華	小海，走了啦！文媛對我說，不要告訴你她來這兒，她不要你找她。
小　海	連你也反對我嗎？
小女人	（拉小海）走了啦！
小　海	不要！
男播音	你們的性格根本是天差地別！遊戲可以結束了啦！
小　海	（走向男播音員）你媽媽在哪裡？
男播音	你要幹什麼？
小　海	×你媽！
妹　妹	耍流氓出去耍！這裡是醫院！
成　華	（將制服穿上）好了！大家都離開，拜託！我要給小動物看病了！
男播音	算了算了，人不和狗鬥。
	（男播音員轉身正要走，小海一巴掌將他甩在地上，成華一個箭步架住小海。）
成　華	小海！
小　海	看誰是狗！

妹　妹　　你比狗還不如！

小　海　　妳比狗好嗎？

　　　　　（男播音員爬起，抱住小海腿狠咬下去，小海與成華俱跌在
　　　　　地上，小海狠踢男播音員，男播音員急忙閃躲又撞倒妹
　　　　　妹，小海欲衝向男播音員被成華抱住。）

小　海　　放開手！你媽的抓狗啊？（用力掙開，突從口袋拿出一把
　　　　　小刀）誰動動看……全世界都不要動！（眾不敢動）

成　華　　小海！不要發瘋啦！

小　海　　（刀尖指成華）你只配當獸醫！（刀尖指向眾）不要動！
　　　　　誰敢動動看！（左右瘋狂的揮刀比劃著，情緒愈趨瘋狂）
　　　　　……

妹　妹　　（突衝向前）你要殺人就殺啊！……你動手啊！
　　　　　（眾人僵住不敢動）

小女人　　（唯一站立的人，走過來站在小海背後）你在發瘋啊？
　　　　　（小海頓住，點頭）……你恨他們嗎？（小海搖頭）……
　　　　　那個女的不想見你，我們不知道為什麼，你自己知道，
　　　　　對不對？對不對？（小海淒然點頭，小女人緩緩將小海手
　　　　　中的刀拿去）……走不走？（小海點頭，小女人蹲下抱住
　　　　　他。）

第十八場

（小海讀信，舞台後區置一塑膠桶。）

文　媛　（OS）月亮對太陽撒了謊，說她有未婚夫。月亮是不得
已的，因為故事裡命定他們不可以見面在一起，只有這
樣，他們才可以永遠是太陽，是月亮，不會被任何現實
改變，他們永遠不能相見，只能——在某一個時刻相
見，是你說的，我相信，真的相信。聽說你最近過得不
太好，我很難過，我唯一想得出安慰你的話，就是——
希望你相信這個神話，它永遠不會死。（小海放下信紙
發呆）你只要抬頭看，太陽月亮還在，這個神話就在；
我們不再見面，不正是為了這個神話的完成嗎！

（小海撥電話）

小　海　烏龜！我終於想出一個方法可以不再痛苦了，我要脫離
苦海！做一個人太難了。……你在笑啊？……噢，烏
龜，我和你朋友一場，我們在一起多少年了？……不記
得?!媽的你又笑什麼？……你明天要跟女人約會？太陽
從西邊出來了！跟誰？……不講就算了，我也不想知
道！你要保重！……保重！不要玩火自焚……你又笑什
麼？（大喝）烏龜！……（語重心長的）我沒事，你保

重啊。（掛斷電話）⋯⋯我和你告別了，我要停止我的
思想我的感情我的記憶，做一個人太辛苦了。

（小海作狗表情、姿勢，發出嗚嗚哀嚎，然後逐漸激烈的在
舞台四處跑動叫跳。彷彿自娛，彷彿發洩，或者說他在找
一種假借形象，來解放自己或消滅自己。）

（他提起塑膠桶在舞台四周倒灑，然後點火，紅光剎時飛
揚，烈焰熊熊，火聲沸沸。）

小　海　　文媛！我要讓妳看見太陽的下場，太陽在火裡！太陽
在火裡燃燒！

（火勢愈來愈大，他開始閃避。）

（他作狗狀，在火的包圍中驚惶逃躲，不停吠叫⋯⋯）

（小海突然撥電話）

小　海　　烏龜！快來啊！我家失火了，燙死我了！快來救命啊！
火好燙啊——我說真的！快來救火啊！⋯⋯誰？媽的我
是小——海！你快來救「人」啊！（丟了電話，抱頭縮
身，繼續滿地打滾⋯⋯）

第十九場

（陰冷冰涼的舞台）

（烏龜與嘟嘟相隔兩三步遠，二人俱望著前方。嘟嘟穿著略顯性感涼快。烏龜非常慎重的，手指前方逐一介紹。）

烏　龜　　這些人，他們不一樣的地方，就是不動了。我剛開始還有一點怕，我想了半天，發現原來我是怕他們……如果……萬一……會動，後來我肯定他們不會動了，就不怕了。

嘟　嘟　　（毛骨悚然）我覺得你不怕是更可怕的事。

烏　龜　　妳看！（移位）這個！一個老先生，因為老伴死了，太寂寞，用釘子釘在頭上自殺，妳看他頭上還有五個洞。（移位）這個是個男的，他送來這裡的時候，嘴裡有一個女人的耳朵，他死也不張嘴，後來我把耳朵還給他那個女人，現在已經接回去了。（看嘟嘟一眼，見嘟嘟畏懼之色）站近一點！

嘟　嘟　　不要。

烏　龜　　（又移位，嘟嘟隨即跟過來）這個，是個女的，隔壁，這是男的，他們倆洗鴛鴦澡，噢，鴛鴦澡妳懂不懂？就是……

嘟　嘟　　我懂啦，然後呢？

烏　龜　　瓦斯漏氣。兩個人抱在浴缸裡七孔流血，我是想把他們
　　　　　火化在一起，偏偏他們雙方家長反對他們來往，硬要分
　　　　　開！（憤憤的）媽的沒道理！活人管死人屁事！

嘟　嘟　　死人活人你都管?!

烏　龜　　哼，想管也管不了，人哪——亂嘍！我只有把他們每一
　　　　　個人擺得整整齊齊（邊說邊仔細的比劃），我連搬他們都
　　　　　很小心，頭放下都輕輕的，輕輕的……

嘟　嘟　　（翻皮包）你要不要抽煙？

烏　龜　　空氣污染。

嘟　嘟　　污染誰啊？

烏　龜　　他們。

嘟　嘟　　（很識相的收起煙）好，我不抽。

烏　龜　　今天例外，妳……妳可以抽。

嘟　嘟　　不抽。

烏　龜　　（頗滿足於被巴結）我再帶妳去那邊參觀……

　　　　　（二人下）

　　　　　（成華與小海上，小海著醫院病服。）

小　海　　有沒有帶香煙？

成　華　　沒有。

小　海　　你來看我，不帶煙？什麼朋友？（說完憋不住似的搜摸

成華口袋）

| 成　華 | 醫生不准就不要抽嘛，煙酒都不能沾，爲你的肺你的肝著想，你的內臟功能快不能動了！ |

成　華　醫生不准就不要抽嘛，煙酒都不能沾，爲你的肺你的肝
　　　　著想，你的內臟功能快不能動了！

小　海　你們做醫生的講話都一個樣。

成　華　戒了多久？

小　海　最後成功的一次，五天，結果第六天烏龜來看我，一受
　　　　刺激，又開戒了。

成　華　烏龜怎麼樣？

小　海　談戀愛。

成　華　跟誰？

小　海　（警覺失言）暫時保密。

成　華　嘟嘟？

小　海　你知道啦？（成華點頭）……他們幸福就好！我們應該
　　　　祝福他們！

成　華　當然，幸福就好，到底大家都是好朋友。

小　海　對啊！肥水不落外人田，祝福他們！（用力打成華一巴
　　　　掌）烏龜說：「人生充滿希望！」——你最近好不好？

成　華　你知道，我的工作不只要關心狗，還要關心狗主人，因
　　　　爲狗的問題和主人常有關係……

小　海　是啊，十個養狗九個是女人，認識狗的女主人了？

成　華　文媛。

小　海　（傻住了）怎麼了？

成　華　嘟嘟死掉之前她天天來醫院，然後，就很久沒來了。她昨天突然跑來醫院，也沒說話，我忙著動手術，她坐在旁邊好像觀察我似的，坐了一天，然後對我說她想結婚了，說我很適合，我嚇壞了！她說她並不愛我，不知道我介不介意，她說想通了，人應該選擇一個安定並且通俗一點的生活。

小　海　你怎麼說？

成　華　我說我們要不要……培養一點……「愛情」？她一動也不動，像呆住了，眼睛裡突然滾動著眼淚……我就急忙說結婚吧！我……我自己也嚇壞了，你比較懂她，她到底在想什麼？

小　海　（喃喃的）太妙了……太妙了……（往下場方向行去）

成　華　（跟在小海身後）我在傷腦筋呢……

小　海　太妙了……（下）

成　華　不知道結婚證人該找誰？……（下）

（烏龜與嘟嘟上，嘟嘟看錶。）

烏　龜　等一下沒車的話，我下班時間到了可以送妳。

嘟　嘟　應該還有車。

烏　龜　妳餓不餓？

嘟　嘟　很餓。（見烏龜笑）你笑什麼？（烏龜仍笑）笑什麼嘛？

烏　龜　　等一下請妳吃宵夜。

嘟　嘟　　（雙臂緊抱自己）我好冷。

烏　龜　　我不冷，這裡比外面冷，我來這裡已經很久習慣了。

嘟　嘟　　你的外套可不可以……

　　　　　（烏龜這才會意過來，脫下外套，遞給嘟嘟，嘟嘟無奈的自
　　　　　己披上外套。）

烏　龜　　我再給妳講一個死人故事……有一個女人，上個月擺在
　　　　　這裡（指出位置），她和我是六年的朋友，幫我算命，
　　　　　陪我喝過酒，她本來是擺地攤，後來，在飯店陪男人睡
　　　　　覺，噢，睡覺妳懂不懂？就是……

嘟　嘟　　我懂啦，然後呢？

烏　龜　　然後我就不懂了，她自殺了，不知道原因，一個字也沒
　　　　　留。她擺在這裡！晚上我守夜，沒別人，我一直看著她
　　　　　的臉，一直看，想不通，突然 —— 她的嘴角有一點牽
　　　　　動！我再看，她在笑！（一種非常的驚駭和心酸）她在
　　　　　笑 —— ！哪，就像這樣 —— （學樣，很吃力的掀動嘴角，
　　　　　似笑非笑……）

第二十場

（溫暖的光線，莊重的服飾，長桌上置有酒杯酒瓶和一些花束花盤，地上碎撒著花瓣，顯得喜氣。）

（眾人立於長桌後：小海、烏龜、嘟嘟、妹妹、成華成一列，男播音員正在拍照。）

男播音　你們可不可以笑得自然一點？……我喊一、二、三，噢！

眾　人　唉呀！

男播音　一！

眾　人　你快按了吧！笑不出來了！

男播音　二……三！

　　　　（相機閃光燈亮了，眾坐，男播音員歸座，成華獨立。）

成　華　（略顯緊張，手足無措）各位！我要……說話！……

嘟　嘟　（以手勢制止眾喧鬧，故作輕鬆，語調緩和）你要說什麼？

成　華　（尷尬的笑起來）……說話嘛！（眾樂）首先，我感謝烏龜為我的婚禮所佈置的花，它們使婚禮、使整個房間洋溢著生命的希望！（眾鼓噪）

烏　龜　應該的，應該的，我拿花比較方便！

成　華　在場的朋友全是幾年來彼此走得最近、彼此最關心的

人，如果不是你們，我不知道活得有多寂寞。如果我離開世界，最想念的人也就是你們，今天……我要喝醉！……你們比狗可愛！我的意思是……我可以陪你們喝醉，但我不可以陪狗喝醉！

男播音　新郎倌還沒喝兩杯就開始說醉話了，來，大家和新郎乾！

（眾起立和成華敬酒，百年好合、白頭偕老云云，輪到小海時，只見小海繃著臉丟一句：祝福你！乾了！）

成　華　我們大家一起敬小海一杯好不好？

眾　人　（斟酒舉杯敬小海）來來，小海……

小　海　幹嘛敬我？不要不要！（眾乾，小海只得乾）……莫名其妙！

（眾坐，嘟嘟獨立。）

嘟　嘟　要不要去看看文媛？

成　華　不要緊，她一沾酒就不行了，躺躺就好。

嘟　嘟　（舉杯）成華，恭喜你！

成　華　（忙起立，二人對乾）謝謝。（斟酒再敬）我也要恭喜妳！

嘟　嘟　（拍烏龜）烏龜！別人敬酒了！

（烏龜嚴肅地與嘟嘟合敬成華。）

嘟　嘟　（喚男播音員）司儀先生！幫我和成華合照一張！今天這日子很特別！是不是啊，成華？

（男播音員就位，成華不自然的僵立於嘟嘟旁。）

嘟　嘟　搭著我啊，喂！你不要那麼不自然嘛！

小　海　（不悅）嘟嘟！

嘟　嘟　你看他（指成華），有了新人忘了舊人，自然點嘛！

小　海　（嚴厲的）嘟嘟妳不要攪局啊！人家媽的今天結婚啊！

嘟　嘟　（瞪著小海，變了臉色）你才不要攪局呢！

男播音　好了，我要拍了！

嘟　嘟　不拍了。（扭身回座）

成　華　嘟嘟……（想打圓場，湊到嘟嘟與烏龜身後）這樣吧！烏
　　　　龜來，我們三個合照！

男播音　好極了，來！

烏　龜　（急忙搖手）不要不要……

　　　　（閃光燈亮了。烏龜的手進退不得，惱羞成怒。）

烏　龜　叫你不要拍，你幹什麼？

男播音　不是很好嗎？

烏　龜　我們三個人合拍……多滑稽啊！

小　海　（一掌打向烏龜）烏龜！——不要鬧彆扭！（烏龜收斂）
　　　　嘟嘟！我敬你們倆。

嘟　嘟　不要！

烏　龜　（責怪的）嘟嘟——

嘟　嘟　（勉強舉杯，臭臉瞪著小海）他死樣子。

　　　　（小海、烏龜、嘟嘟三人對乾）

男播音	成華！（將相機交給成華）我要和小海照一張！（坐小海旁）我們是不打不相識啊！
小　海	拜託，不要提往事了。
男播音	改天我請你喝酒，和你喝酒一定是相當痛快的事！

（成華按下快門，燈亮拍畢。）

成　華	小海！我倆拍一張。
小　海	（忍無可忍）不要不要……
成　華	（親熱的搭小海肩）小海來啦！
小　海	（憤憤然）拜託不要啦！我今天不上相！
烏　龜	（一掌打來）小海！──不要鬧彆扭！

（小海愣了一下，勉爲其難的合作，閃光燈亮了。）

妹　妹	姊夫，我們倆該照一張。
成　華	好哇！來！

（成華與妹妹站在坐著的烏龜身後）

男播音	我要拍了。
烏　龜	慢點！你們要拍的話，站那邊去，不要站我背後！
成　華	烏龜，你又怎麽了？
烏　龜	不是啦，萬一把我的頭切一半拍進去不好啦！
嘟　嘟	你這是什麽毛病？

（妹妹與成華移位，合照完成。妹妹走向小海身旁，逕自坐下。）

妹　妹	我倆拍一張。

小　海	小妹，拜託今天……（不自在的將臉避開）
妹　妹	今天怎麼啦？（小海屏住氣，終於看鏡頭了）等一下！你笑一下嘛！
小　海	我也想笑……笑不出來嘛。
妹　妹	（對眾）ㄟ！你們！他笑不出來怎麼辦？
嘟　嘟	烏龜！派你去逗他。

（烏龜至小海身後，嘟嘟亦隨至。）

烏　龜	你不要鬧彆扭啊！今天是婚禮！人生充滿希望！
小　海	你少囉嗦。
嘟　嘟	你不要攪局啊！
成　華	（亦來到小海身旁）小海笑一笑嘛！不然我會不好意思，會難過的……
妹　妹	對啊，笑一下嘛。
男播音	我要拍了！

（烏龜索性伸手用手指將小海嘴角兩側推起，一個奇怪的笑容，一群奇怪的好心朋友，閃光燈亮了──）

小　海	（掙開烏龜手）媽的，幹什麼啦你們？
嘟　嘟	今天非要你笑不可！

（眾人七言八語跟著來，笑一下嘛，拜託你啦，幹嘛臭個臉云云，有人用手指哈小海癢，其他人跟著哈，小海閃避──）

小　海	不要鬧啊！……（怕癢躲閃）我要翻臉啦！……

（小海跌躺在長桌上，眾人圍著他哈癢笑鬧，愈鬧愈烈，小

海求饒的叫罵，歇斯底里的笑聲，這氣氛與其說是歡樂，不如說是群體尷尬的宣洩，幾乎不可收拾。突然男播音員按下快門，閃光燈亮了，眾人表情動作停格，音樂流出，舊照片的暈黃色燈光，這樣的畫面停留了好一會兒，愈來愈暗，終至消失……)

第二十一場

（黑暗的舞台，一束小光區，文媛坐在麥克風前翻看稿紙，男播音員站於一旁獨白。）

男播音　　文媛失去記憶後的第三個禮拜，她先生和我安排她再走回錄音間，希望可以讓她想起什麼來。她抽屜裡有兩三篇她以前寫了還沒播出的稿子。

（男播音員走向文媛，親切的問候。）

男播音　　文媛，可以吧？

文　媛　　這樣會不會……不誠實？

男播音　　播音員唸的稿子大部分是別人寫的！何況妳是唸妳自己寫的啊！……哪，我在那邊（指前方），妳看到我揮手就開始。（下場）

（文媛望前方，準備就緒，得到指示，開始低頭唸稿。）

文　媛　　我的小狗死了，我一直懷念牠……說來很可笑，我哭得眼睛腫得不敢見人，接連幾天我停不下來，一直哭。牠叫嘟嘟，牠死了以後我才發現，在某一方面我幾乎一直在依賴牠。我是一個人，對生命看法有時不免脆弱、不免悲觀，嘟嘟只有一種態度：信任這世界，單純的，一廂情願的。牠的眼睛給人感覺無知，但好真實，牠高不

高興完全藏不住，牠比人清楚，人做不到這種單純，人
把事情翻來覆去想得太多太複雜。我幾乎是崇拜牠的，
雖然牠只是隻小狗……我想牠……我真的好想牠……

（文媛突然抱頭，彷彿努力在想什麼……）

男播音　（OS）文媛怎麼啦？

文　媛　（揮手）不要緊，我安靜一下。

（轉舞台另一區位，機場廣播聲，小海拎著皮箱，成華送
行。）

成　華　你會玩得很開心的。

小　海　（點頭）重新做人。

成　華　心情放輕鬆，恢復你以前那種豪邁不羈、玩世不恭，我
欣賞你那種樣子。

小　海　我啊，回不去了。

成　華　我真希望再走回三年前的公園，你和烏龜來抽戀愛稅，
那個時候我們都好年輕、好單純，又無知又充滿希望。

小　海　要單純——我希望時光倒流得更早，早到我們都不認
識，那就不會有文媛和我的故事發生了。

成　華　那就應該要更早，早到你這種浪漫的性格還沒有形成，
一切就單純了……大概是小學吧。

小　海　那乾脆更早，幼稚園，不，更早，……嬰兒吧，多單
純！

成　華　（拍小海腹）沒出你媽媽肚子最單純！

小　海　（粗暴有趣地按壓成華頭）最好你媽媽還不認識你爸爸，
　　　　那最單純！

成　華　（雙手撐小海雙耳）做狗最單純！

小　海　（一把推開成華，接著推打不停）媽的做狗，你做給我看
　　　　……

　　　　（二人笑鬧起來，又推又打又踢的，成華簡直無招架之力，
　　　　小海的頑笑中難掩暴力……接著，二人安靜了。）

小　海　跟文媛一樣，我們都回不去了。（看成華）好好愛文
　　　　媛。

成　華　我等你這句話好久了。

　　　　（二人擁抱，難分難捨。小海緊緊的抓握著成華的屁股，並
　　　　重重的搓揉，然後狠狠的一掌打下去……二人分。）

成　華　好好散散心，早點回來噢！

小　海　重新做人。

　　　　（小海提起皮箱，臨去轉身望成華，手比飛吻——輕輕的
　　　　吻，重重的飛來，成華笑，小海下場，成華反向下場。）

　　　　（文媛望向前方，點點頭，等待指示……讀稿。）

文　媛　我昨天在我的頭髮裡發現嘟嘟的毛，在我房間的每一個
　　　　角落，我每天都會發現牠的一根毛，又一根毛……每一
　　　　根毛都好像牠故意在提醒我不可以忘掉牠。我知道明天

我仍然一樣，會在衣服上，或者書架上看到牠的毛，怎麼清洗大掃除，那些毛還會在、永遠在——雖然有時候牠好像完全不見了，風一吹，那些毛從一些角落又飛起來，飄在空中……好了……明天，我們空中再見。

（在她憂傷的音調裡，有一種與記憶有關的痛楚，但她眼裡彷彿出現微笑，一種——「不明所以」的微笑。）

劇　終

首演資料

《明天我們空中再見》一九八八年七月十四日首演於台北市立社教館，行政院文化建設管理委員會主辦，【蘭陵劇坊】演出。

編　　劇：金士傑

導　　演：金士傑

藝術指導：吳靜吉

燈光設計：張贊桃

服裝設計：李淑瑜

音效設計：顧　超

舞台監督：邱逸明

助理導演：郭淑齡

燈光助理：王惠明

音效助理：白恩惠

排練助理：邱美智

演出執行：劉源鴻

宣　　傳：黃哲斌、林宏達

票　　務：陳俞翰、林麗霞

首演演出人員及角色

A組	B組（隔日演出）		
李文媛	李文媛	飾	文　媛
曲德海	許效舜	飾	小　海
張成華	廖德明	飾	成　華
宋全娟	劉慰倫	飾	嘟　嘟
黃哲斌	黃哲斌	飾	烏　龜
馮國珍	羅曲妃	飾	小女人
蔣孝柔	吳方齡	飾	妹　妹
張道慶	張成華	飾	男播音

感謝謝春德提供本書劇照

女播音員文媛在小小的錄音室。   （謝春德攝）

文媛與小海的山頂神話：太陽與月亮。　　　　　　　　（謝春德攝）

小女人與烏龜在街頭兜售面具。　　　　　　　　　　　（謝春德攝）

婚禮。由左至右為：小海、烏龜、嘟嘟、成華、妹妹。蹲地拍照者為男播音員。

（謝春德攝）

〈編導心得〉
我們不能停止彼此傷害

金士傑

　　以前聽過一首英文歌，〈我們不能停止彼此傷害〉，對這歌名印象很深，它是在講愛情。這齣戲有相同的感受，我想寫人的脆弱，脆弱是劇中那群朋友的特徵，由脆弱所衍生的一切人際關係，都注定了要走向悲劇，幾乎他們是絕望的，但他們仍舊在一起，彼此依附、摩擦；（台詞：像狗兒一般，你舔舔我、我舔舔你⋯⋯）絕望如果愈徹底，那群朋友的關係也會顯得愈深刻吧！就是這種矛盾的浪漫，使我決定讓那個丈夫、情人、老同學所深愛的女人，失去記憶。

　　那女人的個性孤僻，不喜與人來往應對，正相對於那群朋友密切的熙攘往來，剪不斷理還亂的複雜關係，故事中她被男人稱作月亮，黑夜中，安靜地兀自孤高懸掛著；自稱太陽的男人來了，相對於男人所代表的動亂、不安、急於焚燒外射，安靜的女人遂成為一種「不可企及」的追求目標。（台詞：天神懲罰他，讓他永遠追不到她⋯⋯他們在天空永遠無法結合，於是相約逃到人間⋯⋯）我對浪漫的迷戀，使我誇張的相信那個女人的神格，她代表了孤獨，她總是在一個單獨的自我空間裡，說話，或是走路，她是自足的。（我的母親總給我這個印象，她可以一個人在家裡極其平

凡安靜的過日子，不等待什麼要求什麼，天長地久……）但是這一切，被太陽毀了，她的自足獨處的國度被破壞。（台詞：她的安靜是假裝的……她在等待太陽來燙傷她……）這樣的女人，愛毋寧是更昂貴的，代價是她失去記憶……我開始難過，畢竟沒有誰能免俗。我又問自己，也許那隻狗才真正代表了孤獨吧！我錯了，訪問獸醫時，知道國外已經有了狗的心理治療診所。原來沒有任何生命可以代表孤獨，生命都是脆弱、有限、無能自足的，唉……我對浪漫的假設被我自己推翻。

假如人早點看清脆弱的本質，我想，也許比較可以原諒人，別人，還有自己，或者說劇中那些朋友。

狗，是劇情中奇怪的介入者，牠曖昧的若即若離在劇情邊緣站著，彷彿要介入，但從沒有認真進來，直到劇情後半段，人開始與寂寞孤獨戰鬥，然後尊嚴崩塌潰散，臨了的情緒爆發場面——人動了刀，正是牠死前躺在獸醫院，牠叫了幾聲，人自焚時牠已死，卻彷彿還魂似的，人突然用了牠的聲音、動作來解脫自己——故事結尾，只見牠的毛冉冉飄飛。牠的出現得感謝我身邊有些愛狗的朋友，我在他與牠之間發現他們彼此交流的動人，想必是沒

有語言，他們的感情常建立在更抽象的想像空間，對他們，及這齣戲，狗必然是象徵的。

（摘錄自1988年《明天我們空中再見》首演節目單）

螢火
FIREFLY FIRE

螢火蟲兩性都能發光，與交尾行為有關。
黃昏時，雄蟲在地面發著閃光徘徊飛行⋯⋯
雌蟲靜止在葉面上⋯⋯等候著⋯⋯假如，雄
蟲被雌蟲回報以閃光，便正對雌蟲不斷再做
閃光⋯⋯
牠們互相發光，反覆而加快，達到興奮狀
態，雄蟲便向雌蟲逐漸接近⋯⋯

——摘錄自《昆蟲生理學》，〈發光生物學意義〉

佈景場次表

序　場：景為傻子家。桌椅，屋頂有根橫樑木，一個小小的地洞
　　　　口冒出煙來。

第一場：景為廢墟。野草枯樹遍地，斷垣殘壁，有燒焦和年日過
　　　　久而生霉長苔的色澤，幾座破舊殘缺的石人像。

第二場：景為地下陵墓。巨大的石人石獸像列隊兩側，石刻的牆
　　　　壁、地板、陵頂、密閉的空間、陰森冰冷，牆上掛有萬
　　　　年燈，燈下有一巨大銅缸存油，一層層台階相疊而上，
　　　　最高處擺放一具銅棺、蜘蛛網、灰塵籠罩全室。

第三場：景為傻子家。

第四場：景為地下陵墓。

第五場：景為廢墟。

第六場：景為傻子家。

第七場：景為廢墟。

第八場：景為地下陵墓。

第九場：景為地下通道。一片黑暗，由許多條縱橫斜直的光來顯
　　　　現地下陵墓之通道繁多壯深，走不勝走。

第十場：景為廢墟。枯樹柴枝草叢架起圍繞舞台。

尾　聲：景為傻子家。唯屋頂橫樑折成兩截，死老鼠數隻由屋頂
　　　　跌落。

人物

傻　子

傻子妻

老　人

張　三

李　四

其餘人員飾演村民及眾鬼魅

序場

景：傻子家

（傻子獨坐在舞台前區，貼近觀眾。）

傻　子　（獨白）是這樣的，村子裡的人都叫我傻子，從我記
　　　　事，他們都這麼叫。我也不和他們追根究底，反正總得
　　　　有個傻子，我不在，他們也會找一個。我呢，從小就喜
　　　　歡聽故事，一聽故事就走不了了，村子裡的人就說：
　　　　「傻子！故事是假的！別信以為真啦！成天聽故事、故
　　　　事，眼前的事可都忘了做。」故事再假也得信啊，要
　　　　不，我死了的爹娘，我的祖宗八代也都是假的了，他們
　　　　不都是故事嗎？（神秘兮兮地笑起來）

（傻子往舞台中間走去，燈光漸亮，傻子家景可見。）

傻　子　嗯──從那天傍晚講起吧，我在家蹲著等天黑，村裡的
　　　　人和我打賭，說是郊外那個從來沒人敢去的大院鬧鬼，
　　　　我如果敢去過一宿，從此再也不叫我傻子了。哼，我沒
　　　　理他們，他們還真當我是傻子？家裡──就老婆和我…
　　　　…（喜形於色）還沒說呢，我才娶了媳婦，媒婆說這女
　　　　人好，比誰都會生！真靈啊，才半年肚子就這麼大了！

我呢，那會兒在逮老鼠，村子裡鬧老鼠一年了，家家戶戶都逮，偏怎麼也逮不完，我逮老鼠可本事大了！牠們專躲在牆縫隙裡，地洞裡，就讓你逮不著。我——拿煙燻。燻得牠受不了，只能往外逃，然後，在出口圍一圈木柴，牠一進圈裡，「轟」！火燒起來，哈——

（傻子走去蹲在一個地洞前，擺設地上柴枝，成一圈，地洞口徐徐飄出煙來，傻子不時定睛望著洞口，緊握手上引子。）

（傻妻大腹便便入，邊行邊繫褲腰帶。）

傻　妻　別燻了！老鼠沒事，這孩子生出來可燻成了個黑炭球啦。

傻　子　噓——要出來囉！

傻　妻　傻子！這孩子也快出來囉！

（傻子警戒的盯著洞口繞到洞另一邊，傻妻站起來，二人隔著洞口飄煙分立兩側。）

傻　妻　你倒是在不在乎這孩子要出來？

傻　子　我巴不得把他給拽出來，越快越好。

傻　妻　你是真在乎？

傻　子　（討好的抱著傻妻腹）當然囉！我這個爹可不是假的！

傻　妻　（忍無可忍）你那點祖產沒剩的了！逮老鼠的力氣去幹點別的活吧！（傻子訕訕的蹲在傻妻腳前，無辭以對。）吃什麼？肚子空的不難受嗎？我連屎也痾不出一碗大！出去找點活幹，別成天待在家裡逮老鼠逮老鼠……

傻　子	噓——（急步奔向洞口，專心的盯著，豎耳聽著。）
傻　妻	（打自己一巴掌）多嘴啊妳！（轉身就走）
傻　子	我馬上就出去，天黑我就走。
傻　妻	走去哪兒？
傻　子	鬼院。
傻　妻	你不是剛剛還說不去的嗎？
傻　子	去。省得被人笑話。
傻　妻	去幹嘛？人家打賭鬧著玩兒的！去了才真成傻子！
傻　子	（始終專心的看洞口）好玩兒嘛。
傻　妻	和我嘔氣啊你？
傻　子	要出來了！……
傻　妻	傻子就是傻子。（下）
	（燈暗，轉場時傻子OS獨白。）
傻　子	天一黑，我就去了那鬼院，那兒野草長得和人一樣高，風一吹好像就一大群人似的，搖搖擺擺，月亮是黃色的，從來沒有人敢去。前些天還聽說有個村人想不開，去那兒上吊，結果沒死成，被嚇回來成了瘋子。他說看見兩個鬼火在空中飛，有個聲音又不像哭又不像笑，吸口氣，還聞得到一股死老鼠爛了臭了的味道。

第一場

景：廢墟

（傻子走進廢墟，戰戰兢兢，靜靜地觀察四周。）

（坐下，又站起來，害怕的東張西望——又坐下，躺下，閉上眼，少頃。）

（猛地跳起，大叫大喊跑開，仔細看，走近⋯⋯是什麼？）

（是個蟲，捉在手裡端詳，不禁好笑，躡手躡腳，四下觀看。）

（再看手中緊捏著的蟲——放在地上讓牠走也不動了，原來捏得太緊⋯⋯）

（傻子細心的呵護小蟲，無奈小生命回天乏術。一旁，一名披頭散髮的老人的臉出現，靜靜的望著傻子，雙目炯炯如幽靈似鬼魅。）

（傻子不覺，定睛望著小蟲，少頃——突然一巴掌打下，將蟲打死。）

（傻子注視蟲屍良久，鞠躬禱告——突覺有異，看見老人臉——）

（不信，以爲是眼花了，伸手張爪，哇哇出聲作鬼狀，企圖趕走眼前的幻覺。）

（老人現身，身著樹皮陋布，仍靜靜望著傻子。）

（傻子亦靜靜望著老人，二人俱不動，少頃。）

（傻子慘叫一聲，又安靜了，二人不動，少頃——傻子大叫連連。）

（老人手執一根樹枝走向傻子，用力在空中一揮，彷彿什麼暗號，傻子反倒靜下來，怔怔地呆望老人。）

（老人走到傻子身旁，抓起剛打死的蟲屍端詳，傻子嚇得抱頭不敢動。）

（傻子用手悄悄碰觸老人腿——老人急忙走到一旁，繼續捧著蟲看。）

（老人將蟲吃掉，嚼得起勁。傻子顯得不怕了，站起來瞧著老人。）

傻　子　你是——叫化子？要飯的？（老人不理會）……你是別
　　　　村來的？（老人吃的津津有味）……那玩意兒好吃嗎？
　　　　吃了不拉肚子？……我叫傻子，老伯，您怎麼稱呼？
　　　　（見老人四下張望，好像還想找蟲吃）老伯，我再逮一個
　　　　給您，我逮小蟲可本事大呢！
　　　　（傻子開始四下尋找小蟲，邊找邊偷看老人的臉色。）

傻　子　老伯，您住哪兒？（老人無反應）我是住在東邊村子
　　　　裡，他們叫我來看有沒有鬼，本來不來的，怕他們笑
　　　　話，就來了……

老　人　村子……（面色開始凝重）村子還在噢……

傻　子　（怔住）村子……幾百年都在那兒……沒走開過……？
　　　　老伯您和咱村子熟嗎？（見老人沒反應，又四下找蟲。）

老　人　你可以走了。（傻子呆立不動）回你那下賤的村子去。
　　　　（傻子怔住，老人怒目走向他，傻子驚惶的東退西躲——）
　　　　滾！

傻　子　（邊逃邊解釋）老伯，我就在這兒過一夜，不礙您的事兒
　　　　的，回去我又得被老婆、被村裡的人笑話，反正這兒有
　　　　您作伴，我更不怕了，咱們倆說故事消磨時間不好嗎？

您瞧！（跳上台階，立於一個半身人像旁，預備躺下）我
可以躺這兒——

老　人　（大叫）回來！不能越過那道台階！（傻子嚇得急忙跳下
台階，不解）姥姥訂的規矩你想幹什麼？「未得允許不
准進！」

傻　子　姥姥？……（疑惑的東張西望，彷彿還有人在附近沒現身）
我該站哪兒才好呢，老伯？

老　人　不准進！

傻　子　我沒進啊！

老　人　你想進去？

傻　子　我想進哪兒去？

老　人　（走向傻子旁邊，打量一番）算了，不要進去。（語意深
長的）會後悔一輩子啊，你進得去，可出不來了。

　　　　（傻子猶豫，望著老人，少項——）

傻　子　老伯，聽您的，我還是回去了。

　　　　（傻子挨挨蹭蹭的要走——傻子走了。）

　　　　（老人呆立於石像後，凝神不動，狀若雕塑。）

　　　　（少項，傻子又折回，笑嘻嘻的雙手緊握著。老人立即雙手
　　　　張開，作不准進狀，身子緊倚著那半身石像，石像與人竟
　　　　幾乎合成一個不准進的構圖。）

傻　子　老伯，我又逮了個小蟲，這是個會飛的。

　　　　（老人緊緊盯著傻子手，傻子見老人沒拒絕的意思，便走向

老人。）

傻　子　　瞧，是金黃色的呢。

（傻子雙手握著小蟲，小心的交給老人，突然，蟲飛了！二
人驚呼出聲，隨即追捕，二人同時一個箭步往前衝，撲倒
在一起，蟲兒卻仍被逃脫，傻子立刻身手矯捷的尋覓追蹤
蟲兒，老人兀自站著，神色異樣。）

老　人　　春天……春天……我在這兒，春天……

（傻子追著蟲跑，不覺已越過老人所劃界限，衝入後區。）

傻　子　　（握著拳，高呼）又逮著一個，是個金龜子！

（老人恍若未聞，目光癡迷的往前望著……）

傻　子　　您不吃金龜子？

（老人用手臂氣憤的撞傻子手，蟲飛了，老人逕自悄步向前。）

傻　子　　老伯，您到底都喜歡吃什麼樣的蟲？您說，我逮給您。

老　人　　（聚精會神的四下張望）有沒有看到螢火蟲？

傻　子　　螢火蟲？……這……我找找看（邊找邊說）這個季節
　　　　　啊，找這種蟲，難囉。

（二人同時東張西望的找螢火蟲，一段幽美的音樂飄來，頃
刻即止，傻子正好站在界線上。）

老　人　　傻子啊！今兒個天涼了點，螢火蟲都睡了。（口氣一如
　　　　　疼惜自己的孩子似的）

傻　子　　您喜歡螢火蟲，我再找，找著就逮來給您。（見老人沒
　　　　　反應）……您吃多了螢火蟲，不怕將來變成螢火人？

老　人	那是我們的暗號，這麼大個「藕香榭」，只有我和春天才知道。
傻　子	噢——（用力的點頭，坐下，少頃）老伯！春天是……（欲言又止）——藕香……榭是什麼玩意兒？
老　人	（彷彿被褻瀆的）什麼玩意兒？ （老人一轉身、手指著空中比劃，彷彿有字刻在那兒，一字一指的唸著。）
老　人	玉——瑟——瑤——琴——倚——天——半，（移位至另一側）金——鐘——大——鏞——和——雲——門！（看傻子）
傻　子	（愣住了）然後呢？
老　人	（指著對聯之上的橫聯位置）藕——香——榭！
傻　子	（反應過來之後，大笑）哈——懂了懂了！（見老人面色肅穆，趕緊止住笑）這個大門裡邊有什麼好玩的？您倒是帶著我玩兒啊！
老　人	（為難的）姥姥說，不是自己人不讓進。
傻　子	我可是自己人啊，我逮小蟲兒孝敬您不是嗎？ （老人略顯得意，緊張兮兮的四下窺望有沒有人在……傻子又一步跳到老人旁，四下窺望著。）
傻　子	（悄聲）姥姥人呢？
老　人	在休息。（見傻子大惑，便手指後面某個方向）在大福樓吃點心呢。

（傻子呆呆的望去，什麼也見不著，想笑又止住，一轉念，隨手瞎指一個方向。）

傻　子　那是什麼？

老　人　大貴樓。

傻　子　（興奮莫名，簡直不願這個遊戲停止，隨即用手指另一個方向。）那個呢？

老　人　大壽樓。

傻　子　（樂歪了，又用手指另個方向）那個呢？

老　人　大富樓。

（兩人同望著不存在的眾樓閣，鼓聲隱隱，彷彿從另個年代傳過來——老人神秘的招手，引傻子走向一個較高的位置，二人登高，俯視整個廢墟。）

老　人　這些燈火是不熄滅的，連天上都被照得透亮啊，天上飛的五爪龍也趕著來這兒，瞧！牠們在那金龍院的石柱上一圈圈兒的打轉，哈，走不了了！看誰來這兒走得了！……（又陷在自己的回憶裡）

傻　子　這到底什麼地方？人呢？人在那兒？

老　人　這裡的人奇怪咧！長的都相像，就像是同一個娘生出來的，可也都好看！是真好看！連衣裳都是，甭說料子多好，他們一穿，走路都能飄的啊！

傻　子　在哪兒噢？人呢？

老　人　（手指另一個方向）那兒！那兒叫大戲台，整個晚上好戲

連台，整晚不斷啊！這兒的人都好戲，愛看也愛演，你瞧，大夥兒正……（笑得差點嗆住）……正瞧得起勁呢，姊姊妹妹化妝得可美啦，那嗓子好聽得像假的，一齣《黃梁夢》演得不是好，壓根兒是真的了，那冤魂不是演得像，是他真來了！一個冤魂站那兒，看得見摸得著！

傻　子　（想轉換個有趣的話題）春天呢？

（老人吃驚的看著傻子）

老　人　（搖頭）她是這院子裡唯一不愛看戲的。她說戲是假的，她在（指一個方向）那兒！

傻　子　大富……不是，是大……壽樓。

老　人　她愛發呆，看一個地方看半天，那眼珠子透著光，一種水汪汪的，很柔和、很高貴的光……你知道我在哪兒嗎？

傻　子　（怔住）你……不就在這兒嗎？

老　人　我在那兒！（說完就跳到那階梯旁草叢裡，蹲下去──）

傻　子　怎麼──您「躲」那兒？

老　人　（悄聲）我不能進去！

傻　子　（也跟著悄聲）您……不是自己人嗎？

老　人　那時候還不是，那時候和你一樣──唉，想進去，不能。

傻　子　什麼時候？

老　人　一個夏天，晚上。我蹲在這兒不知道多少天，就望著！不敢動，我被迷住了，她真美啊！（傻子聽得興起，重重的一巴掌拍打自己）小蟲把我腿咬得快爛啦！哪，我逮了幾隻螢火蟲存在一個小筐裡（邊說邊用手比劃著），用手這麼一遮、一放，一遮、一放，……哈，她瞧見了！一天她還不信，兩天、三天……，她肯定這兒是個人了，我呢，開始——（加速遮放動作，越來越快）

（傻子入神地咧嘴笑著）

老　人　（喃喃）她笑了！她的笑真像「春天」，所有的花都開了，所有的鳥都唱了……第二天她提了盞蠟燭燈站那兒，我閃——她也閃！我樂得滿地跑！（邊說邊動作起來，興奮的鼓聲亦隨之而來）我越閃越快！她也比上了！我們倆比誰閃得快……我的手不曉得酸，腳不知道累！我跑啊，閃得飛快啊……閃啊……

（老人忘情地激動敘述著，少頃，他冷靜下來，喘著氣。傻子呆住了，不敢動。）

傻　子　然後呢？

老　人　我們終於見面了。

（傻子興奮得不知如何才好，又重重的一巴掌打了自己一下，老人望著他。）

傻　子　然後呢？

（老人招手，傻子愣了一下，接著，躡手躡腳走向老人，老

　　人神秘地引領傻子走向一個半截石像，兩人在石像後面一
　　轉彎，便消失不見了。）

　　（傻子與老人在黑暗中的對話OS）

傻　子　　這個黑漆漆的地方是哪兒啊？冰涼涼的，怪嚇人的！

老　人　　這是一個地道。

傻　子　　這個地道往哪兒去？

老　人　　我住的地方。

傻　子　　你住的……？

第二場

景：地下陵墓

（豁然開朗，一座神秘古舊且壯闊雄偉的地下陵墓展現眼前。）

老　人　這是個陵墓。

傻　子　一個皇帝埋在這兒？

老　人　我住在這兒。

（傻子怔住，少頃，四下張望。）

傻　子　老伯，您住這兒多久了？

老　人　打從看見春天，我就天天躲在那草堆裡，沒想到（大笑起來）……再沒想到腳底下有個地下通道。然後，我發現這裡——天底下除了他（指著一具高高在上的石棺），只有我和春天知道這裡，連姥姥都不知道這藕香榭左不選右不選，就選在這個地下陵墓的頭頂上。

傻　子　你和春天在這裡……（為難的，不知如何措辭）……見面？

老　人　她呢，把小燭燈擱那兒，我呢，放開那些螢火蟲，小蟲兒就一閃一亮的到處飛著……

傻　子　然後呢？（見老人沉醉不語）然後，你們兩個就變成螢

火蟲，越飛越近，越飛越亮?!

老　人　　（得意的笑了，點頭承認）傻子倒也不傻啊！（笑聲迴盪在地下陵墓裡）

（燈暗，轉場時傻子獨白OS）

傻　子　　我在那地下陵墓裡睡著了，做了個夢，夢到天空黑鴉鴉一片，只看見兩隻螢火蟲飛來飛去，你追我，我追你，你追我，我追你，你追我，我追你……

第三場

景：傻子家

（傻妻坐在椅上，倚著桌打瞌睡，張三李四入，悄悄的觀望傻妻。）

（傻妻突然驚醒，嚇壞了，慘叫出聲，彷彿剛在一場惡夢糾纏中……）

張　三　別怕別怕！是我張三。

李　四　我李四啊！

張　三　我們見妳門沒關。

李　四　我們叫喚也沒人答應。

　　　　（傻妻滿眼是淚，急忙用手擦去，隨即，竟自覺有趣好笑
　　　　了。）

李　四　傻子老婆，妳怎麼被嚇成這樣？

張　三　真是抱歉。

傻　妻　不干你們事兒，我做了個夢。

李　四　這倒有意思，娃娃要生之前做夢多半是個兆頭，傻子老
　　　　婆妳那什麼夢？

張　三　怎麼？你要解夢？

李　四　她能說，我就能解。

張　三　夢這玩意兒，你沒本事別亂扯。

李　四　　　天底下事，夢是最簡單。（對傻妻）妳夢到什麼了？

傻　妻　　　我聽見有人叫喚，叫得很急，叫什麼卻聽不靈清，四下
　　　　　　裡找，沒人啊！一低頭，嚇一跳（指肚子），人在這裡
　　　　　　面！可是他叫喚什麼我聽不見……

李　四　　　（以為傻妻說完了，了解狀）嘿，有意思，這夢啊——

傻　妻　　　我也急了，就說：「小孩兒，你說什麼？」他想回答，
　　　　　　他越想大聲叫喚，天老爺，這肚子就被他頂得越大。我
　　　　　　還是聽不清楚，他使勁大聲叫喚，我嚇壞了，這肚皮越
　　　　　　來越大，大得我看不著邊兒了！我真怕這肚子要裂開
　　　　　　了！我大聲叫傻子快來救命，拼命叫，可我嗓子叫破
　　　　　　了，傻子也沒來，唉……

李　四　　　說完了？

傻　妻　　　我真想知道他在裡面要說什麼？

李　四　　　這夢很好講，那孩子在長大。

張　三　　　沒那麼簡單，我看，妳該去燒個香，請菩薩保佑。

李　四　　　噢，倒也是，不過——一個大肚婆身子難過嘛，很容易
　　　　　　做怪夢的。

張　三　　　（對李四瞪眼）你懂什麼屁？

　　　　　　（李四不敢言）

傻　妻　　　我死命的叫傻子來救命，他沒來，這又作什麼解？

李　四　　　這個啊——傻子和妳的夫妻感情——或者……有了點什
　　　　　　麼——

張　三　（對李四）人家的事用不著你多嘴。

傻　妻　我告訴你們為什麼傻子沒來救我，因為他不在家，他和人打賭，到鬼院去了！

　　　　（張三李四二人一時反應不過來，不知這到底是說夢還是事實。）

李　四　妳是說……？

張　三　他當真一宿沒回來？

傻　妻　到如今還不見他影子。

李　四　（笑不可遏）這傻子……這下不能再叫他傻子了。

傻　妻　你們憑什麼這麼嬉耍人？

李　四　唉喲，怎麼這麼講話？好玩兒嘛是不是！？我們和傻子從小玩大的，我和你打賭，你去；你和我打賭，不就我去了，一樣嘛。

傻　妻　你敢去嗎？

李　四　哈！妳當我──

傻　妻　四爺，你和你老婆感情好嗎？

李　四　幹什麼？

傻　妻　天底下有誰能替別人家夫妻好不好批字算分的？你還真夠朋友呵，連咱們夫妻感情你也能說！

李　四　傻子老婆，我們今兒個正趕上妳氣頭上啊？說話這麼衝氣兒？

傻　妻　（拍拍肚子）兩口人等吃飯沒得吃，能不衝嗎我？米缸

都見底啦！（氣憤得身子都快站不穩了，急忙收斂，強自鎮靜）天老爺噢！可憐大肚子女人噢，火不得火不得，一人發火兩人受罪……

李　四　話說明白了吧，妳嫁個傻子，心裡彆扭？過不去？

張　三　老四！行了！

傻　妻　我活在這兒，我睡在這兒，我沒得彆扭，明明白白！裡裡外外——傻子老婆一個！可我想找條活路，活下去！誰也別礙著我！

李　四　打賭好玩兒也礙著妳？

張　三　行了！你們別儘說什麼打賭玩兒的，事情倒說擰了，是這樣的——村子這幾年收成不好，叫天不應叫地不靈，偏趕上那個破院鬧鬼，這事兒總得有個人去瞧瞧啊！這還鬧著玩兒嗎？

傻　妻　三爺，你說話公正，你說，傻子怎麼救？

張　三　（躊躇）……這……真不容易，要不，請廟裡再來一次焚香驅魔，唉——他那身上前回燒的幾個洞還在，可毛病照舊，成天把真的當假的，把假的當真的。（對李四）老四，從小他就有這毛病，大了還更糟噢！我真是拿他沒轍。

李　四　誰也拿他沒轍。

傻　妻　結交你們這樣的朋友真沒屁用。

李　四　（大喝）喂，妳在三哥面前這麼說話？有點分寸沒有？

傻　妻	我可沒這膽子，（倏地站直了指著肚子）是他在說話！你們聽到沒有。他！
李　四	（捲袖管）要惹我揍人不難！
傻　妻	（指著肚子）儘管動手！
張　三	（斥止）住！

（三人都靜下來，傻妻力持鎮靜，手輕撫著肚皮，少頃。）

| 張　三 | 這些年，田也荒地也廢，人都窮得荒得沒點志氣了，肯定哪兒出了問題？⋯⋯（聲色俱厲）肯定哪兒出了問題！ |

（傻子入，一時間大家都愣住，沒反應了。）

| 張　三 | 你從哪兒來啊？怎麼渾身臭得——？碰到鬼啦？ |
| 傻　子 | 剛回來，蹲茅坑哪！（指側方）我蹲那兒半天，蚊蟲把我腿咬得快爛啦！快成了紅豆泥了！ |

（傻子說完逕自抓癢，屁股、腿⋯⋯三人看著傻子抓癢。）

張　三	你倒說話啊！
傻　子	嗯哼——
李　四	碰到鬼沒有？
傻　子	嗯哼——
傻　妻	有屁快放！
李　四	（比手勢叫大家稍安勿躁）你別矇事兒！去了沒有？
傻　子	沒鬼，一個老人家，他住那兒。

（三人驚訝的望著傻子，傻子終於停止抓癢，漸漸笑容浮

現。）

張　三　　一個老人住那兒？……一個老人，住那兒？（若有所思）

傻　子　　他說故事才好聽呢！

李　四　　他——還說故事？……傻子！你在騙人。

張　三　　（制止李）——他說了什麼？

傻　子　　（又抓癢）嗯哼——

（傻妻一步走到傻子旁，動手替傻子脫衣。）

傻　妻　　把它脫下來我去洗，瞧你一身怪味兒！

張　三　　那老人說了什麼？

傻　妻　　故事！你瞧他開心成那樣子還用問嗎？（彷彿吃醋的，邊脫衣邊咕噥）一晚上在外邊兒——聽故事。

（傻妻將衣、帽放到一側衣籃處置。）

張　三　　傻子，他說了什麼？

傻　子　　螢火蟲！

張　三　　螢火蟲怎麼樣？

傻　子　　會亮的！（比手勢作一閃一閃狀……）

（張三以手勢制止人說話，凝神靜聽，傻子開始笑起來。）

傻　子　　有一個女人叫春天，好漂亮好漂亮。他們用螢火蟲當信號，晚上！不能給姥姥看見，晚上！他們用螢火蟲，一亮一暗一亮一暗，（學老人聲調）「我們講好，以後每一天晚上我們都在這兒見面。」到今天，他還是每天晚上

	在那兒等她，等螢火蟲一亮一暗一亮一暗一亮一暗……
李　四	（簡直聽得暈頭轉向）你說得……還真有趣啊。
傻　妻	傻子啊，回房去換個乾淨衣服，像個人樣好不好？
張　三	你剛才說——那老人——他說不能給姥姥看見？
傻　子	（興奮）對！
張　三	他說那地方叫什麼？
傻　子	藕——香——榭。
張　三	天啊，是這名兒……姥姥是那兒的頭兒！她當家。
李　四	你知道？
傻　子	原來你也知道!?
張　三	小時候聽過，印象好深，只當是故事，原來是真的！
傻　子	（高興的湊過來）你講！你講！
張　三	這裡頭有一大段事兒！
傻　子	你講！
張　三	村裡老人是這麼說的，那個姥姥是上個朝代遺族，換了朝代沒指望了，逃到這兒，想尋死，可沒死成，索性弄個大院，自立門戶，搭個戲台，從早到晚就只看戲了。金銀堆成山啊，吃喝享樂，院子裡人全是她家族裡的，血統可也自立門戶了，聽說那兒生下小孩兒要不就美的！要不就缺胳臂斷腿，要不就爛了眼歪了嘴。偏大門口貼了條兒：裡面人不准出，外人也絕對不讓進！
傻　子	這一句說對了，不讓進！

李　四	（打傻子）你不要囉唆！三哥，對了對了！我小時候也聽說過這些事，然後呢？
張　三	誰也進不去，只瞧見那兒燈火徹夜通明，聽得見笙簫鼓樂，男男女女的歡聲笑語——
傻　妻	傻子！吃點東西填肚子吧，後邊兒有稀飯……
張　三	院子外面是遍地飢荒，民不聊生，偏瘟疫肆虐，橫屍遍野，老人家說的是：「老鼠從死人身上爬來爬去找肉吃找不著！」
傻　妻	你一晚上沒吃，這會兒不難過嗎？
張　三	村子裡的人活不下去，找廟裡師父，問是誰惹了老天爺——回答了，「藕香樹」！村裡的人警告他們搬走，不理會！
傻　子	（不悅的）幹嘛你說的不一樣啊？
李　四	然後呢？
張　三	終於有個晚上，村裡的人去放了把火……
李　四	（恍然憶起）放了把火！
張　三	把大院裡連人帶房子全燒光了，沒剩一個！
	（傻子神色大變，怔怔的——）
李　四	這故事我小時候好像還聽說過，長大就再沒有人提了，只曉得那地方髒、有毒。有意思！
妻　子	我只當傻子好聽故事，原來三爺、四爺也一個樣兒！
張　三	不是故事！你們聽懂了沒有？他們做的那些事，叫造

孽！發瘋！傷風敗俗！姥姥是幹嘛的？她想尋——死——！

李　四　這麼說，那個老人——是漏網之魚，唯一剩下來沒死的？

張　三　（不解的）片瓦不存……怎麼會……還剩個老人？

傻　子　（突然的）大清早，你們倆想幹什麼？

　　　　（張三李四愣住）

李　四　怎麼啦？——（想扭轉情勢）聽你說故事啊！

傻　子　（極不悅的）我說螢火蟲，你們儘說別的！

張　三　（極嚴肅的）傻子啊，你來。（揮手叫傻子過來，傻子動也不動）傻子，三哥叫你也不理嗎？來，我和你講要緊的事。（傻子望著張三，終於軟化，悻悻的走過去，張三以討好取悅之口氣）我去找村裡老人一起聽你說故事，你可得說全部，我們絕不打岔，好不好？一會兒你就過來？

傻　子　我不信！……大夥兒都要聽我講？

張　三　我們要聽全部，一字不漏。

　　　　（張三李四下。傻妻呆坐一邊，傻子逕自微笑著。）

　　　　（傻子感覺到傻妻在一邊，停止了微笑。）

傻　妻　聽我的，不要去，你會惹麻煩！

傻　子　妳怎麼知道？

傻　妻　用你的鼻子聞！聞不到嗎？

（傻子依言用鼻子四下嗅聞，笑起來——轉身往門外走。）

傻　妻　　（大叫）你會惹麻煩的！

（傻子下）

（傻妻呆望，垂首嘆息。）

（傻子又折回，滿面笑意的站在門口。）

傻　子　　妳放心吧，我不會惹麻煩。

（燈暗，轉場時傻子獨白OS）

傻　子　　我當然只說螢火蟲那一段，說故事啊就挑美的說，我才
　　　　　不會告訴他們那個地下道，那是我和老伯的秘密，不能
　　　　　講的，就好像……你有一塊肉的話，你可以請朋友吃，
　　　　　但你的枕頭不可以給朋友睡，連碰都不行！我不會講
　　　　　的，放心，那是秘密。

第四場

景：地下陵墓

（老人高高在上坐於石棺前，皺眉啃著傻子帶來的蘿蔔、饅頭、玉蜀黍……等，偌大的陵墓有風聲直灌，迴音不絕。）

（傻子取食物侍奉老人一如侍奉皇上老子似的，一邊自己也伸手從袋子裡偷吃一點。）

| 傻　子 | 村子收成一直不好，我只弄到這麼點，（見老人不吃了，且面色難堪）您不吃啦？這口味不合您意嗎？ |

傻　子　村子收成一直不好，我只弄到這麼點，（見老人不吃了，且面色難堪）您不吃啦？這口味不合您意嗎？

老　人　今兒風聲怎麼這麼難聽？

　　　　（老人不舒服的揉著肚子，突然神色大變。）

老　人　太久沒吃這種東西，不習慣。

傻　子　這些玩意兒，怎麼會不好吃呢？其實我老婆給我吃這些，我也不愛，我把眉頭一皺，老婆就說：「不吃就沒別的吃了！」我就吃了。老伯，哪！（又遞上饅頭，學傻妻語氣）不吃，就沒得吃了！吃！

　　　　（老人眉頭緊皺，苦著臉。）

老　人　（突然想嘔了，跑到側區蹲下）呃……。

傻　子　怎麼了，老伯！

（老人穩定住了，大氣直喘。）

傻　子　　老伯，您平常都吃什麼？

老　人　　都吃。

傻　子　　您平常主糧是什麼？

老　人　　老鼠。這玩意兒最多，一窩一窩生得又快，方便。

傻　子　　老伯，這樣吧，我逮老鼠給您吃，順您口味……（四下
　　　　　找老鼠）出來！出來！……

老　人　　不用找了，這兒的差不多被我吃光了。

傻　子　　噢……那我回家逮了給您帶來，咱們村子多得很！

老　人　　呃！（抱肚子，一皺臉，跪下嘔吐。）

（傻子趕緊搓揉著老人的胸與背。）

傻　子　　老伯，我伺候您去一邊躺著，睡一下，身子就會舒服
　　　　　了。

（老人咕咕噥噥，說什麼聽不清楚。）

傻　子　　（小心的，悄聲的）老伯——您說什麼？

老　人　　（一逕跪著不動）我不睡覺。

傻　子　　不睡就不睡，躺一下子也好。

老　人　　（彷彿賭氣的）我從不睡覺。

傻　子　　那……那……您不成仙了嗎？

老　人　　一睡就會做惡夢。

傻　子　　夢好啊！幹嘛怕做夢？

老　人　　昨兒個一不小心閉了一下眼，我夢見我在地下洞裡，我

變成一隻鳥，想飛到天空，飛不出去⋯⋯突然這陵墓越來越小，我的頭頂，我的膀子，都要貼到牆了，可嚇壞啦！我一低頭嚇一跳！原來是我身子在變大，我兩隻手拼命揮啊動啊（兩手作鳥翅揮動狀），想叫救命，但沒人理會啊，這時候我看見對面站了一個人——

傻　子　（激動地）誰？春天？

老　人　春天站在那兒，個頭好小，我看不清楚，我就大聲叫她，我越大聲，卻只見自己身子變得越大，我越拼老命揮動翅膀，結果身子就更大更大，我身子都擠滿這個地洞了，它快垮了！磚頭、石塊，一直不停地掉下來，春天卻越來越看不清楚——（靜默僵立少頃）——一個惡夢?！

（說完猶豫片刻，轉身往後區走去）

傻　子　明明一個好夢，被你說壞了！

（老人背身而行，停住。）

傻　子　好好的夢得好好的解！身子變大，穿牆壁破地洞，表示盼著春天來，這盼頭很大！春天來了沒有呢？她來了！所以牆也垮了，地也崩了。

老　人　（仍背身）幹嘛我是隻鳥？

傻　子　你們要相見了不是嗎？飛比走快！用腳的比用翅膀的慢哪！

老　人　這麼說，這個夢是在講——

傻　子　（高呼）我們去等螢火蟲！

（少頃。老人慢慢轉身，興奮情狀溢於言表。）

老　人　傻子，你過來。

傻　子　您身子又不舒服啦？

老　人　你過來！（傻子不解，順從地走去，老人站在王陵前高階上，滿面嘉許之意，傻子站在低處）傻子！我要獎賞你，你要什麼？

傻　子　（可樂了）我……我要聽故事，您再說一次螢火蟲的事兒！

老　人　（手緩緩舉起，彷彿主持一個儀式）我封你做「孩兒官」！從此刻開始上任。

傻　子　（生氣的）我不當官！我要聽螢火蟲！

老　人　（也要生氣了）這什麼官你懂嗎？服侍新郎、新娘子的！哪，我站這兒！（指旁邊空地）春天站那兒——（呆望「那兒」不動了）

傻　子　（重重打自己一巴掌）……哈，我做什麼呢？

老　人　你唱歌，放炮仗，把門鎖上，不讓人進也不讓人出，再……把那袋子拿著，站那兒！（指一石人旁邊，傻子依言行事）把袋子傳給他！（傻子照做）他再傳給你！（傻子稍怔，把袋子從石人手上一把奪回）我和新娘子在行禮，你倆就一直傳！心裡要唸一句話：「一代（袋）傳一代（袋）！一代傳一代」。

傻　子　我懂啦！（開心地重複和石人傳袋子的動作，口中興奮大

聲的叫著）一代傳一代……！（老人煞有其事的作狀整裝、踱步、行禮、牽扶……）

傻　子　（配合節奏地）一代傳十代……，十代傳百代……，百代傳千代……，千代傳萬萬代！

（冰冷寂寥的地下陵墓裡，洋溢著傻子熱鬧興奮的歡呼聲，一遍又一遍……）

老　人　你瞧那（指墓頂）天上的星星都在眨巴眨巴的閃閃發光，這是什麼意思呢？（笑起來）滿天的螢火蟲都在笑，在唱！——跟著，春天和我就結為一體！——（望著入口處發呆，突然厲聲叱喝）停！停！

傻　子　（趕緊停止動作）我停了！

老　人　（仍望著入口處）它還不停，吹了一整天了！外面動靜我全聽不見了！我說最後一次，停——！（問傻子）風停了沒有？（風不止）

傻　子　停了。

老　人　（搖頭）——沒有。

傻　子　停了！

老　人　（走向傻子，神秘緊張地）傻子啊，今天的風不太對噢？好像有事要發生？

傻　子　（得意的，也神秘地）我知道！今天是您大喜的日子！

老　人　是嗎？

傻　子　是啊。

（老人正要笑，突然一把手捂著胸口，彷彿不支，接著另一手抓著傻子，二人慢慢走向高階，老人坐下喘息。傻子不明究裡，又跑向一石人，開始傳袋動作。）

傻　子　一代傳十代，十代又傳百代……

老　人　你住口！

傻　子　（有點故意使氣的，更大聲地）十代傳百代啊！百代傳千代唷！──

（老人一步一步的，竟是走向石人，傻子閉嘴不吭氣了。）

老　人　（對石人）我懂。可我在忙你沒看見？風吹你？那是我在石洞口兒進進出出、進進出出，不免有縫隙留下來，我在等參加婚禮的客人啊！你當我存心讓風吹你？……什麼？你說選他做孩兒官你不服氣？……（神色凜然聆聽）

（傻子亦作聆聽狀，見老人太過激動，立即趨前幫腔作勢。）

傻　子　你知道我是誰嗎？我是傻子！一等一的孩兒官！（作聆聽狀，不以為然）……什麼？

老　人　掌嘴！

（傻子對著石人舉手，不敢下手。）

老　人　掌嘴！

（傻子仍舉手不動，不知如何是好，乾脆，開口罵──）

傻　子　這個婚禮有任何差錯，就……就……唯你是問！

（老人推開傻子，望著石人，凝神注視。）

老　人　　平日裡，你就老對我有意見，他們（指眾石人、石獸）
　　　　　就總順我！（對石人耳語）聽明白，孩兒官可不是清閒
　　　　　的差事啊！他得監督照料我的傳宗接代，我的子孫哪！
　　　　　（倏地站直）聽，風聲，……不對！是腳步聲！……腳
　　　　　步聲！

（遙遠的呼喚聲傳來──是傻妻在廢墟四處呼叫傻子。）

老　人　　聽到沒有？

（傻妻呼叫聲漸漸可聞）

（傻子豎直了耳朵，老人面色大變。）

傻妻(OS)　　傻子！傻子噢──

（傻子跳起來，不知如何是好。）

老　人　　春天！……春天來了！

傻　子　　不！我老婆找來了。

老　人　　春天！春天！我來了！……

（老人急急衝向台階，傻子正跟上，老人一個踉蹌，坐倒在
地，站起，又倒，手捂胸口，兩眼發直，身子抽搐不已。
傻子急忙搶救。）

傻　子　　老伯怎麼啦？怎麼啦？

老　人　　春天……

傻　子　　老伯！……

（傻子一陣搶救無效，老人眼都闔上了，站起，呆望著抽搐

不止的老人，眞是求救無門了，一個轉身衝出……）

傻　子　女人啊，快來啊快來——

老　人　怎麼我全身都在發抖——噢——（緊抱著肚子），好像有
　　　　一千隻、一萬隻老鼠要跑出來了！天老爺，我得咬著牙
　　　　……春天妳終於來了……我得站起來……（想站起但不
　　　　能）

　　　　（傻子拉著傻妻同進，見老人痙攣不已，二人蹲在他身旁，
　　　　傻子一股勁兒的傷心。）

傻　妻　（難以置信地四下望著，看著老人）這怎麼回事？

老　人　春天……春天……（掙扎漸停，彷彿沒氣了……快不動了
　　　　……）

傻　子　老伯！您不能這樣就走了，春天還沒來呢！
　　　　（老人的手顫抖著欲往前伸出，想握住傻妻，終不能——）
　　　　（老人淚流滿面，望著傻妻。）

老　人　妳還記得來！我可沒走，我一直在等妳。（泣不成聲，
　　　　身子縮成一團）……多少年了？我都記不清了……（宣
　　　　洩不止）

　　　　（傻妻怔怔地起身呆立）

傻　子　（猶豫，不敢開口）——老伯！她是——

老　人　妳說什麼？（突轉身望著傻妻彷彿聆聽，少頃……）

傻　妻　我沒吭聲。

老　人　妳不相信？我沒騙妳！傻子！快說，我一直在等她，快

說！

傻　子　　她……老伯……我……（欲言又止，夾在老人與傻妻之間，左右爲難）

傻　妻　　（安靜地，一字一句）老伯，不是外人，我是傻子老婆——

老　人　　春天！

傻　妻　　傻子老婆！您瞧，再沒幾天就要生小傻子了。（用手抓老人手按在自己肚子上）

傻　子　　（囁囁嚅嚅）她來這兒拜望您哪——

傻　妻　　您坐著別動，當心別又岔了氣兒！

（傻子拉傻妻到前區，老人呆坐原處，傻妻驚訝地張望眾石像。）

傻　妻　　這是什麼鬼地方？一個墳墓？

傻　子　　噓——老伯住的地方。

傻　妻　　他住這兒？

傻　子　　噓——我問妳啊！妳來這兒做什麼？

傻　妻　　他是眞的瘋了。他全身臭得簡直可怕，不像人。

傻　子　　妳來這兒做什麼？

傻　妻　　叫你趕快回去，叫老人家也趕緊離開，村裡的人集合起來要來這兒警告他，要給他顏色看。

傻　子　　他們要做什麼？

傻　妻　　我哪裡知道，全是你那嘴巴惹麻煩，和他們說什麼螢火

蟲螢火蟲的，他們說那是村子裡的魔咒，是上一代燒到這一代燒成精了的鬼火！全村人一塊兒出主意，非要弄走他不可！

傻　子　　混蛋！——不要緊，讓他躲這兒他們找不著。

傻　妻　　他們一次找不著，不會來第二次？他一輩子不出這個洞？

（傻子怔住，不知如何是好。傻妻望著他，欲言又止，索性一轉身，走向老人。）

傻　妻　　老伯，村子裡的人要來這兒找麻煩了，我看您最好搬個家，避避難。（老人沒反應）您別當鬧著玩兒！他們問了廟裡的師父，都說當年火燒大院，斬草沒除根，又說這幾年老鼠出現越來越多，當年那場瘟疫看著就要再來了，禍根是誰不用我說了吧！

（老人低頭，口中呢喃自語，身子一動不動。）

（傻子一個箭步衝來，擋在老人身前。）

傻　子　　不走。

傻　妻　　傻子！別鬧孩子氣！

傻　子　　不走！

傻　妻　　你不走還是他不走？

老　人　　（在傻子身後，輕聲地）姥姥——說——過！

老/傻　　（二人同聲）不得允許沒有人能進來！

傻　妻　　你也瘋了嗎？

傻　子　　不走。

傻　妻　　你不走，在這兒幹什麼？

老／傻　　（二人同聲）我等春天，春天要來了。

傻　妻　　傻子啊！村裡的人要來了！

　　　　　（傻妻氣得踱步至一旁。傻子轉身一跳，蹲在老人身旁。）

傻　子　　（湊著老人耳朵）我去叫他們不准這麼做。

老　人　　天快黑了，螢火蟲要來了。

傻　子　　（倏地站起，望著眾石像伸手大喝）所有文武大臣統統聽
　　　　　著，不准……不准……離開崗位！晚上，春天就來了，
　　　　　大家要保護她，小心伺候……

傻　妻　　（忍無可忍）傻子啊，夠了……

傻　子　　住嘴！聽好！如果敵人來找麻煩，進攻這裡，我們要趕
　　　　　走他們，消滅他們！不聽命令的人要……要處死刑！…
　　　　　…

　　　　　（傻妻望著這一幕鬧劇，不禁悲悽絕望的笑起來──那笑聲
　　　　　與哭聲難以分辨。）

傻　子　　我聽到有人在笑，誰在笑？

傻　妻　　喔……傻子啊，傻子啊……

老／傻　　（二人齊聲大喝）住嘴！

　　　　　（燈暗，黑暗中轉場時，傻子獨白OS。）

傻　子　　老伯一定很久沒有看過女人了，我老婆走了以後，他呆
　　　　　坐很久很久，動也不動──這麼說，我老婆一定也蠻好

看的，像春天一樣吧？唉，可憐的老伯，都已經這麼老了，我知道他在想春天爲什麼還不來，我也急死了，春天爲什麼不快點來？如果春天還沒來，村子裡的人先來了……老天爺……要命啊……

第五場

景：廢墟

（傻子快步跑來）

傻　子　　老伯！你在不在？沒用啊，我說了他們不理，他們這就
　　　　　來了！

　　　　　（傻子四下望，不見一個人影，急忙從石像背後跳進地洞。）

　　　　　（廢墟一片靜寂）

　　　　　（張三李四相繼奔入，四處探視，神色急切。）

李　四　　怪咧，剛才還看見個人影？

張　三　　我上那兒找！你帶大夥兒過來，帶好傢伙！

　　　　　（尋人不著，張三示意李四去別處再找，二人下。）

　　　　　（傻子從洞口跑出來，慌張地在廢墟四處尋找。）

傻　子　　喂——老伯——您在不在啊？快出來啊，回地洞裡去避
　　　　　一避！他們來啦！我說破了嘴，他們也不理！（急得快
　　　　　哭了）我越說，他們越要來……

　　　　　（鼓聲隱隱從遠處傳來，傻子登上高階向前面遠方眺望……
　　　　　接著急急又跳下來。）

傻　子　　老伯！

（廢墟依舊無動靜，傻子轉身，恨恨地瞪著前方。）

傻　子　　你們想來找麻煩？來啊，（突然模仿老人聲音和姿勢）
姥姥的命令你們不聽？你們想進來這藕香榭？吃好的？
穿好的？看漂亮女人？大戲台的戲是給你們看的嗎？
呸！來啊！這裡只有野草、碎石子、斷牆，來啊！（又
還原成自己）你們一輩子就在找我麻煩，笑話我聽故
事，我說個故事你們又來造我故事的反，這一次我不走
了，等你們！我等我的螢火蟲，干你們這些人什麼屁
事？（撿起一顆石子狠狠擲去，然後又變成老人聲音）我
等我的女人！我不走！我在這兒幾十年了都沒走！——
（喊叫完反倒自己愣了一會兒，呆看自己裝扮的模樣。）

（傻子轉身再度四下張望，這次是要確定真的沒人在場。）

（撕破衣服，開始在牆角地上拉出些樹藤草鬚，在自己頭上
身上纏掛，不時還張望，怕被人撞見。）

（鼓聲越來越強、越近……）

（傻子急忙七手八腳的把自己裝扮成叢林野人模樣，走到前
區，臉朝下，坐在地上。）

（鼓聲驟然停止，一片死寂，無聲。）

傻　子　　（始終臉朝下，模仿老人聲音）春天……春天……妳來了
嗎？我在這裡等妳。

（有幾聲人假裝的蟲鳴鳥叫，此起彼落……）

傻　子　　我老了，不要看我的臉，妳在那裡？我要看妳漂亮的

臉，漂亮的手，聽妳的好聽的聲音。（仍舊死寂無聲，傻子情緒漸激動）我是不是「傻子」？我自己都快分不清楚了，只有妳可以告訴我答案，我是「傻子」嗎？我害怕啊！我怕妳不來了，我怕螢火蟲不亮了，是眞怕呀！我……我……想到一個辦法。（突然興奮地一掌重重的擊打地面）不管每天的什麼時候，我就都看得見妳了。我呢！——把眼睛閉起來。（燈光開始慢慢變暗）多簡單吧！眼睛閉起來，「叭」！「叭」！多簡單。

（傻子比閉眼手勢，漸漸抬頭起身，雙手遮臉。燈光全熄，幾乎一片黑暗。）

傻　子　這個辦法是我發明的，絕了！我就不怕了，「叭」！妳就來了。「叭」！妳就來了。

（安靜少頃，一聲人假裝的蟲叫響起。）

傻　子　春天？妳來了嗎？

老人（OS音效）　春天？妳來了嗎？

（不祥的樂聲和亢奮的鼓聲漸起，風雨欲來……）

（黑暗的天空，有一隻閃閃發光的蟲兒出現，飛動。）

傻　子　春天！春天！

老人（OS音效）（壓低嗓子，緊張，彷彿怕人聽到）春天！我在這兒！他們都在看戲，大戲台那兒好風光熱鬧！只有妳和我在這裡，我是一隻螢火蟲，躲在小草堆裡，偷偷的一亮一亮，妳看見沒有？

（鼓樂聲漸強，變成兩隻螢火蟲了，一隻在較低處閃閃飛動，隔了段距離，另一隻在較高處原地閃滅著。）

老人（OS音效）（興奮地）妳看見我了？這麼小的火，這麼暗的光，可我整個人在發燙，春天，回答我！（低處的螢火蟲開始加速飛動，高處螢火蟲也漸漸加速閃滅）回答我！來帶我進去，我要到妳的地方去──春天！我看見妳回答了！我在閃光啊！我滿天飛！我著火了，我越來越快！汗流到地上，我的手不曉得酸，腳不知道累，螢火閃不停，飛不停，閃不停，飛不停──（鼓樂聲停了）

（天空的螢火熄滅，小區域的燈光漸亮，傻子正和剛才暗中低處飛動的螢火一樣，在前區左右奔跑──他邊跑邊說，他的話與老人OS的最後幾句交疊，但老人OS消失，傻子兀自叫喊著。）

傻　子　我一直跑，越來越快，螢火也越閃越快，閃不停飛不停，閃不停飛不停──

（突然止步，四下張望，又是一片空寂，他像石雕似的呆立著，少頃，突然失落地「啊」的大吼一聲，接著，竟嗚咽起來。）

傻　子　不要……走……春天……

（又傳出一聲人裝的歡嚎──）

（風雨來臨，鼓聲樂聲開始以萬鈞之勢，包圍著傻子，一波飛越一波，層層而至。）

（螢火三五隻出現……七八隻……十餘隻……數十隻……）

（傻子站在原地，用手遮住臉，一動也不動。）

（數也數不完的螢火，如穹蒼星子，漫天密佈，飛舞、閃爍，鼓樂聲瘋狂的洶湧而上。）

（傻子哭叫著「春天」，跌跌撞撞的，追趕、撲捉，越來越趨瘋狂……）

（螢火閃滅飛動速度，鼓樂聲浪，與傻子的瘋狂同步到達最高點時，傻子跌倒不起，匍匐在地。）

（一切靜止。螢火消失。）

（四周走出數十名村人，他們有的持桿握杖，有的手繫大網，望著地上的傻子。）

（張三李四和兩三名村人走近傻子，隔一小段距離，停步。）

李　四　然後呢？然後你要做什麼？螢火一亮一亮地亮完了，下面的戲該你演了。你和那個女人春天要做什麼？

張　三　老人家，我們沒得說的，快離開這兒走吧。

李　四　（怒不可遏）把清白還給這地方！造孽別造到咱們子孫的身上！

（張三以手勢制止李四，靜靜地望著傻子扮的老人。）

張　三　我現在倒想聽你說了……藕香榭不過是個雜院，春天不過是個女人，怎麼樣嘛？你講！

李　四　螢火蟲有什麼不得了的？就是在黑暗中亮一下下，脖子

也不敢伸直，屁也不敢在人前放，躲在黑漆抹烏的草堆裡不見天日，怎麼樣？我們爲你佈置這麼一天空的螢火蟲，夠成全你了吧！

張　三　（發怒）你到底回不回答我?!一個腐爛發臭的故事你抱著不放，爲什麼？（假老人無動靜……張三無奈地點點頭）這會兒你還是不吭聲！

　　　　（傻子嗚嗚咽咽地欲泣出聲，張三李四一怕，張三急忙作掩護動作。）

張　三　（強硬的）不是咱們不懂同情，老人家，是您招惹得罪了咱上一代，怎麼著？又碰見你，我們下一代的不想活下去嗎？

李　四　看明白！大院八百年前就已經燒掉了，沒有螢火啦！只有鬼火。

張　三　醒醒吧！人早就都死光了！沒啦！

　　　　（村人甲突然跑過來猛的推傻子一把，傻子倒地，奮力再坐起。）

張　三　（如警告人遠離惡魔似的）你要瘋啦？不要靠近他！

村人甲　（放心的）他不是鬼嘛，摸還能摸得著。再……再戳他一下，看流不流得出血來！

張　三　（示意眾人離去）走吧。（對傻子）老人家！話說在前頭，下次來別再讓我們看見。（離去——）

傻　子　（低頭喃喃，卻一字一句）我不走，你們再來放火嘛。

（眾愕然）

張　三　（斬釘截鐵地）下次肯定放火，讓您稱心滿意。

（眾下）

（傻子不動。少頃，起身，走向高處台階，仍是老人的姿勢，坐下。）

傻　子　（仍模仿老人聲，近乎自我陶醉的）他們又來放火了……好，太美了……來放火……來嘛！……火燒大院的故事……可終於要再演一次了……故事就是要起頭要結尾，再聽不膩，再演不累……燒啊！燒啊！

（突聞有聲，緊張的到處張望……跑向最高處草叢，撥草推石，赫然見老人坐著，一言不發，神色慘然。）

傻　子　（還原成自己）老伯！您半天不出聲躲這兒幹嘛？──（討好地又仿老人聲調）那些傻子我把他們都騙走啦！──老伯！（發現老人情況有異，大驚，以自己的聲調）老伯，您怎麼啦？

（傻子猛力推搖老人，老人無反應，木木的呆望著。）

（傻子有點害怕，站起，又再蹲下猛搖老人，仍舊沒有反應。）

（燈暗。黑暗中轉場時傻子獨白OS）

傻　子　老伯不知怎麼了，成了「傻子」，不吭氣兒！連屁也不吭一下！可我沒事，就是──興奮得要命，不知道為什麼，就是興奮，好像要看一個好戲才會有的興奮。（學老人聲）不知為什麼，興奮的要命喔。哈哈……

第六場

景：傻子家

（傻妻坐在椅上折疊洗好的衣褲，動作慢條斯理，凝神專注，彷彿其中有什麼奇特的深情意味在。）

（傻子蹲在地板洞口，又聽又望，又跑向牆壁，又仰望天花板，專心地找老鼠。）

傻　妻	傻子！如果有一天，衣服褲子沒人幫你洗了，你自己能不能洗？
傻　子	我又不是女人家。
傻　妻	（語意深長地）傻子啊，如果我不在了——？
	（傻妻轉身看，卻見傻子正耳貼地板，專心聽老鼠動靜。）
傻　子	（憤憤然猛擊地板）牠們跑那兒去了？（坐在地板上，認真的深思著）奇怪，村子裡老鼠多得能排隊，咱們家這兩天沒了？
傻　妻	這輩子我最後一次嘮叨了。我問哪——到底，你最想做什麼事？
傻　子	聽人說故事。
傻　妻	以後啊，聽完了故事，也去幹點正經活兒，好不好？

傻　子　　聽完要想啊！

傻　妻　　想完去幹活兒。

傻　子　　想完了，又想聽新的。

（傻妻説不出話來，氣不過，打自己一耳光。又灰心又憐惜的望著傻子。）

傻　妻　　有一天，沒有人陪你說話了，怎麼辦？

傻　子　　不說話才好呢！反正說了他們也從來不信。

傻　妻　　可是你想找人說話呢？

傻　子　　和妳說啊。

傻　妻　　我不在了呢？

傻　子　　妳明明在啊！

傻　妻　　假如不在了呢？

傻　子　　假如？……我睡覺。（想想，竟笑起來）——我可以說夢話。

傻　妻　　（心疼的，也笑了）說夢話也算？

傻　子　　幹嘛不算？更有意思啦！沒人管得著！又……又……又千奇百怪的，好玩嘍！

（傻子這才轉身望著傻妻，不解的——）

傻　子　　妳今天怎麼和我說這麼多古里古怪的？

傻　妻　　你幾歲了？

傻　子　　（想了想）——二十五！

（傻妻別過頭去，擦掉臉上淚水。）

傻　子　　二十五歲不好嗎？哭什麼？

　　　　　（傻子緊皺著眉望著傻妻，漸漸，好像意識到什麼問題，突然，改變成笑臉跑到老鼠地洞處，誇張的凝神監視老鼠動靜。）

傻　子　　出來！出來！別躲啦！（耳貼地板，以掌擊地）出來！我要拿煙燻你嘍，出來！

　　　　　（傻子狀若興奮的找老鼠——轉身，偷瞄傻妻。）

傻　子　　小傻子哪天出生啊？

　　　　　（傻妻只搖頭，不語，傻子跑到傻妻膝前，耳貼傻妻腹。）

傻　子　　（邊說邊用手掌輕擊妻腹）別躲裡面！出來，出來！我聽到你叫喚啦，……什麼？你說什麼？……出來！出來！

　　　　　（傻子動作使傻妻疼痛，傻妻強忍不吭聲。）

　　　　　（傻子以為逗，見無趣，站起，隨手翻翻桌上籃子裡折疊好的衣物。）

傻　子　　我們小傻子生出來得取個像樣名字，對，我可以去問問老伯，讓他幫我們想個——（臉色突變，望見籃子衣物的下層，有什麼東西嚇著他了。）

　　　　　（傻妻轉臉一瞥見，急急伸手一把遮住籃子。）

　　　　　（轉念之間，傻妻索性將該物明明的取出，放在手上，是個繩索套環。）

傻　妻　　給小傻子編一個可以睡覺、還晃啊晃的搖籃，還沒完工。

（傻子想笑笑不出，臉色極壞，突的轉身，豎耳監聽，彷彿發現什麼，循聲而去，衝向牆邊，又衝向地洞口，又踮起腳眺望天花板——）

傻　子　　有一隻！——跑了——在這兒——又跑這兒來了——

（傻子正全力的追蹤那隻看不見卻在整個屋子上天下地游走飛竄著的老鼠——）

傻　妻　　（大吼）行了！屁也沒有！

（傻子不動了，被釘在原地。）

傻　妻　　傻子，跟我講，你在想什麼？

傻　子　　（認眞的、憂慮的）我在……想，老伯現在在想什麼？

（傻妻啼笑皆非，但卻掩飾的同意點頭。）

傻　子　　——不成，我得去看看他。

（傻子疾步走向門口，突又止步，興致勃勃地再叮嚀一句）

傻　子　　老伯會替咱們小傻子取個好名字，妳等著瞧！

（傻子下。傻妻緩緩的嘆口氣，將衣物籃子都放好。手執環套，望著屋樑。緩緩站起，提著椅子走去——）

（燈暗。憂傷的音樂，急轉場。）

第七場

景：廢墟

（廢墟上，張三李四抓著老人往抬過來的轎子裡塞。）

（老人無神的呆呆的隨他們搬弄。傻子趕來……）

傻　子　　你們幹嘛？

李　四　　嗨呀，傻子，快來幫個忙，我們在抬一個妖怪呢！這老頭兒身子這麼沉，可會把人累死！

張　三　　昨晚我們用螢火蟲和他鬥法，你上哪兒去了？

傻　子　　這大轎子幹嘛的？

李　四　　這大轎花了我和三哥多少口水啊，沒人敢來，媽的，拉他到村子廣場給大夥看看到底他是人、還是妖魔鬼怪！

張　三　　那些人真迂得很！沒人敢碰他！傻子，你說他嚇得了人嗎？哪……（先用手輕輕的碰碰老人，放心了，再用手搬弄老人手、頭、身子……老人全無反抗）哪……

傻　子　　老伯，您怎麼不吭聲，就隨他們折騰？

張　三　　哈哈……老頭只剩了個殼兒，還吭聲？活著就不錯了！

傻　子　　老伯，您就這樣跟著他們走嗎？老伯！您不等春天嗎？

張　三　　傻子，他不是老伯，他是個影子，是假的！

李　四　　傻子哪……

傻　子　　（哀哀喃喃的走向老人，欲拉住老人……）老伯您不能
　　　　　　走，你們不能帶他走……

　　　　　　（李四一把推開傻子，傻子跌倒在地。）

李　四　　不要走火入魔噢！你不怕咱們祖宗八代從地下跳出來嗎
　　　　　　你！

　　　　　　（傻子走向張三旁，跪下求情。）

傻　子　　三哥……求求你，不要帶老伯走……你們不知道他不能
　　　　　　離開這裡……

李　四　　滑稽，滑稽！村子裡人不敢碰他，你不准人碰他，他是
　　　　　　你什麼人啊？

張　三　　（心軟地蹲在傻子旁，邊說話邊用手搭傻子肩）傻子，三
　　　　　　哥懂你的心情，咱們從小玩到大，你好什麼，不好什麼
　　　　　　……我懂！派你來這鬼院是三哥錯了，可這次你非得聽
　　　　　　我的，咱們帶這老人回村子（傻子突狠咬張三手臂）哇
　　　　　　……

　　　　　　（二人跳開，傻子衝向轎子，一把扯出老人，疾步往台階
　　　　　　退。）

張　三　　傻子！不要做傻事！

傻　子　　（指台階界線，大吼）不准過這條線！你們不能過！

　　　　　　（二人又呆住）

李　四　　傻子啊——

傻　子　　退下——

　　　　（傻子從地上撿起石塊，朝二人高舉著，張三李四正欲言
　　　　語，傻子作欲擲石出手狀，二人不敢動，又想上，傻子近
　　　　乎發瘋的舉石欲擲，面色猙獰，狂嘯出聲。）

傻　子　　啊——

　　　　（張三示意李四勿蠢動，二人執轎下。）

　　　　（燈暗，急轉場。）

第八場

景：地下陵墓

（地下陵墓中，傻子揹老人拾級而下。）

傻　子　他們瘋了，都瘋了，明明是這個廟的佛，哪能搬到另一
　　　　個祠堂去？想得可美了！要搬就搬啊？

　　　　（氣喘吁吁地站定，傻子欲將老人放下，老人卻沒動，再
　　　　放，發現老人的手腳竟緊緊的、沒命的抱住傻子，拉也拉
　　　　不開。）

傻　子　老伯！您可以下來了！……老伯！

　　　　（老人仍不鬆手，傻子有點不知如何是好，只得踱步。）

傻　子　那些楞頭蔥不中用，兩下子不就走了，哼，敢到太歲爺
　　　　頭上動土，哼——

　　　　（吃力的坐下，再一次想撥開老人緊纏著的手腳，不能。）

傻　子　（索性對著眾石像大模大樣的）剛才呀，敵人賊子來包
　　　　圍，幸好我把他們打退弄走了，沒事！你們每一個人都
　　　　可以安心了，這個地洞永——遠——不會有人進來了，
　　　　只有我和老伯！我們倆永遠不離開這裡！（慘叫）哇
　　　　——

（老人手指突然緊緊掐住傻子手臂，幾乎深陷肉裡，頭仍一逕埋著。傻子用力掙扎。）

傻　子　老伯！要流血見肉啦！別掐！哇──（掙扎不開，疼得滿地爬）老伯我是和您一國的！哇，別咬！……疼啊！殺人啊！

（老人緊咬著傻子的脖子不放，傻子拼命甩也甩不開，疼得捶地跳腳。）

傻　子　頭要斷啦，您別把我吃掉哇……春天來救救我啊，我要死了……

（老人鬆口了，從傻子身上下來，滿嘴是血，眼神充滿怨憤。）

（傻子嚇得躲在一旁，抱著脖子，張開手看，也全是血。）

傻　子　（跺腳大罵）你當我是什麼？你要吃我……？（漸漸又心軟了）老伯，我們一國的，現在開始，我不走了。

老　人　滾。

傻　子　我再也不回去了！

老　人　（怒目走向傻子）快走，我會殺死你。

（傻子往後退，老人一步步追逼著，二人在石像之間轉來轉去。）

傻　子　我是傻子！傻子！您幹嘛要殺我？

（傻子逃到石階上索性坐下，雙手遮住雙眼，背對著老人。）

傻　子　您要殺就殺吧，反正我是不走了。

　　　　（老人一把從身旁的石人手上取下石劍，在傻子背後將劍高舉，正要往下刺——）

傻　子　（閉著眼，等著——，竟笑起來）哈，我知道您逗著我玩兒，下不了手的。

　　　　（傻子轉身看，嚇得跳到一旁。老人舉劍姿勢像是僵住了，不動，少頃。）

老　人　（喃喃自語）春天死了。

傻　子　老伯！

老　人　她早就死了。

傻　子　（憤怒的）不准亂講！

老　人　被燒死的，藕香榭燒光了，螢火蟲不會來了。

　　　　（傻子衝向石像旁邊，撿起一個斷掉的石人手臂，當武器一般，像比武似的，對著高舉石劍卻僵住了的老人。）

老　人　我只是一個老人，快瘋了，快死了——

傻　子　不准亂講！你要逼我造反？啊？小心我是傻子！我可真傻噢！

　　　　（老人蹲下，低頭，雙手下垂著，石劍亦脫手，斜落在石階上。）

傻　子　（雙手執石臂，努力擠出笑容）聽好！天很黑了，我們上去——等——！

　　　　（傻子亦蹲下，不知所措，悄悄將石臂放在石劍上，正好成

個手握劍的構圖。）

傻　子　也好，您不出去就蹲這兒，我教您一個秘方，一樣可以
　　　　看到螢火蟲，哪，把眼睛一閉，再用雙手這麼一遮…
　　　　…，「叭」！只要「叭」！螢火蟲就飛起來了，您試
　　　　試！

　　　　（老人起身，倉皇的往前區走，又抱頭蹲下，傻子從後逼跟
　　　　而來蹲在老人旁。）

傻　子　您在用我那個秘方嗎？「叭」！……「叭」！……

　　　　（老人又起身，避之不及的，往更前區跌跌撞撞走去。傻子
　　　　亦隨後跟去。）

傻　子　螢火蟲只有「叭」！黑了！才看得見，您張大眼不成
　　　　啊，（蹲在老人身旁）來！我們一起「叭」！（說完，
　　　　逕自閉眼，並用雙手遮臉，然後身子一震。）哇——來了
　　　　來了！……螢火蟲……滿天都是……哇！這麼多……

　　　　（兩人在最前區並肩，一個埋首蹲著，一個緩緩站直，雙眼
　　　　圓睜，滿是恐懼。）

　　　　（老人慢慢轉身，望著眾石像以及這個巨大的陵墓……彷彿
　　　　無以承受，突然用雙手遮臉，猶若巨光逼人，不敢目視。）

老　人　老天爺！這是一個墳墓……這是一個墳墓！……一個埋
　　　　葬死人的地方……一個墳墓……

　　　　（傻子聞聲抬頭，原本滿臉歡愉，正浸淫在一個夢幻中，這
　　　　會兒跳出來，甚是不悅。）

（老人嘴裡不停地唸著「這是個墳墓……」，倉皇失措的，逃離。下。）

（燈暗。慌亂奔走的鼓聲。）

第九場

景：地下通道

（四五道縱橫斜直的光，照射出一道道窄路，逐次輪替出現，老人與傻子彷彿捉迷藏一般，穿梭其中。）

傻　子　您躲在哪裡？

　　　　（老人驚恐的張望，彷彿被誰追殺似的，疾步溜走。）

　　　　（傻子在新的巷道裡尋找……）

　　　　（老人在新的巷道裡躲逃……）

　　　　（傻子在另一新巷道出現）

傻　子　老——伯——！（豎耳，好像聽到）我聽到您了！怎麼看不到人呢？

　　　　（傻子跑到另一新的巷道）

傻　子　（作老鼠叫聲）噓，噓——（看看四周竟怕起來）這地下道怪嚇人的，這是誰蓋的？那兒起頭那兒是尾啊？快走昏頭了，快來帶我出去！帶我出去！（突然好像聽到什麼，忘了害怕，循聲追去。）

　　　　（二人站在比鄰的巷道卻不相見，傻子不停發出老鼠叫聲，老人則癱軟地坐下。）

老　人	傻子！
傻　子	（聞聲大樂）就說嘛，歸我的從來跑不掉！
老　人	我想起來了，你要不要聽完這個故事？
傻　子	螢火蟲的故事我才聽！
老　人	沒錯。

（傻子也坐下）

老　人　　那天晚上，終於我和春天見了面，她說她要我帶她出去，離開這藕香榭。我帶她到這裡，我們走過那個地下道，到了那個陵墓，我抱住她，跟她說：我一定帶妳出去。（激動不安，難以開口）我——我騙她的！我抱住她身子，那香味我從沒聞過，我說：「我一定帶妳出去。」那是謊話，怎麼呢？我想進去！我一心只想進去，我不想只沾點香，我要變——成——那種香！藕香榭才聞得到的香！傻子，聽懂了嗎你？

傻　子　　（幾乎是厭惡的）說啊說啊！

老　人　　我不但沒有帶她出去，我帶她來這兒，你現在知道了，這裡更難出去，更不見天日啊——

（老人哽咽，傻子雙手掩耳，口裡哼哼唸唸。站起，走出，消失在暗處……）

老　人　　放火那天晚上，我躺在陵墓睡覺，醒來走到地面一看，大火燒完了，春天和所有人都死了，什麼都不剩。……一絲絲兒的聲音也聽不到！草都不剩一根，都沒了！只

有煙在飄，飄……（嚎啕）春天在火裡！那時間，我正在睡覺！

（傻子笑眯眯的在老人身旁出現，突然一步躍前，雙手緊緊圍抱住老人。在下面對話中，雙手一直不曾放鬆過。）

傻　子　　逮著了，再往哪兒跑！

老　人　　（如泣如訴）我騙了她……我儘說好聽的……

傻　子　　跑啊，跑不掉啦。

老　人　　（猛力掙扎，不能，眼睛目瞪）春天死了多少年？傻子，我幾歲了？

傻　子　　（笑得前仰後俯）哈哈……老——老伯，夠了，可以了，別再逗了，走，天快黑了，我們去等螢火蟲。

老　人　　再沒有螢火蟲了。

傻　子　　（笑中含慍）您不去等春天了嗎？

老　人　　再沒有春天了。

（二人沉默下來了。傻子出現一種極端瘋狂的怨憎，老人斷續啜泣著。）

老　人　　（掙扎的）放開我，放開我……

傻　子　　（大喝）老伯！

（老人被傻子的聲勢制住，傻子激動的勒住老人脖子，老人不堪，臉色越來越慘。）

傻　子　　（一字一句慢慢地說出）老伯，我不騙您，跟我去，我們一定會等到。誰騙您，誰生不出兒子，絕子絕孫！

老　人　（點頭了）我跟你走。

　　　　（燈暗，黑暗中傻子獨白OS）

傻　子　老伯騙了我，一走出洞口兒，「澎」！他把石洞口封
　　　　住，我只聽到他最後一句話，他說他在裡面不出來了。
　　　　我一直叫他，不應，天快亮了，我嗓子都沒了。只好…
　　　　…我用火苗子、柴枝子引了煙，從縫兒一直往地洞裡
　　　　扔，我不信他不出來！我把洞口外面大院四周柴啊棒啊
　　　　的都架好了。——這是唯一的方法了，我要老伯馬上看
　　　　見春天。

第十場

景：廢墟

（樹幹枝葉在廢墟四周堆成一大圈，傻子蹲在前區的圈外，正以火引子磨擦引火。台階旁的石像腳下飄出一絲一縷的煙，越來越多的煙冒出。傻子專心地望著石人像，等著。）

（傻子手執一根樹枝棒，開始按捺不住地在圈外踱步。）

傻　子　　出來！快出來！再拖可就悶死啦！出來！

　　　　　（煙湧出，越來越多，石人像開始有一點移動。）

　　　　　（傻子急急用嘴吹氣助火燃，樹枝堆緩緩著燃，出現了小小的火光，他隨即跑到另一個位置引火。）

　　　　　（石人像腳下，老人的手出現，垂死掙扎著爬出，終於整個身子爬到地面上來了，趴在地上咳嗆氣喘。傻子出勁用嘴吹氣，用樹枝搧風，催火旺。）

　　　　　（老人一抬臉，望著火陣，滿眼不信，四下望，火已包圍四周了。）

　　　　　（老人開始害怕，倉皇失措的往前區走。）

老　人　　是誰放的火？是誰放的火？

　　　　　（方至火線。傻子在外線高舉樹枝棒，做出迎擊狀，胡亂揮

舞一通。）

傻　子　不准出，不准出！

（老人慌忙地逃往另一位置欲出，傻子追上前去，制止地揮
舞樹枝。）

傻　子　不准！不准出！

（傻子使勁以樹枝棒在地上重擊，作警告狀，其勢瘋狂至
極，老人順勢離開火線，往後退。）

老　人　是你放的火？

傻　子　不是。

老　人　（悲憤莫名）難道還——是——村子裡的人？

傻　子　不是！不是！（拼老命用樹枝棒出力揮舞著）不准出！

（老人愕然，並在火中倉皇閃躲著。）

老　人　傻子……火燒的燙人啊……（火大得看不見傻子站何處）
傻子！……傻子！（傻子不吭聲）讓我出去，這裡燙人
啊！……到底是誰放的火？——誰？……

傻　子　外人不讓進，裡頭人也不准出，——是姥姥交代的。

老　人　誰？

傻　子　姥姥。

（老人怔住，傻子亦不吭聲。少頃，老人坐下，不禁微笑起來。）

（傻子亦坐下。靜默，只有火聲。）

（少頃）

老　人　（喃喃）……天啊，原來我一直在等的，——就是這個！

傻　子　老伯！您清醒了嗎？

老　人　傻子，你不是傻子，我沒白疼你。

傻　子　（急切的）記得螢火蟲嗎？藕香榭？大戲台？好漂亮的
姊姊妹妹？姥姥的命令？（老人隨著傻子的話在火中閃避
越急，彷彿這些話比火更燙人。）

老　人　（突站直，老淚縱橫，四下張望）春天——春天！快來帶
我走，我快腐爛了！快臭了！快來，春天！

傻　子　（喜極狂奔，手舞足蹈的叫嚷著，突又嗚咽起來）老伯……
我好怕您不醒了……

老　人　（緊張害怕）傻子啊，沒有人來接我，只有火！要來不
及了，快燒到腳跟兒啦我的媽！（被燙得大叫）哇噢！

傻　子　不怕不怕！

老　人　（被火燙得東閃西躲）疼啊！傻子！

傻　子　再忍一下春天就來了！

老　人　傻子，我怕燙！

傻　子　再忍一下，春天就來了！

老　人　我什麼都看不見了。（即將倒下）

傻　子　再最後一下子，春天就來了！

老　人　（哀嚎）春天——我的春天！

傻　子　對！再叫，春天！春天！——叫啊！

　　　　（老人抱頭跪倒在地，不動了。傻子急得不知如何是好。）

傻　子　老伯！抬頭看哪！瞧是誰來了！——抬頭看！

（老人抬起頭，眼裡噙著淚。）

傻　子　　瞧清楚了嗎，誰？

（老人呆望著，渾身顫抖。）

傻　子　　（急切，近乎兇暴）沒看到春天不能死，說！是誰！

（老人竟突然臉上出現驚訝、害怕之情，一束微微的白光照亮他的面容，老人望著前方，像是真看到一個人似的，顫抖痙攣，口張不能閉，千言萬語全在喉間打滾。）

（他巍巍顫顫的將手伸出……）

傻　子　　（興奮涕零）春天，春天……（手舞足蹈起來）

（老人雙手伸出在空中，正迎向一個根本看不見的人。此時火勢高漲，火舌亂舞，火吞沒了一切……）

（通紅的舞台，只聞火聲洶洶……）

（未幾，聲光漸趨於無。傻子從黑暗中走向最前區，面對觀眾。）

傻　子　　這麼點大的院子，就這麼點野草啊樹枝，火燒起來竟然「吼」！（比個爆炸開的手勢），像個大海！火尖兒都能衝到雲那麼高，天在晃啊，地也在動啊。——事情呢，也就這麼簡單，完了。（突然湧上一種悲慟）可故事故事——不就是要講自己看到的嗎？我他媽的拿我死去的爹娘、我的祖宗八代來擔保，不怕你不信，我要告訴你那天後來我親眼看到的！

（鼓聲動地，火光再亮，仍是通紅的舞台。）

（突然一聲巨響，如晴天霹靂，接著飄來一陣極其美奐華麗

的音樂，如魔幻似空靈，壯闊但又悲傷，它把洶洶火聲逐漸撫平。）

（奇異的光芒數道，隱隱照現，劃破火海，兇烈的火光亦漸趨平靜。）

（只見老人死去的屍體，仍雙手伸出，像個雕像似的，倒在一個真的石人像旁。）

（老人身旁漸漸亮了，煙霧裊繞，天空中一片奇幻瑰麗的色彩，近乎超寫實的圖案，老人四周圍了一群人，約二十名左右，背身而立，衣著講究，色彩浮艷，但盡偏暮色。）

（他們緩緩轉過身，是容貌俊美、濃妝艷抹的年輕男女。但慘白的肌膚使他們形如地獄天使。其中只有一名老婦，雍容華貴，滿頭銀髮，手拄柺杖，氣度軒宇。他們望著老人。）

（幽怨哀沉的音樂陡地響起，唯一猶背身而立的人緩緩轉身，是個長髮女人，著白衣素服。此時眾人緩緩的退一步。）

（她的臉竟與傻妻一個模樣。她望著老人，深情款款，雙手微舉，步向老人。）

（眾人亦同時舉起雙手，迎迓老人，長袖連長袖，蔚成袖林。）

（女人蹲下，抱起老人屍體。緩緩站起，老人橫臥在她懷中。）

（音樂興奮，鼓聲轟轟，宛如史詩磅礡之勢，翻湧而至，不斷不休……）

（許久許久……燈暗了。音樂於暗場中仍昂揚奔繞，久久迴盪不去。）

尾聲

景：傻子家（一如前景，唯屋頂樑木折斷成兩截）

（傻子站在一個光圈裡。家景半隱若現。）

傻　子　　老伯昇天的那時候，我一路跑回家，我老婆正好肚子「吋」！生下來一個小娃兒。這下難過也不難過了，反倒興奮的不得了，我要趕緊去告訴老伯，請他給小娃兒挑個名字，再請老伯來家裡——（突然止住，自覺說錯話了。少頃，恢復興奮）反正，興奮得有點昏了頭，不知道做什麼才好。

（燈光亮了，傻子在家興奮地踱來踱去。）

（突然天花板上掉下一個東西，傻子嚇一大跳，等了等，那東西不動，傻子躡手躡腳走去，撿起，赫然是隻死老鼠。）

（傻子轉頭又發現桌下有個東西，走去撿起，又一隻死老鼠！）

（傻子蹲在地板洞口貼耳監聽，一會兒又豎直耳朵聽牆壁，聽天花板……）

（傻子這才發現橫樑斷裂，大惑不解地仰首望著。）

（傻妻入，懷中抱著嬰兒襁褓，傻妻歪著頭，瘸著腿，自台右往左走。）

傻　子	（興奮地迎上前去）老婆！……
傻　妻	老「婆」！不是老「伯」！說話清楚點！
傻　子	老婆──！（想抱嬰兒卻不敢，手足無措）
傻　妻	別肉麻！還連名帶姓一塊兒叫呢！
傻　子	給我抱抱。
傻　妻	去洗手！你聞不到自個兒是什麼味兒？瞧你一身又臭又髒的像從茅坑裡蹦出來的！
傻　子	妳怎麼──腦袋是歪的？
傻　妻	剛剛閃到脖子。
傻　子	妳怎麼──腿是瘸的？
傻　妻	剛剛摔了一跤，別問了！這房間啊──倒霉！
傻　子	噢對！那樑子（指屋頂那根樑）怎麼會斷的？
傻　妻	（非常氣惱的瞪看那斷樑）哼，死老鼠天天在那兒磨牙，那根死木頭早被啃成空心的了。
傻　子	死老鼠難不成真都死了？我弄不明白，怎麼一下子這上上下下（指屋頂和地下）全沒聲兒啦？牠們怎麼啦？
傻　妻	你今兒個問題還真多，沒老鼠逮就不能混啊？
傻　子	牠們一下子全死光啦？
傻　妻	用你的鼻子聞一下，聞到什麼？
傻　子	（依言）死老鼠的味道？
傻　妻	對了，再聞。
傻　子	（依言笑起來）小奶娃兒香味兒！

傻　妻	對了，這房子快爛光了，霉透了，看在這奶娃兒面上，讓天光進來，讓這房子裡的人吸口氣是乾乾淨淨、明明亮亮的！別再去找老伯，他住的那個洞是幹嘛用的？你說！埋他自個兒的！別再望那個洞！（指老鼠洞）
傻　子	（突兀地盆斷傻妻的話）我再也不去看老伯了！（傻妻爲傻子的突兀反應愣住）我人彆扭，可我從不撒謊，我不去了。
傻　妻	（不信的）你說眞的？
傻　子	不去了！
傻　妻	爲什麼……
傻　子	（將嬰兒由傻妻手中抱過去）眼前的事情，這娃兒得吃奶水、吃補的長身子。我得幹個什麼活兒好養他……！養他個肥肥壯壯的，壯得像條大牛才棒！
傻　妻	傻子……
傻　子	幹嘛？

（傻妻驚喜地望著傻子說不出話來，突然一把將傻子手中的嬰兒抱去。）

傻　妻	我……我把孩子帶到裡面哄睡著，咱們倆再好好談談。
傻　子	我哄他不一樣嗎？
傻　妻	一身髒，你坐著。

（傻子一跳蹲在椅上）

| 傻　妻 | （喜悅顫抖）頭一椿活交給你，先想想他該叫什麼名兒 |

吧！

傻　子　　我來想！（爲難，躊躇的）……什麼名兒……我想想！
　　　　　（一個大步，站在傻妻旁望著襁褓）我瞧瞧，像老虎？還
　　　　　是像大熊？喂，夥計！喂！

傻　妻　　喂！女的。
　　　　　（傻子怔住，急忙低頭伸手察看襁褓內──傻妻一把打在他
　　　　　手上。）

傻　妻　　去洗手！（下場，邊行邊嘀咕）唉，傻子還是傻子。
　　　　　（下）

傻　子　　（對著傻妻下場方向）難怪……難怪……長得和妳挺像
　　　　　的！
　　　　　（傻子興奮的一蹦，上了桌子，再一跳一蹦地到了舞台前
　　　　　緣，面向觀眾。）

傻　子　　大火燒完了，村裡的人因爲找不到老伯屍首，就各說各
　　　　　的，反正就是魔啊鬼啊什麼的，我不吭氣兒。我現在一
　　　　　心不二用，只想陪那小娃兒──小女娃兒，往後我要跟
　　　　　她說很多故事，帶她去那個地下陵墓，絕不讓第二個人
　　　　　知道，我要……噢，對！她該叫什麼名字？──（漸漸
　　　　　露出得意的笑容）當然，春──天。

劇　終

首演資料

《螢火》一九八九年六月一日首演於國家戲劇院，
國立中正文化中心主辦，【蘭陵劇坊】演出。

編　　劇：金士傑
導　　演：金士傑
藝術總監：吳靜吉
製 作 人：劉源鴻
舞台・燈光設計：聶光炎
服裝・造形設計：霍榮齡
音樂設計：陳揚
舞蹈動作指導：林麗珍
現場音樂指揮：朱宗慶
化妝設計：鄭建國
執行製作：郭淑齡
舞台監督：鍾寶善
技術監督：秦正榮
技術顧問：羅瑞克
舞台技術指導：王家全
燈光技術指導：馬天宗
繪景藝術：吳國清
排演助理：賀四英
佈景製作：景翔佈景製作公司

首演演出人員及角色

王　宇——飾 老人

鄧安寧——飾 傻子

丁也恬——飾 傻子妻

溫懷智——飾 張三

房純輝——飾 李四

趙自強、張世彬、鄧嘉力、

吳振華、游禎民、林億昌、

何子城、林彥光、劉俐敏、

周思芸、邱瓊瑤、蕭美惠、

馮國珍、劉宇均、白恩惠、

陳麗君、謝東寧、曾韻如、

林麗霞、廖抱一、溫思德、

郭宗倫——飾 村民及眾鬼魂

感謝劉振祥提供本書劇照

傻子在廢墟過夜。 （劉振祥攝）

傻子家。由左至右為傻子妻、李四、傻子、張三。 （劉振祥攝）

老人與傻子在地下陵墓中。 （劉振祥攝）

老人躺臥著，春天如新娘一般站在帷幕裡，旁邊圍繞著的是地獄天使。　（劉振祥攝）

〈編導心得〉
螢火背後的一片幽暗

金士傑

　　快二十年了吧。我與一好友在台南一家小戲院「實踐堂」看電影，唐吉訶德的故事，片名《夢幻騎士》。影片放映完，熱淚盈眶，場燈說亮就亮了，年輕熾熱的感動頓時不知所措，走也不是，坐也不是，朋友轉頭對我輕聲耳語，鏗鏗鏘鏘，「我們應該起立鼓掌啊！」到了台北結識些影評人，當他們說這片子「有許多問題啊！」我幾乎翻臉成仇。很多年了，我已經可以像個影評人一樣「分辨」得出這片子品質的優劣，但我仍然保存那份感動。那記憶延伸到今天這齣戲。夢幻依舊，只是西班牙原野上馳騁的騎士，變成老中國的一片廢墟裡死守不去的老鬼；理想主義的浪漫也變了，成了被自己的夢魘追撲，奔逃無路的一個傷感小調，好像已經是兩碼事了。但基調上，色彩類同，塞凡提斯的詩情，在老人死守的地下陵墓中仍使我激動、鼓舞。

　　去年下半年，探親之便，在頤和園內遊逛，在某廳室門前摘了個句子：「玉瑟瑤琴倚天半，金鐘大鏞和雲門」。橫批廳名「藕香榭」，是光緒皇帝被軟禁的小院，石牆圍死，人不得出。至今石牆仍屹立，開窗推門，迎面便是封牆之人慈禧最喜流連的大戲台，台高三層，當然只有名戲名角才能來吧。我不想套典，無意

影射，但遊逛園內，心中所見紛湧，意象動人，使我不禁在《螢火》戲裡沿用了它們，姑不論歷史功過責任，頤和園可眞是瘋狂得淋漓透徹！慘近乎美，惡近乎魔！若不是無知，就是絕望到頭了，而興與世間一切敵對的氣慨，墮落是方式其一，一種掩耳盜鈴的美，人性之極。

　　這齣戲，我想寫夢，不單純是幻夢之夢，是圖騰，是祭典中亡魂現身，是臍帶被剪斷時的驚愕，是幻念的母體，是恐懼的原型，與生死相連，最隱私、最與別人無關的夢。眞好，我是說企圖眞好，但這麼明白的把話說出來可不好。是以我選用寓言的文體，情節得以簡化和變形，只剩下了象徵的符號；意思在半隱半現中擦身而過比較好吧。於是——地下陵墓和傻子老婆的懷孕肚腹，深居地洞的老鼠與老人，村民放的大火與廢墟上受咀咒的螢火，傻子對故事與老人對藕香榭的流連忘返，姥姥的不准出不讓進與老人的要進、春天的要出……它們並肩成對，無巧不成的走來，構成一張線線相連相繫的網，一幅抽象畫，一個啞謎，一個夢。

　　這齣戲，我想寫一個自閉症的人。

　　突然發現我近期內一直在繞著「他」走。兩年前的《家家酒》，我把他禁閉在一場為了尋夢熱熱鬧鬧的同學會中一個僻靜角落；去年寫《明天我們空中再見》，她被困在一個溫柔的錄音室和一個瘋狂的愛情神（謊）話，這次，他把自己囚禁在一個廢墟的地下，一個他堅持的夢，只有亡魂能懂。

　　一般來說，自閉是病，開放是健康，但相對於現今這個語言廉價濫行和人際交流擁擠而薄情的社會，我對「自閉」的人反抱持著一種特別的尊重和喜愛，我直說吧，簡直相當的迷戀。

　　　　　　　　　　（摘錄自1989年《螢火》首演節目單）

永遠的微笑

SHE IS WALKING, SHE
IS SMILING!

人物

何　來：35歲，平面攝影師。

王大可：約40歲，製作人。

季　韋：約65歲，攝影大展之主辦人，臉頰上有一道疤痕，隨身
　　　　拄著一根枴杖。

杜沛倫（簡稱倫倫）：年紀約30出頭，為眾女模之資深大姐，習
　　　　慣把苦難放在心裡，微笑掛臉上。

馬惠芳（簡稱阿芳）：形貌略平凡，言談羞怯不自信，心地甜
　　　　美。

Lulu：　原工作於風塵場合，亮麗，言語跳脫，頑性難改和洗不
　　　　掉的風塵味。

五至七名模特兒

場景提示

由於主要場景發生在一個平面攝影棚，拍戲現場所需用的畫片背景、假道具、代用的音效光效……等，可沿用在其他非攝影棚的次要場景中，因此可強化本劇在寫實與非寫實之間的類似浮世繪的基調。

第一場

1-1　大牆景

（後區隱隱可見一列由許多摺門合成的大牆）

大　可　　（於前區獨白）我有一間攝影工作室，早些年我還自己拍
　　　　　照，朋友給我的外號叫「藝術家」。後來我當老闆了，
　　　　　拍照的工作另外請人，我這個老闆要做的就是找尋另外
　　　　　一個「藝術家」。三年前，來了一個胖胖的攝影師，叫
　　　　　「何來」，也沒有人介紹，他穿了件每個攝影師都會穿的
　　　　　那種一大堆口袋的外套，瞇瞇小的一雙眼睛，活像從生
　　　　　出來就一直用力瞇著眼替人拍照，拍了三十五年，眼睛
　　　　　就瞇成一條線了。我用了他，但始終對他的背景一無所
　　　　　知。後來我發現他隨身總在那一大堆口袋的外套裡放了
　　　　　個皮夾，皮夾裡帶著一張發黃的小照片，一個女人，一
　　　　　個嘴角和眼角都在笑的女人，是他媽媽。禁不住我好奇
　　　　　的追問，何來悄悄告訴我照片裡的媽媽為什麼在笑。

　　　　　（逆光打來，台上站了個五歲大的孩子，但只見到他的剪影。）

大　可　　從小，他的媽媽喜歡帶他玩捉迷藏。

小何來　　天！

何　母	（從大牆後面傳來的OS）地！
小何來	天！
何　母	（彷彿又換了位置傳來OS）地！……地！……
	（小何來左看右看就是找不著媽媽）
何　母	（OS）胖球，你不可以張開眼睛！賴皮不算！快閉上眼睛！
	（小何來依言閉眼，伸出雙手在空氣中摸索著，左抓右抓的瞎摸索。小心翼翼的走了兩三步，就一步也不敢動了。）
何　母	（OS）眼睛閉了沒有？
小何來	閉了。
何　母	（OS）喊「天」！
小何來	天！
何　母	（OS）地！
	（小何來聲音越來越害怕，縮身蹲下，終於哭起來。何母由牆後現身，也是剪影，急步笑著跑去抱小何來。）
何　母	胖球不哭不哭……胖球膽子小，閉了眼睛就不敢走路了。
小何來	（哭訴著）不是不是，是妳賴皮，我喊天，妳沒有喊地。
何　母	我喊了！
小何來	妳沒喊！
何　母	我喊了！
小何來	妳沒喊！（哭不止）我以為妳不見了……

何　母　胖球不怕不怕喔！媽媽不會不見的，只要一直找，我就
　　　　會被找到，媽媽不會消失不見的……

　　　　（小何來啜泣不止，何母笑聲連連，一把緊抱住小何來。兩
　　　　人消失在燈暗中。）

大　可　何來講這張照片時，表情非常神秘，有點像個神經病抱
　　　　了他的日記本翻開一點點給你看，然後「啪」又收起來
　　　　了。那個表情有點病態，但那是一種才氣的根源，因為
　　　　那種表情讓我看到——他真的珍惜照片就如同一個人對
　　　　他的日記、對他的屌一樣珍惜，而幹我們這一行的人大
　　　　多數都少了這根筋。後來他替我老婆拍照，我一看照片
　　　　——「天哪！這是我老婆嗎？」照片上我老婆也是在
　　　　笑，那個笑是我這個結婚八年的先生沒見過的。那張照
　　　　片寄出去參展得了獎！後來，我和我老婆離婚了，我也
　　　　沒有再跟何來聯絡。這時候來了個「永遠的微笑」攝影
　　　　大展，我把何來又給找來了。

　　　　（大可望著後區，一扇摺門打開，有個人影站在門後。）

1－2　Studio

（燈光乍亮，那個人是何來，他揹著攝影器材的背包走來。場景是個平
面攝影棚，四處擺置的是拍攝用的效果道具及女模模型、沙發茶几、
紗簾街燈、階梯鷹架……何來將背包擱置在地，取出相機專心調整鏡
頭。）

大　可　（看一下錶）奇怪了，現在都幾點了，怎麼還沒來？何來！待會兒先來的那個，你隨便看看，就叫她走人。然後，再下一個來的，你要好好拍她，她很好，型很屌。

何　來　什麼意思我不懂？為什麼要厚此薄彼？

（何來走向一個裸著上半身的女模模型，下半身是個架子。何來急急抓一條布巾披上，遮住裸身，專心地對那模型調鏡頭對焦。）

大　可　什麼意思？

（從桌上拿起一張應徵信，此時女模型披的布巾突然滑落，何來驚呼出聲，大可也一怔。何來飛快地將布巾撿起遮好女模型，繼續調鏡頭。）

大　可　你沒有看看她的照片？你再看她寫的資料是什麼——成衣店的會計！她的老闆都把她放在後台做帳，她能站在櫃檯招呼生意嗎？客人看了會有買衣服的慾望嗎？

何　來　昨天應徵的模特兒是你選的，今天我來了，這兩個我自己判斷。

大　可　何來，不是我倚老賣老，你對女人不要太心軟，該刷掉就刷掉。

何　來　不可以！這是不道德的事！

大　可　（怔住）我沒聽錯吧！你古人哪？這句話半個世紀以來已經沒有人類說過了。（友好狀，對何來耳語）坦白說，再下一個要來應徵的我真的很欣賞她，真的很屌！

　　但是單獨只面試她，會讓倫倫起疑心吃味。你知道嘛！我跟倫倫在一起太久了，砍不斷理還亂。所以等一下來的那個⋯⋯

（此時女模杜沛倫入，她看起來不那麼年輕，彷彿經常吃苦耐勞，但習慣強顏歡笑，她手執兩份報紙和一個保溫瓶。）

倫　倫　嗨！何來！

（何來點頭打了招呼，立即拎起背包器材閃到另一側區，又坐下埋頭整理。）

倫　倫　（將報紙交給大可）爸比，今天報上有攝影大展的消息。

（忙著在一邊倒保溫瓶的水）

大　可　真的嗎？（展報覽讀）「一笑值千金」！模特兒攝影大展「永遠的微笑」作品交稿下週截止，主辦人季韋先生表示歡迎全國各界同好踴躍報名，參賽得獎之個人或單位獨得獎金一千萬元，得獎的女模特兒將擔任亞洲地區時裝界之代言人，並且⋯⋯（興奮地自言自語）並且我的公司從此就會露出永遠的微笑，並且我要讓全世界知道我這個藝術家（拍自己胸）還沒有死！

倫　倫　（將熱水杯交給大可）並且我們的公司就發了，並且我們環遊世界的計畫就實現了！

大　可　（很習慣的接過杯子，對熱水吹氣）對不起，環遊世界是妳的計畫！（喝）這是什麼怪味道？

倫　倫　你的養精湯啊。

大　可　　……好苦哇！

倫　倫　　我可是加了紅棗和桂圓。

大　可　　我懷疑裡面加了毒藥。

倫　倫　　爸比……！

大　可　　倫倫……！我跟妳說過多少次，別叫我爸比了好不好？

倫　倫　　那你要我叫你什麼？叫了一年我改不了口嘛！

大　可　　不是改口的問題，公司這些新來的人都在旁邊，妳這樣
　　　　　叫……以後也別再煮這養精湯了。（入座）

倫　倫　　為什麼不煮？

大　可　　妳已經三天晚上沒睡了，我不希望妳太累，不然拍出照
　　　　　片也難看。

倫　倫　　不會，我已經習慣了。我每天只要花兩個鐘頭，一點都
　　　　　不影響……

大　可　　妳真的不必把時間花在那上面……（小聲嘀咕）它沒有
　　　　　用。

倫　倫　　（善解人意地陪著悄聲）這個中藥就是要長期服用才會改
　　　　　善你的體質……

大　可　　就是沒用……

倫　倫　　你要有耐心嘛！

大　可　　我說沒用嘛！

　　　　　（此時兩三位著休閒服的模特兒引著應徵者馬惠芳進門，她
　　　　　站在門口，穿著樸素，手足無措，神情緊張歉然。）

阿 芳	對不起……
倫 倫	（立即上前招呼）妳是來應徵的嗎？
大 可	（兇氣十足）為什麼現在才來？不是講好……
何 來	（快步上前，和悅地接口）是馬小姐嗎？請坐。把包包先放下吧。

（女模們放下馬惠芳的包包）

大 可	（對馬惠芳）來吧！（指燈光亮處）妳站這兒！

（馬惠芳畏畏縮縮的站上了台，呆立著。）

大 可	馬小姐，說說妳自己吧，放輕鬆。
阿 芳	（發現何來舉起相機）我需要看鏡頭嗎？
倫 倫	沒關係，妳自然就好。
阿 芳	我叫馬惠芳……朋友都叫我阿芳……我……我……我好緊張……
倫 倫	不用緊張。
大 可	妳今天穿的衣服是妳選過的嗎？
阿 芳	喔，我本來選了一套……其實是我妹妹幫我選的，但是我照鏡子看很……很不習慣，就又換回平常穿的這套……比較像自己……不會不好看吧？（快說不下去，似哭似笑地不安極了。）
何 來	（友愛地）妳不自信對不對？妳為什麼不自信呢？妳其實很棒啊。
阿 芳	是嗎……

（此時Lulu衣著亮麗，妝扮入時地站在門口，冷不防被放置
於門口的女模模型嚇到。）

Lulu　　（調皮地又驚又笑）哎喲……嚇死我了……

（Lulu四下好奇的張望，不好意思地向所有人打招呼，大可
急忙揮手熱絡的指引她入座，一旁倫倫看在眼內。）

Lulu　　（對傻望著她的阿芳）嗨……！

何　來　（繼續熱心地對阿芳）妳已經站在台上了，不是嗎？妳可
　　　　以更開心一點，笑得更舒服一點，像在自己家裡一樣。

阿　芳　（依言努力的笑了）其實……坦白說，我來是因為……我
　　　　妹妹她幫我寄的報名表，她知道我一直……有個站在舞
　　　　台上的夢，我又很習慣聽我妹妹的話，就……就……就
　　　　來了。

（Lulu聞言笑出聲來，阿芳窘窘地看著Lulu。）

大　可　好！謝謝妳，馬小姐，我們會盡快做出決定通知妳。

（大可作送客狀，阿芳拎著包包移步往外行。）

阿　芳　對不起，謝謝，不好意思……

何　來　別急著走，阿芳小姐，妳先坐一下。（客氣地請阿芳入
　　　　坐，阿芳無所適從，何來拉大可一把）你相信我吧，真
　　　　的，阿芳在鏡頭裡感覺很……很……很……

大　可　很奇怪。

何　來　不會。

大　可　我是說你！讓她回家休息，我們開過會之後再……

何　來	她現在回家一定會很難過的！
大　可	（指站在附近的二三女模）喂！這些人也是回家等通知才來的！
何　來	喂！我們只剩一個禮拜啦！
倫　倫	（對Lulu）妳和我們王製作人是朋友？
Lulu	王製作人是我們……

（大可急忙轉身對倫倫解釋）

大　可	她是吳小姐，她是我一個朋友介紹來的。來吧，吳小姐，這裡就是我們的攝影棚，妳放輕鬆，站在那台上，當作好玩嘛！

（Lulu慢慢站上了台，帶著調皮詭異的笑望著四周，望著台下。何來繼續照相。）

大　可	妳就隨便介紹一下自己吧。（回座）
Lulu	我要不要看鏡頭講話？
大　可	妳舒服就好。
Lulu	我姓吳……（笑起來）名字很久沒人叫了，大家都叫我Lulu。坦白說吧，（又笑了）我的職業是做公關，在酒店，我的工作就是陪男人喝酒、划拳、說笑話，我其實還蠻喜歡這工作，因為收入還不錯，但客人有好有壞，王哥就是好客人，常常點我的台，給錢從來不囉唆，昨天就是他介紹我來這裡試試……（見四周訝然無聲，大可已低頭不語）

大　可	等一下，妳這樣說是不是有點……
Lulu	我把氣氛搞壞啦？呵呵，這個在我們店裡是要罰錢的。那我先回去，各位慢慢玩。SAYONARA。（轉身欲去）
倫　倫	等一下，Lulu是吧？王先生既然請妳來，妳怎麼能說走就走？
Lulu	不管是不是王哥的朋友，我應該回去等你們開會通知不是嗎？
大　可	……吳小姐，拜託，妳這樣打退堂鼓不太好玩吧？
倫　倫	是了，既然來都來了，何必急著走？
大　可	我沒亂整喔，倫倫，妳說她的型怎麼樣？
倫　倫	不錯，很特別。
大　可	英雄所見嘛！
Lulu	王哥你說是什麼試鏡，結果怎麼好像在身家調查？
大　可	接下來還會有些其他活動啊……
阿　芳	不好意思，我覺得我才應該先告辭回去。
Lulu	王哥我先閃了，晚上有空來捧場！
	（Lulu與阿芳相繼欲去）
大　可	妳……我這……要怎麼弄嘛!?
何　來	妳們兩位等一下！（Lulu與阿芳停步）妳們聽我說一句話：妳（對阿芳）！妳（對Lulu）！來就是想試一試對不對？對！妳們想得到這份工作，在乎的就是在鏡頭裡好不好看對不對？對！那你們在鏡頭裡好不好看呢？好

看！好看！……

大　可　　然後呢？

何　來　　沒有然後了。（對大可）看你的了。

大　可　　（對何來）看我？你說的好好的，怎麼又把話丟回來……

何　來　　（轉身）那交給我。（對Lulu和阿芳）妳們沒有問題，剛剛是我們的錯，我們進行得太快了，向兩位道歉，現在請去化妝室準備一下，我們待會兒重新來一次。（轉身對大可）接下來用我的方式。（眾下，跟進化妝室）

　　　　　（大可怔住，燈暗。）

大　可　　你的什麼方式？（獨白）他的方式？他要玩什麼我不知道。何來其實是個有問題的人，三十五歲，處男——這他親口對我招認的。「不碰女人」！這種人站在我面前好像一種諷刺，我喜歡看女人，看得眼睛發直，腦袋裡有一大堆畫面，我的前妻和我鬧分手時說我有病，我說和一群美麗的Model在一起是我的工作啊！怎麼是病呢？離婚之後我發現這個病好像合法化了，我對女人就不只用眼睛看了。

1–3　化妝室

（化妝室，有桌椅、牆燈、鏡子和換衣間的布簾。女模穿梭往來，更衣和化妝，Lulu獨坐一隅望著，中間有另外一位模特兒。大可朝著Lulu晃過去，暗示模特兒離開。）

大　可	妳現在怎麼樣？
Lulu	（聳聳肩）我不是還坐在這兒嗎？
	（模特兒知趣地下場，遇上另一位模特兒正要進化妝間，急忙推她一起下。）
大　可	妳想幹下去嗎？
Lulu	我不知道。就像你說的嘛，我先玩一天試試看。
	（倫倫上）
大　可	這個攝影大展不是鬧著玩的。
倫　倫	妳不把握這個機會，要是被選中的話，就可以不用再去那個……我是說……
Lulu	妳是說……跳出火坑啊？
倫　倫	不是啦！我是說，這對我們大家都是一個機會……
大　可	倫倫，她的事我單獨跟她說，我找她來的。
	（阿芳從更衣室露個臉，彷彿換衣有困難，欲言又止。）
倫　倫	喔，對不起，你們聊。
阿　芳	（從更衣室出來）不好意思，倫倫姐……我不太知道這件衣服怎麼穿……
倫　倫	這個簡單。來，我幫妳。（拉阿芳入更衣室）
	（Lulu往更衣室晃過去）
大　可	妳過去幹嘛？
Lulu	什麼啦？
大　可	（悄悄拉著Lulu的手磨蹭著）妳剛剛那什麼自我介紹？妳

　　　　　來拆我的台啊？我在這邊，人家對我很尊重的，妳這樣
　　　　　……

Lulu　　不然你要我怎麼樣？人家講的都是實話啊！

大　可　我知道妳愛說實話……（正想抱住Lulu，被賞個閉門羹）
　　　　　乖一點，聽話，不會虧待妳的。

Lulu　　你少來！那個拍照的胖子對待女人比你好一百倍。

大　可　我是急！我是老闆！

Lulu　　那個胖子怪頭怪腦的，說話不看人，拍照他行嗎？他有
　　　　　沒有知名度啊？

大　可　放心，他拍女人是一絕。

Lulu　　就因為他拍你以前的老婆得了獎？

大　可　天啊，妳不知道那照片……妳聽我說，一個過幾天就要
　　　　　辦離婚簽字的女人，慘吧？

Lulu　　慘。

大　可　何胖子成天跟著她，跟前跟後的拍……

Lulu　　然後呢？

大　可　他拍出來的照片我拿給我前妻看，妳知道嗎？在那悽慘
　　　　　的幾個禮拜裡，我唯一的一次看到我前妻露出笑臉……

Lulu　　快說嘛，拍成什麼樣？

大　可　那張照片啊……（雙手拉著Lulu，更親暱地）照片裡的女
　　　　　人那表情之詭異迷人，像哭又像笑，兩頰微微收縮，臉
　　　　　蛋漲得通紅，鼻孔微張，眼眶裡泛著一絲絲淚光，嘴唇

　　　　微啓，彷彿要哭還是要吸氣……

Lulu　　哇靠！

大　可　我看得不敢呼吸了，我不會形容，那感覺很複雜……

Lulu　　很性感。

大　可　對！我不知道何胖子怎麼抓到那個moment的。太神奇
　　　　了！

　　　　（何來站在門口，沒好氣地接話了）

何　來　那是你前妻剛好正要打哈欠！

大　可　（窘窘地站起身）唉喲！我們的何來！（轉對Lulu）我多
　　　　麼期待何來把妳拍出來會是什麼樣子，我好想看啊！

何　來　在這個化妝室裡可不可以保持安靜？

　　　　（倫倫偕阿芳由更衣室出，阿芳對何來展現新換了的服裝，
　　　　高跟鞋也穿上了。）

倫　倫　來來來，大家看。

阿　芳　對不起，我換了我帶來的另外一套，可不可以？

倫　倫　我覺得這一套比較好。

大　可　我不表示意見。

何　來　（讚嘆地）好像有什麼不一樣……

Lulu　　小身材整個都變修長了。

阿　芳　是鞋子啦……我妹妹借我的……

何　來　合腳嗎？

阿　芳　還蠻合的……

何　來	走走看。好的……其實……嗯，好的……

（阿芳照做，不慎扭到腳。倫倫與Lulu上前攙扶。何來急忙拉椅子給阿芳。）

大　可	（風涼地）鞋還是穿自己的比較好。

何　來	倫倫，妳看看她怎麼樣……（對大可）來一下，我有話跟你說。（見大可不動）來！這女生換衣服的地方你別待。

（王大可與何來出）

（另一光區：只有王大可與何來兩人。）

何　來	請問，你和那個Lulu到底什麼關係？（見大可笑著攤手）我是說，你和她到底什麼程度了？你……你們……你們「那個」沒有？

大　可	還沒，很想，幹嘛？

何　來	有的話我要（指著頭）洗掉，不然我拍她會拍不出來。（見大可不解，又指頭）這裡面有個底片。

大　可	那你要怎麼拍倫倫？

何　來	那不一樣，你們正式在一起很久啦！

大　可	同床異夢很久了！躺在一張床上什麼也不做很久了！怎麼，不用洗了？

何　來	你這個人……魔鬼！

大　可	什麼？……你是哪個教派的啊？

何　來　你丟下很多陰影在那些好女孩身上，我怎麼拍？

大　可　什麼？她是好女孩?!聽我說，Lulu是一個不知道被多少男人上過的野馬，但是她價錢特別貴，我一時還上不起……

何　來　你別胡扯，人家明明一個好女孩子。

大　可　好吧，你不知道這個「好女孩子」多厲害?!大家坐在一起喝酒，她會突然湊過來咬你耳朵，你正全身酥麻呢，她一轉身已經跟別人談天去了，就好像剛才沒做過這事，然後你還想進一步試探她啊，你會發現她真的不記得剛剛做了什麼……哇！這種翻臉的速度，我只有兩個字可以形容：「才華」！女人才有的才華，我太欣賞了！沒有一個男人能全身而退，她這才叫魔鬼呢！

何　來　她是好女孩子。

大　可　（忍無可忍）你知道我為什麼對你說這些嗎？因為你要對女孩子有性趣，性！否則你怎麼拍？

何　來　我的興趣和你的性趣不一樣。

大　可　當年你拍我的前妻，你說你是用鏡頭來寫情書，你記得嗎？那也是一種性趣！

何　來　情書不是用下半身來寫的。

大　可　但是用下半身啟動的。

何　來　你在侮辱我嗎？

大　可　我在講一個「正常」男人講的話！你懂不懂什麼叫「正

常男人」？

（沉默少頃。何來欲去──）

大　可　　哪去？站住！（走向何來）抱歉──

何　來　　你知道這麼一個個青春漂亮的女孩子，用那麼清澈純真的眼睛望著鏡頭，你知道我看到什麼？

大　可　　看到她們沒穿衣服。

何　來　　我看到她們將來老了的那張臉，我看到我媽媽。

大　可　　拜託你別把她們拍那麼老。（用手拍拍何來，下）

何　來　　我要在我的鏡頭裡，讓「時間」給我站一邊去。

（燈光暗，音樂起。）

1－4　Studio

（Studio）

（後區許多扇摺門漸漸打開，光逐漸射進來。）

何　來　　好了，來吧！

（女模們的身影出現，分散站在不同門口。）

何　來　　妳們像嬰兒一樣還沒睜開眼睛，妳們站在一個門口還在猶豫：要不要過去？前面是個很陌生的地方。妳們剛離開母親的身體、母親的體溫、母親的心跳……妳會怕嗎？不要怕，走吧……

（女模們閉眼伸手摸索著，慢慢小步小步地走著。）

何　來	其實母親沒有和妳們分開，她只是躲著，偷偷的望著妳。對！好像捉迷藏一樣！好玩嗎？好玩。用手摸摸空氣，用耳朵聽聽四周，用腳去踩一下地板，然後妳想坐一下、躺一下，自己轉一圈都可以，妳！感覺到自己出現了，在這個小房間裡，妳的頭，妳的手，妳的腳出現了，好像底片沖洗顯影的魔術一樣，啦啦啦……（何來忘情地哼唱著）妳整個人出現了！妳是上天派下來的一個禮物，妳身上每個部位都是貴重的……

（季韋此時拄著手杖站在門口，王大可奔出，急忙趨前招呼。）

大　可	這不是季先生嗎？

（何來不悅的噓聲制止了大可的嚷嚷，大可還待出言，季韋知趣的引大可避於一旁觀之。正巧倫倫走到季韋附近，倫倫與季韋互視，倫倫隨即轉身往他處走去。女模的活動仍在持續進行。）

何　來	神聖不可侵犯的，妳是美麗的！張開眼睛……繼續走吧！

（眾模依言張眼，同時間何來的閃光燈亮了幾下。）

何　來	美麗，就是妳會……孤單、寂寞、很需要愛，但房間裡只有妳一個人，永遠只有妳一個人，而妳不害怕。也許妳會遇到另一個人，也許他看著妳，別怕，他和妳一樣，他也站在他的房間裡，所以他是不存在的。走吧，

　　妳是個赤裸的嬰兒，乾乾淨淨的來到這個小世界，妳會
留下一小步一小步芬芳的腳印，走！

（阿芳沒走穩，痛叫一聲，腳一拐，跌坐地上，還牽連旁邊
同伴差點也跌倒。）

大　可　　（斥責）在做什麼？會走路嗎？

Lulu　　　能小聲一點嗎，大哥？

阿　芳　　對不起，腳突然抽筋了，對不起……

（阿芳急忙歸隊行走，何來用手勢要求大可噤聲。）

何　來　　專心地走！好，看到一件美麗的衣服，把它穿上，走。
（女模作模擬穿衣狀）一雙襪子，穿上，一雙鞋子，穿
上，走。（女模作模擬穿襪穿鞋狀）好好走，這條人生
路很長。

（何來的閃光燈亮了幾下，女模們與何來一同走向後區，然
後逐漸消失在燈暗中。）

（一光區：王大可與季韋兩人。季韋的臉上有道疤痕，他的
說話斯文和氣中有種習慣性的傲慢霸氣。）

季　韋　　沒耽誤你們的事吧？

大　可　　哪裡的話，大展主辦人光臨我們這兒，太意外了！

季　韋　　我正巧就在對面的那棟別墅，才租下來的，就路過來望
一下。

大　可　　這麼巧！真是蓬蓽生輝啊！來後面坐一下喝杯咖啡吧！

季　韋　　不喝。剛剛那位胖胖的攝影師在做什麼？

大　可	他叫何來，他這一手我也沒見過，大概叫「驅魔」（自嘲地笑笑）他把我當「魔」了……說正格的，他是個很特殊的攝影師，他有種老派舊式的道德，然後從他的鏡頭看到的現代女人絕對與眾不同！
季　韋	剛跌跤的、衝你的那兩個女孩……？
大　可	厲害！您看得眞準！一看就知道那兩個今天來試拍的，明天就沒她們了。
季　韋	進來時跟我打了個照面的那女孩，她怎麼樣？
大　可	噢！她是我這兒最資深的女模特兒。
季　韋	看起來不那麼年輕了，還可以吧？
大　可	她年紀是大一點，不過她參加過十幾次模特兒比賽……
季　韋	我是問「你」覺得還可以吧？
大　可	你問我？我覺得她……（正支吾其詞，倫倫手執保溫瓶走過來）
倫　倫	（輕呼）爸比！ （季韋急轉回身，王大可慢一拍，也轉身見到倫倫，順手接下保溫瓶。）
大　可	正說到妳呢！（為雙方介紹）季先生，大展主辦人呢！……這是倫倫。
倫　倫	您好，我在門口聽到好像在談我？
大　可	（突然發現自己不自覺的在開瓶蓋，大窘）喔，對不起，這飲料不太適合招呼您，我們去對面餐廳喝杯咖啡吧！

季　韋	我剛剛說不喝！（大可尷尬）聽圈內人說起你們倆來往密切，是嗎？
大　可	圈內人就愛瞎說，什麼死的也能說成活的。
倫　倫	我們在一塊兒已經兩年了。
大　可	（一怔，繼而）是啊，兩年的工作夥伴，默契是最好的了。
倫　倫	我們本來定在下個月去環遊世界。
大　可	（對倫倫）妳在說什麼啊？（對季韋，陪笑）公司志在這次大展奪獎，出國旅遊可以慰勞員工。
季　韋	（笑）兩個人的世界很難哪，是吧，我不多問。（對倫倫）倒想了解一下，那位胖胖的何先生，妳習慣嗎？
倫　倫	不太習慣，但是可以試著去習慣。
季　韋	（搭著大可肩）那就拿掉他吧，我可以推薦十個、二十個攝影大師讓你選。
大　可	（受寵若驚）那怎麼好意思……
倫　倫	（肅然接口）何來是王先生特別選來的，我相信王先生有他對自己專業上的堅持。
季　韋	妳不是說不習慣嗎？
倫　倫	不習慣對我們也許是個好事。
季　韋	妳適應環境的能力很強啊？
大　可	（陪笑）她是從小就吃過苦的，才有今天。
季　韋	吃過苦的？

倫 倫	媽媽幾年前病重過世，父親也早死了。我是個孤兒。
大 可	她在這圈子裡是個獨立性很強的女模特兒……
季 韋	（神色異樣）父親……死了？
倫 倫	我就說我的事不值得一提，還勞您關心。
大 可	季先生對我們的關心，真是給了我們很大的鼓勵！
季 韋	（深嘆一口氣）你們加油。（欲去，大可想送，季韋嚴峻地回過臉來）留步。

（季韋去，只剩大可與倫倫，倫倫好像很難過地用手搗面。）

大 可	（忍無可忍的）妳怎麼了？
倫 倫	沒事，有點暈。
大 可	我要不是念著妳這兩年陪著我打拼，我一句話就可以請妳現在走人！
倫 倫	對不起，保證以後不會這樣。
大 可	人家那是貴人賞臉來這兒！妳胡言亂語什麼啊？妳不要以為季先生隨隨便便講幾句，我就會把何來換掉，何來是我找來的人！
倫 倫	對不起，我大概是累了，人好像有點回不到現實。我去休息一下。（欲走）但是爸比你要相信我是支持你的。

（倫倫離去）

| 大 可 | （對倫倫的背影）請不要再叫我爸比！ |
| 倫 倫 | （沒有回頭，邊去邊說）好的，爸比我先去休息一下！ |

（倫倫下）

大　可　（獨白）這真是個奇怪的下午，來了些怪人，發生些怪事，連平常跟我最親近的倫倫說話都會突槌。在我這個中年事業遇到瓶頸的節骨眼上，這個奇怪的下午，難道會是個什麼樣的預兆嗎？

（燈暗）

第二場

2－1　Studio

（小區域燈光亮，Lulu一人。）

Lulu　（獨白）我沒辦法忍受無聊的生活、無趣的生活，這應
　　　　該不是一種病吧？我喜歡新鮮的事，像打電話、等電
　　　　話，或者去買一個新的電話、換一個新的電話號碼……
　　　　我的職業坦白說就有這個好處，天天碰到不一樣的男
　　　　人，天天聽不同的故事。今天到這個攝影棚來，不知道
　　　　會有什麼新鮮事？
　　　　（台上燈光漸亮，Studio）
　　　　（阿芳和Lulu坐長沙發上，何來則單獨遠遠的坐在地上整理
　　　　攝影器材。）

阿　芳　（懊喪地採著腿）太久沒穿高跟鞋，小腿都快抽筋了。

Lulu　妳就把鞋先脫一下吧。

阿　芳　不用……我實在太沒用了，根本上不了場面。

Lulu　脫鞋子放鬆一下吧！

阿　芳　沒關係，我就這樣……
　　　　（Lulu乾脆把她的鞋子硬扯下來，阿芳又穿回去。）

阿　芳　　我就穿著，光著腳不好看……

　　　　　　（見阿芳仍搖頭，Lulu自己乾脆脫了鞋翹著腳，然後望著阿
　　　　　　芳，阿芳仍苦著臉，又轉身對何來。）

Lulu　　　何來先生，我覺得你剛才帶我們做的活動蠻好玩，我現
　　　　　　在對自己的身體有種新的認識……

　　　　　　（見何來不接話，轉對阿芳）

Lulu　　　阿芳，妳覺得呢？

阿　芳　　剛才那個王先生好兇，聲音好大，我一定很糟糕……

　　　　　　（阿芳竟嗚嗚咽咽哭起來）

Lulu　　　別這樣……（對何來）喂！你來安慰人家一下好嗎!?

　　　　　　（何來正憂慮地望著阿芳，聞言立即又低頭整理器材。）

Lulu　　　……（急了）不准哭！（阿芳依言收斂情緒）幹我們這一
　　　　　　行不准哭，眼淚嚥到肚子裡，我們要把歡笑帶給客人！
　　　　　　……說錯了，帶給攝影師。

阿　芳　　（對Lulu）妳覺得我適合待下去嗎？

Lulu　　　妳問他。（指何來）

阿　芳　　不敢。

Lulu　　　（對何來）攝影師，你覺得我們兩個適合待下去嗎？

　　　　　　（見何來不反應，對阿芳）

Lulu　　　他臉上寫著：「少煩我」。

阿　芳　　（又有點想哭了）像我這種人根本不該參加攝影比賽，我
　　　　　　還異想天開……

Lulu	（無奈，對何來）我覺得你很奇怪，剛剛在做練習的時候和現在私底下完全是兩個人，你剛才的熱心熱情突然不見了——
何　來	（突冒冷箭對阿芳）妳剛才很專注。妳有一點點緊張，但是很認真。王先生說的什麼屁話別理他。
阿　芳	可是我……
何　來	我知道，有一種人不能讓他閉眼睛走路，他會一步都不敢走，真要逼他他會嚇得哭出來……我從小就是那種人。（乾笑兩聲）
Lulu	你會笑耶?!
何　來	妳不要怕，妳後來越來越好。
阿　芳	真的？
何　來	目前為止，妳已經是最好的！
阿　芳	有嗎？
Lulu	（一把拉了阿芳前往何來身側）來，我們一起聊聊嘛。 （二女與何來同蹲於地，這突如其來的動作讓何來不知所措。）
Lulu	你願意多給我們一點意見嗎？（何來不敢動）……那就別說我，當我是觀光客，不存在。說說阿芳嘛！（Lulu移位到何來的另一側，變成二女夾圍）阿芳很認真，她真的很想得到這份工作，你有沒有什麼專業上的建議可以讓她更上一層樓？說說嘛！

（何來困窘，左右不是，欲起身時，Lulu順手偷偷從何來口
袋取出皮夾藏起，何來不察。）

何　來　　我要去暗房工作了……失陪。（下，剩下二女）

阿　芳　　我們是不是打擾到他了？

Lulu　　　信不信由妳，憑我專業的嗅覺，我聞得出：「他煞到妳
了。」

阿　芳　　什麼？

Lulu　　　他對妳來電。

阿　芳　　別開玩笑。

Lulu　　　我沒有開玩笑，那小胖子他很悶騷，我勸妳現在跟他去
暗房，聊聊、看看他沖洗照片，用這個——（亮出皮夾
欲交給阿芳）

阿　芳　　這什麼？

Lulu　　　他的皮夾。我剛剛……（作偷抽皮夾狀）

阿　芳　　（驚訝不已）……妳好厲害喔！

Lulu　　　用這個作聊天的開頭，然後保證妳的腳馬上就不痛了。
（把何來的皮夾塞給阿芳。）

（Lulu得意地坐回沙發上。阿芳又把皮夾放回沙發上。）

阿　芳　　我不會……（回沙發坐下）

Lulu　　　什麼啊？

阿　芳　　我不知道怎麼跟他說……

Lulu　　　妳談過戀愛吧？

阿　芳　　……不知道。

Lulu　　什麼叫不知道？

阿　芳　　那我告訴妳妳不要笑我？

Lulu　　好。

阿　芳　　以前，有一次，有一個男生，他常常跑來跟我說話，我
　　　　　們就一起散步，一起吃麵攤，後來還……手牽過手……
　　　　　三次……過紅綠燈。我覺得我們大概可能算是談戀愛
　　　　　吧，可是後來，他就沒來了，我也不知道為什麼，反正
　　　　　他就不見了。所以，我根本搞不清楚到底我這樣算不算
　　　　　談過戀愛。

Lulu　　我的媽啊！妳的不自信已經到了滑稽的地步！

阿　芳　　所以我不敢去，更不敢看他把照片沖洗出來之後，會看
　　　　　到我什麼樣子。

Lulu　　妳的膽子可不可以大一點？

阿　芳　　我也希望……

Lulu　　所以囉……

阿　芳　　……不敢。

Lulu　　（氣得想打阿芳，一轉念）可是我敢。我對於他會拍出什
　　　　　麼來充滿好奇。（揮動何來的皮夾）我去，我幫妳進一
　　　　　步打聽他對妳的感覺。

　　　　　（燈暗）

2-2　暗房

（暗房，黑暗的小房間，小紅燈亮著，何來檢視著水槽內的底片。暗房門內隔有黑布簾，Lulu掀布簾入。）

何　來　（望見Lulu，一怔）我在暗房裡不希望有任何人在。

Lulu　　（笑）我倒很習慣在暗房裡單獨和人相處。（見何來臭臉）OK！我只想來還你一個東西。

　　　　（亮出何來的皮夾）

何　來　（驚訝地發現，急忙伸手）還給我！

Lulu　　告訴我那個女人是誰？看起來年紀比你大，照片有點發黃了，她是誰？

　　　　（何來極力搶奪，Lulu藏躲皮夾，甚至調皮地將皮夾塞在胸口處，何來又急又不敢碰觸Lulu……）

何　來　（急的快哭了）還我！

　　　　（Lulu隨手將皮夾扔回給何來，何來如獲珍寶般的接住皮夾，急急收回口袋，立即轉身工作。Lulu趨前觀望。）

Lulu　　你滿意你拍出來的東西嗎？

何　來　（微微閃躲）別靠那麼近。

Lulu　　你有什麼毛病？

何　來　妳的味道……

Lulu　　什麼味道？

何　來　　妳的香水味道太那個……

Lulu　　　太哪個？

　　　　　（何來沒接話，看沖洗出來的照片，失望地撕掉，繼續看照
　　　　　片……）

Lulu　　　沒有你中意的嗎？我那張拍的怎麼樣？（只見何來再撕
　　　　　一張）你到底要什麼你要講啊！要酷？還是笑？笑，那
　　　　　是我的工作你知道嗎？我見過一千種不同的男人，他們
　　　　　每一個都喜歡我的笑，而且願意出高價來看我笑，甚至
　　　　　還吃醋打架。我懂得笑就和我懂得自己是個女人一樣，
　　　　　那是本能。你呢？你懂笑嗎？你好像只會板張臉……

何　來　　（取出一張照片打量著）妳們心裡都沒有故事，一拍出來
　　　　　就知道，空的。只有阿芳，她有故事，（望著照片笑）
　　　　　她在笑。

Lulu　　　（盯著何來）你又笑了。

何　來　　（聞言又收起笑容）阿芳認真。認真把她的害怕、自卑轉
　　　　　化成美，讓人心痛、愛惜！

Lulu　　　請問什麼叫心裡沒有故事？

何　來　　妳不知道每個人現在那張臉都是他自己的故事寫出來
　　　　　的。

Lulu　　　每個人現在那張臉都是他自己的故事寫出來的？（很有
　　　　　興致地玩味著這句話）這樣喔……，你臉上的故事好像
　　　　　都跟食物脫不了關係，而且你的內在憋了很多東西都出

不來。阿芳的故事……很明顯，一個鄉下土里土氣的女孩子，從來沒人理她，她從頭到腳只有一個故事──沒有安全感。我確定她是巨蟹座！B型！那個倫倫……她不快樂，她肯定從（手比）這麼大到這麼大都不快樂；倒是季先生讓我挺好奇的，老帥哥一個，他要是年輕十歲可以當我男朋友。奇怪他又不是幹這行的，怎麼會突然回來搞這個大展……

（Lulu邊說，何來在一旁邊踱步。突然一個箭步，激動地跪在Lulu前。）

何　來　　求求妳別再只看別人的故事了好不好？妳看看自己的故事！拜託妳別再回妳那個工作地方，那個地方真的不好！求求妳！

（Lulu怔怔的望著跪在地上的何來，一時怔住……）

Lulu　　　為什麼？我收入很多啊！而且工作很Happy啊！為什麼我不去？

何　來　　因為妳是一個高貴的女人。

Lulu　　　我沒聽錯嗎，小胖子？你是把肉麻當有趣？還是你在諷刺我？你說任何讚美的話我都接受，但是……

何　來　　妳是高貴的女人！因為妳很誠實、很善良、有正義感，而且妳什麼都不怕。

（Lulu怔住，難以置信地望著何來。少頃，起身離開何來。）

Lulu	你爲什麼會幹這個工作？⋯⋯對不起，我通常會問每一個客人這個問題，但是那都是打屁。我問你，是因爲你逼得我在想我爲什麼會做我那個工作。
何　來	對，爲什麼？妳爲什麼會做那個工作？是因爲好玩嗎？
Lulu	好玩⋯⋯（有點猶豫了）嗎？我最近有點麻痺，這種工作做久了就會麻痺，想換檔⋯⋯也許我想改頭換面⋯⋯（警覺到自己有點穿幫，急忙掩飾）喲！你用「高貴」兩個字套出我這些話。（轉而問何來）那你呢？你還沒回答我！你爲什麼會做這個工作？
何　來	什麼？
Lulu	爲什麼你會做這個工作？
何　來	爲什麼我會做這個工作？⋯⋯（安靜坐下）
Lulu	（獨白）他重複了一遍我的問話，但他沒有回答我。接下來是很長的一段沉默，後來他終於還是回答我了，答案竟然是關於皮夾子裡的那個女人的故事。
	（一個螺旋梯由上而下落地，一個遙遠的腳步聲慢慢走來，走下來的是一個女人，由阿芳飾演。）
Lulu	他的媽媽。
	（由阿芳飾演的母親慢慢走到最下面梯階，然後坐下。）
何　來	媽媽是個很平凡很傳統的女人，但她有時會突然說奇怪有趣的話，突然地開心大笑，人家說那叫躁症⋯⋯

Lulu	躁鬱症？
何　來	不，躁樂症。小學，我拿到我第一次作文題目「你最快樂的一件事」，不知道怎麼寫⋯⋯

（行至何母旁，坐於地。）

何　母	我不會，我作文最不好了。你找爸爸去。
何　來	爸又不在！
何　母	「你最快樂的一件事」⋯⋯很好寫啊，很多啊！
何　來	（對Lulu）我回答她（對何母）就是很多我才不知道哪個才是最快樂的事！
何　母	（一愣）胖球，發呆算不算？（何來傻眼）發呆很好玩，可以想很多等一下要做什麼啊，（何來抗議出聲）那⋯⋯走路算不算？可以看到很多不一樣的人、不一樣的風景⋯⋯
何　來	妳每次都愛亂走，每次又迷路！
何　母	啊，知道了，胖球，我最快樂的一件事，是生你那個晚上！
何　來	生我？不是很痛很累嗎？
何　母	對啊，可是很好玩。我看著我圓圓鼓鼓的肚子，像氣球一樣咻咻咻地扁了！我在猜我生出來的是一個什麼東西啊——（笑）那時候護士睡覺去了，你爸爸跑船還在海上看星星看月亮，我一個人躺在病床上，一邊想著，你是怎麼生出來的？（邊說邊想像著）⋯⋯你就先伸出

頭、肩膀，再伸出雙手，再來……屁股、腿也出來了……
「哇！」哭啊！哭好大聲！護士把你抱給我看，結果我
只看到一坨肥肥的肉，連眼睛都沒有看見，我很擔心我
生出來的會是一個怪物……哈……（笑不可支）這怪物
會不會長大？會不會走路上學？……會不會變老？哈！
……這個怪物變老的時候會不會像氣球一樣咻咻咻扁
了，變成一個皺巴巴的老怪物……我在床上一直笑一直
笑，把隔壁陳媽媽都吵醒了……啊……（笑聲突停，看
見何來疑惑的眼神）

何　來　（抗議的）這個我怎麼寫啊？

何　母　（一愣）這個我最快樂的事，你好像沒辦法寫啊，要命
　　　　了我還一直講！（又笑了，直揉眼）唉呦！笑得我眼淚
　　　　都流出來了……

何　來　（對Lulu）媽媽一直有種眼病，敏感容易掉淚，一受風吹
　　　　一做表情就淚汪汪的。我每次看到都很心疼，想保護
　　　　她。（對何母）媽，我長大以後娶妳做老婆好不好？

何　母　（頓，輕敲何來頭）亂講話，你長大以後會娶一個女人做
　　　　你太太。

何　來　我不要，我要娶妳！

何　母　不要囉唆，快寫你的作文去。（推何來離開）快快快，
　　　　去！

何　來　（獨白）讀國中的某一天，我才終於搞懂媽媽說生我那

晚最快樂是什麼意思。

（圓弧形的地板光出現，何母行於前，何來跟於後。）

何　來　（邊行邊對Lulu說）有一天我跟蹤媽媽。因為連續好多天媽一到下午三點就偷偷地溜出門，好像有什麼重要的事情。我不放心，爸爸是船員不在家……

（何母一回身，何來立即蹲下或轉身背向；然後何母繼續走……）

Lulu　　你是怕你爸變綠烏龜？

何　來　（比悄聲手勢）別亂講，我是來保護媽媽，媽媽是個嚴重的路痴，又愛出門，又老是迷路，好幾次是派出所警察帶她回來的……（見何母轉身望他，何來窘）

何　母　胖球，你怎麼在大馬路上亂跑？

何　來　我……我今天放學比較早。

何　母　那就趕快回去做功課，大馬路上很危險！

何　來　妳一個人在馬路上就不危險？

何　母　媽媽去辦事，馬上就回來了。聽話！

（何來沮喪折回；何母一走，何來又悄悄跟著。何母轉身……）

何　母　胖球，回去，回去！（看到何來還不願意走）你不聽話晚上不跟你講故事！

（何來賭氣地一扭身快步走回……何母繼續往前走，何來大老遠一個轉身快步跑向何母……何母一轉身，二人面對面，何母氣得直跺腳。）

何　母	何來！你怎麼不聽媽媽的話呢？
何　來	妳去哪裡？我也要去！
何　母	媽媽只是要去一個很好玩的地方……（自覺說溜了嘴）
何　來	（逮到話柄，更不讓人）什麼好玩的地方？為什麼好玩的地方不要我去？
何　母	……好吧……你跟我來，但是不准跟別人講喔！（何來點頭，二人勾手，前行）
何　來	（對Lulu）我們去的地方，是村子裡一個照相館，相館師父是我爸很熟的一個老友，我們走進一間黑漆麻烏的房子裡。 （回憶中的暗房） （何母與何來入暗房，即原來Lulu站立處，Lulu移步側區，師父正埋首工作，由王大可飾演。）
Lulu	這是你這輩子第一次走進暗房嗎？
何　來	（比悄聲手勢）是的。師父忙著洗照片，根本不理我們，黑屋子裡安靜得一點聲音都沒有。底片沖洗出來了！ （何母與何來站在師父旁，望著顯影液水槽）哇！那張白紙一點……一點……的出現了一點影子，那個影子一點……一點……的顏色變深了，有個……人的臉……不！是兩個人……不！六個人！看到他們全身了……，有三男三女……，他們肩搭著肩在笑，後面是樹林，地上有草……（突然轉頭，何母似有異樣）

何　母　（瞠目結舌，不停抹眼，喉音含混地）啊，出現了，出現
　　　　了……啊……啊……

Lulu　　你媽媽在哭嗎？

師　父　（對何來）她又激動了。（微笑）從「沒有」變成「有」
　　　　——魔術神蹟全看我這雙手！

何　母　（感動至極地輕呼著）好好玩啊！好奇妙啊！

何　來　（對Lulu）我突然明白……媽最快樂的事就是「啊！出現
　　　　了！」她看到什麼都沒有的空白底片上——「啊！有
　　　　了！出現了！……」就像坐在電影院裡突然關燈，開演
　　　　了！……她是個長不大的孩子，永遠抬著頭看著藍天，
　　　　看風來了，雲來了……

師　父　（對何母）別哭了，妳哭了好幾天不累嗎，帶妳孩子回
　　　　去弄飯吃吧！

何　母　我明天可不可以再來……

　　　　（師父阻止何母再說下去，二人消失在黑暗中。何來走向前
　　　　區。）

　　　　（回到現實中的暗房）

何　來　我一輩子忘不掉那天媽媽的表情，那張臉讓我想哭，她
　　　　嘴巴張得好大，雙眼濕嚕嚕的，很認真的、像傻瓜一樣
　　　　的笑著，那個妳以為叫做哭的笑。

Lulu　　所以後來你就幹了這一行……聽完這個，我覺得……

走，我請你去喝一杯！

何　來　對不起。我有點激動，我要喘口氣。（坐）

Lulu　你可以告訴我你媽媽現在還……我不應該這樣問，我應該說她幾歲？現在她和你住嗎？……（見何來不應）她後來情況有沒有好一點？

何　來　（情緒變得冷漠，判若二人）妳在聽一個病人的故事嗎？（突轉強烈）她不是病人，她是世界上最美麗的女人，……我覺得妳們除了阿芳之外才都有病，站在相機前笑得一臉空白……

Lulu　（笑著打斷何來）你幹嘛突然那麼激動啊？你不過就是……那種戀母情結的人嘛，來！

　　　（一屁股坐在何來旁，很哥兒們的用手搭何來肩。）

Lulu　放輕鬆，我現在應該說──我們來乾一杯吧。

　　　（作喝乾酒杯狀……何來卻彈跳起身。）

何　來　妳幹什麼老要跟人坐那麼近！

Lulu　怎麼了？

何　來　白說了！剛剛統統叫白說了！對不起，請讓我一個人待在這兒好嗎，我不想看到任何人！

Lulu　OK，對不起（無措地退向門）

何　來　白說了！白說了！沒辦法拍了！我拍不到我想看到的……！

　　　（憤憤然撕掉一張張的照片，燈漸暗，何來消失，暗房的門轉向。）

2－3　Studio

（Studio連接暗房的門）

Lulu　　（獨白）就這樣，我看到一個沒有喝酒的人在我面前突然發酒瘋。其實，剛聽完一個雖然很幼稚但是還蠻多情的故事，心裡還蠻感動的，但是還來不及感動完，我已經被請到門外了。這忽冷忽熱的三溫暖還沒完……我又看到一個莫名其妙的事。

　　　　　（Lulu站在暗房門外，卻見另一側區倫倫邊推門而入邊對手機悄聲怨怨的說話。）

倫　倫　　……不要！不要！……我和你已經有言在先說好啦?!……你在巷口又怎麼樣？我現在不想看到你。你可以走回你的別墅睡覺去，請讓我一個人待在這裡好嗎？……

　　　　　（倫倫掛斷手機，頭也不回的走向側區，下。Lulu逕自走到長沙發坐下，剛坐下，見王大可由內室方向走來。）

Lulu　　（不解）王哥，你剛才不是在巷口嗎？

大　可　　（滿臉睡意）我剛在裡面妥（編按：打盹之意）了一下。

　　　　　（坐在Lulu旁，一頭睡在Lulu腿上）看到妳，就想換這裡妥……

Lulu　　（推大可，推不動）幹嘛，在這裡不花錢想白躺？

大　可　　花了不少啦……

Lulu	你花的那一點叫不多——好嗎？……王哥，剛才我在暗房……和你的攝影師……聊了不少。
大　可	我以為妳們都去吃飯了……
Lulu	我沒去。
大　可	妳和他……他聊女人？他怎麼聊？……難得他那種人能和妳聊……
Lulu	不行喔?!
大　可	妳有沒有懷疑過他可能是Gay？
Lulu	不，他和女人中間有一種奇妙的張力。
大　可	那是神經質！

（季韋由門口出現，拄著枴杖站立於後區較暗處望著二人。）

Lulu	他說每個人的臉都有他的故事，說我們的臉在鏡頭裡都是空白的，只有阿芳……反正後來他就把照片撕了，說拍不下去了。
大　可	拍不下去就撕照片？他耍脾氣耍到我這兒來？（陡地坐直了）每個人臉上都有故事——我臉上的故事妳看出來沒有？……我想發火！
Lulu	你想發情！
大　可	又被妳猜中了。我……（嘻笑的又纏抱著Lulu）我會毀在妳手上啊……（二人糾纏時，季韋走到沙發後雙目圓睜……）

Lulu	別鬧了，你去勸勸他吧！
大　可	妳勸勸我吧，我停不下來了！Lulu……（突然見到季韋站在背後，驚嚇跳起）
季　韋	對不起，打擾你們。
大　可	（狼狽）季韋……季韋先生！（見季韋氣虛臉白，急忙扶季韋坐下）發生什麼事了？坐，坐……
季　韋	（推開大可的手，慢慢坐下）失眠！早早吃安眠藥上床，就是睡不著，出來走走……聽你們正講到何先生？
大　可	噢，我們隨便聊聊！
季　韋	麻煩何先生出來一下。
大　可	請他？噢，是。（奔向暗房門口，連催帶罵叫喚著）何來，快出來一下！季韋先生叫你呢！
Lulu	（對季韋，沒話找話）我是Lulu，「嚕」就是Lulu的嚕，「魯」就是Lulu的魯……（見季韋板著臉，知趣的）我去吃飯。（下）
大　可	（一逕地吼著）我的藝術家！快出來吧你！（何來出現，大可一把抓著他走向季韋。）
何　來	（對季韋）您好。
季　韋	（命令大可）拿把椅子給他坐。（大可照辦，讓何來坐下）……在鬧脾氣？
何　來	（情緒已收斂許多）謝謝您的關心，我不是嘔氣，是突然間辭窮了，拍不出感覺了。

季　韋　（用柺杖指著何來，字字斟酌的霸氣）聽著，你給我好好拍，這很重要！告訴你，我辦這個攝影大展有一個很重要的理由——取悅我女兒，因為她熱愛這個活動……

大　可　喔，她也是幹這行的嗎？

（季韋尚未接口，倫倫由側區走來，笑容勉強，看不出什麼異樣情緒。）

倫　倫　有稀客來和大家聊天呢！

（倫倫若無其事走向大可身旁聽季韋說話，倒是季韋的口氣緩和了些。）

季　韋　剛在家吃過安眠藥，就當我老頭子跑來說夢話吧。

大　可　您客氣，您客氣。

季　韋　……我女兒，她生我的氣，……因為呢，我得罪她了。（自嘲地笑著）我的罪狀是……我從年輕時就開賭場、玩女人，玩到跨國，快二十年沒想回來！女人我玩過的有四位數字！美金我賺的超過十位數字！玩瘋了！大可先生和我年輕時很像，愛玩！

大　可　我哪能比，小巫見大巫了！

季　韋　我們不同的是，我玩大的、玩狠的，玩刀玩槍坐過牢，臉上這道疤痕就是個紀念……

大　可　您整個人一生就是一個傳奇啊……

季　韋　我喜歡戰場，女人是戰場，做生意是戰場，輾轉殺伐，流連忘返。老婆留在這裡，死了，我沒回來，唯一的女

兒，我最後見她是小學畢業……

（倫倫起身，不安的看左看右，彷彿想說什麼。）

倫　倫　爸比，我想出去透透氣，大概晚上吃錯了什麼，不太對勁。你們聊。

大　可　（對倫倫）到那兒去？

倫　倫　老地方。

大　可　……噢！那邊風那麼大去幹嘛？

倫　倫　風大才好透氣！你們聊。（下）

大　可　（隨口嘟囔）毛病真多了，這人！

季　韋　（望著倫倫出門的方向）好像身體不對啊？臉色怪怪的。

大　可　沒事，繼續聽您的豐功偉業，我聽得正開心哪！

季　韋　（對大可）去看看吧，你們是工作夥伴，有革命情感呢！

大　可　我在這兒努力學習呢……

季　韋　你不關心她嗎？

大　可　沒事，真的，我們聊我們的——

季　韋　去看看她吧。

大　可　我……

季　韋　（一板臉）去！

大　可　那……何來！你陪季韋先生聊聊……我馬上回來。

（大可為季韋的氣勢所懾，無奈、莫名其妙地依言跟去。大可下。只剩季韋與何來二人，季韋失神落寞的呆坐，何來

　　　　　　則沉沉凝思著。）

何　來　　您再往下說。

季　韋　　我說到哪兒了？

何　來　　說到你的罪狀。

季　韋　　罪狀說完了，該說報應了……我突然覺得我好像正在對
　　　　　一個神父告解?!

何　來　　不是，我只是想讓自己看清楚鏡頭對面的是個什麼樣的
　　　　　人。

　　　　　（季韋怔怔地望著何來，接下來季韋的說話雖仍一派斯文，
　　　　　但有種難掩的激情，暗潮洶湧。）

季　韋　　好，就讓你看清楚我是個什麼樣的人，我來說我的報應
　　　　　──爲什麼我拄根枴杖？我身上有一個器官（手摸著胸
　　　　　部）被手術刀切割好幾次，X光片裡，我瞪個大眼看到
　　　　　它被切得越來越少、越來越小。還有一個器官（手摸著
　　　　　下腹部）切掉了，沒了。（恨恨的）我大笑！這是他媽
　　　　　什麼報應？我骨頭的鈣質越來越少，睡眠時間越來越
　　　　　少，記憶力越來越少，慾望越來越少……全身每一個部
　　　　　分都在離我而去！我快消失了！不見了！沒了！……我
　　　　　這人從不服輸，我還伸手想抓住什麼眞正屬於我的！什
　　　　　麼？天地人間，只有一個女兒了。我回來找她，她不承
　　　　　認我。我做了件這輩子沒做過的事：我求她！要她接受
　　　　　我，原諒我……（季韋猛地將枴杖砸在地，何來驚）她不

肯叫我爸爸，不准我走近她。她和一個壞男人交往，被
那男人耍，依我的脾氣，我能斃了那混蛋，但我女兒不
准我越雷池半步。我看到她生活處境困難，她不接受我
一毛錢！好像我是個仇人……

（傷感地抹拭了一下眼。何來將柺杖遞還給季韋。）

季　韋　何先生，在你面前這張臉，你以為你能拍出多少？

何　來　（驚嘆）天哪，一千個女人？

季　韋　（笑）換一條不會褪色的疤。

何　來　我很想知道魔鬼老了以後……噢！對不起，我很想知道
現在你……對女人是什麼感覺？

（季韋一愣，大笑。音樂漸起。）

季　韋　我對女人現在是什麼感覺？何神父，我對女人現在是
──沒感覺。如果還有任何感覺的話，那一千張臉就剩
下一張臉──我女兒的那張臉。她在那兒微笑，微笑……

（音樂聲中。女模們循著螺旋梯，在不寫實的光線中走下
來，著薄衣輕紗類，狀若小女孩或小仙女，或學生或嬉游
……）

季　韋　她變得非常遙遠，不可捉摸，不屬於任何人。她有自己
的路要走，大人只能一邊站。如果老天答應，老天如果
答應……我但願，我的時光可以倒流，我就能多陪陪
她。我們可以坐在窗口一起聽打雷下雨，天晴了我們就
去外面踩水、去爬樹爬山、去騎馬、去買童話書、去釣

魚、去寫生畫畫。她要累了，我可以幫她蓋上被子，關上燈，坐在她床邊看著她睡著了，睡熟了，再輕輕離開。有朋友找她玩，我會站在窗口目送她快樂的背影，蹦蹦跳跳的，一直望著、望著，直到看不見她了。我會像你一樣拿著相機拍她，記錄她每一年又長大了、又長高了、又不一樣了的臉和笑容。開始留辮子了、開始化妝了、開始燙頭髮了、穿高跟鞋了……每一張照片是她生命中的每一步，她一步一步的走著，我一張張照片翻著，看著，翻著，看著……

（女模們一步步地消失在後區暗處。補充一提，季韋的後半段照片敘述時，音效與燈光配合著按下快門的喀擦聲。眾模消失，音樂亦止。季韋顯得神情落寞。）

季　韋　　何先生，我為這個攝影展定名「永遠的微笑」，你懂我的心情了吧……（疲倦加上絕望）不過就是他媽的老人狂想、癡人說夢。我累了……（轉身逕去）

何　來　　季韋先生，每個人做不好的事都會有報應嗎？

季　韋　　你為什麼問？

何　來　　我在想，我是你女兒的話，我會不會原諒你？

季　韋　　我發現你不太像神父，你像大法官。

何　來　　喔，我不是在想你的事，我在想我父母親和我之間的事。

季　韋　　嗯，這麼說吧，人種什麼因就收什麼果。我的女兒是我

生的，她性子拗起來，她那個不讓人、那個沒討價還價
的餘地……和我一模一樣，這就叫因果。

何　來　（愣愣的苦笑著）……這太可怕了，我長得和我爸是一個
模子。

季　韋　（疲倦得快閉上眼，搭何肩）何先生，別想太多了，你好
好拍，玩相機和玩槍一樣簡單，對準，按下去！但小心
別玩過了，凡事太過頭都不好，你有種玩過頭的傾向，
別玩出（指自己的疤）這麼一道疤痕出來。

（燈暗）

2－4　Studio

（燈光變化：仍是Studio，阿芳與Lulu由側上，見發呆的何來。）

Lulu　　時間差不多了，可以下班了吧……我是說，可以休息了
吧？

（何來聞言，立即走向一旁收拾自己的工作背包。）

何　來　休息了。

Lulu　　攝影師，你今天過得還好吧？

何　來　嗯。

（Lulu對阿芳使眼色，阿芳即上前一步問何來。）

阿　芳　你好不好？

何　來　（一逕不太看人）我今天有點洩氣，幾乎有點拍不下去。

我發現人的臉好難拍，臉的背後原來這麼複雜！

阿　芳　　我也是，被這個高跟鞋整得……

何　來　　（沒聽阿芳的插嘴，逕自說下去）我問我自己：你還要拍
　　　　　下去嗎？我回答：要！不但要，而且要更專心更卯足
　　　　　勁。爲什麼？……

Lulu　　　爲什麼？

阿　芳　　對，爲什麼？

何　來　　（一逕自說自的）因爲，我相信！天底下有所謂的「永遠
　　　　　的微笑」。

　　　　　（何來又繼續收拾背包，Lulu微笑望著何來。）

阿　芳　　（也突然堅強了）我也是！就是相信自己嘛！我也問我自
　　　　　己爲什麼沒有信心，我回答……喔……

　　　　　（阿芳慘叫，腿眞的抽筋使她快要跌倒，Lulu急忙扶她坐在
　　　　　一旁的沙發上，替她揉著。）

阿　芳　　（又氣又疼）怎麼這麼會抽筋，討厭啊！疼……

Lulu　　　放輕鬆……

　　　　　（何來怔於一旁，不敢走近也不敢直視。阿芳似乎稍好一
　　　　　點，Lulu起身對何來。）

Lulu　　　你站在那兒看戲啊？你不會來幫一下忙嗎？我先去拿我
　　　　　的衣服……（欲去）

何　來　　我幫什麼忙？

Lulu　　　替她揉一下不會嗎？你請的小姐你不管？（對阿芳）妳

放鬆，我先去收拾一下東西……（看見阿芳腳上的鞋，過去硬拔下來）妳是怎樣？跟妳的鞋穿出感情來了是不是？（對何來）趕快去幫她揉一下。（Lulu由側下）

何　來　妳……

（何來尷尬地僵立原地，想走近一步又止。）

阿　芳　沒關係，這個痛過一下就好了。

何　來　妳要小心一點！

阿　芳　唉，當一個美麗的模特兒眞不容易。……哇……哇……（抱著一隻腳舉起，腳趾張開，阿芳神色大異）天哪？腳趾頭也抽筋了……（慘叫聲連連）

（何來一時不知如何反應，索性一把脫掉鞋子，坐在地上，用手按著自己腿部著急地示範）

何　來　妳看著！揉這裡……這裡！用力搓！……

阿　芳　（阿芳依言照做，但仍止不住叫疼）噢……

何　來　（更著急地繼續隔空教學）反向壓腳趾，用力敲腳心，一直壓，不要放手……

（阿芳試著站起，一腳有鞋、一腳光著的用力踩地板……好像好點了，突然慘叫一聲又跌坐沙發。）

阿　芳　噢……噢……

（何來有點不堪這魔音穿腦，一板臉……）

何　來　不要叫！……把痛放心裡！如果妳想好好走這條漫長的路，就不准叫疼！

阿　芳　　（咬著牙，不讓自己哭出來）對不起，對不起……

何　來　　（放鬆語氣）要忍住嘛！

阿　芳　　對不起。

　　　　　（Lulu走來，手上拎著自己和阿芳的衣物，還有一雙阿芳的
　　　　　平底鞋，交給阿芳。）

Lulu　　剛才好像有誰在叫，是不是？（對阿芳）換了吧，我的
　　　　　抽筋公主。

阿　芳　　（邊換鞋）謝謝。

Lulu　　（興致勃勃）何來先生，今天對我來說是很特別的一
　　　　　天，我提議大家去喝一杯開心一下怎麼樣？

何　來　　我不跟女人喝酒……我不跟人喝酒……我不會喝酒。…
　　　　　…我要去吃麵。（欲去）

阿　芳　　好哇，我也想去吃碗麵，有點餓了。

何　來　　我不吃麵。我有點睏，我……先回去睡了。妳們兩個去
　　　　　吃。

Lulu　　我也不想吃麵。

阿　芳　　（訕訕的對Lulu）那我就自己一個人去吃吧。（走向門）

Lulu　　（嘆氣）我連想喝一杯都沒人陪！

何　來　　（走到門口又轉回）妳一個人去吃？這麼晚了！

阿　芳　　沒關係，我很習慣一個人，你放心。（一跛一跛地離去）
　　　　　Lulu姐晚安、何來先生晚安。

　　　　　（何來正辭窮無措，阿芳又停步，對何來。）

阿　芳　　何來先生，今天晚上你建議我還可以做什麼功課嗎？

何　來　　妳……什麼都別做，安心的吃麵，……噢，睡覺以前，

　　　　　對自己說自己是全世界最美麗的女人。

　　　　　（阿芳甜甜的點了頭，一跛一跛的走了。）

何　來　　（極不悅地對Lulu）妳為什麼不陪她？她女孩子一個人……

Lulu　　我不也是女孩子一個人？而且你不覺得我存心幫你們製

　　　　　造機會嗎？

　　　　　（何來待出言，王大可出現，他一個跟蹌站在門口。）

大　可　　你們在說什麼？

何　來　　我要回家去了。（往門口）

大　可　　我一來你就要走，這太明顯了吧。

何　來　　（臨去，對Lulu）在暗房裡我有點失禮，但我對妳說的話

　　　　　是當真說的。

大　可　　這已經不只是明顯了，你們已經可以發喜帖了！

Lulu　　（微笑中有著誠懇）我也當真聽了，你的故事很打動我，

　　　　　讓我好奇像我這樣的人，會被一雙認真的眼睛拍出什麼

　　　　　來？

何　來　　我不知道。

Lulu　　我也不知道。

　　　　　（何來不置可否地點個頭，逕去。）

Lulu　　攝影師，今天晚上你建議我還可以做什麼功課嗎？

何　來　　妳……什麼都不用做，做個好夢。

（何來下）

大　可　（一屁股坐在沙發上）我剛剛一路走來，心情很不好。但是請不要問我爲什麼。

Lulu　　我今天的感覺還蠻有意思的。

大　可　我今天也得到一個啓發，聽了季老闆說的話之後，我想我太對不起我的人生了，我什麼都沒有玩到！我太孬種、優柔寡斷⋯⋯

　　　　（大可說話的同時，Lulu移步沙發，撿拾自己的衣物，門口也悄然出現了倫倫。）

Lulu　　王哥，我要先走了。

大　可　（一把抓住Lulu）Lulu！我今天心情眞的很不好，我都不知道我現在該怎麼辦！妳可不可以請我去喝一杯？

Lulu　　（望著王大可，想了一下）爲了答謝你邀我來這裡玩一天⋯⋯就一杯喔？

　　　　（大可跳起身，拉著Lulu往門口走，見倫倫，一怔；倒是倫倫立即裝作一副沒事狀。）

倫　倫　要去喝一杯啊？

Lulu　　倫倫姐來得眞巧，走！（一把拉著倫倫）陪我去喝一杯，妳也累了一天⋯⋯

倫　倫　（很正經又體諒地）你們去，眞的，他需要放鬆一下。

Lulu　　我覺得妳也很需要⋯⋯

倫　倫　妳陪他喝兩口，我勞碌命，還要收拾整理一下明天要用

　　　　　的東西，（制止Lulu再説下去，並親吻大可的臉頰）去
　　　　　吧，但是不准喝太多，明天還要工作。Lulu，明天妳不
　　　　　會不來吧？不來我會生氣喔。

Lulu　　　今日事今日畢，今天都還沒過完我哪知道！

王　　　　走了走了……（一把將Lulu拉走）

Lulu　　　Bye-bye！

　　　　　（只剩倫倫一人發怔……倫倫的手機響，倫倫接聽手機。）

倫　倫　　喂……（臉色更加沉冷）找你的女兒？這裡沒有。……
　　　　　我累不累不用你管，但是你今天說多了，不可以！……
　　　　　好了啦，你就快睡吧！……要我說什麼？……我爲什麼
　　　　　要說？兩個字？髒話也有很多是兩個字的！（自覺失言）
　　　　　……對不起，我……我眞的很累了，你不要煩我好不
　　　　　好？

　　　　　（掛了電話，倫倫望著手機呆望，不堪的情緒愈來愈使她站
　　　　　不直，她輕輕地吐出兩個苦澀的字。）

倫　倫　　晚……安。

　　　　　（燈暗）

第三場

3－1　Studio

（小區域燈亮，倫倫一人。）

倫　倫　　（獨白）朋友總愛笑話我，從來報喜不報憂，好像都不
　　　　　會哭，就說我有病。其實，我只是從來不在人面前哭，
　　　　　就好像植物的向陽性一樣，只有抬頭挺胸，勇敢的站在
　　　　　陽光下，這樣才能漂亮的活下去，不是嗎？
　　　　　（台上燈光漸亮，Studio）
　　　　　（倫倫走向躺臥在沙發上的大可，大可顯然宿醉未醒，倫倫
　　　　　拿起一旁的毛巾爲大可擦拭並揉捏脖、肩、胸等處。）

大　可　　天啊，我喝了多少？

倫　倫　　現在中午一點多。醉成這樣，少說兩瓶。

大　可　　完全正確，第三瓶開了還沒喝，我就不醒人事了。

倫　倫　　（嗅聞大可的頭髮）玩得眞開心喔，把酒往自己頭上倒，
　　　　　慶祝什麼啊？（大可笑而不答）又喝混酒？威士忌和紅
　　　　　酒？

大　可　　妳太了解我了！

倫　倫　　（輕輕疼惜地打大可）你啊，你啊……現在頭疼吧！難受

吧！

大　可　　頭疼，難受，喔……啊！難受啊！

倫　倫　　（哄住）來，幫你揉一揉……沒事喔……

大　可　　妳這是患難見眞情啊？我知道妳心裡也不好受，罵出來
嘛！爲什麼不罵？好，我來幫妳罵！（指著自己）你！
混蛋！以前你的外號叫藝術家，現在叫酒鬼、色鬼、窩
囊廢！以前那個才華洋溢的爸比到哪兒去了？現在是頑
世不恭的孫子……

倫　倫　　好啦！別說了。

大　可　　讓我說！（倫倫用手搗住大可的嘴阻止他說，大可推開倫
倫的手）讓我繼續說……才氣、傲氣，它們都到哪去
了？男人的魅力，魅力，它們到哪去了？都被狗啃了？
哇……

（倫倫突然用手抓搔大可的腰腹，大可躲閃求饒。）

大　可　　我輸妳！這招讓我離不開妳，我的神秘黑洞只有妳知
道。妳這樣我要怎麼離開妳？妳讓我離開妳好不好……

（倫倫繼續攻擊，大可掙扎中坐到地上。）

倫　倫　　（發現到大可的耳根，訝然停住）這裡怎麼啦？你被誰咬
了？

大　可　　（窘笑）不是，誰會咬這兒？妳要看被咬的是不是？
（拍自己屁股）在這裡，妳把這褲子脫了，就看到了……

（大可玩性十足，歪歪倒倒地欲解腰帶……）

倫　倫	好了！別鬧了！
大　可	（歪倒在倫倫身上）媽咪，躺妳懷裡好放鬆。
倫　倫	（努力克制住心中的激動）你好久沒叫我媽咪了。
大　可	妳這樣抱我，我好像什麼都不怕了，我可以盡情對妳傾訴我的憂慮、我的不安……我甚至可以對妳……
倫　倫	不管你說什麼，我都會讓你這樣靠著。
大　可	我心裡難受，媽咪，我不知道怎麼辦……我發現我又掉進愛河……
倫　倫	（不停撫摸大可的頭髮）嗯哼……
大　可	我愛Lulu，好愛好愛……（倫倫的臉上出現不明顯的沮喪）她真的太迷人了，她完全知道遊戲規則！說玩，她比誰都懂得玩，說ㄅㄟˋ，她比誰都閃得快，不拖泥帶水，揮揮衣袖不帶走一片雲彩，可越這樣我就陷得越深。
倫　倫	（努力擠出話來）我也蠻欣賞她的，既老練，又單純。
大　可	我本來以為我只是玩玩而已，但是我發現我的心會熱，發燙，會痛！（陡地坐直了，雙手難受的抱頭）昨天晚上她不知道吃錯了什麼藥，我只是想親熱一下下，她都不答應，後來我只是把手放在她這裡（大可把手放倫倫腿邊說明）而已……她拿起兩瓶酒就往我頭上倒！他媽的一瓶威士忌一瓶紅酒！還訓我一頓，說這是她最後一次陪我喝酒，……倫倫妳是女人妳告訴我，我怎麼辦？她不甩我，妳幫我想想，我下一步怎麼做？（痛苦地用手

打頭，倫倫止住他，把他按倒在沙發上。大可仍一邊喃喃
不已）我是不是中了她的毒？她會不會不來了？倫倫告
訴我，問題出在哪？妳是女人，妳幫我想辦法……

倫　倫　　閉上眼睛，睡個覺……

大　可　　（喃喃囈語）倫倫，妳告訴我，我該怎麼辦……？

倫　倫　　（將大可的外套蓋住大可，輕拍哄大可）爸比，閉上眼睛
　　　　　睡一下，醒過來，就什麼事情都沒有了。

　　　　　（倫倫見大可暫時安靜，慢慢站起，背過身去，稍停，走
　　　　　開。）

3－2　化妝室

（化妝室）

（倫倫步態蹣跚的來到化妝室門口，停步，幾乎快要站不住，卻窺見何
來正蹲在化妝室地上，手上拿著阿芳的高跟鞋，使勁用工具又撐又頂
地寬整鞋型，倫倫在門口佇立呆望著何來，何來細心把量著鞋，少頃
……何來不期然的回過身見倫倫，驚叫出聲，鞋差點飛了。）

何　來　　哇……（驚慌的將鞋放回定位，急欲離去）我……幫阿芳
　　　　　把這雙鞋撐大一點，比較好穿……我去工作了。

　　　　　（倫倫默默坐下。何來走到門口，見倫倫一臉惘然，對著鏡
　　　　　子發呆，何來停下步子。）

何　來　　妳還好吧？王大可還好吧？

倫　倫	你在做家庭訪問嗎？關心你要拍的模特兒一個一個是不是都OK？放心吧，我好得很。
何　來	（關心地）我能幫上什麼忙嗎？
倫　倫	（這才發現何來的關心，但視線又回到鏡子）從小我有個習慣，最沒輒的時候會照鏡子，我突然發現我變得好憔悴……我和王大可根本已經走到一個地步：不只是情人，不只是夫妻，根本已經是一體了，骨和肉要怎麼分呢？
何　來	好……我們來想想，怎麼樣可以讓妳這張臉重新發光？
倫　倫	拜託，你以為你是誰？你只是個攝影師……
何　來	沒錯，所以我對妳們每一個模特兒都有責任……（踱著步喃喃自語）我們要把自己再用力挖開，讓光不只是照著臉，要照到裡面，讓裡面那張臉也笑起來……
倫　倫	何來，你好不好？
何　來	（停步不解）什麼？
倫　倫	你好不好？
何　來	什麼？
倫　倫	那個阿芳是個蠻不錯的女孩子……
何　來	（羞怯，幾乎結巴的）沒有沒有……
倫　倫	我看你還蠻力挺她的……
何　來	沒有沒有……
倫　倫	她也很聽你的，這種緣分其實可以珍惜……

何　來　沒有，眞的沒有……

倫　倫　你不要這麼緊張，不要太快就拒人於千里之外……

何　來　不是啦，眞的沒有，沒有……

（阿芳出現在門口，何來羞臉不語，正無措。）

阿　芳　大家好！我一來，你們就不講話了？要不要我先出去？

何　來　不用不用，我要走了。（走到門口與阿芳正擦肩而過時）昨天那雙鞋子妳再試試看……（轉身要走）

倫　倫　何來幫妳調整過了。

阿　芳　謝謝。

（何來窘住）

阿　芳　何先生……

何　來　什麼？

阿　芳　我的腿昨天晚上有貼撒隆巴斯，已經好了，你看……（用力把腳在地上跺幾下，再舉起幾下）你不用擔心了，我已經可以在台上穿高跟鞋跑了。

何　來　很好。（拔腿想走）

阿　芳　何……來……先生，我……

何　來　什麼？

阿　芳　（悄語）我站在台上眞的不會讓你丟臉嗎？

倫　倫　阿芳，妳這個人眞是……

（兩三個女模紛紛由門入，不意碰撞到何來，她們與室內的人打招呼、更衣化妝，何來欲奪門而出，門口竟站著

（Lulu，神情煥發，何來進退不得。）

Lulu　　　Surprise！不該來的又來了，不成材又不受歡迎的模特兒又來了，希望大家包涵。

倫　倫　　Lulu，還好妳來了，妳要是不來，我就要打電話罵妳了。

Lulu　　　妳可以打電話給我，可是不可以罵我。

阿　芳　　（對何來）謝謝你！鞋子很好穿。

何　來　　很好，準備工作吧。

（何來欲出門，Lulu故意左右挪位擋住何來，何來甚窘。）

Lulu　　　親愛的何先生一定不喜歡我，我自己也沒想到我今天會來，但是我還蠻想念何先生的臭臉，很少男人會這樣對我。

何　來　　很好很好！準備走台了。

Lulu　　　是！（挪身讓位，何來出門）我今天想試試看一個全新的Lulu！

阿　芳　　我也是。

（燈暗，轉場。）

3－3　Studio

（何來的聲音由黑暗中傳出，一直延伸到燈亮之後還繼續。台上亮起許多圓弧地板光，好像許多不同的星球，有許多明暗交界，女模將逐步穿梭其中，音樂起。）

何　來　沒有任何一個笑容可以比得上妳心裡的笑容，我們還記得那個躲藏在裡頭的笑容嗎？來寫一段情書，來說一段情話，獻給任何一個親愛的人，或者獻給自己。

（女模們隨著音樂行走於台上，有兩三個小光圈是說話的女模站立之處，沒有說話的女模們則始終穿梭行走和動作。）

何　來　很甜很甜的一個記憶，很深很深的一個祝福，是妳們的每一步。

（女模甲和乙停在光區裡，她們各自對著自己的前方說話，表情是愉悅的。）

女　甲　親愛的你，秋天快來了，夏天總算熬過去了。

女　乙　親愛的你，我們是冬天認識，春天在一起的。

女　甲　我們剛開始要好到底是因為哪一件事還是你說的哪一句話，我們兩個說的一直不一樣。

女　乙　可是我記得我們第一次約會的地方，我們給它取了個可愛的名字，叫「老地方」。

女　甲　然後我們手牽著手，從「老地方」散步。我記得我們走了很長的路，你陪我去買新衣服，我們跳舞。

女　乙　在我上班的時候你打電話給我，然後在我手機裡大聲唱歌，我罵你，但是心裡覺得你好可愛。

女　甲　好可愛，那段時間裡的每一件事都好可愛。

（女甲和女乙離開光區，阿芳走進光區裡。）

阿　芳　親愛的你，我昨天晚上聽你說的話，我很快樂地一個人

在麵店吃了一大碗麵，後來，睡在床上我對自己說我是全世界最美麗的女人，後來我睡著了。睡著之後做夢，夢見我又去吃麵……麵店老闆長得好像你，他對我笑，我就問老闆說，你看我吃麵為什麼會笑？老闆說，因為妳自己在笑啊……天哪，我第一次在夢裡夢見自己在笑。

（阿芳說完離開光區，Lulu走入光區。）

Lulu　　嗨！Lulu！我是Lulu！我今天早上九點就醒了，真難得我這種人還會早起，因為我感覺很好。賴床半個鐘頭，也是笑咪咪的心情很好。十點刷牙洗臉，感覺很好。十點半補個妝，十一點吃完自己給自己做的早餐，感覺很好，十二點去搭那個幾百年沒坐過的公車，現在一張票要多少錢都不知道，在公車上發現沒零錢，丟了一張百元大鈔……感覺很好。現在我站在這裡……感覺很好。

（正要離開光區，突然問何來）攝影師，我今天怎麼樣？

何　來　　……感覺很好。

（Lulu離開光區，女模甲乙和倫倫三人各自走進不同的光區，甲乙位於兩側，倫倫站在中間。）

女　甲　　親愛的你，好久沒有看到你的笑容了。

女　乙　　我很想問候你，你好嗎？

倫　倫　　你好嗎？

女　甲　　你曾經寫給我最難忘的情書。

女　乙　　你曾經答應我，要帶我出去玩，要去環遊世界。

女　甲　　你說過的情話你全忘了，那些話現在變成我一個人的記
　　　　　憶。

倫　倫　　我想說的是……你好嗎？

女　乙　　我昨天幫你煮你最愛喝的養精湯，我看著湯發呆，湯在
　　　　　滾，鍋子燙到我的手，我跌坐到地上。

女　甲　　你放在我那裡的刮鬍刀，還放在洗臉台上。我們合照的
　　　　　相框，還放在我的床頭。

女　乙　　我的電話答錄機說不在家請留言，還是你的聲音，我沒
　　　　　洗掉。

倫　倫　　我眞的……很好，你……好……嗎？你……
　　　　　（何來的按快門喀擦聲愈強，閃光燈的照明愈快，突然一切
　　　　　都停下來……只見倫倫彎下身來，掩面埋首，啜泣起來。）
　　　　　（燈暗，眾模消失。只剩何來與倫倫的Spot Light。何來蹲跪
　　　　　於倫倫旁，不知所措。）

何　來　　爲什麼？

倫　倫　　爲什麼微笑這麼簡單的事情，而我卻不會笑了？爲什麼
　　　　　一個簡單的情話我也不會說了？爲什麼你要帶我們做這
　　　　　些？

何　來　　我本來以爲……

倫　倫　　你不知道你眞的讓光照射到我裡面，而且曬的發燙、刺
　　　　　痛！

何　來　我也正在想，我爲什麼帶妳們做這個事？我在做什麼？

倫　倫　（幾乎有點歇斯底里）我是不是應該退出這個攝影展？每一個人都比我好，就連Lulu、阿芳……到底你要拍什麼？我很怕你在這個攝影棚裡做的每一件事你知道嗎？好像都在把我一步一步推向崩潰的邊緣……

何　來　倫倫，不要這樣好不好……

倫　倫　（控制住自己的失態，平緩下來）爲什麼會有我這種人，一但相信情話就洗不掉了？情話被忘記了還算不算情話？你連戀愛都沒談過你會懂嗎？告訴我什麼是情話？何來，天底下眞的有情話嗎？告訴我……

何　來　我也正在想同樣的問題，這個問題在我的抽屜裡（指自己的頭）十多年了，我一直不願意打開它讓它見天日，沒想到今天……對不起，讓妳受到傷害。倫倫，對不起。

倫　倫　何來，你是不是有什麼事要跟我說？

何　來　是一個故事……一個初戀的故事。

（回憶的Spot Light）

（舞台上出現另外兩個光圈，一個是何母坐在椅子上，由Lulu飾演；另一個是何父站立，由季韋飾演。）

倫　倫　（獨白）何來說起這段回憶的時候，剛開始我想他只是轉個話題安慰我……

何　來　　我媽媽對我說，爸在追她的時候說了一句很動人的情話，之後，媽就答應嫁給爸了。

何　父　　盼盼，我只是一個船員，孤零零的一個人在大海漂流，孑然一身，什麼都沒有。而妳是一個港口，在海平線上出現了，出現了……愈來愈近……妳出現了！活生生的站在我面前！妳是天上掉下來的一個奇蹟。

何　母　　（對何來）本來他就是追我嘛！我也沒打算就一定要嫁給他，……但是你爸爸那幾句話我真愛，我好感動（笑著，並以手拭眼淚）……我覺得這個男人可以跟，他真懂浪漫。

何　父　　盼盼，妳怎麼了？妳怎麼哭了？

何　母　　以後我睡覺之前，你都要記得再說一遍剛才那些話。

何　父　　我答應妳……

　　　　　（何母在椅子上微笑並揉眼……何父的燈光逐漸暗去。）

何　來　　媽媽愛上那幾句話，當個寶一樣一輩子抱著那幾句話不放了，好愛好愛。那幾句話就變成她的信仰了。爸出海常常不在家，就寫信回來，等信等郵差，就變成媽媽每天要做的事情。

　　　　　（何母取出一封信，笑著拆信。）

何　母　　拆信的感覺真好玩……

何　來　　有什麼好玩？

何　母　　因為你不知道信裡面會寫什麼，然後打開信紙，然後信

裡的一個字一個字就跑出來了！活生生的出現在你面前！就出現了！（何母笑不止）你不覺得這好像奇蹟嗎？來，我們來看你爸爸寫了什麼……

（何父的燈光區又亮了，何母與何來看信。）

何　父　親愛的盼盼，我從悶熱的船艙走到港口，猜我遇到什麼？藍色！Blue！我一頭跳進它的懷抱。這裡叫馬賽，它的頭是藍色的天空，下體是灰藍色的大海，女人的眼珠子因為光的折射變成綠藍色，連黑夜、海水也是墨藍色。我在藍色的懷抱裡睡著了。

（何父的光區漸暗。）

何　母　你爸爸怕我無聊，遇到什麼好玩的就告訴我，他知道我喜歡新奇的事情。胖球，你以後也要寫信給媽媽。

何　來　不要，我以後只要不離開妳，就不用寫信給妳了。

何　母　你在家裡也要寫信給媽媽。

何　來　那好奇怪……我就在家，幹嘛寫信？

何　母　你要寫，你爸的字寫得很好看，看胖球什麼時候也能寫出這一手。

何　來　那好難喔，我一輩子也寫不出那麼好看的字。

何　母　多練習就好了。你要為媽媽多練習喔——

何　來　不要！

何　母　要。胖球，你知道媽媽喜歡等信的感覺……

（何來望著母親深情的臉，終於點頭。）

（何父的燈光區亮了，母子看信。）

何　父　盼盼，希臘的小島上，我光著腳爬一座小山，一座好可愛光禿禿的小山，我全身都是汗水，到了半山腰累了，我就躺下來。我用力呼吸那乾淨的空氣，但我只聞到大太陽底下我自己的汗水。

（何父的光區漸暗）

何　來　（呆望著展信細讀的母親）……媽，妳老是一個人在家，都怕不怕寂寞？

何　母　不怕。（笑著取出一個餅乾盒）我有一個餅乾盒，這麼多信我都放裡面，它們可以陪我啊。（小心地將信塞入餅乾盒，然後一個迅速的動作將盒蓋蓋緊。何來怔住。）收信的時候蓋子要蓋得快一點，不要讓空氣跑進去，這裡頭有你爸爸的味道……

（何父的光區亮）

何　父　這一次我遇到伊士坦堡，不，應該說我聞到伊士坦堡，我聞到——整袋香料經過一個晚上的露水打濕了以後，一種爛木頭的腐敗的奇香異味從下面升上來。我很沉迷這種味道。

（何父的光區漸暗。何母抱著餅乾盒打盹，何來小聲地叫醒她。）

何　來　媽——妳累了，到床上去睡。

何　母　（醒來）嗯，我不睏。（抱著餅乾盒欲去，又轉身，悄聲

　　　　　（慎重地叮囑）胖球，郵差來的時候一定要趕快叫我噢！

何　來　（也悄聲）好。我會叫妳。

何　母　你為什麼那小聲？

何　來　（恢復自然音調）妳自己那麼小聲。

何　母　（笑）傻瓜！

　　　　　（何母抱著盒子下）

何　來　媽媽一心一意在等的信，到後來我才終於弄懂信上爸爸
　　　　　到底在說什麼。

　　　　　（回憶中的酒吧門口）

　　　　　（舞台上出現一面破牆，有小門，門簾色調俗艷，小霓虹
　　　　　燈，門前有一道淺溝。一二水手抱著吧女經過。）

何　來　我高中是在附近的省城唸，一天晚上放學了，我走向車
　　　　　站時經過一個碼頭，旁邊有一條全是水手船員出入的酒
　　　　　吧街⋯⋯

　　　　　（在酒吧門口，一個酒醉男人拉扯著一個吧女，門簾布糾纏
　　　　　在他們身上。）

何　父　讓我再親一下⋯⋯

吧　女　你喝醉了，回家去吧⋯⋯

何　父　別生氣，讓我再親一下⋯⋯（男人笑嘻嘻的抱緊她）

吧　女　我沒有生氣。好，你再說一遍我叫什麼名字？

何　父　Blue！妳是我的藍色！

吧　女　藍你的頭！我叫Mary。

（掙脫開，那男人這才被看清楚，正是何父。）

何　父　對！Blue Mary！藍色的瑪莉！（與吧女糾纏）妳的頭髮
　　　　是我藍色的天空，下體是灰藍色的大海……

吧　女　（沒輒）你在說什麼，我沒一句聽得懂。

何　父　我要爬山……

吧　女　爬什麼？

何　父　我要爬小山，（他抱著她）爬妳那高高凸起的小山……

　　　　（他伸手要抓她胸部，手被吧女打開。）

吧　女　要爬山，回家爬你老婆去！

　　　　（吧女抽身正想走，見到何父喘著氣爬到陰溝旁欲嘔，乃趨
　　　　前。）

吧　女　你又怎麼了？每次喝醉了都在門口吐，多難看啊！

何　父　（突然他伸手一把緊抱住吧女，將臉貼在吧女下體。）
　　　　Mary！我聞到了……

吧　女　等一下阿雄看到會揍你喔！

何　父　一種爛木頭的腐敗的奇香異味……

吧　女　（將何父推倒於地）你講那什麼噁心的話？

何　父　我好沉迷這種味道……（他興奮的笑著癱倒於地）

吧　女　每次都在這發酒瘋……！（欲離去，見何來站於側）小
　　　　弟弟！要不要進來玩一下？（何來閃開）裡面有很多漂
　　　　亮的姊姊喔！（見何來又閃避）害羞啊？帶你同學來，
　　　　我給你們半價！（見何來不理，轉身進屋）

（何來一步步躲到何父的側後方牆角處，望著何父。）

何　來　這麼晚了，你爲什麼不回你自己的家？

何　父　誰啊？誰在說話？

何　來　這麼晚了，你爲什麼不回你自己的家？

何　父　（左右張望不見人影，醉眼茫茫的笑著對空氣回話，彷彿在和上帝對答）我回不去了……

何　來　爲什麼？

何　父　問得好！（笑起來）因爲，我的家是個皇宮，裡面住了一個公主，她是個只聽甜言蜜語、情話綿綿才能微笑睡覺的公主，而我不是王子，是的話也老了，伺候不了她了，天方夜譚已經說到天光乍現了，我被下放到大海，躲得遠遠的，偶爾寄封信寫點情話給她；悲劇的重點是，公主已經老了，但是她不知道自己老了、頭髮也白了，還要聽情話……

何　來　所以你在信上寫的那些情話，都是謊話了？

何　父　（一種迷亂的快意生起，但他的注意力已微微轉向何來藏身處）我告訴你，一個更美麗的謊話將要發生：我的二副對我說，這麼多國家城市有這麼多不一樣的美麗花朵，我們都玩遍了。但下一站！就是大海的盡頭，那個地方有全世界最美麗的花朵，你信不信？（他笑著慢慢挪身一步步爬向何來處）不信我帶你去。這是男人的命運，航向大海，跟著星星走，直到……大海的……盡頭……

（他體力一步步愈發顯得不濟，說到最後一句話時，他伸手抓住何來的褲腰，努力的舉頭望向何來，何來急忙藏躲自己的臉……此時何父已醉倒不省人事。何來抱住他，將他擺平，呆望少頃，拿起門簾布將何父披蓋上。）

何　來　　然後，我悄悄的走了，我也沒有對媽提起過這個事，但從那以後，父親的信沒了，再沒回來了。
　　　　　（酒吧景和父親的燈光暗，消失了。只剩何來一人獨自站在一個Spot Light裡。）

　　　　　（倫倫與何來各自站在自己的Spot Light裡，二人對望。）

何　來　　媽永遠不知道事情的真相，她把那個小餅乾盒藏在她的床底下，這麼多年，我每次偷偷爬到床底下看那個餅乾盒，我發現那個盒蓋從來沒有灰塵。多少年下來，盒子都生了鏽，但從來沒有灰塵！那……讓我心碎啊！（他克制住激動，讓自己和緩些）……我寧願媽一輩子滿懷希望的活在謊言裡，我寧願公主一輩子活在皇宮裡，我一直把這個抽屜（指自己的頭）緊緊鎖著。今天……妳把它打開了。
　　　　　（倫倫走到何來的光區裡，雙手將何來抱住……，何來不敢動，但隨即緩緩推開倫倫。）

倫　倫　　我聽得懂，何來我聽得懂，我好像在聽自己的故事……天哪，好可怕……（她蹲下去，苦苦的凝思著）我現在

　　　　　突然感覺我和王大可一路走來每一個被我美化的記憶，
　　　　　一個個的在褪色、消失……消失不見了。天方夜譚真的
　　　　　已經說到天光乍現了。我現在怎麼辦？

　　　　　（何來關心的陪倫倫蹲著，找不到話說。）

倫　倫　　（對何來）我知道我離開這個皇宮我就什麼都沒有了……
　　　　　…很慘……何來，你覺得我還有青春嗎？我還美嗎？

何　來　　……（正不知如何接口，突想起，從口袋中取出相機）這
　　　　　個會回答妳。（何來舉起相機對準倫倫，倫倫卻搖頭尷尬
　　　　　地用手遮住鏡頭，何來還是按下了快門，閃光燈在倫倫的
　　　　　手掌縫隙間亮起時，舞台後區也漸亮。）這一張照片我會
　　　　　永遠保存著。

　　　　　（王大可突然出現在門口，一語不發的望著倫倫。何來站
　　　　　起。）

何　來　　我先走了。（匆匆由側下）

大　可　　（衝動，但很嚴肅的指著倫倫）我想很正式的和妳好好談
　　　　　談，三點鐘，老地方。

　　　　　（王大可下）

　　　　　（燈暗）

3－4　雨中小巷

（雨中的小巷）

（燈光與場景改變。出現破牆、電線桿、刮著風……側區電風扇隱約可

見，下著雨……頭頂漏水管隱約可見。倫倫兀自佇立雨中。）

倫　倫　　（獨白）他說老地方，三點鐘。我去了，可是毫無預兆
　　　　　的，突然下起雨來。我等了十分鐘他沒出現，等了二十
　　　　　分鐘他還沒出現，過了三十分鐘了，我站在雨中足足等
　　　　　了四十分鐘。我想，他大概不會來了。但是這一次，我
　　　　　決定不走了。

　　　　　（阿芳撐傘走來，見倫倫淋雨，一怔。）

阿　芳　　倫倫姐，妳怎麼站在雨裡？

　　　　　（阿芳急忙奔前，拿傘為倫倫遮雨，倫倫卻推開阿芳的傘。）

阿　芳　　妳怎麼了？

倫　倫　　這麼悶熱的天，我淋一下雨不行嗎？

阿　芳　　妳跟我回攝影棚，妳會感冒的！

倫　倫　　（再次推開阿芳）不要管我，妳先回去。

阿　芳　　不行，妳的臉色不大好……不然我雨傘借妳……（見倫
　　　　　倫制止的手勢，急得直跺腳）那我現在應該怎麼辦嘛？
　　　　　我說什麼都不對……倫倫姐，我求求妳好不好？

倫　倫　　阿芳，倫倫姐在等一個對我來說很重要的人，我等他來
　　　　　要跟他說一句很重要的話，從來沒有說出口的一句話。
　　　　　這件事很重要對不對？

阿　芳　　對。

倫　倫　　所以，請尊重我用我的方式，不要管我好嗎？

（何來也撐著傘出現，發現了倫倫。）

何　來　倫倫，妳在做什麼？（衝向倫倫）

倫　倫　不要管我！

（阿芳與何來都愣站一邊。）

何　來　爲什麼妳老要做傷害自己的事呢?!

倫　倫　（彷彿笑了）沒有傷害啊！這是雨水，不是淚水，雨水讓我清醒極了。

何　來　我完全不懂妳在說什麼，來，我們一起回去了！（欲走向倫倫）

倫　倫　（用更強烈的手勢制止何來）好了！看樣子我不能安靜的享受這雨水的詩情畫意了。我走，我回我自己房間，請不要再囉唆了。

（倫倫一閃身，消失在牆角後面。何來與阿芳傻傻的撐傘站立，不明所以然。）

何　來　我說錯什麼話了嗎？……我一定說錯什麼了……

阿　芳　倫倫姐說，她在等一個很重要的人……

何　來　然後呢？

阿　芳　她要對那人說一句很重要的話。

何　來　所以呢？

阿　芳　所以這個很重要對不對？（見何來接不上話）所以倫倫姐是個很勇敢、很自信、很堅決、很猛的女人。

（何來怔怔地看阿芳，繼而嘆氣。）

阿　芳	不對嗎？
何　來	妳說的很對，阿芳，妳眞的在進步。但現在什麼都別說了，我還是去玩鏡頭吧，言多必失啊……走吧。（欲去）
阿　芳	我有個很重要的話……（何來止步）想對一個對我來說很重要的人……說。

（兩人尷尬，沉默少頃。）

阿　芳	（鼓足勇氣）我……（咳嗽聲，彷彿嗓子不聽話）……我覺得何先生……我叫你的名字可以嗎？
何　來	（胡亂點頭）當然當然。
阿　芳	何來……先生是個很有愛心，又有才華，又很敬業的好男人。
何　來	（又窘又急）沒有沒有。
阿　芳	（一鼓作氣地說了）我們是不是可不可以做那種好朋友？

（更尷尬的沉默少頃）

何　來	不行。
阿　芳	（大為受挫地頓住了）為什麼？
何　來	就是不行。
阿　芳	可是Lulu對我說，你在暗房講，全部女生你只欣賞我，Lulu還說你對我的……
何　來	（突如其來的過度嚴肅）我只是工作上鼓勵而已，又不是什麼，純工作而已！我只是個攝影師，我說的話沒有意

　　　　　義，只會害人，別信！我只能拍照！

阿　芳　（快哭了，但努力忍著，露出慘笑）我說錯話了嗎？……
　　　　　（見何來不語）我好滑稽，好丟人……你讓我好想鑽個地
　　　　　洞躲下去。你把我好不容易建立起來的自信心又拿回去
　　　　　了，對，我只是一個一直在做錯事的女孩子吧！（望著
　　　　　何來，何來仍不語）是嗎？

何　來　我覺得我們該回去工作了。

阿　芳　我也覺得我該回去了。

何　來　（仍是冷漠）走吧。（說完並未移步）

阿　芳　（定定的望著何來少頃）……走吧。
　　　　　（阿芳移步往反方向走，走了兩步，又停下來。）

阿　芳　何來……先生……（苦笑）我只是試試看我敢不敢叫你
　　　　　名字——還是不敢。我要說的是，謝謝你對我的鼓勵，
　　　　　謝謝。（一步步走了，阿芳下）
　　　　　（何來呆呆的站著。突然將雨傘收起，愣愣的由著雨淋……）
　　　　　（王大可撐傘跑來，見到何來的背影。）

大　可　何來！何來！
　　　　　（何來恍若未聞，默默的走了。倫倫由牆角處現身。）

大　可　妳怎麼了？（望著倫倫，心知肚明，便不多問了）抱歉，
　　　　　剛剛接了兩通電話……

倫　倫　大可……（王大可訥訥的望著倫倫）……我要送給你一
　　　　　句最後的情話，你一定會喜歡聽的，就是……我終於知

　　　　　道我該離開你了。

大　可　妳可不可以再說一遍？

倫　倫　你聽到了，你沒聽錯。

　　　　　（此時雨水驟然停了，風也靜了，還有遙遠的音符飄現。）

大　可　（喜出望外）妳說的是真的？

倫　倫　真的，你看，雨都停了，完全配合我的節奏。

大　可　（愣愣的笑著，接著把雨傘也扔一邊，笑也變得有點瘋瘋傻
　　　　　傻）漂亮……！漂亮……！哈……我被女人給甩了，感
　　　　　覺真好！看到有個男人和有個女人正面對一件亙古到永
　　　　　遠都一直在發生的事：「分手！」真好啊！我被這兩個
　　　　　字追殺逃亡了三年，我喜歡這兩個字，（大喊）我他媽
　　　　　的真喜歡這兩個字！……倫倫，如果我說我很絕望，妳
　　　　　會笑嗎？我會笑，因為那是真的！那個離婚讓我從那之
　　　　　後就再也不敢碰婚姻了，而我有多怕碰婚姻，我就加倍
　　　　　的想碰更多女人，而女人一認真，我就想逃，而我又不
　　　　　能沒有女人，但我又不能愛女人！……

倫　倫　所以你很絕望。

大　可　（又想笑了）但是「分手」又為我帶來小小的希望，為
　　　　　了要分手，妳就算拿根鞭子在我身上重重的抽多少下我
　　　　　也願意，啊！我應該買個生日蛋糕來慶祝一下，插幾根
　　　　　蠟燭，（唱）『Happy birthday to you！Happy birthday to
　　　　　me！Happy birthday to 我們……』（他手舞足蹈地傾洩完

了，似乎想恢復一點理智）好，當我神經病。宣洩一下，悶太久了。

倫　倫　　我也要說對不起，我一直忘了給你介紹——那個季韋季先生是我爸爸。

大　可　　（愣住）他是妳的……妳不是說你爸爸已經死了？

倫　倫　　對我來說，他現在活了，可是對你來說，我現在死了。

大　可　　妳這是……（咆哮）妳在搞我啊？

（燈暗）

第四場

4－1　Studio

（小區域燈光亮，季韋獨自一人。）

季　韋　（獨白）我的病是……醫生說，不出半年能活了。這半
　　　　年，我在乎嗎？我這幾十年是一馬飛過來的。半年…
　　　　…？我在乎。江湖上呼風喚雨，踩著屍體堆起來的台
　　　　階，一路走來沒輸過，死亡敲我的門我沒怕過，女兒在
　　　　電話裡叫了我一聲爸，我直打哆嗦，掛了電話，腦子一
　　　　片空白。

　　　　（台上燈光全亮，Studio）

　　　　（倫倫拎著一個大皮箱，正將幾件衣物塞入……關箱，季韋
　　　　和眾模一旁愕然望著。）

季　韋　（趨前）我可以幫妳提嗎？

倫　倫　不用。（望眾模）還沒向大家介紹呢，這位季韋季先生
　　　　——是我爸爸。

　　　　（眾驚訝）

季　韋　好極了，我現在總算可以公開正式的和妳說話了。（對
　　　　眾）妳們好，我是倫倫的父親。

（眾更是訝然。『真的假的？』『怎麼會這樣？』……）

倫　倫　　（打斷季韋的話）我要先離開各位了，在此先預祝大家這
　　　　　次「永遠的微笑」大展順利成功！

（眾模議論紛紛……『倫倫姐？』『妳要去哪裡？』）

Lulu　　倫倫，這裡面沒有誤會吧？我和王哥昨天晚上真的只是
　　　　　喝酒……

倫　倫　　放心吧，Lulu！對妳我絕對信任，妳比我果斷勇敢太多
　　　　　了。

季　韋　　那個王大可在我看，太不上道了，根本是個混蛋！甩掉
　　　　　最好。倫倫妳就先搬到我那兒去住，我那兒房間多得
　　　　　很。

倫　倫　　我沒有辦法再和一個「陌生男人」住在同一個房間裡。

季　韋　　我不是陌生人，我是爸爸！

倫　倫　　是，你是陌生的爸爸，你知道嗎？我花了好長的時間才
　　　　　化掉對你的敵意，我用力忘掉媽媽在沒有丈夫陪伴的病
　　　　　床上孤單地閉上眼睛的畫面，我從小撒謊，對每一個問
　　　　　我的人說我父親「病」死了，我跟媽媽姓是因為媽媽家
　　　　　沒有男人……太多太多從你那兒丟給我的折磨，我很難
　　　　　受，你可以諒解嗎？

季　韋　　那是過去的我，妳就當他死了好嗎？

倫　倫　　你比死還糟你知道嗎？如果你死了，我只能怨你沒陪
　　　　　我。但你悄悄的活在我心裡，你在我心裡扎了一個洞，

　　我一直到處在別人身上找你。為什麼王大可我會叫他爸比呢？就像王大可他的前妻在他心裡扎了一個洞，他到處找女人來填補那個洞，誰也填不了，他只好繼續一直換女人。他和我一樣，不是混蛋，我們只是太……過不了那一關。

季　韋　倫倫……

倫　倫　我不想再說了，再說我怕只會說出讓彼此都後悔的話。
　　　　（牽著箱子扭身往門去）

Lulu　倫倫，我覺得妳今天很不一樣。

倫　倫　妳不也是嗎？

Lulu　（拉著倫倫手）別走吧，妳走了我就覺得不好玩了。

季　韋　（一把搶過倫倫的皮箱，把它放在身後）倫倫，妳住我那兒，不要多想了。妳也要參加這次的大展，因為我是為妳辦的，我擔保妳！至於王大可，不要他了，離開這間棚，我另外請老闆伺候妳，和妳們每一個……

倫　倫　聽吧，你和當年的你完全一樣，只要你想要的，都認為該你的，而且不擇手段。

季　韋　（大聲哀告）孩子，我真的不一樣了！

倫　倫　是的，你是不一樣了，你老了。所以我不想恨你了，但我需要「一點時間」來認識你，行嗎？

季　韋　時間？

倫　倫　對！時間！就像何來也需要「一點時間」才拍得出我們

這些模特兒啊！

季　韋　　（心焦氣餒）時間……妳說得對……時間……

　　　　　（何來濕淋淋的從門口走進來，神色迷茫，看來很是疲憊。眾見了他也是訝然。）

Lulu　　攝影師！你怎麼了？

何　來　　那個……那個阿芳不來了，她家裡有事。

Lulu　　不可能啊！如果不來，她一定會對我說的！

何　來　　她有點鬧情緒，我想我對她、對妳們大家都做錯了什麼吧……對不起。

　　　　　（何來轉往暗房門，下）

季　韋　　（見眾人不敢出言，遂悄悄徵詢倫倫）倫倫，這個局面我可以插手嗎？

倫　倫　　不用了，這種情況誰也幫不上忙。

Lulu　　今天黃曆上一定寫著「不宜出門」。我今天出門就是忘了看黃曆。（挺身而出，望著暗房門）好！把他交給我！誰綁的炸彈誰去拆。（對倫倫與季韋）「時間」是吧？你們給我一點時間。（大步向暗房走去）

　　　　　（燈暗轉場）

4－2　暗房

（暗房）

（何來在顯影水槽旁抱頭枯坐，Lulu掀黑布簾入。）

Lulu	這麼黑，請問這裡停電了嗎？（見何來不語）我不是問這間暗房，是問你停電了嗎？
何　來	我的暗房不要有別人，請出去。
Lulu	我昨天回家有想過你說的話，我在想自己的故事是什麼。坦白說，我自己本來有個暗房，很感激你替我打開了，所以現在該我來幫你打開。這個攝影棚今天狀況很多，倫倫她……還有阿芳……每個人都拼命在鑽牛角尖。我不懂，就學我嘛！任何事都對自己說「感覺很好」，這一切就會「感覺很好」。
何　來	請出去！請出去。
Lulu	……你這樣對我說話讓我感覺很不好。
何　來	請出去！
Lulu	昨天是誰在這個房間說我是個高貴的女人？對高貴的女人說話是這種態度嗎？還是你根本只是隨口說說？還是你和所有的男人一樣只會花言巧語？
何　來	可能我昨天都說錯了……可能妳本來就應該回去做那個什麼……（Lulu為之氣結）對不起……，我講的話都不對……，我是個病人，我講不出我要講的話。
Lulu	（將發怒的念頭緩和下來）……何來，告訴我，到底有沒有永遠的微笑？告訴你為什麼做攝影師？我想再聽一遍。
何　來	請不要拿我說過的故事開玩笑！

Lulu	好，重點要來了！
	（Lulu欲往何來走近一步，見何來一個警覺反應，便停步。）
何　來	請不要靠近我。
Lulu	你不讓人家靠近你，但是呢，我不相信。（下面的一長句話，她逐步逐句地說，並向何來試探地走近一步，停，又走）……其實你最想要的……就是……有人靠近你……你不是病人……你只是……一個……（她已經站到何來的背後）離不開媽媽的孩子，是不是？
何　來	（似乎陷入神經脆弱不堪的狀態，音量微弱）請讓我安靜好不好？讓我安靜。
Lulu	一個男人越怕什麼，就越表示他越有那方面的需要。你閉上眼睛放輕鬆，我暫時代替你媽媽，安慰你一下好嗎？
	（Lulu雙臂由何來身後輕抱住何來的頭）
何　來	（喃喃）請不要碰我……不要……
Lulu	你看，事情多簡單，這樣子不是感覺很好、很溫暖嗎？你把自己弄得太緊張了……
何　來	不要……
Lulu	記不記得誰說過的話，閉上眼睛，好像嬰兒一樣，要走進一個陌生的地方，但不要害怕……
何　來	不要。

Lulu	其實媽媽並沒有真的和你分開，她只是躲著，偷偷的望著你，好像捉迷藏一樣。然後，你感覺到自己慢慢出現了，頭出現了，手也出現了，腳也出現了……
何　來	（暴跳彈開來）閉嘴！閉嘴！
Lulu	我這是好心沒好報嗎？
何　來	妳在做什麼？……妳為什麼這麼喜歡碰男人？
Lulu	你為什麼這麼不敢碰女人？你以為我喜歡碰你嗎？你是我見過的男人當中最莫名其妙的！看你從來都不敢正眼看女人，你只能躲回你的攝影機後面像賊一樣偷看！你是男人嗎？你有什麼問題？你在怕什麼？……操！再見！

（Lulu一攤手，轉身欲離去。）

何　來	我不敢碰女人嗎？（何來一個箭步上去，笨拙地雙手環抱住Lulu）我不敢嗎？這不就碰了嗎？（隨即放手離開Lulu）
Lulu	你這算什麼……
何　來	（又一個箭步抱住Lulu）妳看，碰女人多簡單！誰說我不敢！

（隨即放手，Lulu脫下腳上的高跟鞋自衛。）

| Lulu | 聽清楚！我從來不准男人欺負我！ |
| 何　來 | 聽我說！（出自肺腑的激動）我不碰女生就是因為我不要欺負我媽媽（他的手強烈而不自覺地指著Lulu）！我怕 |

　　　　　我像我爸爸一樣（指自己），讓我媽媽（指Lulu）受苦心
　　　　　碎！我不要對不起我媽媽（指Lulu）！

Lulu　　　藝術家！我不是你媽媽，阿芳也不是，倫倫也不是，你
　　　　　剛才抱的是另外一個女人！

何　來　　喔！那麼，我剛抱的那個女人她是誰？（幾近瘋癲，踉
　　　　　蹌走近Lulu）是那個在酒店陪男人喝酒陪男人睡覺的女
　　　　　人嗎？不可能，讓我知道妳是誰？我想撕開妳這張臉看
　　　　　清楚……

　　　　　（何來作狀彷彿要撕開Lulu的臉孔外殼，邊叫嚷邊拉扯著
　　　　　Lulu。）

Lulu　　　不要碰我，你瘋了？放開我……

何　來　　是那個王大可一心想甩掉倫倫然後另外再帶上床的女人
　　　　　嗎？不可能，妳不是。妳是誰？那個季韋先生玩過的一
　　　　　千個女人當中的一個女人嗎？不對。妳是讓我爸爸迷失
　　　　　在大海的盡頭，那個最美麗的花朵嗎？還是在酒吧門口
　　　　　把我爸爸踢在門外不管的酒家女？不是……都不是……

Lulu　　　（無可招架，卻突然賭氣的）是！是！……我都是！你突
　　　　　然清醒了，都說對了！

何　來　　喔……

　　　　　（好像害怕看Lulu的臉，一把將Lulu翻轉過身，Lulu沒站穩
　　　　　跌趴在桌上，何來無可收拾的爆發了，用手不停的打Lulu
　　　　　的臀部，手停不下來……）

何　來　妳不是壞女人！妳不是！妳不可以是！現在對我說，妳
　　　　到底是誰？求求妳，妳不可以把我逼瘋！妳是誰……

　　　　（此時眾模、季韋、倫倫均衝進來，圍站在後方……）

季　韋　（大叫）何來！你幹什麼你？

　　　　（何來被季韋一把拉開，他跌坐地上喘著氣……）

倫　倫　（急忙攙扶Lulu）Lulu……

何　來　（望著Lulu）……Lulu……Lulu……

倫　倫　Lulu妳還好嗎？

何　來　我做了什麼？我打了妳……

Lulu　（露出淺淺的笑容，近乎慘笑）Surprise！我今天終於看到
　　　　一個全新的Lulu。

何　來　（抱頭哭嚎）媽媽，救救我，妳躲到哪裡去了？不要讓
　　　　我再這樣下去了……

倫　倫　（扶著Lulu）好了，我們都該走了。

　　　　（Lulu點頭，倫倫與Lulu欲去。Lulu突然撿起一旁的相機，
　　　　對著何來的臉按下快門。閃光燈瞬間亮起，光並不滅，眾
　　　　人停格，唯倫倫攙著Lulu離去。兩三秒之後，大區域的燈
　　　　光滅，只剩何來臉部極小的光區。四五秒之後，何來的臉
　　　　也消失在黑暗中。）

　　　　（Spot Light。季韋一人獨自站立。）

季　韋　（獨白）大家都走了，公司也解散了，「永遠的微笑」
　　　　大展也停擺了。Lulu拍的那張何來的照片是那個Studio

最後一張照片。其實拍得蠻好，我後來常望著那張照片久久不能放手，那張臉記錄了我那時候全部的心情……懺悔之前的迷惘。

（另一個Spot light亮，放了一把輪椅，季韋前去坐下。）

季　韋　　之後一個月，我住在療養院裡，我的身子快罩不住，一個陽光的下午，何來跑來看我。

4−3　療養院院子

（下午的煦陽，微風……有鳥叫或蟬鳴。何來走來，坐在季韋輪椅旁的地上。）

季　韋　　（笑）……我正在看天上的那片雲什麼時候會走，讓太陽整個臉可以露出來。你呢？你好不好？（見何來仰首望天，不答話）看你的臉，我知道你輕鬆不少了。

何　來　　應該謝謝你給我的鼓勵，你是怎麼說的……？（笑起來，席地而坐）韜光養晦。唉，我在家裡療養我自己，結果反倒是你住進了療養院……你好不好？

季　韋　　（開心的）倫倫和Lulu偕伴出國一個多月了，倫倫拿了我給她的旅遊費，她終於願意拿我的錢了，我好高興啊。她說出國散散心，說Lulu是個很棒的旅遊同伴，天天有新鮮點子、天天有新鮮事；她說她會時不時的和我通電話，她已經打好幾通了，她也讓我出電話費，我好高

興！她說我們會慢慢變成朋友，然後變成更好的朋友，然後她就會回來看我。喔，有張Postcard我放在抽屜，是Lulu從羅馬寄給你的。

何　來　我？

季　韋　托我轉交，一張Mona Lisa的畫像，卡片上只有一行字：「看到這張卡片就覺得該寄給你，你覺得呢？」

何　來　（莞爾興嘆）啊……女人真是非常奇妙，有趣！（話題突轉）我打過電話給阿芳，她不在，她的電話錄音很好玩：這裡是多少多少號，我不在，請留話，何來先生，如果你打來請務必留話。嗶……

季　韋　你留話了沒？

大　可　沒有。

季　韋　你為什麼不留話？

何　來　我不習慣和機器說話。

季　韋　何來，別等了，生命很短的，我就只剩下沒幾天的日子了。

何　來　（驚訝，站起）什麼時候知道的？

季　韋　昨天醫生說擴散得太快……

何　來　那要趕快通知倫倫回來！

季　韋　不，我喜歡現在和她的關係。就算她趕回來，你覺得病房裡那個場面好看嗎？當了一輩子的混蛋父親，只有這幾天才享受到做個關心女兒的爸爸，我不想再醜化自己

了。

何　來　　這樣……不好。

季　韋　　值得，倫倫說，人都是過不了自己心裡那一關。我正在
　　　　　過，她也正在過，這很重要，不是嗎？（見何來不語）
　　　　　你呢，你心裡的那一關呢？

何　來　　我也正在過。

季　韋　　我聽她們小女生提過你和你媽媽的事……

何　來　　是，我正努力的過這一關。（起身，走到後區）

季　韋　　（獨白）然後，他說了他對他媽媽最後一段記憶。

4－4　回憶場景

△回憶場景（1）

（後區燈微亮，何來母由倫倫飾演，著墨鏡坐在桌旁，抱著桌上的餅乾盒，後方有門。）

何　來　　（對季韋）爸爸的同事對媽說，「船員十個出海九個沒
　　　　　回來，別放在心上了」，媽媽開始變得非常沉默，每天
　　　　　只是坐在那兒不停掉眼淚，一直掉！每天！她又喜歡亂
　　　　　揉眼睛，後來眼睛變得很怕光，就戴了個墨鏡天天坐在
　　　　　家裡。

　　　　　（後區燈亮。何母起身欲往門走，何來攔住她。）

何　來　　媽，妳要去哪裡？

何　母　　想出去走走。

何　來　　（欲拉何母回，何母不依）媽，妳別鬧好不好？妳待在家
　　　　　裡隨妳吃喝拉撒睡都沒問題，就是別出門！

何　母　　（硬拉著門不放）我想出去玩。

何　來　　（無奈）妳出去啊。

　　　　　（何母拉開一點點門，門外照進來一束光，何母急關門摀眼。）

何　來　　媽，妳聽話嘛！我上學的時候妳不要讓我操心，我放學
　　　　　回來晚上可以帶妳在院子門口散步。答應我好不好？

　　　　　（何來伸手向何母，何母僵持一會兒，才伸出手與何來打勾
　　　　　勾。）

　　　　　（何來走向稍前區對季章說話，後區暗。）

何　來　　媽媽從來喜歡在馬路上東張西望，亂走一通，這下子她
　　　　　哪裡也別去了，一個快樂的路痴，就再也沒有一條路可
　　　　　以讓她去迷路了。有一天傍晚我放學回家，她不見了，
　　　　　我四處找……

　　　　　（後區又亮了，桌子椅子餅乾盒子都在，何母不在。何來四
　　　　　下尋找叫喚。）

何　來　　媽……媽……媽……（急得直踱步，邊對季章）我問了
　　　　　左右鄰居，馬路上的警察、郵差、賣檳榔的，都找不
　　　　　到，急得我不知道該怎麼辦……鐘已經八點了……九點
　　　　　了，我快哭了……十點了……

（何母推門入，做賊心虛地快步走到桌旁，坐下，又抱著餅乾盒不動了。）

何　來　（強壓住激動）媽，妳到哪去了？（何母不敢言）妳不要嚇我啊！我差點以為……（跳腳了）不可以！不可以亂跑！妳過馬路多危險……

何　母　吃飯沒有？

何　來　吃不下！……（見何母似有竊喜表情）妳在笑？……妳一定要說跑哪去了！

何　母　我一定要說。

何　來　（氣勢洶洶）妳當然要說！

何　母　你沒聽懂我意思，我是告訴你：我一定要說！因為太好玩了。（見何來瞪眼，急忙解釋）我就是……黃昏的時候天光比較暗，我就出門看看，我很小心喔，靠著馬路邊走……一直走……一直走……一直走……（愈說愈藏不住興奮，興奮使她說話用詞更顯稚氣）那條路好長，好多拐彎，一個彎又一個彎，一個彎又一個彎……咕嘰咕嘰……轉得我頭都快暈了……後來我看到路邊有一個交通告示牌，上面畫了一個三角形，裡面寫個「讓」，下面寫「前有海洋」，我好開心噢！我繼續往前走……哇！看到海了……好大的海！

何　來　（對季韋）媽媽的胡言亂語讓我非常擔心，因為我們家附近根本沒有海……

何　母	（激動地抓住何來）胖球，眞的是海，好漂亮……好美……
何　來	（對何母）天那麼黑，妳又看不清楚，所以……不管是不是海，妳不可以再亂跑了！
何　母	（見何來態度甚是嚴肅，委屈地軟下來）……對不起……對不起……（默默走回桌旁坐下，少頃，喃喃道）那眞的是海。
	（何來不忍地望著何母，終於伸出手，何母見了也伸出手，何來牽著微笑的何母走向前區。）
何　來	（邊行邊對季章）於是第二天我在傍晚時帶她一起去看那個……「海」。理由是我很久沒有看到她笑了，我不能奪走這僅有的機會，我們終於到了。我哭笑不得，那是一個湖。
	（二人走到定位，站住。……後區家居景已撤。）

△回憶場景（2）

（一個圓形的湖水光亮起，水面直通後區遠方，天空是瑰麗暈黃的夕陽之末。）

（音樂輕起）

何　母	沒騙你吧，一個大海。我一個人發現的！（她將墨鏡緩緩摘下）
何　來	（對季章）媽媽把墨鏡摘下，我又看到那張老邁的臉上

那雙純眞的眼睛，她望著水面，望著天……

何　母　（悄聲制止）胖球別說話，噓……（噤聲手勢，很神秘地）
　　　　安靜，安靜，馬上它們就要變魔術了……

　　　　（二人屏息不動的望著天空。何母緩緩將手舉起指著天……
　　　　瞬時音樂揚起，夕陽光轉變爲暗夜，星星、月亮升起，湖
　　　　面泛著微光，更遠處有城市的高樓散落著微渺的萬家燈
　　　　火，如海市蜃樓。）

何　母　（激動的手舞足蹈，樂不可支）看！出現了出現了……星
　　　　星出現了！月亮出現了！還有那些一閃一閃的光……出
　　　　現了！看到沒有！好美啊……

何　來　（坐在地上觀望夜景，也觀望著何母。然後轉過身來對季章）
　　　　再一次，我看到媽媽那個像哭的笑，那個在暗房裡她第
　　　　一次看到照片顯影時的笑，今天這裡是個更大的暗房，
　　　　她的笑是我永遠最愛的一個表情。

何　母　（開心的湊向何來）胖球，你猜我看到什麼了？我看到你
　　　　爸爸坐的那條大輪船，眞的，在那邊海面最遠的那個線
　　　　上。

　　　　（何母癡望著「海」，何來呆望著何母的側影……）

何　來　媽，我問妳……

　　　　（何母見何來不敢直言，便蹲下與何來同面向前方。）

何　來　……妳會不會害怕？

何　母　怕什麼？

何　來　　怕……有一天……妳就不見了，沒有了。

何　母　　不怕。（說完，何母輕揉拭眼眶……少頃）……胖球你怕
　　　　　不怕？

何　來　　怕。

何　母　　（沉默少頃）……如果有一天媽媽不見了，胖球會怎麼
　　　　　樣？

何　來　　不知道。……我會一直哭。

何　母　　（笑不可過）胖球，一直哭眼睛會瞎，你也要跟我一樣
　　　　　戴墨鏡，像個怪物一樣坐在家裡，哪裡也不能去……

何　來　　（轉身對季韋）從那天之後，媽常跑來這裡，我攔不住
　　　　　她，也在那之後，我常做一個惡夢，我夢見媽媽往湖裡
　　　　　走……（何母起身往湖裡走）並且拉著我的手……（何
　　　　　母拉何來的手）

何　母　　胖球，媽媽帶你玩捉迷藏，我們到海裡去玩……

何　來　　（害怕退卻）不要不要，媽，我不要到海裡去！

何　母　　我喊「天」之後就該你了，你喊什麼？

何　來　　媽，妳也不要到海裡去！我們回家去好不好？

何　母　　胖球，你要和媽媽分開嗎？

何　來　　不要！不要！

　　　　　（何母與何來拉扯，手一直沒放。）

何　來　　（轉身對季韋，不自覺地放開了手）你知道嗎？這個惡夢
　　　　　一直跟著我，但自從一個月前在暗房裡我對Lulu失態，

然後我跪在大家面前，我突然發現一件事，（何母緩緩的挪身退往湖心方向）這些年以來我一直認為媽媽只是迷路了、躲起來了，我想從鏡頭裡、從暗房裡找回她……事實上……她已經走了。從那天開始，我和我的惡夢慢慢的分開……

（何來轉身向何母，何母一步步走向水中央。）

何　母　胖球，那我就一個人去海裡，我躲起來，你來找我。

何　來　（不捨地）媽……

何　母　你喊「天」，我就喊「地」，你要一直喊喔！

何　來　媽！

何　母　（一步步走得更遠）我會躲得很遠很遠。胖球，喊「天」！

何　來　媽。

何　母　找不著也不准哭，我一定在，你要一直找，你只是看不見，我一直都在……

何　來　天……

何　母　（更遙遠了）地。

何　來　天……

何　母　（幾乎消失）地。

何　來　天……

（後區全暗，何母亦消失在黑暗中。）

（前區亮著，何來躺趴地上彷彿睡著。季韋坐輪椅於側。）

季　韋　（獨白）何來說著他的往事，說著說著就沒有聲音了。他的臉好安詳、好孤單，我有點心疼，我真想過去和他說幾句話，但是我睏了，我眼皮子重重的，好像快睡著了、動不了了，啊……是陽光！……好強的光照過來……（有燦爛的陽光灑落，散落在季韋的四周。音樂輕起。季韋的頭逐漸低垂，身子手腳鬆弛，彷彿漸入夢鄉）天上的那片雲終於走了，突然陽光曬得我臉上手上暖暖的，我到底是睡著了沒有？我還聽到有音樂的聲音，我看見許多的雲彩飄過來，突然散開……（美麗祥和的光線和音樂，如夢土、不真實的國度，在剛剛何母消失的位置出現了許多人……眾模或一個或二個逐個逐對走著）一些影子！是天使！她們向我走來……不對，她們是人，是我認識的人……

我看到少年時代被我甩掉的初戀女友，站在她旁邊的是第二個女友、第三個女友，還有……一千個被我完全遺忘了的女人，她們並肩走來，我想不起她們的名字，也想不起來我和她們在哪裡曾經歡笑作樂，我僅僅記得我曾經熱情的愛慕過她們每個人不同的——局部——她的腿、她的腳、她的胸、她的肩膀、她的脖子、她的腰、她的五官、她的表情、她的微笑、她的聲音、她的……支離破碎的許多身體部位，在我面前飛揚飄舞，而我全忘了她們是誰？（王大可突然出現站在季韋輪椅後）我是

不是睡著了？我是不是在做夢？（大可面無表情地推著季韋往台中央走，季韋回頭看見他）我看見年輕時候的我向我走來……天哪！（急切叫喚著）倫倫！妳在哪裡？妳在哪裡？（倫倫、阿芳與Lulu出現在側區不同位置，季韋見倫倫，求助的伸出手向倫倫）妳要幫我過這一關，妳是我的女兒！妳是我唯一的……骨肉。（三女同時邊微笑走向季韋，邊比噤聲手勢。然後她們都站在季韋旁，Lulu與阿芳用手安息季韋的眼，倫倫則親吻季韋的頰。然後除了低垂著頭的季韋，台上所有人皆背過身往後走去……）

啊，我醒了。我發現這真的只是個夢……

我看到女兒牽著Lulu和阿芳的手向我走來……

我看到一千個女人和年輕的我向我走來……

我看到何來和他媽媽牽著手向我走來……

我看見大海與星星牽著手走來，捉迷藏和躲迷藏的人手牽著手走來，「天」和「地」手牽著手…………

（當季韋說完，所有的人已站在最遠方，光漸暗，他們都不見了。此時台上只留下季韋，他頭橫靠著輪椅，四肢閒散擱置，好像沉睡了。他面露著微笑，一動也不動。）

（燈光全暗）

劇　終

首演資料

《永遠的微笑》二〇〇二年九月七日首演於台北國家戲劇院，
國立中正文化中心主辦，【表演工作坊】演出。

編　　劇：金士傑
導　　演：金士傑
藝術總監：賴聲川
監　　製：丁乃竺
製 作 人：謝明昌
舞台暨燈光設計：王世信
服裝暨造型設計：柳龍、潘黛麗
音樂設計暨製作：張弘毅
副 導 演：李建常、鍾欣志
舞台監督暨技術總監：劉培能
舞台技術指導：斯建華
燈光技術指導：方淥芸
排演助理：孫千琪
錄 音 室：億銖錄音室
錄音樂手：豎笛曾素玲、小提琴那維勳、大提琴吳懿芬、Vocal吳青、
　　　　　Vocal陳秀珠
企劃主任：沈希行
演出主任：丁怡文
執行製作：陳瑄婕
票務執行：周玉齡

首演演出人員及角色

趙自強——飾 何來

蕭　艾——飾 Lulu

曾　江——飾 季韋

劉瑞琪——飾 杜沛倫

夏靖庭——飾 王大可

楊貴美——飾 馬惠芳

梅若穎、張舒懿、魏群芳、戴曉玲、鄭巧靈、
蔡芸芸、李奕青、張蘊之等——飾 模特兒

林家弘——飾 小何來

感謝劉振祥提供本書劇照

Studio門口。王大可與Lulu。　（劉振祥攝）

化妝室。由左至右：阿芳、Lulu、倫倫。　　　　　　　（劉振祥攝）

何母望著大海，何來望著何母。　　　　　　（劉振祥攝）

季韋的生命倒數讀秒。所有的人與天使們漸行漸遠。　　　　　（劉振祥攝）

編導的自白

金士傑

　　所謂「異性相吸」這是多麼簡單的道理，而我總是參不透。一個吸引了我的女人，我會心喜、會偷看、會目不轉睛、會詩興大發，甚至會犯下美麗的錯誤，甚至，會有生生死死的慾念。我一直很困惑，為什麼會這樣？

　　這個自然定律，這個神蹟，原本就不是我能參得透的，它只需要我按部就班，和所有人一樣，沿著歷史軌道，齊步前進就成了。的確，我不該對「天意」多所質詢，奢求答案。

　　但這個戲，我就是藏不住這個「天問」，儘管我知道聽不到回音。

　　齊克果說得好，「真理，它當然是主觀的。」我在我主觀的鏡頭裡，執迷不悟的觀望著「異性」，從小男生直到今天的LKK，喜悅而痴呆的嘴未曾閉起，她們總讓我讚嘆：「為什麼有那樣的頭髮、皮膚？那樣的眼神、表情？那樣的儀態、語調？……為什麼她們好像上天送來的一個禮物？」帶著這個迷思，我坐在我的暗房裡深為苦惱。呆坐久了，隨著歲月，這個迷思開始「影像清楚」。畫面裡出現的原來是母親。

　　我的主觀體會，摸索出這個答案。顯然這個迷思所塑造的劇

本，早在母親的子宮裡就已經開始寫了。然後我告別了臍帶、告別牙牙學語、告別年少成長的家，然後一個天涯遊子在面對另一個女人時突感情怯不安，我遲遲覺悟到，那只是告別母親子宮之後，一種根深的鄉愁！

我開始下筆，我想寫這個迷思和這個主觀的覺悟，劇中攝影工作室就建立在主觀的設定上，三男三女之外捨掉所有的寫實人物，例如服裝設計師、化妝師……等。我想寫一個主觀的以井窺天的稚子情懷。我想寫我來自於母親（主角名叫何來）。我心疼的捧拾著被剪斷扔棄的那根臍帶，我許多行為意念甚至長相都與她有關，我愛戀過的女人身上我都瞥見她的影子（阿芳意謂著媽媽的平凡傳統謙讓，倫倫是苦難、受累、寂寞，LuLu意謂著稚氣的好奇與歡笑），這麼個模特兒站在攝影機前走來走去的故事，一路寫來，心裡的情懷只是一句詠嘆：她那遙遠的芬芳的足跡啊……！

我在暗房裡繼續思考，我並不只是要寫一個母親，母親的背後是什麼呢？我想到了信仰。她給了我這麼個凡俗之人站在人世間賴以存活的信仰力量，她是美的化身，歡笑的源頭。就像《小

王子》裡，小王子與飛行員分手時說的話：「我將住在一顆星星上，我將在那裡笑。因此當你在夜晚仰望天空時，就像所有的星星都在笑……你，只有你……擁有會笑的星星，……你的朋友們看到你仰望天空大笑時，一定會很驚奇。」劇名就這麼出現了。劇中的母親最喜愛的句子「出現了，出現了！」也就出現了。那是一種對生命的禮讚，《創世紀》第一頁經由她的手為我翻開。

捧著自己的劇本，我頹然面對劇中關於「異性相吸」所引發的種種困境，苦笑之後，我走出了暗房，望著天空，傾聽滿天星星的笑聲，好像五億個小鈴子……。

我但願劇中的何來有一天能夠參透這一點：原諒自己，因為自己並沒有錯，美的盡頭，就是天倫。

〈劇論〉

永遠的金寶‧不變的微笑

鴻鴻

　　世界在變。政治在變。劇場在變。然而總有一些人不變。總有一些事物不變。總有一些情感的根源不變。

　　有時，不變是可惱的。有時，不變是可恥的。也有時，不變是可愛的。

　　看《永遠的微笑》，我彷彿又回到二十年前，那生命中對藝術與愛的看重和追求，那未及完成就已崩壞的集體儀式，那嚴密的劇情結構，那抽絲剝繭的心理探掘，那不疾不徐的氣韻生動，還有，那力透紙背的浪漫執著⋯⋯都是不折不扣的金士傑。

　　彷彿時光從未流逝。

　　彷彿這二十年的台灣劇場異變，於我何有哉。

　　久已未聞的劇場的溫馨體味，翩然浮現──久違了，金寶。

　　幻想從未看過金士傑原創劇作的年輕世代們，對台灣劇場沒有鄉愁的觀眾們，對這齣戲會作如何觀？

　　許多「原型」構成了這則情感寓言：用攝影師和模特兒來談藝術家的追尋，浪子與貞女的關係對照，父對女、子對母的戀慕情結，「一輩子沒說過的話」要說，「一輩子沒吐露的事」要揭曉⋯⋯然而，這些通俗劇元素並未導向通俗的旨趣，結尾竟結在

一片詩意的煙波浩渺中。我們不會得知攝影大賽的得主，也不會見到三位女神為了爭奪金蘋果而引發大戰——劇中對女性情誼的觸角堪稱細膩寬宏。以風塵女郎、鄰家女孩和職業模特兒來刻劃女性的三種典型固嫌片面，卻也因這「三位一體」，才寫出作者對男性情慾本質與情感投射的誠實剖析。木心說得好：「藝術是光明磊落的隱私。」無如弔詭的是，凡隱私，必構成對光明磊落的挑釁。然而，藝術如不誠實，則毫無價值。看多了虛假的微笑，我們還有沒有心胸來面對真誠的偏執呢？

　　以《永遠的微笑》為題，顯見創作者毫不諱言自己的懷舊。懷的不是舊日情調，而是對某種逐漸離這個時代遠去的情感狀態，之死靡他的信念。大膽端出自己的「不變」，金寶胸有成竹。我想，唐吉訶德舉起長矛的時候，應該也會露出一樣的微笑。

（摘錄自2002年《永遠的微笑》首演節目單）

金士傑－作品年表

1974年	基督教藝術團契主辦，演出《和氏璧》，導演黃以功，編劇張曉風。
1975年	基督教藝術團契主辦，演出《第三害》，導演黃以功，編劇張曉風。
1976年	基督教藝術團契主辦，演出《嚴子與妻》，導演黃以功，編劇張曉風。 中國戲劇中心主辦，演出《大漢復興曲》，導演黃以功，編劇李曼槐。
1977年	中國文化學院主辦，演出《一口箱子》，導演黃美序，編劇姚一葦。
1978年	基督教藝術團契主辦，演出《位子》，導演黃以功，編劇張曉風。 中國戲劇中心主辦，演出《楚漢風雲》，導演黃以功，編劇李曼槐。 劇本創作《演出》，發表於《中外文學》第68期。 主持「耕莘實驗劇團」，擔任召集人、導演、編劇和演員，並與指導老師吳靜吉、李昂共同教課，隔年劇團定名為「蘭陵劇坊」。
1979年	東南工專話劇社主辦推出《演出》，擔任編劇。同年獲得中國話劇欣賞演出委員會頒發「最佳編劇獎」。 耕莘實驗劇團演出《包袱》與《公雞與公寓》，擔任編劇、導演和演員。

1980年　劇本創作《荷珠新配》，發表於《中外文學》第97期。

中國話劇欣賞演出委員會主辦第一屆實驗劇展。編導《荷珠新配》、《包袱》，並參加演出。

聯合報主辦《貓的天堂》，擔任演出。

洪建全文教基金會主辦，演出《新春歌謠音樂會》，由卓明編導。

1981年　《荷珠新配》參加高雄市文藝季及北部大專院校巡迴演出。

中國話劇欣賞演出委員會主辦第二屆實驗劇展，參加演出《家庭作業》，由黃承晃編導；《公雞與公寓》，由金士會編導；《早餐》，由黃建業編導。

新象公司邀請美籍日裔默劇家箱島安（Yass Hakoshima）來台演出，由金士傑擔任表演助手。

1982年　台北市市政府主辦之藝術季，編導《懸絲人》並參加演出。另外，《社會版》由童大龍編導，金士傑出任劇中唯一演員。

行政院文建會主辦之文藝季，擔任《那大師傳奇》副導演和演員。

菲律賓主辦之第一屆亞洲戲劇節，演出《貓的天堂》，由卓明編導。

1983年　菲律賓主辦之第一屆亞洲戲劇節，編導《冷板凳》並演出。

行政院文建會主辦之文藝季，演出《代面》，導演卓明，編劇蔣

勳。

行政院文建會主辦之文藝季，編導《演員實驗教室》並演出。

1984年　演出賴聲川為蘭陵劇坊編導之《摘星》。

擔任吳靜吉博士帶領之「全省戲劇巡迴示例講座」助講人。

新聞局主辦之金馬獎頒獎典禮，演出《默劇──導演和椅子》。

獲Fulbright藝術家獎金赴美研習戲劇。

1985年　台灣省政府主辦之秋季藝術季，編導《今生今世》並演出。

擔任行政院文建會委託蘭陵劇坊主辦「舞台表演人才研習會」班
主任。

1986年　行政院文建會主辦之文藝季，編導《家家酒》。

《荷珠新配》應邀參加新加坡政府主辦之戲劇節。

表演工作坊主辦，演出《暗戀桃花源》，由賴聲川編導。

演出電影《恐怖份子》，導演楊德昌。

1987年　蘭陵劇坊主辦，演出《誰在吹口琴》，由陳玉慧編導。

1988年　行政院文建會主辦，編導《明天我們空中再見》。

演出電影《棋王》，導演嚴浩。

1989年　《明天我們空中再見》應邀參加香港藝術節。

國家戲劇院主辦，編導《螢火》，並邀朱宗慶打擊樂團同台演出。

表演工作坊主辦，演出《這一夜，誰來說相聲？》，由賴聲川編

導。

1990年　任國立藝術學院戲劇系講師，教授表演課與排演課。

1991年　行政院文建會與表演工作坊聯合主辦，演出《暗戀桃花源》，導演賴聲川，林青霞同台演出。除全省巡迴外，並於紐約、舊金山、洛杉磯、香港演出。同年改拍成電影。

1992年　優劇場主辦，演出《漠・水鏡記》，由劉靜敏編導。
　　　　演出電視連續劇《地久天長》（公視），導演余明生。

1994年　表演工作坊製作，演出《紅色的天空》，由賴聲川編導。並於次年赴美國東西岸巡迴演出。

1995年　想像實驗劇場製作，擔任《某一個春天，一個衣服的夢》編導。
　　　　表演工作坊主辦，達利歐・弗劇本《意外死亡（非常意外！）》，擔任劇本改編及導演。
　　　　表演工作坊製作，演出《一夫二主》，導演賴聲川。

1996年　表演工作坊主辦，演出《新世紀，天使隱藏人間》，導演賴聲川，編劇東尼・庫許納。
　　　　任世新大學口傳系講師，教授表演課。

1997年　台北故事劇場主辦，演出《你和我和愛情之間》，導演陳培廣。
　　　　演出電視連續劇《我們一家都是人》（超視），導演賴聲川。

1998年　表演工作坊主辦，演出《我和我和他和他》，導演賴聲川。同年赴

香港參加華文戲劇節演出。

演出電影《徵婚啓事》，導演陳國富。

1999年　　創作社劇坊主辦，演出《一張床四人睡》，導演黎煥雄，編劇紀蔚然。

表演工作坊主辦，演出《暗戀桃花源》，導演賴聲川。

台北藝術節，表演工作坊製作，大陸版《紅色的天空》擔任演出。

演出電視連續劇《無私的愛》（大愛），導演劉俊傑。

2000年　　第二屆亞洲華文戲劇節，演出《X小姐》，導演蔣維國，編劇姚一葦。

台北越界舞團主辦，演出《不完整的寓言——蛇的練習三種》，詩作楊牧，與羅曼菲共同導演。

2001年　　表演工作坊製作，演出《千禧夜，我們說相聲》，導演賴聲川。又赴北京、上海巡迴演出，並摘錄戲段參加大陸中央電視台主辦之「除夕夜聯歡晚會」現場演出。

果陀劇場主辦，演出《莫札特謀殺案》（*Amadeus*, 1979），導演蔣維國，編劇彼得‧謝弗（Peter Shaffer）。

台北市政府主辦，「九二一詩歌音樂會」擔任詩朗誦。

2002年　　國立中正文化中心委製，表演工作坊製作，編導《永遠的微笑》。

2003年　　廣電基金會主辦，廣播金鐘獎擔任評審委員。

演出電視連續劇《孽子》（公視），導演曹瑞原。

表演工作坊製作，演出《在那遙遠的星球，一粒沙》，由賴聲川編導。

2003年　　遠流出版公司出版《金士傑 劇本》共三冊，收錄其創作七個作品。

果陀劇場主辦，演出《ART》，導演梁志民，編劇 Yasmina Reza。

2004年　　表演工作坊製作，演出《威尼斯雙胞案》，導演鍾欣志，編劇卡羅・高多尼（Carlo Goldoni）。

2005年　　表演工作坊製作，演出《如夢之夢》，編導賴聲川。

當代傳奇劇場製作，《等待果陀》擔任戲劇指導，導演吳興國，編劇貝克特（Samuel Beckett）。

2006年　　演出大陸電視劇《貞觀之治》，導演張建亞。

演出中華電信3G影像手機廣告《再見黃金愛犬篇》。

任國立臺北藝術大學戲劇研究所副教授，教授編劇、導演、表演。

2007年　　演出果陀劇場《巴黎花街》，導演梁志民，原著比利・懷德。

演出電影《風中騎士》，導演尹祺，製片徐立功。

2008年　　果陀劇場主辦，演出《針鋒對決》（Othello），導演梁志民，原著

莎士比亞。

演出電影《鬥茶》,導演王也民。

演出電影《停車》,導演鍾孟宏。

2009年　　榮獲國家文化藝術基金會第十三屆「國家文藝獎」。

國立中正文化中心、蘭陵三十籌備會主辦,編導《蘭陵30:新荷珠新配》。

演出電影《白銀帝國》,導演姚樹華。

演出電視劇《痞子英雄》(公視),導演蔡岳勳。

演出電視劇《回家系列－有你真好》(大愛),導演傅國樑。

果陀劇場主辦,演出《步步驚笑》,導演楊世彭。

2010年　　演出電影《劍雨》,導演蘇照彬。

演出電影《第四張畫》,導演鍾孟宏。

演出電影《外灘佚事》,導演周兵。

演出電視劇《17號出入口》(公視),導演李志薔,入圍2011年臺灣電視金鐘獎迷你劇集／電視電影男主角獎。

2011年　　另類作品:生一子、一女,金邦行、金邦予。

果陀劇場主辦,演出《最後14堂星期二的課》,導演楊世彭。又赴上海、北京、香港演出,並以此劇奪得第二十二屆上海白玉蘭戲劇獎最佳主角獎及現代戲劇谷二○一二「壹戲劇大賞」最佳男主

角。

演出電影《盲人電影院》，導演路陽，獲得第二十八屆中國電影金雞獎最佳男配角提名。

演出電視劇《瑰寶1949》（公視），導演張博昱，入圍2011年臺灣電視金鐘獎戲劇節目男主角獎。

演出電視劇《我可能不會愛你》，導演瞿友寧。

2012年　演出電影《不倒翁的奇幻旅程》，導演林福清，該片入圍德國奧柏豪森國際短片影展兒童暨青少年競賽影片。

演出電影《一代宗師》，導演王家衛。

演出電影《血滴子》，導演劉偉強。

任「全家動員抗肺炎」宣導大使。

果陀劇場主辦，演出《動物園》，導演梁志民，編劇愛德華‧阿爾比（Edward Ablee）。

國家圖書館出版品預行編目（CIP）資料

金士傑劇本 / 金士傑著 .-- 初版 .-- 臺北市：
遠流, 2013.01
面；　公分

ISBN 978-957-32-7091-1（平裝）.

854.6　　　　　　　　　　　　101020905

金士傑劇本

作者 ── 金士傑

總策劃 ── 汪其楣

主編 ── 曾淑正

編輯協力 ── 陳珮真・簡玉欣

內頁設計 ── 石某・唐壽南

封面設計 ── 火柴工作室

發行人 ── 王榮文

出版發行 ── 遠流出版事業股份有限公司

地址 ── 台北市南昌路二段 81 號 6 樓

郵撥帳號 ── 0189456-1

電話 ── (02)2392-6899　傳真 ── (02)2392-6658

著作權顧問 ── 蕭雄淋律師

2013 年 1 月 1 日　初版一刷
2020 年 8 月 31 日　初版六刷
售價 ── 新台幣 480 元

YLib遠流博識網
http : //www.ylib.com
E-mail : ylib@ylib.com